全世界人民都知道。

李承鵬

目錄

一本來歷不明的書（台灣版序）　009
1　尊嚴　013
2　一隻叫薩克斯風的破鞋　020
3　群眾演員都很忙　024
4　堅強　028
5　偈語　033
6　兄弟　036
7　島　040
8　一個賣國賊的自白　043
9　寫在五一二的愛國帖　047
10　殺人者，父親　053
11　逃亡的父親　057

12 村 061
13 精神不是病 064
14 孫東東奇遇記 068
15 人民和人民火併起來了 073
16 鈴鐺下的狗 079
17 榜樣的力量 083
18 有個小區 087
19 奇怪的使命——給什邡各級領導的一封信 091
20 一件襯衣的感動 095
21 自閉的巨人 099
22 奇女子 103
23 投名狀 107
24 看著歷史書，卻不相信愛情了 111
25 手執毛選當空舞 115
26 大意了 119
27 人人都是外地人 122
28 每個人都有一個回不去的家鄉 125

29 敵情觀 128
30 讓所有人都精神起來 131
31 每一條城管掩殺的大街 134
32 一個瓜農的中國夢 138
33 假想敵 141
34 兩件兵器 144
35 關於擁堵費的一些想法 147
36 打得一手好飛機 150
37 嚴禁惡搞人民日報新大樓 154
38 牛逼，就是牛給逼的 157
39 後裔 160
40 人人都是老鼠會 163
41 一只安反了的馬桶 167
42 又裝反了 170
43 這是一個奇蹟 173
44 觸不到的記憶 177
45 車輪滾滾，幾多頭顱凋零 181

46 N+1 184
47 一群豬的驚人祕密 188
48 先感謝國家 201
49 老中青三個代表 204
50 飯票 208
51 牆裡扔出的一根骨頭 211
52 十三億分之一股東 215
53 民主就是不攀親 219
54 民主就是有權不高興 223
55 民主就是出演眼前戲 226
56 基本問答 229
57 聖奴隸 231
58 老而不死是為蒙 236
59 咩咩 240
60 別撒嬌，撒嬌必挨刀 243
61 不要以戀愛的名義免費嫖娼 247
62 朕還是不朕 250

63 誰在惡搞季羨林 254
64 反擊耶魯假新聞 259
65 復旦之下，豈有完卵 265
66 藥 269
67 病句 273
68 清華大食堂 277
69 說話——北大演講錄 280
70 你刪得了世界，刪不了尊嚴 287
71 媽媽的四合院 290
72 父親是世上最不堪的一個鬥士 295
73 只有青春期，沒有青春 299
附錄〉 文章語錄精選 306

一本來歷不明的書（寫給本書台灣版的一些說明）

這本書在台灣出版，不在計畫中。

龍年尾巴上，差不多在中關村簽售的菜刀事件後的第三天，我去到深圳簽售。幾千名支持我的讀者中，忽然來了一支十數人的小分隊。他們表情激烈，舉著「打倒漢奸李承鵬」鮮紅標語，也準備了要扔的礦泉水。我的讀者和他們發生爭執。那是一個充滿荒誕感的畫面：書城外那條長長的街道，一群人追逐著另一群人，又追回來、追回去，喊聲四起、旌旗四伏，像某款遊戲。最後，大家站在大街上開始辯論。我的讀者問：你們憑什麼說他是漢奸。小分隊答：他說中國不好，卻誇外國好，美國好、台灣好，這就是漢奸。

這場爭論沒完沒了。有個聰明的讀者就說：他反對轉基因，難道不是愛國者。小分隊愣了，在讀者的催逼下，忽然就改口大喊：打倒轉基因、打倒賣國賊……撤退走掉。

這個小插曲很有娛樂感。不那麼娛樂的是，小分隊把台灣與美國一起並列成外國。我無意在本書論述這個重大話題，可是我要說，小分隊太不了解台灣了，無論從歷史、當下還是未來。當時現場的一個深圳報社友人說，難道台灣人就了解大陸嗎？我幫你出一個台灣版。我同意了。

經過六十四年的意識對抗，兩岸並不了解對方。我小時候關於台灣的想像就是「抓特務」，特務必穿著一雙可以游過來的大大腳蹼。後來是有錢而好色的台商。再後來就是現在對台灣的詩意化描寫，九份、阿里山、純潔的路人以及星雲大師。而我在接觸到的不少台灣人眼裡，大陸經濟好、效率高，雖有些貪官，但要修高鐵修大廈很快就搞好，不像台灣那樣吵來吵去。

這本書被大陸歷史學者袁騰飛謬讚為「二十年社會現形記」，我想讓台灣讀者看看真實的大陸是怎樣。而我另有個理想是寫一本關於台灣的書給大陸讀者看看。我去過四十個國家和地區，竟從未踏上台灣一步，悵然已久。這次印刻幫我出了台灣版，是遞了一塊敲門磚，加之文化台灣基金會邀我訪台，算是搭了一條通往寶島的棧橋。

在編輯、出版的過程中，發生了一些故事……比如在印刻寄給我的郵包裡，打開竟早已被神祕的手拆封過了。問快遞公司，支吾無解。這裡不必多說，人們可以想像到的。

我很欣慰，台版書恢復了十七篇大陸版刪掉的文章，又加了三篇新作。像一個人的五官終於得以補全、清晰，不再是霧氣後面難以琢磨的幻影。可不好的消息是，前段時間海關對禁書的搜查更加嚴厲，不僅開箱檢查而且用X光透視，凡夾帶的境外書會被沒收，情節嚴重的將等待進一步處罰。

一本來歷不明的書。這樣的狀況是，我自己寫的書，卻不可以帶回到家裡，終於出版全本了，我的讀者卻看不到。這樣的情況由來已久，由於出版審查，我的很多同行只能在大陸之外出版作品，那裡並沒有太多他們的讀者。一個作家的作品不能給自己的讀者看，或只能冒著走私罪的方式夾帶書。這實在悲哀。想起一部電影《跳躍時空的情書》（中譯：《觸不到的情人》），他倆的信永遠不在一個時空裡，但也可以通過一個信箱收到。大陸作家的境遇，比奇幻電影更多奇幻。

那我們寫給誰呢？也許是寫給未來。

一個作家是要堅持為未來寫作的，我不想用「使命感」這麼宏大的概念，我其實就是試驗一下，我們所信，是否真的值得相信。周夢蝶寫道：

所有美好的都已美好過了
甚至夜夜來弔唁的蝶夢也冷了……
沒有一種笑是鐵打的
甚至眼淚也不是。

周夢蝶是悟徹之人，但之於我們，這是一種奢侈。我們還從未等到過美好，我們的夢尚未溫存。所以我們得等，得信。等待和相信未來，是我們唯一能做的。

一本來歷不明的書。可是我相信，來歷不明，未來將至。

（二〇一三年十一月五日）

1 尊嚴

《左傳》裡講了這麼一個故事：齊國有個大大的花花公子叫齊莊公。齊國有個大大的美女叫棠姜。有一天，齊莊公看到美得不可方物的棠姜，輾轉反側、夜不能寐。終和她暗通款曲。可這件事被棠姜的老公崔杼察覺。那天他趁齊莊公與棠姜幽會時，安排武士們將其亂刀砍死。

崔杼是個猛人，也是齊國重臣。他對前來記載的史官說：你就寫齊莊公得瘧疾死了。史官並不聽從，在竹簡上寫「夏五月乙亥，崔杼弒其君光。」崔杼很生氣，拔劍殺掉史官。史官死了，按照當時慣例由其弟繼承職位。崔杼對新史官說：「你寫齊莊公得瘧疾死了。」新史官也不聽從，在竹簡上寫「崔杼弒其君光。」崔杼又拔劍殺了新史官。然後更小的弟弟寫下同樣的話，同樣被殺。最後是最小的弟弟。崔杼直視著他，問：「難道你不愛惜自己的生命？」年輕的史官不理睬，默默寫下了「夏五月乙亥，崔杼弒其君光。」崔杼憤怒地把竹簡扔到地上，過了很久，歎了口氣，放掉史官。

有人問我為什麼要寫作。我告訴了他這個故事。而我恰恰要強調的是這故事讓我一開始很拒絕寫作。它表明，寫作純屬一件找死的事。像我這麼庸俗的人當然不會幹一件吃力還找死的事，加之家族裡從文者悲涼的命運，文學出身的我就曾花了很長一段時間去玩一種毫無風險的遊戲，並暗自慶幸。

可漸漸地，我發現另一種風險。規則明明規定一場比賽由兩支球隊進行，實際上卻不是這樣的。一名球星告訴我：「那天我上場一看，快哭了，因為有隊友把球往自己家門踢，場上就是三支隊了。可是踢著踢著我又笑了，因為對方也有人把球往自家門踢，就是四支了。直到散場時我才終於確定，其實總共有五支隊，因為，還有裁判……」

我在這樣一種情形下漸漸意識到一個叫「尊嚴」的東西是存在的。哪怕遊戲也要有尊嚴，我不能無視兩支變成了五支，更不能接受自己的工作就是把五支證明成兩支，還文采飛揚的樣子。這個不斷修改大腦資料庫的過程讓我痛苦不堪，我從文學躲到遊戲竟更有風險，智力的風險。這讓我頓覺自己身處一間猥瑣的大屋子。又去看開始的故事，才注意到它還有個結尾：那個史官保住性命，撿起竹簡走了出來，遇上一位南史氏，就是南方記載歷史的人。史官驚訝地問：「你怎麼來啦。」南史氏說：「我聽說你兄弟幾個都被殺死，擔心被竄史，所以拿著竹簡趕來記錄了。」我覺得這個結尾更震撼，前面的史官因堅持自己的工作而死，南史氏則是主動找死。這叫前仆後繼。有種命運永遠屬於你，躲無可躲，不如捧著竹簡迎上去。

直到二〇〇八年汶川大地震，壓在殘垣斷壁下的體溫尚存還動著的小手，花花綠綠的衣袖……我終於明白，我確實該回去了。這，就是我的來歷。

當然，我仍是一個庸俗不堪的人，骨子裡畏懼著節烈的東西，我做不出南史氏手捧竹簡沿著青石板路直迎上去那猶如彩虹掛天穹的壯麗景象，只是低頭琢磨尋常巷陌一些故事、小小的常識。這些故事和常識，全世界人民都知道。

只不過我們曾經丟失，或假裝丟失了……我一直嘗試給這些事和常識找出統一的特徵，後來才明白，這就是尊嚴。

在我看來，尊嚴首先是智力上的尊嚴。很長一段時間了，這個民族失去智力上的尊嚴。弄臣趙高說：這是一匹馬。人們點頭說：是啊，好快的一匹馬。趕緊去修改腦子裡的資料庫：馬是長角的。後來又有人說：要大煉鋼鐵。於是家家砸爛家裡的鍋碗瓢盆去建起煉鋼的高爐。大家假裝看不見煉出來一坨坨的東西，一捏就是一個坑。其實那一坨坨鋼和那一匹馬，並不存在於物質世界，只是大腦被強行修改後產生的木馬。但這並不影響我們的鋼鐵量超過了整個歐洲，農作物產量是全世界的四十倍，全世界三分之二的人等著我們去解放。那件事情有個結尾：人們並沒有煉出鋼，飢腸轆轆回家後倒是發現不僅沒食物，連做飯的鍋都砸爛了。這個景觀壯烈與幽默並存，全民都在幹一件愚蠢的事，並互相說服這是事實。

讓飢餓的農民相信畝產兩萬斤，讓產業工人相信柴稈煉出的鋼能造坦克，讓醫生相信是紅寶書治癒了聾啞兒的疾病……這樣讓智力蒙羞的事情延伸到唱紅歌能治癒不孕不育，有個叫阿貴的丈夫為了感恩，甚至讓妻子李彩霞拖延兩天再生，以讓自己的孩子跟恩主的生日同一天降生。

比起思維的結果，思維本身就是一種尊嚴。只是總有人放棄了這過程，放棄去想，為什麼世界上最快的動車可以被一記閃電擊穿，為什麼世界上最幸福的孩子們的校舍，倒塌之後竟沒發現什麼鋼筋。

所以尊嚴也是一種記憶。我曾看過一部韓國愛情片，名字好像叫《腦海中的橡皮擦》，那個女孩子患了失憶症，時時想不起自己是誰，幹過什麼。喜歡這女孩子的一個男人就隨時照顧她，帶著她騎單車，給她講浪漫的事情……這愛情片美好得一塌糊塗，因為既然失憶，個人的缺點和糟糕的回憶也隨時抹去，一切盡是天使。

一個人患了失憶症也許並非壞事，可這要是發生在一個民族身上就很不妙。一個人的故事是文藝片，一群人的故事是紀錄片，把紀錄片拍成文藝片，正是災難的根源。多少年來我們的腦中一直有塊橡皮擦，比如開頭那個叫崔杼的人就很想做一塊橡皮擦，後來還有個叫嬴政的人很想做一塊橡皮擦，再後來還有個叫元璋的很想做橡皮擦……

有一天我曾去到南方那座著名的高架橋下，那橋因動車追尾死過很多無辜的人，可是我沒看見紀念碑，那個曾經綻開過蓮花的池塘，竟被堅固的水泥填平，倘若走過，根本不會提醒這裡曾掩埋過一節巨大的車頭。米蘭・昆德拉《笑忘書》裡有句話：人與強權的鬥爭，就是記憶與遺忘的鬥爭。我們的鬥爭就是回憶反右、大饑荒、文革。告訴身邊的青年，有知識分子深夜跳進太平湖，上千萬人餓死……你連記憶都不敢，不配有明天。

有段時間我狂妄地認為自己的寫作是為了追求公平，後來才懂得，渺小角色的我寫不出社會的公平，我頂多敘述點個人的情感尊嚴，且這種體驗大多時候也只不過是喜劇片段。

我小時候住過的成都打金街二六七號，一處清秀的宅子。鏤空的花廳擺著龍鬚菊和吊蘭，透過木質窗櫺可看到大慈寺的香火，朝聞晨鐘晚聽木魚，滴水簷打出的一排排整齊的淺洞，表明這個家族來歷已久。聽老人說，這家族的人們和睦相處，每天到堂屋去拜天地君親師，偶有生活紛爭，可從未紅過臉。由於追求不同，這家族有國民黨也有共產黨，抗戰那會兒，院子裡兩黨精誠合作，與這個國家一起打跑了日本人。

可上世紀五〇年代，這個宅子一夜之間就爆發了最大的戰爭，起因是：一些人喜歡在院子裡種花，是資產階級，另一些人主張在院子收集廢銅爛鐵，代表革命人民。這場戰爭持續很久，每次戰鬥的起因也很奇怪。直到上世紀七〇年代我已醒事，還記得西廂房的三伯脖子上掛著很大的牌子，被打得滿臉是血。只因他在院子一隅種了一些愛吃的香蔥。三伯名叫永青，解放前曾短暫擔任過成都偵緝隊隊長，他種香蔥的舉動使他成為這時院裡的頭號資產階級敵人。他的兒子為表明劃清界限親自主持了批鬥會。而另外一些親友則高呼口號。那天，一個特別革命的親戚高呼「打倒永青，保護江青」時，由於尾部實在太押韻，喊成了「打倒江青，保衛永青」……家族的人們安靜下來，仔細聽，唯剩他一個人兀自在喊，覺得不對時，晚了。人們緩緩走過去……此時他已是頭號敵人，不一會兒，就被打得滿頭是包，活像鳳梨。

我記得，整個院子無人倖免，人們輪流成為頭號敵人，甚至偉大領袖追悼會那天，有個孩子看著大人痛哭的模樣很是有趣，笑了，也差點被當成頭號敵人，站在高板凳上向已仙去的領袖承認了很久錯誤，才被放過。

這個來自江西的家族，抗日戰爭沒有拆散它，竟在後來那場莫名其妙的戰爭中反目成仇。等我長大才知道，那時連元帥的女兒也公開聲明與父親劃清界限，一個郭姓文豪聽說兒子被迫害時，竟不出手搭救，眼睜睜看其夭去……所謂大義滅親，是很惡毒的成語，四個字就剪滅三千年的親情尊嚴。

人們被成功地洗掉了血緣譜系。就流行兩種奇怪說法：一、政府就是爹媽，即使做錯什麼也是為我們好；二、別總批評政府，像對成績不好的孩子，取得一點進步也該表揚。一會兒把政府當爹媽，一會兒把政府當成孩子，可就不把政府當成政府。古今中外只有中國人發明了「再造父母」這個有違人倫的詞。對於這個歷朝歷代大力提倡「孝」道的帝國，實在是道德上最滑稽的地方。

人民跟政府就是消費者與自動販賣機關係，契約服務的關係。人民跟政府永遠不可能是親人關係，如果你看見一個人對著自動販賣機大喊「親爹親媽」，那一定是精神病院忘關門了。

和大部分人一樣，我只有生活意見沒有政治追求，可是我這樣的表達方式常讓人不舒服。所以我要講個故事：一九七一年二月二十二日，美國最高法院的議事廳展開一場辯論，因為有個叫科恩的調皮青年反對徵兵，他不僅反對而且穿著一件印有「Fuck the Draft」字樣的夾克，在洛杉磯法院的走廊裡晃蕩，從而被定罪。那天法庭上有一些修女，大法官本不准律師過度闡述夾克上的話，可律師認為這並不是問題，他說出這些話並詳細分析青年為何這麼做的原因，最終幫科恩贏得了官司。而哈倫法官最後書寫的法庭意見是：「一個人的粗話，卻有可能是另一個人的抒情詩。在這個擁有眾多人口和高度分化的社會，這不失為一劑良藥。時常充斥著刺耳雜音的社會氛圍，並不意味著軟弱，它恰恰是力量的體現。」

一個人的粗話，卻有可能是另一個人的抒情詩。這是表達的尊嚴。

這個國千年的文化出了問題。宋代公知宋江不過在潯陽樓上題了些書生報國無門以抒怨氣的抒情詩，被當成反詩被逼成反賊。這個民族千年的洗腦教育是，打磨你的尊嚴，讓你沒有反骨，國家才可以安全可靠……可是你很難想像，一群連自己的尊嚴都不顧的人，會去顧國家的尊嚴。一群沒有尊嚴的國民，卻建成了一個強大的國家。一群豬從來不會保護豬圈，就這麼簡單。

我的寫作不是為了真理，真理離我太遠，我只不過為了尊嚴。智力的尊嚴，記憶的尊嚴，親情的尊嚴，表達的尊嚴，生育的尊嚴……陝西鄧吉元，那個孩子快八個月大時被強行流產的父親，為了討個說法卻被打成賣國賊，被迫跣足散髮逃亡在大山裡……北京著名的「老張」，只是因為早年為自留地補償的二十塊錢差價，就走上了上訪的路。冬天穿著報紙和塑膠布保暖，餓了去菜市場找別人剩下的雞腸肉渣煮來吃。他只是為了討個說法，就在北京南城的橋下住了二十五年。歌星蔡國慶深情地唱：北京的橋，啊，千姿百態……有沒有想到這個老張的身影。

以及死去的尊嚴。那一年嚴鳳英自殺之後，軍代表為了尋找根本不存在的「特務發報機」，用小刀慢慢割開她的身體，後來醫生又用小斧一根根地剝開她的肋骨。她死後被扒去了全身衣服，軍代表竟激動地大叫，「我終於看到你個反動派現出了原形」。這樣的事情發生很多，讓這個國家的人們生得沒尊嚴，死得也沒尊嚴。似乎只有傅雷夫婦保持了尊嚴。他倆一天連遭到四撥紅衛兵抄家凌辱，就在凌晨時分寫下紙條交代後事：六百元留給女傭作為工資，五十五•二九元付房租，剩下的五十三•三元作為火葬費……自縊前忽想到踢翻凳子會吵醒樓下的鄰居，於是鋪上一層厚厚的棉被。他們死都要盡量優雅，他們怕驚動鄰居，更怕驚動那個世界。

我最想說的是美輪美奐的東西。我認為，真正的才華來自於尊嚴。那些年，中國人畫的紅太陽直逼銀河系恆星數量，並沒有出過一個莫內。那麼多叫向陽花的公社，種了好多的向日葵天天盯著，也沒有誕生過一個梵谷。你看梅蘭芳先生的《貴妃醉酒》，大小雲手，眼波流動，那四平調清美婉轉：海島冰輪初轉騰，見玉兔，玉兔又早東升，那冰輪離海島，乾坤分外明，皓月當空……

能創造出這些藝術作品的人，骨子裡恰有尊嚴。可是有段時間我們的藝術只需要革命，不需要其他。你看革命樣板戲《龍江頌》裡的江水英，她鏗鏘地唱：「毫不利己破私念，專門利人公在先。讀寶書耳邊如聞黨召喚，似戰鼓催征人快馬加鞭……」毫無藝術可言，是視聽的災難。包括其他那些鐵姑娘，眼神剛毅、造型如山，有段時間我覺得，她們一生都只需要革命，不要生活、不要戀愛，她們不來例假甚至不要拉屎。

這讓曾寫出過「雲想衣裳花想容，春風拂檻露華濃」的李白，情何以堪。

這讓創造過「春花秋月何時了，往事知多少」名句的南唐後主李煜，如何回首故國月明中。

這些事，不是什麼大事，這些道理，卻不該被埋沒。尊嚴如此奇怪，它並不值錢，可是我們僅有。尊嚴本身不是作品，卻能讓你通體放光，兩眼澄明，自己是自己最好的作品。

這些道理，全世界人民都知道。

（二〇一二年十二月二十四日）

2 一隻叫薩克斯風的破鞋

我小時候在新疆，特別喜歡看抓破鞋。因為相比起其他各種類型的壞人，搞破鞋的貌似長得好看些，也更有才藝，也不像其他壞人盡說些艱深的事情，破鞋則說得通俗易懂。那時哈密有個露天的「小河溝電影院」，河水從天山化解而下，清涼蜿蜒，兩岸稀拉長著些胡楊，破鞋們脖子上掛著破鞋，從電影院出發，成雙成對沿河岸被遊行，邊走邊交代怎麼搞上的破鞋、如何接頭、如何親嘴……剩下的就不許講了，但僅僅這樣，已讓我覺得很是有趣。

那時對破鞋的定義不僅是姦夫淫婦，野地裡搞對象也算搞破鞋，因為搞對象就該在屋子裡搞，野外搞，當然就是搞破鞋。有個姓安的小伙總被抓，他不僅喜歡在野外搞破鞋，還總忍不住吹著薩克斯風搞。當時在新疆用薩克斯風給領導彙報演出不算搞破鞋，可在野外對著女人吹薩克斯風就是十足的搞破鞋。跟其他人不一樣，交代到最後，姓安的常被工宣隊的要求來一段薩克斯風，他會面帶微笑，吹上一段，悠悠揚揚很好聽。這讓我從小就覺得薩克斯風就等於搞破鞋，而搞破鞋其實是件挺美好的事情。

我一直不明白，為什麼給領導彙報演出時吹薩克斯風不算搞破鞋，搞對象時吹薩克斯風就是搞破鞋。這個問題，我聽那個姓安的小伙也問過，工宣隊大概表達了這樣的意思：薩克斯風是外國樂器，要是吹嗩吶問題就小些（當時還沒上演《紅高粱》），總之領導聽什麼都沒問題，因為領導更有社會主義道德。

在我記憶中，這個國家每過一段時間就要反低俗。比如前段時間廣電總局又在限制娛樂節目了。我覺得「限娛」沒有問題，問題在於為什麼只限制19：30～22：00的娛樂節目，不限制19：00～19：30的那檔娛樂節目。那是一檔看的人沒當真、念的人沒當真、寫的人沒當真、下命令的人更不當真，可大家集體假裝很當真的樣子且一當真就是幾十年……的王牌娛樂節目，而非政治聯播。所以現在的狀況跟小時候很相像，工宣隊與廣電總局的邏輯也很一樣：屋子裡是搞對象，野外就是搞破鞋；給領導吹不算搞破鞋，給對象吹就是搞破鞋；19：00～19：30不算娛樂，19：30～22：00就是低俗娛樂。

我國的事情一點沒變，就是一直抓破鞋。

我常幻想，多年之後天安門廣場矗立起一座娛樂博物館，記錄著以下抓破鞋：禁《流星花園》、同性戀題材，限穿越劇、網路音樂，聲討三俗，停播《蝸居》……這個國家有太多的破鞋。為什麼怕人民搞破鞋，讓他們搞破鞋，就沒精力搞破壞。而後聽說民意調查竟有八成群眾紛紛表示支持：「是該提升一下道德了」。又見八成群眾支持，哪天我一定要會一會該名永遠叫「八成」的群眾，問他是不是「八戒」表親。又聽說文化部為提升道德，決定屏蔽暴力推出「綠色遊戲」，好奇綠色遊戲裡的悟空是否不可拿金箍棒，只可拿祥雲火炬。

最近我國又很愛談道德，這是因為佛山有個兩歲女孩被車反覆輾壓，十八路人卻漠然置之，有毒食物氾濫街市，以及老人倒地竟無人敢扶……這讓長期在19：00～19：30裡群high的禮儀之邦很難堪。但不可說這是官德倒退導致民德倒退，找來找去，終於找到娛樂這個大破鞋。

抓娛樂大破鞋符合這裡一貫的邏輯。早年有《海瑞罷官》掀起文革，前兩年聲討低俗音樂，音協老同志闔肅痛心疾首：「我很擔心自己的孫子孫女的靈魂被低俗音樂汙染，等他們成為社會中堅力量時，擔心這些惡劣影響還在。」可誰也沒見他孫子孫女現在受了汙染，這麼容易被汙染，就不是音樂，而是原子彈。

把道德下降歸罪於娛樂，這可太娛樂了；說娛樂敗壞了道德，本身就不道德。港台娛樂庸俗，可沒有地溝油和見死不救，買東西好好排隊，保釣卻衝到最前頭。至於高雅藝術以提升道德，我對這個可真是很懷疑。《辛德勒的名單》有個情節：屠城那個晚上，猶太人紛紛躲藏在樓梯間、牆體夾層。納粹軍就用聽診器去聽牆體裡有沒有呼吸聲。有個猶太人不小心碰到了鋼琴，士兵們發瘋般衝上樓去一通掃射，從而掀開了第二次屠殺的序幕。在機關槍聲、慘叫聲中，長夜裡忽然響起一陣悅耳的鋼琴聲，很優秀的琴聲，流暢而空靈，有一種巴哈式的宗教寧靜。兩個士兵被琴聲吸引，竟在門邊討論，一個說：是巴哈。另一個說：不，是莫札特……我一直以為這是視死如歸的猶太藝術家臨終的演奏，可鏡頭搖起，一個表情肅穆的納粹軍官，正宗的高雅藝術愛好者。

納粹軍隊可謂二戰時期音樂素養最高的一支軍隊，希特勒和戈培爾都強力推行過高雅藝術。希特勒本人是華格納的粉絲，德國空軍轟炸倫敦前要聽貝多芬《第三交響曲》，奧斯威辛集中營司令官克拉麥殺人時甚至要聽舒曼的〈夢幻曲〉……可見藝術欣賞力跟殺不殺人並沒關係，高雅藝術不見得能提升道德。否則以後監獄裡不安獄警，安裝一水兒的高保真黑膠唱機。大街上要碰到綁匪，直接播出《眾神的黃昏》，一聽感動得化了：哈里路亞，不能殺人了，一起去唱詩班吧。

可以提升道德，但不要用抓破鞋的方式提升道德；也可以抓破鞋，可不要一邊抓破鞋一邊自己在搞最大一隻破鞋，像當初希特勒一邊摟著愛娃一邊禁止電台播放爵士樂，理由竟是爵士樂來自低俗美國。後來雖然允許舞廳演奏爵士樂，但只能是用小提琴和大提琴演奏「潔本」。元首認為，只有這樣的藝術改造才能讓帝國的意志更統一、更強大、更能忘記痛苦。

中國這次又要搞道德強國工程了。表面上在限娛，其實在抓破鞋，表面提升道德，其實要格式化腦溝壑，又不好意思給沒頭腦的刁民明說，就繞了好大一個圈子。你看，我們很早就不方便談政治了，後來也不好談歷史，談地理也是敏感瓷，現在連風月都開始不許談，所以只好談談道德。限娛樂是為了抓破鞋、抓破鞋為了促道德，促道德必然結果是，建成一個強大的洗腦體系，這體系可濃縮成一句話：聽黨的話跟黨走。

在他們的概念裡，像美國那麼沒道德的國家都能成文化大國，有道德的我們更是前程遠大。雖然我們沒有一所好的大學，可是我們有孔子學院；沒有一部好電影，可是有《建黨偉業》；沒有一個好作家，可是有秋雨含淚；沒有一個真實歷史，還是有《論語心得》；沒有一檔好電視節目，可是有19：00～19：30；沒有一個好的博物館，可是鎮壓了千萬人的元首紀念館以及他的木乃伊水晶棺還屹立於廣場……我們報刊雜誌不太說真話，印刷品數量是全球第一。出版審查是嚴了一點，但實在不行，還可以出手抄本。我們有個別無德貪官，但貪汙幾千萬的十大品牌市長李啟紅已在法庭上向黨深情表白：「我還是有很多好的品質，我骨子裡無比熱愛黨。」輿論監督遇到些問題，監督輿論卻從來不是問題，你看前面我上篇博客文章，刪得只剩下一個標點符號了，這才叫傳媒大國、文化強國，這才叫軟實力，名副其實。

最後一個故事來自Richard Overy：「上世紀三〇年代早期，蘇聯也視爵士樂為一種文化顛覆，爵士舞也作為墮落的資產階級生活方式。可是低俗墮落的資產階級生活方式實在誘惑太大，官方不得不讓步成立國營爵士樂團，但只允許演奏旋律柔和的舞廳曲目，或改編自俄羅斯民歌的音樂。一九四五年以降，爵士樂因冷戰頭號敵人美帝國主義，更是罪加一等。到了一九四九年，蘇聯薩克斯風的生產與銷售皆為非法。」

讓我們最後一次談談風月吧，原來老大哥早就抓獲了一隻叫薩克斯風的破鞋。一隻叫薩克斯風的破鞋，一個叫李啟紅的道德，一檔19：00～19：30的娛樂，一個只剩下標點的文化。

（二〇一一年二月十一日）

3 群眾演員都很忙

我小時候在新疆，除了愛在長了胡楊林的小河溝看抓破鞋這類文藝片，時常也去操場看批鬥會這種動作片。雖然破鞋的長相貌似較好，細節也更引人入勝，偶爾遇到小安這樣的還能聽聽薩克斯風，但從整體製作上，批鬥會顯然更上檔次，是那時的國產大片。

新疆地廣人稀，走十里路都只見駝糞不見人跡。可是每逢開批鬥會，就忽啦啦沙塵暴般從不知名的地方颳來成千上萬的學生、工人、兵團戰士還有附近的牧民。人們表情重大、旌旗飛揚，密密麻麻圍擠在操場，僅留中間的空地給被批鬥者。到了一九七六年前後，這塊空地發生了很大變化，一方面是本地壞人已批無可批，再批也了無新意，另一方面此時距聖蕘只有數月，波詭雲譎，不斷有更陰險的壞人被揪出來，普通批鬥已不能滿足人們的革命欲望，批鬥對象上升到了中央級別。遺憾的是，這些壞人此時往往已住在一個叫秦的城裡，只得由群眾演員扮演。出演任務簡單，用誇張表情和肢體語言暴露壞人的罪行，最後一個環節必然是「踏上億萬隻腳，永世不得翻身」。

這時，我認識了一個叫郝大頭的群眾演員。他無疑是所有群眾演員中最敬業的，不僅可以偷偷抹上些油彩以突出視覺效果，被踏上很多腳時，身體戰慄，鼻腔居然能淌出長長的透明的液體，無論怎麼被痛打，那液體也保證絕不斷掉。實非俗輩所能做到，這讓我十分佩服。

那一年我七歲，並不知背後深意，也不知中國馬上要去到另一個時段，我常坐在高高的籃球架上，看下面的他戴著寫了壞人名字的紙糊高帽翻滾流涕，引領上萬群眾的情緒線和動作線，是人生第一幅深刻的畫。

郝大頭風光十足，簡直是當時的明星。後來我知道，他是哈密鐵路局機務段工人，演藝生涯裡扮演過一位前元帥、後分裂者，又演過一位前國家主席、後工賊，也演過一位前接班人、後叛國者……我看到的這段，正是演一位日後將改變中國的右傾翻案風的主將，鄧。他曾代表甲把乙打倒，又曾代表乙將丙打倒，代表丙將丁打倒……如果他活得夠久，他將一直扮演把自己打倒下去。郝大頭的演藝史，是一部我國宮廷矛盾史，可郝大頭演得一點不矛盾，因為他深信不疑，堅決緊跟，無論前頭是S線還是B線，絕不會跟丟。

郝大頭的命運悲喜交加。那時操場裡還有另一名女主角，乘務段的。我已記不清她的模樣，只記得臉白白的，屁股也很大，平時主要扮演地主婆女特務之類。每次被打翻在地後，她就與郝大頭翻滾在一起，屁股上被踏上很多隻腳。

可能由於長期與郝大頭翻滾在一起，代入感太強，同氣相求的他倆後來居然搞上了破鞋。他倆被抓住時，正在開水房那個堆放紅軍服裝和標語的角落，旁邊是領袖畫像……那是哈密特別重大的一件事，這已不是搞破鞋，而是對領袖褻瀆，且一定暗藏有更陰險的目的。人們義憤填膺地從各地趕過去，痛打郝大頭，踢他的頭和胸。他吐血了，哭了，高大強壯的他居然發出只有女人才有的嚶嚶的聲音。這讓我相當失望。不過他依舊十分投入，透明的鼻涕垂掛得長長的，不斷。他懺悔著喊「劃清界線、劃清界線」。可是革命群眾並不理會他，齊聲喊「打倒」。郝大頭後來被送到遙遠的一個勞改農場。不久便死掉。

關於郝大頭的死因有各種說法，有說他死於雪暴，有說死於肺病，也有從那農場回來的人說，他在農場繼續扮演各種角色，有一次，他扮演剛剛被打倒的那位年輕接班人時，由於演得太有神韻，激發了勞改人員的革命鬥志，人們氣憤之餘一擁而上，把他打了一頓。那幾天來了雪暴，搶救不及，肺上本有問題的他，就死了。

他死的時候，中國已走向新的一個階段，卻遺忘了一個傑出的群眾演員。這是他的一生，是我們的一生。很久以後，我才明白被圍在空地的郝大頭和圍住他的萬眾其實是一體的。我們是世界上最大的群眾演員團隊，自備乾糧，無需發放盒飯，雖然我們不能決定劇本走向，劇本卻寫著我們的命運，雖然導演從來無視我們的存在，我們卻要討導演歡心。我們唯一能做的，就是目睹台上劇情風雲變幻，製片人換角，主角反目，用最大的熱忱和體力配合一次又一次開機、或者「卡」……這個世上最大的演出人群，有運氣好的不小心成了王寶強，有的入戲太深，導演改了劇本時還不自知，被當成匪兵甲，一槍擊斃在奮力攀爬的舞台邊緣。

等我明白這一點，已做群眾演員很多年，我的名字沙粒般寫在本子上，無論願不願意都被它左右命運。

後來我從新疆去了成都，作為一個小演員，在馬路邊熱烈歡迎過來要糧食的北韓金將軍。再後來，我去到離成都很近的一個城市，重慶。這個城市有一天忽然命令必須唱紅色的歌，刷紅色的標語，滿大街都是紅色的演員，整個世界汩汩流動著激昂的血。那是二〇〇九年的事，我去到那裡，人們正對著手機記歌詞。開始我以為他們是裝的，後來發現他們有時還真信，雖然不信唱歌治精神病，但相信城市有安全感，貪官少了，唱歌會讓球隊增長士氣……我曾提出疑問，被他們批評：你不懂，人民心中積累太久的正義感總是需要釋放的。

在一間刷滿紅色標語的火鍋店，我碰到一個神情落寞的作家。他的妻子前幾年因參加「邪教」被政府抓走。我想安慰一下他。我對這座城市發表了疑慮。他卻神情忽起，說：「中國，就是需要性格強硬的人來領導。」我仔細觀察他的眼睛，充滿真誠的光。後來我才知道，他曾參與過一本表達中國對西方勢力不屑的書，他演得很投入。而這一刻，我知道自己永遠無法跟過去的夥伴們，再回到那個戲裡。

我昏昏沉沉離開那座城市不久，得知到一個消息：會唱歌的球隊，降級了。後來我又知道：那個拚命把整座城市刷成紅色的強大男人，一夜間被更強大的男人變成了黑色的。

政壇紅星、正義律師、公安局長，三名共產主義戰士與英國軍情六處特工流傳了一場風花雪月的傳說，追隨毛思想的粉絲在碼頭上長歌當哭，像苦苦等待重場戲的群眾演員，卻被導演粗暴甩戲。

可是，人民不需要主義，人民只需要誰贏跟誰走。整座城市又開始堅決支持中央的正確決定，堅決批判那個先紅後黑的人，群眾演員一如既往地忙，每個郝大頭都在熱烈慶祝撥亂反正，堅決緊跟，一切從未發生。所以，我們的報紙每天都很正確，只是不方便看合訂本。

其實並沒那麼多撥亂反正，它只是廟街對後街的戰勝，是A家族對B家族的肅清，它是家事不是國事……統治中國的政治家族甚至連國籍都是祕密。我聽到最新的一個解釋：一個新加坡人毒死了一個英國人，一個中國人跑美國人那兒報案，一群外國人家屬把一個在英國牛津讀書的孩兒他爸逮起來了——這是在中國發生的沒有中國人參與的謀殺案。所以這樣想，我們這些中國籍群眾演員沒什麼可義憤填膺的。總之堅決緊跟正確決定，如一時判斷不出正確決定，就請耐心等待正確決定以決定什麼是正確決定。也不妨娛樂些，比起那些平庸的國家，我們總有那麼多錯誤等待我們及時撥亂反正，有那麼多角色需要我們傾情扮演，人生如戲，全靠演技，這個山寨氣息濃郁的片廠，自出生之日，一切皆是劇中之義，不得跳戲。

只是，起飛前還是英明副統帥，墜機時就是反動叛逃者，頭晚還是領袖親密伴侶，天亮時就變成陰險老妖婆，春分還是改革踐行者，立夏後就變成全盤西化煽動者，花開時還是紅色的，花落時褪成黑色的，月半彎是接班人，月圓時變成野心家……中國語文到了它最神奇的一個階段，形容詞和名詞竟有時態。為緊跟形勢，我不惜無數次在語法上給自己洗腦。

以作為一個能有兩句時令台詞的群眾演員。

（二〇一二年四月十三日）

4 堅強

有一個叫秀秀的成都女孩子，長得跟水滴一樣乾淨，她十七歲時正碰上文革，被選中去藏區跟老金學習牧馬。老金是個很好的人，當年因為跟人打架被割掉了雞巴，他對秀秀疼愛有加，是一種純潔的精神之愛。

秀秀一開始認真學習牧馬，後來就煩躁起來，因為場部並沒有按約定在半年之後接她回去。她常坐在草地上幻想回家。有天來了一個男人，說可以幫她實現夢想……但這個男人並沒有幫她回到家鄉，只是用一個蘋果的誘惑就占有了她。老金心裡很難受，摸了摸那把槍，忍了。秀秀常常去場部要求回家，那些有門路的同志就紛紛上了她。有時還跑到秀秀的住處上了她。老金住在隔壁，淚無聲地下。秀秀付出了所有還是回不了家。老金忍不住指責秀秀不要臉，出賣純潔的身體。秀秀對老金大喊大叫：「賣也沒有你的分！」

秀秀的肚子漸漸大了，可並不知是誰的孩子。老金曾拎著槍帶著秀秀去場部鬧事，無果。最後絕望之餘，舉槍把秀秀打死，自己也為她殉葬。

看過的人知道，這就是《天浴》。

秀秀並不是出賣自己，她是被強姦的，被那個時代的強權強姦。那個時代有多少女知青被幹部強姦，已難以統計。唯一可證實的是她們無從反抗，愛她們的男人也無從反抗。很多年過去，有些事並沒有發生改變，不管是文革時的農場小幹部，還是現在的聯防隊員，他們身分卑微，卻代表強大的權力。這時，大家也許聯想到深圳曾發生過的那件悲傷事情，一個女人被聯防隊員強暴，而她那個叫楊武的丈夫只能在隔壁飲泣，因為害怕那聯防拎著的電棍。這兩件事有不同的地方，可非常相同的是弱者面對強權力，無處逃避。

我並不想談那件殘忍的事，只是想寫一篇影評。那個女人遭到傷害後，CCTV的同志嚴肅批評一些記者細揭發過多，對受害者造成二次傷害。這個批評很對，近年來最大的二次傷害出現在汶川大地震，CCTV化了濃妝的女主持人在賑災晚會上高呼「災難才讓國家有更大的凝聚力」……當黨性閹割了人性，有個大台天天在二次傷害。

二次傷害了別人的記者，卻在記者節被有關部門下達了禁令。記者節對記者下禁令，如同婦女節強姦婦女。這就是三次傷害。之後是四次傷害，網友們激烈爭吵到底是「楊武懦弱」還是「忍辱負重」、「閹掉聯防」還是「閹掉楊武」，兩派互以對方老婆舉例，企圖讓聯防隊員姦一次對方老婆以證本方正確……相信還有第五次傷害。

每一個悲傷故事的結局，都會變成人人互害，這裡的新聞固定模式：弱者被欺、無人理睬——媒體曝光、激發公憤——五毛出擊、糾纏細節——黨宣出手、下達禁令——上述再演一遍。我們不是擁有世上最匪夷所思的新聞，而是擁有最匪夷所思的新聞過程，從不追問誰製造了傷痛的根源，卻喜歡糾纏於莫名其妙的細節。最後，人民傷心地哭，政府會心地笑了。

你看，那婦人被強姦最後的結果是，有關管道發出聲音：這女人不是被強姦，其實是與聯防隊員通姦。這個匪夷所思的結果，是人們始料未及的。如果你看過《天浴》這電影就知道，農場幹部也不認為自己強姦了秀秀，而是秀秀主動勾引。

我對那個懦弱的丈夫有種難以名狀的滋味。這裡培養人才的模式：反抗的成為楊佳，不反抗的成為楊武，辯解的成為楊乃武。所以，當你無法反抗強姦，只好假裝享受的哼哼。我們是懦弱的，買把菜刀都要實名的子民怎會不懦弱。我們並非天生懦弱，只因天天被姦且警局規定「戴了避孕套就不算強姦」，而變得懦弱。人就是這樣，開始也反抗，反抗而無用，漸漸就會懷疑其實是自己錯了，當初一點小小的痛楚，只是因為還不夠主動不夠潤滑而已。一切習慣就好，習慣的別名，叫堅強。

我覺得人該有惻隱之心。這個國家除了權貴，人人都在被強姦——你交了稅，是交了從不保護你的保護費；你交了保護費，房子被拆只得在法院門口下跪；你別輕易下跪，擋了領導的路就是勞教罪。你一輩子沒見過選票，他卻把你代表，代表你吃特供代表你住富人區代表你在《新聞聯播》裝小清新，「這日子一天比一天過得好」。你上街呼籲一下官員財產公示會被抓，他貪汙了五百萬，你竟不忍地「才五百萬，算清官了」。還是作家乖，等不及別人來姦，寫作之前就先行把自己預姦了一遍。

整理這本書台灣版和法文版的過程，是回憶強姦的過程，那些被刪掉的部分，是曾經被扒掉的衣服，現在要一件件穿回去了。而此時，這個國又發生了一件意味深長的小事。湖南有個母親，她有個十一歲的女兒，漂亮。有一天，女兒被騙到一家按摩院，接客一百多人，被打、染了性病。這母親瘋了似的到處找女兒，好容易救出了她，又打了七年官司。出於對法院逾期不判和結果不滿，跑到法院鬧、跪在領導車輪前。可是在這個巨大的農場，這冒犯了權威。法警和保安就打她、踢她。最後把她關進獄裡。

在社會的壓力下，警方釋放了這母親。她勉強贏了官司，獲賠一千多元人民幣。一千多元，買不起貴婦的一支上等口紅。

最後的結果卻是官方開始反擊：這女孩有主動賣淫的情節，因為她家離按摩院並不遠，為何她並不逃跑；這母親懷疑鄰居拐走女兒，曾堵住警局要求調查，還拿過好心人幫那女孩去國外治性病、讀書的捐款……所以，這母親表面裝聖母，其實是悍婦。

我只想寫篇影評：說一個十一歲的女孩兒自願賣淫，可見《天浴》農場的幹部們從來沒遠去，他們越發猥瑣；說這個底層婦女是悍婦，讓人想起雨果《悲慘世界》裡的芳汀。芳汀沒受過高等教育，她吵架、鬥毆甚至襲擊員警，可她所做的一切，不過為了保護女兒。幸運的是，芳汀遇到了尚萬強，不幸的是，真實世界裡並沒有尚萬強，卻有太多永不跳塞納河的沙威警長。你讓芳汀怎樣保護女兒，跟龐畢度夫人攀交情？你讓來自湖南小城的母親怎麼相信中國法院還有公平，求助老鄉宋祖英？

那些攻擊這對母女的人們，也是一群天天被強姦的人們。被強姦者所受的最大傷害並非被強姦，而是在強姦中變得堅強，漸漸地，竟對同類失卻惻隱之心。

老金那條被割掉的雞巴，正是這個國家好多人的隱喻。

這麼說可能讓一些朋友不舒服。可讓你感到舒服的該是每晚19：00～19：30那檔娛樂節目。文革中多少知識女青年被強姦，大躍進餓死幾千萬人？教材裡不會有這些，我們也從未反思。你連反思都不敢，敢反抗？整個國家是一幅堅強的情景，那些謊言，大家都假裝信了。假裝信，在這裡是一種很高級的堅強。

這其實是一篇影評。回到《天浴》，故事的結尾是秀秀說她要回家了，在當初老金特意為她用石頭砌的一個浴池裡，洗滌自己的身體，她洗啊洗，抬頭看著老金，老金也看著她。她其實想通過把腳打傷的辦法回家，自己下不了手，讓老金幫她。老金舉起槍，忽然雙方眼神有了變化，老金槍口慢慢上抬，一槍就把她打死了……我看到這裡時，一開始覺得被割了雞巴的老金特別懦弱也特別邪惡，後來才明白，其實是秀秀暗示了自己的歸途是被打死，她原本就想自殺，而且成功了。這個結局想必會讓人再次聯想到深圳那個婦人覓死的事，從蒙昧的文革到改革開放前沿的深圳，從巨型農場到最高法院，有些事情並沒有發生太大變化。

對了，這部電影在院線是看不到的，它表面上是一部電影，實際上是我們的生活。嚴歌苓寫的是過去，我們卻讀出了現在。昨天，我的一個做電影的朋友告訴我，他無意中去庫房查資料，發現最近七年來不許播放的中外電影達到六千多部。六千多部，差不多是膠片回收廢品站。這段時間，我的一些寫現實主義題材的作家朋友，也準備轉型去寫言情和穿越了。看來，忘記了第一次的傷害，習慣了，就是堅強了，堅強了，也就不用怕強姦了。

我們幾乎知道所有關於正義和善良的道理，我們也知道傷害的來源在哪裡，我們什麼都知道，卻什麼都聽不到，什麼都聽得到，卻什麼也做不到。在此只能介紹一首很好的歌，《天浴》主題曲〈欲水〉，在豎琴伴奏下，齊豫的聲音空靈中有頑固的哀傷：

「風來了，雨來了，他們為什麼都知道，我聽不到，我聽不到，你說話聲音太渺小……」

（二〇一一年十一月十六日）

5 偈語

我常聽到一些朋友說：不要總對這個國家說三道四，你這麼不喜歡這裡，怎麼不離開這裡。看來，這些朋友把愛一個國誤會成愛一個妞了。不喜歡一個妞當然就該離開，免得耽誤對方。可是愛一個國就要說三道四，這才讓它變得更好。就像你抱怨小區下水道總是堵，物業衝過來說：你這麼不喜歡這裡，幹麼不滾到其他小區。這就不好玩了。

還有一些朋友愛說：難道出去當二等公民嗎？是的，我們在國內是一等公民，一等就是六十年沒見過選票，一等還清房貸已是兩鬢如霜，一等公車得四十分鐘好容易擠上去卻被擠成照片出了事死亡名單上名字卻被省略號一一等掉……的公民。

我這麼說很容易被當成西奴。其實我覺得中國沒有西奴，只是因為有太多的房奴學奴醫奴車奴，才貌似好多西奴。總惦記著西奴，恨不得做個小紙人天天用針扎生活裡簡直不能沒有西奴的，才是西奴。西奴？息怒。我是不會移民的，經過這麼多年教育，我已清楚地認識到移民的悲慘遭遇。

首先，我已失去在國外創業的能力。雖說一兩千美金就可註冊一公司，可遺憾的是，按我們乍到生地先得混個「地頭熟」的傳統，那裡並沒有街道辦主任可供塞一塞紅包，請阿Sir在唐人街吃個麻婆豆腐都算行賄，工商稅務的親戚全然不能罩著你，衛生部門嚴格得跟聯合國核檢一樣，別說地溝油，隔夜沙拉也罰得你沒底褲。投資移民要給本國人提供十個就業機會，但不可用鄉下表親的身分證冒充，更不能用智障工人，犯了事，你媽是希拉蕊也罩不住。咬牙去刷盤子吧，偏偏美國青年酷愛刷盤子，身手奇快，一臉殷勤的樣兒，不小心就碰一總統的兒子上崗競爭，簡直看不出是皇二代，洗刷刷一會兒就把我秒了。

我流落街頭，也沒什麼乞討的能力，我已融不進美國的流浪大軍，那些流浪漢眼神淡定，要麼會拉小提琴要麼會畫畫兒，最不濟也會扮個小丑把橘子扔得穿花似的。我從小學奧數、總結中心思想、練團體操做肉體背景板，才藝確有不逮……最重要是那些流浪漢一臉從容安詳，而我兩眼焦灼、三心不定、四肢僵硬，渾身的不法分子氣息，總幻覺城管踹攤，風吹草動就要拔腿而逃，很可能被ＦＢＩ當恐怖分子抓起來。

雖然我也有成為富人的小概率，可一看賈伯斯私生女都被曝光都不見有關部門出來闢謠，比爾・蓋茲被起訴壟斷經營，發改委也不出面保駕護航。頓失當富人的勇氣。從政最不划算，不說隨時被選民拎出來質問，玩個拉鏈門都要被調查，也不準備十幾個文工團女演員聯歡聯歡，這樣當官，就太沒樂趣。

重要的是我已不適應那裡的生活。喝不慣不含舍利子的牛奶吃不慣不添加斷腸散的速食麵特別呼吸不慣PM2.5不超標的空氣。那裡的空氣真是太糟糕了，吸一口肺都變綠。街區太安靜了，走八英里常見不著一個人，有時候暗自擔心會否遇上狼。娛樂匱乏，別說包個二奶，有些州零點時分酒吧都得關門。沒有春晚、《同一首歌》、感動美國，連個盜版碟都買不到，更別說上網看看官員的群P視頻。

反正我是不會移民的。國外太故步自封，一條法規居然執行了二百年。我的祖國風起雲湧，多好玩，社會新聞每天一個小亮點，每週一個大亮點，每月一個爆炸點，明天有爆炸新聞已不再是新聞，以何種驚世駭俗的方式爆炸才是新聞。總之，那邊是好山好水好寂寞，這邊是好髒好亂好快活。國外活的是尊嚴，但國內活出的是派頭。雖然這裡的食品、飲用水、空氣是毒了一點，習慣就好，久而久之，人人就修煉成百毒不侵的歐陽鋒了。

等到死了，墓地居然是永久的，這讓習慣二十年使用權的我在地下情何以堪，怎能入土為安。當然，最最受不了的是──在國內我們天天罵美國政府，到了美國，人們還是天天罵美國政府。國內媒體天天批評歐巴馬，到了美國，媒體還是天天批評歐巴馬。國內的專家嘲笑華爾街，在美國，連華爾街自己都在嘲笑華爾街。花那麼多錢，我都搞不清到底是移民到了美國，還是偷渡回了中國？

前段時間我發了一條微博試探民意，「給你一千萬，你移民嗎？」不料大部分群眾沒覺悟，紛紛說要移。只有少數朋友深明大義：給我一千萬也不移。因為有一千萬還不如捐個村官，兩年就可賺上一個億。我覺得給我十個億，也不移，有十個億比美國總統活得還滋潤，可以修個比白宮還豪華的辦公樓，養一些比兔女郎還風騷的女孩兒，網羅些比ＣＩＡ還狠的條子，再圈養些比泰森還能打的城管，出門警車開道，套牌賓士軍車，要是撞了人，告訴他「我爸是李剛」，不，告訴他「老子剛撞死了李剛」。

總之我是不會移民的。我知道人人揣著一顆移民的心，只因為人人有一份遺民的感受，可是別移，一是因為你既貧窮又卑微根本沒條件移，最多只能夢移。重要的是，你看每回開會，下面黑壓壓一片全坐著外國人他爸和他媽，你移出去還是受氣，所以我們坐等他們移，只當他們去臥底去禍害美國，以他們的能力不一會兒就把那裡搞亂套了，那裡亂套了這裡清靜了，中國就霸業了，民族就雄起了，到時候我們只需做的是，嚴防死守美籍華人來移。

所以不管過得再苦逼，也別移，這其中的道理，先聖其實早就打過一個偈語，此所謂：貧賤不能移。也是歷任領袖綱領性指出的：堅定不移……

（二〇一一年十一月三十日）

6 兄弟

我小時候住過的打金街，是川西大糧倉向東向南的必經之路。薄霧瀰漫的清晨，常會轟隆隆跑過一隊隊望不到頭的軍車，上面運的是一袋袋白花花的大米，因為，南邊那個兄弟國家實在太餓了。我還記得幾年後，轟隆隆的軍車運的不再是一袋袋白花花的大米，而是一張張朝氣蓬勃的臉，唱著嘹亮的軍歌，這是因為，南邊的兄弟吃飽了後，就開始搶地盤了。長大一點後我知道，那一張張朝氣蓬勃的臉在前線衝啊衝，被我國贈送給對手的中國制五六式衝鋒槍射中，倒在敵軍防禦工事的沙包上。臨死之前他們會發現，那些沙包其實是當年送過去還沒吃完的大米。

那場戰爭過去後差不多十五年，有天晚上我跟同事歐榮承在羊市街一家酒吧裡遇到一個中年人，他只有七根手指。他說，當年他跟最好的一個戰友並排向前衝啊衝，一顆榴彈炸開，忽然戰友就不見了，像被熱浪蒸發掉。他找不到戰友的骨頭，只有把不知是敵人還是戰友的骨頭斂起、火化，裝在一個罈子裡。

那時部隊提倡學文化，戰士們大多練習同樣一手仿宋體，他冒充戰友給河南老家寫了整整一年的信。直到退伍時，他才抱著那個罈子去了河南，進院就跪下，說：從今以後我就是你們的兒子……這個中年人其實就是酒吧的老闆，他一直低頭說著這些事，和兩國修好重開邊關的那些事，燈光忽明忽暗，辨認不出是哭還是笑。

他最後說：我對世界的看法變了，我再也不相信那些騙子了。

我不確定他是否知道誰才是真正的騙子。我只知道，我這一代中國孩子有著最殘忍的青春，是因為我們經歷了世上最複雜的愛國主義教育，我們揮舞過小拳頭聲援南邊的兄弟，也給正跟它開戰的我軍將士寫過感人至深的慰問信；上半年還從碗裡分出米飯給老朋友，下半年就目睹一張張朝氣蓬勃的臉衝啊衝，倒在異國的泥土裡。經歷了這些事，愛國主義不再是恆定的價值觀，而是變幻莫測的懸疑片，我們觀察四周，不知孰敵孰友，一切跟著元首的表情走……等慢慢長大才明白，其實沒有背叛我們的兄弟，我們才是自己最大的騙子，一切只是為了那個叫大國形象的幻覺。

可一袋袋白花花的大米和一張張朝氣蓬勃的臉，從此遠去。並沒有人問，為什麼我們的大國形象總要建立在對社會主義友國的無償援助，而不是對本國國民的無畏保護。

前幾天，又是一位兄弟，來自中國人民的老朋友俄羅斯的一名大提琴手，在動車上把腳丫子伸到中國女子頭頂上還爆粗口「你傻逼，你非常有病」……從而激發新一輪的愛國主義激情。聯繫到這段時間主流媒體宣傳的英國人在宣武門猥褻中國女子，韓國人在肯德基暴打中國女子，以及著名的《金陵十三釵》……我不明白為什麼每當我們要宣傳境外反華分子對我國不利，總先對我們的女子集中地耍流氓。我也不明白為什麼每當我們需要宣傳愛國主義，就要把自家女性推到宣傳第一線。可能這樣更方便激發民眾的同仇敵愾。當然，我也被激發了，最被激發的原因是：對方囂張，列車員卻在討論受欺負的女子用雜誌敲打對方的腳丫子是否禮貌，乘警詢問了情況後，結論竟是：「人家是藝術家，腳蹺高點就蹺高點吧。」這趟動車上發生的故事差不多是中國愛國史的縮寫，就是：個體在抗爭，群眾在圍觀，兄弟在撒野，政府和稀泥。

往往我們需要國家保護的時候，國家只是字典上的一個檢索詞條，或新聞聯播的一句語氣詞。最近我們的漁船又被扣了，記憶中已從菲律賓扣、印尼扣、越南扣，到現在居然北韓也扣了，這些國家不都曾是第三世界的盟友嗎？這些國家彷彿誰不扣我們幾艘漁船都不好意思自稱是我們的兄弟了。我常聽左派的朋友說要警惕好萊塢的文化入侵，可好萊塢製造了多少F十六、特戰隊、阿帕契營救人質的大片，我們拿得出手什麼，是那部很濫的《代號美洲豹》，還是更濫的《衝出亞馬遜》。我們造了很大一艘航母，卻連幾條漁船都不能保護。借出那麼多外債，卻不及時交納被扣漁民的贖金。

在我看來，愛國主義並不是讓國家混得有面子的主義，而是讓國民活得有尊嚴的主義，如果犧牲國民的尊嚴照顧這個國的面子，這主義，真不是個好主意。

促使我寫這一篇的動機是，有家日報刊登了「必須高揚愛國主義這面大旗」：愛國主義正在遭到一些人的批評和嘲弄，適外必贊，逢中必反，忘了自己首先是個中國人，幹著一些數典忘祖的勾當。我覺得這家報紙的社論寫得真好！我們確實要加強愛國主義教育剷除一些漢奸了。你看，中國校車出事時，有個部去送給馬其頓豪華校車，中國漁民被綁時，外交部的大使卻跑去幫綁匪插秧子……所以我建議，中國這次一定得強硬索回船和漁民，在我看來，大國形象就是大哥形象，關鍵時刻你不能慫。這些年你收了那麼多保護費，總得罩一回矢志不渝跟你多年的人民了吧。

最後一個關於兄弟的小故事：我讀初一那年，東邊那個國家的金元首要來成都視察。那天學校史無前例地放假半天，從中午兩點鐘老師就組織我們在人民南路毛主席像下面列隊歡迎。我們等呀等，餓呀餓，餓到晚上十一點，忽聽老師緊張地命令，「快，舉起花兒，喊」，我們一陣激動地喊：歡迎歡迎，熱烈歡迎……我喊缺氧了什麼也沒看見，那車隊開得極快，甩都不甩我們就駛向金牛賓館了。聽前邊的小隊長蔣文勝激動地說：呀，我看見了，有一隻胖胖的手在向我們招手……那天為了大國形象，老師要求我們穿著白網鞋，家境不好的同學沒有白網鞋，老師就用濕白粉抹上去，穿在腳上燒得很難受。等散了場，廣場上全是腳丫子印跡，像奇怪的鳥群駐足過。那天從中午到晚上我們都沒吃飯，很餓，被元首用後腦勺接見後，只得自行沿著長長的馬路走回家，差點暈倒。

第二天，報紙統一刊登了這樣的消息，友誼長存，成都援助北韓糧食多少噸……我嚥了一口口唾沫，雖覺得兩國友誼充滿飢餓的胃酸，仍驕傲不已。

像我這樣的愛國者，卻時時被罵為漢奸。每當被罵時，我想說：可曾記得一袋袋雪白的大米運到南邊，一張張朝氣蓬勃的臉仆倒在前線，青春被子彈擊穿，不回故鄉，永逝我顏。有天晚上，一群中國小屁孩們餓著肚皮，為大國形象站台……

（二〇一二年五月二十日）

7 島

大家都在喊保護釣魚島，其實我也很有這方面的理想，可總在制訂作戰方案的階段就受挫。在一個禁止私人擁有槍支，菜刀又實名的國度，總不能舉塊石頭跟敵人硬拚吧。當然也可以為配合我軍總攻打個前站先，孤身游過去偵察一下，可最近又禁海了，稍不留神就被世代交好的北韓海軍綁了肉票。後來大家就改在網上隔空叫罵，罵著罵著就變成了國人之間的對罵……和每一次一樣。所以，不要以為保護得了那個島，其實你只保護得了一個鳥。

然後外交部再次強烈要求日方道歉、道歉、必須道歉，可日本人說我不道歉、不道歉、就不道歉。外交部又要求日方賠償，日方說我不賠償不賠償……這樣的局面很熟悉，就像複讀機。我覺得這個部實該改名叫抗議部，是古時候的一個兵種，不負責打仗，只負責領一幫大嗓門跑對手營前搦陣，從趙錢孫李罵到周吳鄭王，從天地玄黃罵到宇宙洪荒，敵人毫髮未損，但我們主觀氣勢上已把對方主將罵到了吐血三升、氣絕而亡。

單挑不行，罵來罵去也沒什麼用，自然要抵制日貨。我有一個開酒吧的哥們，每說起日本人就按捺不住，他說要在酒吧門口打出「日本人與狗禁止入內」的橫幅，激憤處甚至想立馬燒了街對面那個有很多日貨的電器店。我總是陪著他，一邊喝著朝日啤酒聲討日本人，一邊通過SONY電視看球賽，再後來又聽歌手用雅馬哈琴彈唱的「大刀向鬼子頭上砍去」，然後他就開著日產豐田回家了……這就是抵制日貨的現狀。我覺得抵制是一種態度，可以抵，但不必完全當真。你並不知兩邊老大在想什麼，小弟們抵來抵去，最後難免抵到自己。最近人民網上有人號召向日本禁運稀土，反響平平，因為日常生活中，跟老百姓有關的並不是稀土，是稀飯。

我查過那個島的一些資料。二戰後期的北非開羅會議上，羅斯福多次說要借勝利之勢把那個本屬於中國的島還給中國，可前朝領袖蔣介石猶豫再三，表示還是由中美共管。羅斯福再次暗示還給中國，蔣介石再次表示中美共管……此情節反覆上演，很像一只丟失的錢包歸還記。連羅斯福都納悶，天下竟有拒收錢包的失主，卻要求跟外人共同擁有這個錢包。再往後蔣介石被打跑，美國人跟日本人成為戰略夥伴，本來共管的那個錢包自然歸了日本。中途也有收回錢包的動議，可有本朝領袖說，大國就要大度嘛。這些史料說明不僅是日本人占了那個島，也是我們自己並沒有堅持那個島。

可見國家和國家之間沒有永久的友誼，只有永遠的博弈，你強大牛逼，地就多，只會抗議和大嘴巴擺陣，地就少。究其實質跟混混在街頭打架是一個道理，要麼就把對方打趴下，要麼就老實裝孫子，裝孫子也沒什麼，可你沒一次敢打，還總幽怨翹起蘭花指傾述怎被凌辱，就很沒氣質。

整理這本雜文時，正值九一八事件八十周年。愛國者按慣例又血脈賁張，貌似當晚就殺到日本本土。可他們並不知道，八十年前的「九一八」：短短四個多月內，一百二十八萬平方公里、相當於日本國土三・五倍的中國東北全部淪陷，三千多萬東北父老鄉親成了亡國奴。四個月就丟掉一百二十八萬平方公里，最快的關東大馬也跑不完全程，可這麼遼闊的黑土地忽地就沒了。三千萬東北同胞，連眼前的父老都保不住，你還那麼煽情地揚言要收復遙遠的失島？我忍不住發一條微博：紀念「九一八」最好的方式，就是想想現在和八十年前有什麼驚人相似之處；紀念「九一八」最不好的方式，就是容忍這些積患並幻想游到那個島把所有女人強姦。我想我已說得夠愛國了，可愛國者們還是說我是賣國賊，聲淚俱下，肝腸寸斷，再次被我傷到了情感的幽門。

我覺得這些朋友的心理結構是很好玩的，在一個你從來沒見過選票，也不擁有一寸私土，連辦個讀書會都隨時可能被當成高危人群清理掉……的地方，你其實是這裡的敵人，為何還要去單挑其他的敵人。也許你是個特別精忠報國的刺身控，我只好說：那個島，你認為是你的就該趕緊弄回來。那個島說了多年，實在有些審美疲勞。你說那妞是我的、我的，卻一直不敢上去摸一把，最後連那個妞也看不起你。

那個島並不是屁民有能力解決的。游過去被抓，國家還得花納稅人的錢幫你包機回家；上街抗議阻礙交通，員警叔叔還怕你被境外反動勢力利用；抵制日貨，最先不幹的是政府，這正是地方財政收入很大的一宗。當然，如果愛國者誓死要收復那個島，我只好建議：這個島最好由國家出面解決，國家可以把這個島視作死扛多年的一顆邊疆釘子戶，你看，拆遷辦的同志們做了多少工作甚至用「共同開發」委以股東身分，它也堅決不從，這多沒面子。所以必須得把這顆釘子拔下來，才好給內地釘子戶一個安慰。

好吧，既然你那麼想搞，別只在國內搞一搞，牛逼就該去外面搞一搞，也別只敢在國人面前扮演虎軀一震，也得敢弄得敵人菊花緊縮。養兵千日，用兵一時，既然你那麼想證明，中南海管得了南海，釣魚台管得了釣魚島，就給我們信心，讓我們覺得平時的苦逼其實是值得的，技術上很簡單：給我三千城管，一夜解放釣魚島。

看看我們的標語：中日必有一戰，中菲必有一戰，中越必有一戰，中印必有一戰，中美必有一戰……中國和火星必有一戰。這就是我們的愛國主義。

雖然這跟愛國主義，並無關係。

（二〇一〇年九月二十七日）

8　一個賣國賊的自白

有個愛國者用iPhone在微博上刷屏：「我十多年沒買過日貨，一點都不影響生活。」就像一點都不知道：iPhone的快閃記憶體來自東芝，圖像感測器則是SONY……

有個企業家宣布：即日起只用國產小米手機。我只好發去私信：小米的顯示幕來自夏普。

有家電視台宣布連續三天停播日系廣告。我好奇它怎麼說服自己忘掉專業常識：中國所有電視台的攝像機、編輯機、信號發射機、差轉設備幾乎都是日貨。

差不多是個冷笑話。在世界已成為一個分工協作大工廠的今天，腦子得洗到什麼程度才會固執一百年前的襪子作坊思路。當一塊國產電池也有外國資本，買日系車就是賣國，我都不好意思劇透紅旗轎車裡有多少日本技術。車不過代步工具，要是代步工具就代表政治立場，關雲長騎了呂布的赤兔馬，豈不暗藏貳心？

看到此時，這個盛產腦殘的國度肯定有人反駁：赤兔馬是戰利品，日系車卻是跟日本人做生意。一看就是《雪豹》粉絲，腦子裡的戰利品只有三八大蓋。你的智力水準已不允許你明白：做生意就是和平時期的戰爭，賺的錢就是戰利品。現在哪兒有什麼拚刺刀的戰法，製造過六四的鄧小平還算對得起這個民族的地方就是讓經過大饑荒、大備戰與全世界大多數國家為敵的中國人，終於明白除了拚刺刀，還要跟敵人做生意，賺得多就是贏了敵人……歷經這樣的戰鬥，中國才沒像一百年前那樣被欺負。一輛中日合資的本田，中國比日本賺得多得多。你當然可以說為了民族大義寧可不賺日本人的臭錢，可是有錢才能造航母，而航母不正是你民族大義的象徵？

自從不知哪路神仙說了只要連續三個月抵制日貨日本經濟必潰這個論斷，經典「全球化模式」就被山寨理論秒了。多幼稚，全球經濟千絲萬縷，你以為在抵制淘寶網店，刷點惡評它就繳械投降。又說「不跟日本合作，我們跟美國、德國、法國、義大利合作」，我都不好意思把八國聯軍的名單一一列出了。又提到沃爾沃（VOLVO）。他真不該忘記，瑞典的諾貝爾獎其實更陰險。如果凡有宿仇就斷絕商業合作，最後，我們只好跟北韓合辦一家汽車廠，鑒於兩國世代修好，品牌就叫「修好」，以表示隨便這款車爛在哪條路，保證能修好……可是他真該翻翻歷史，北韓師團在幾十年前的南京城幹過什麼。

這些在歷史和邏輯上都一塌糊塗的愛國者，最好不要用日本人發明的卡拉OK、LED、速食麵，不要用WIFI模組、晶片，取款時避開日立牌ATM機，如果內急，寧肯憋出膀胱炎也不用TOTO、美標，為了愛國，上街都穿著尿不濕……

在一個盛產愛國者的國度，作家最大的痛苦不是如何讓文章更有才華，表達新的思想，而是必須小心翼翼避免讓愛國者誤會，自己這一筆下去就把三分之一國土賣給了敵國。而比作家還痛苦的則是愛國者，他們竟真地認為作家敲敲鍵盤就有這個賣國能力。為此，愛國者們殫精竭慮、目光炯炯，通宵趴在國境線上。這真是一個喜劇。

我們常憤怒批判境外反動勢力企圖顛覆中國。我也覺得這些境外勢力很可惡，他們喝著上等法國紅酒，擁有瑞士銀行帳號，子女住在美國富人區。他們偷走中國人民數不清的錢，操縱股市、指揮強拆、販賣資源，每到中國召開政治會議，這些外國人的爹媽就齊刷刷坐在北京的人民大會堂裡，把這些搶劫行為合法化，並通過把控的CCTV、《人民日報》，粗暴干涉中國內政。最可恨的是，倘有中國人呼籲民主、自由、憲政，他們就把這些良心犯關到監獄去……愛國者不去呼籲抓出這些境外勢力，卻去打砸平民的財物。最好的抵制日本，就是我們真強大，而不是黏副雄獅牌胸毛。如果這個民族有更優質的教育、嚴謹的學術、公正的司法、廉潔的官府，讓更多有才華的青年找到工作，讓業界有天馬行空的想像力，也有祖傳三代埋頭做一個鎖頭的工藝精神。當國貨強大，哪還有日貨市場。可惜，中國沒有三代人埋頭製造一個鎖頭的精神，只有著世界上最多的開鎖師傅和包打開廣告。

你打著愛國旗號去干涉同胞的財產。你用著日本手機約人砸店、敲著日本電腦上帖罵漢奸，可不可以先把自家日本電器砸了再出門裝大尾巴狼。以前捉姦在床，現在捉漢奸在路上。當號稱最偉大最傑出的民族每天都有成千上萬名漢奸跑在路上，從物種學這也很不合理。香港、台灣滿大街都是日系車，你敢說他們是漢奸，他們每一回都衝在保釣最前沿。

釣魚島是我們的就得去收復它，以強拆隊的速度平了它；而不是天天躲家裡罵，「攻克釣魚島，姦光日本女人」，你一直沒有日到日本人，卻只是在曰本人，最後變成另一個猥瑣民族，曰本人。

有腦殘說，我們不是要絕對地清除日貨，只是表明愛國態度讓小日本嚇一跳。可小日本嚇了一跳嗎？倒是數十城的打砸搶行動讓國人嚇了一跳。看見同夥拿著扳手和磚頭衝過來，你有沒有心驚膽戰給親友打電話：最近風聲緊，你的日系車千萬別上路……然後高舉拳頭，厲聲痛罵日系車。擰不擰巴。

還有腦殘說，我也反對打砸搶，只是通過抵制日貨喚醒國人的尊嚴。民主喚不醒你的尊嚴，一輩子沒見過選票激發不了你的尊嚴，那麼多貪腐沒有刺痛你的尊嚴，這時瞅著一樁特別安全又能找到存在感的事，你就慨然上街，還嫌不上街的同胞不進步。阿Q嫌小D不進步？史家記載得很清楚，百年以來哪回抵制日貨受傷最重的不是中國人？敢問停播日系廣告的電視台們，賠償金是不是又該納稅人出？

想必聽過那歹徒用鐵鎖砸碎西安車主頭骨破碎的聲音吧，這麼清晰，砸殺的可正是自己的同胞啊。愛國賊從不敢真地抵抗外敵，只敢對自己人下手以填充生活失落感。

有人撫額慶幸，還好愛國賊不知道秦山核電站工程是和三菱重工簽的……他們知道了也不敢去砸，他們壓根兒不是去砸日貨而是給二流子思想貼上愛國金箔，打著熱愛民族旗號禍害同胞。你看，最大宗出口日本的稀土產業，任何一次都沒受到衝擊，他們知道那裡有武警。

正在此時，曾因禍害無數兒童的三鹿毒牛奶事件被處分的孫咸澤，榮升國家藥監局副局長了……我認為這是另一個島的失守，比釣魚島失守更重要。那個島上面沒住得有中國人，這個島住了十三億人。我始終覺得，釣魚島屬於中國，中國屬於我們，我們比釣魚島更重要，無論高樓還是航母，所有大國的榮耀都不及一條生命的珍貴，愛國的前提，是愛惜我們自己。甚至有媒體說不惜扔原子彈，滿臉核輻射的自豪表情打出「寧肯大陸長滿草，也要收回釣魚島」……當然，這種願景不是不可能實現，就是，「物種再次起源」。

中國要牛逼，可一部分中國人總以負牛逼的方式想獲得牛逼。總結這場愛國行動幹了以下的事：砸了國人的車，踹了美國人創辦的7-11，搶了瑞士的勞力士，毀了奧地利鋼琴，還有極愛國但不識字的人跑去韓國料理門口示威……簡直是個跨國行動，可這些勇敢的人竟無一游過海去奪回釣魚島。

然後，豐田表示將縮小在華產量了，這讓愛國者深覺抵制日系代步工具的戰鬥中取得了勝利。估計以他們的智商還理解不了赤兔馬和鄧小平改革開放「戰利品」的內在關係，聯繫到又流行的「犯我大漢，雖遠必誅」，我換一個淺顯的例子：昔漢武大帝，不僅熱中於重金購買西域馬，還大膽起用胡人教練，予重任、賞美酒，終於幫帝國打出決定性的大勝仗。

縱觀中華歷史，每當國家把精力用在吸引西域的馬、技術、詩歌的時候，就是它輝煌的年代。當引進一列洋人的火車、修條鐵路都生怕動了龍脈，就是非潰即頹的時候……

以上是一個賣國賊的自白。

（二〇一二年九月十八日）

9 寫在五一二的愛國帖

那年油菜花比往年晚開了整整一個月，人們並沒有意識到什麼。那時人們還相信專家，專家說花期推遲很正常，青蛙上街很正常。那天我正在書房趕一篇文章，地動時還以為家貓在腳下調皮。直到滿書架的書往外彈飛，才明白是地震。

大地像煮沸一樣抖動，地下有無數雙手在抓腳後跟。我拚命逃到樓下空地，高樓搖晃、燈杆傾斜，天邊發出妖冶的藍，把僥倖逃脫的人們臉上照出異光。總之那個景象十分特殊，像末日降臨……入夜，慢慢地才知道都江堰死了很多人，北川封路，血庫缺血。那時我正處於一個愛國青年的尾聲，糾結處熱情最猛烈，我認為報效國家的時候到了，要用我們的血肉築起新的長城。通宵張羅捐款後，清晨即與唐建光、鄭褚進到北川。

可是我在北川一中面臨著人生最大一個困擾。我無法解釋為什麼五層高的新樓倒塌後只有半個籃球場那麼大，而幾十年前修的舊樓竟沒有倒塌。也無法解釋大樓像餅乾般脆掉後，建渣裡竟沒什麼鋼筋，以至於在一樓上課的學生都沒來得及逃脫。一個婦人一直在我身邊走來走去，已不太哭得出聲，只嘶啞地指著那堆很渺小的建渣：看，那是我娃娃呀，她的手還在動，還沒死，可是我扯不出來她啊……那個情景令人崩潰，我看得見那個女娃娃碎花衣服的一角，還有其他孩子的衣角，他們中的很多還在動，手在動，腳在動，有細小的呻吟。可按部隊命令我們不能上前，據說廢墟不能輕易站人，以免引起二次崩塌。

就這樣，眼看孩子們的身體在動，與那些石頭一起，慢慢變冷、悄無聲息，而我無能為力。

在此之前我是個愛國青年，相信生活的不幸是敵對勢力造成的。我曾在球評裡寫「大刀向鬼子頭上砍去」，因為這些傢伙是南京大屠殺的後裔。罵過ＣＮＮ長了口蹄疫，因為它的主持人蒂弗萊說中國幾千年來都是暴民和垃圾。我並不反對抵制家樂福，認為從這可以喚醒民族意識。我家離美領館很近，一九九九年美國導彈轟炸我駐南大使館時，我在美領館外高舉過憤怒的拳頭，燒過報紙，同年前往美國採訪時，我還寫過一句「像一枚導彈打進美國本土」，深覺這句子十分有力。

站在北川學校廢墟前的我很困惑。我依然愛國，但漸漸明白建渣裡的鋼筋並不是帝國主義悄悄抽走的，那些孩子也不是死於侵略者的魔爪，而死於自己人的髒手。我更困惑，為什麼九一一死難者都有名字，我們的孩子沒有名字……

如果晚年寫自傳，我將以二〇〇八為基點。在此之前我是一個混蛋，自以為是，從無懷疑，面對手上的指紋一樣以為掌握了人間道理。震後那段時間，我天天在北川的大山裡孤魂野鬼一樣晃蕩，有時與其他志願者一起救出一些老人和小孩，有時就對著殘垣斷壁發呆。這是更難熬的青春期，被折磨的並非發育的身體，而是信念。

有天我無意發現有一所完好無損的希望小學，甚至玻璃窗都沒怎麼震碎。我得知，地震發生後學生們在老師帶領下翻過三座大山，安全逃到山下。我問校長和老師為什麼出現這個奇蹟。他們異口同聲地說，感謝那個監工。

那個監工是捐款企業派來的，他天天用小錘子敲水泥柱子聽聲音。他是工程兵出身，能從聲音裡聽出柱子裡沙子的含量、圓石比例、水泥標號是否匹配，如果不合格，就責令施工隊返工，如果施工隊不願意返工，他就大吵大鬧。老師告訴我，那些日子工地上除了施工聲音就是這個監工跟人吵架的聲音。除了因品質問題吵，就是為了追款跟當地政府吵。眾所周知的原因，企業的捐款大多先交當地政府掌握，再由政府撥給指派的施工單位……最後一架是關於操場的，他吼出一句：黑什麼，不能黑教育。終於追款成功修妥了操場，小小的操場。

大地震發生時，正是這個小小操場庇護了幾百名孩子。

我曾問過他，這所學校是不是用了特殊標準才修得這麼堅固。他說：不，只是按國家普通建築標準修建的。我又得知，這個監工監理了五所學校，那場大地震中竟無一垮塌。這在汶川大地震如多米諾骨牌般倒塌的校舍現象中，是個奇蹟。他說：沒什麼奇蹟，所謂奇蹟，就是十年前你修房子時，能想到十年之後的事情。

可是他從來不能被主流媒體宣傳，名字也一直不能公布，因為這會讓國家出醜。後又傳出他所屬的企業涉黑。前兩年的一天晚上，他打來電話，說正在被精神病醫生治療著，老婆也離婚了，他現在想帶著女兒逃出四川，問我能不能幫他遠離這是非之地，在北方找一個工作……後來我們就斷了聯繫。

我從二〇〇八年開始變化，一個人生平第一次看到無數的冤魂，肯定會變化。那些碎花花的衣角、還在動著的小手，之後一年之久不斷出現在夢中，而我竟不知道他們的名字。這是我的困惑，我們不能公布那些死去孩子的名字，也不能公布救了很多孩子的監工名字。今天是汶川大震四周年，這裡正式公布他的名字：句豔東。

最近大家很愛談愛國主義。我認為，不能狹隘理解愛國主義就是敢於抵禦外敵，愛國主義更是敢於抗爭內賊。如同你愛你們村，不僅表現於敢同別村搶水源時打架，更表現在勤懇耕種、愛護資源、不對本村婦女耍流氓。如果一方面欺負本村人民，一方面為了財主利益勇敢跟別村打架，這不叫愛國主義，這叫勇當家丁。

我們當然要用血肉築起新的長城，可長城也應該要保護我們的血肉。愛國主義應該是雙向的，單向收費的不是愛國主義，是向君主效忠。

我認為句黜束是十足的愛國者，他沒去攻打釣魚島黃岩島，可他救了很多孩子，他應當得到彰顯。當然這很可能將遠離他的一生，因為名望的舞台已被騙子占領。我在災區的見聞，多少騙子假太陽光輝之名橫行，讓青年熱烈膜拜……這是更大的災難，我們深愛的國家正在逆淘汰、逆宣傳、逆襲真相，如果一個國家的愛國主義宣傳著一些騙子，這個愛國主義本身就是騙局。

我的愛國主義：給應得者以所得，給竊取者以剝奪。國家始能昌盛。

有件小事，五月十三日下午再次強烈餘震，部隊命令我們外撤。走了幾公里撤到山口時正碰到央視張泉靈在時空連線，無意中我一身雨水和血跡的形象被攝進鏡頭。剛到山下，一個素以厚道著稱的央視記者打來電話：你丫真會出風頭，沒事兒你跑北川幹麼呀，搶我們台鏡頭。我說：日你媽。絕交至今。

一月後回京碰一著名央視仁義大哥。聊起豆腐渣工程，我說：貪官該殺幾個。仁義大哥深邃地看著我：不，中國的事情要慢慢來，否則就會亂，畢竟重建還要靠他們呀。又過三年，我批評了「共和國脊梁」倪萍。仁義大哥電話裡斥責：你丫罵倪大姐幹什麼呢，人家倪大姐可是好人哪。我在香港書展調侃于丹、余秋雨偽善，為權力洗地。仁義大哥再斥：想不到這幾年你變成這種人，承鵬，咱不能只破壞不建設，不能見著政府幹的事都是錯的。

我曾經如此欣賞仁義大哥，現在彼此天各一方，形同陌路。他那些公平正義的名言在微博流傳，星光燦爛，粉絲推崇。以及類似仁義大哥這樣的愛國者總說：不管國家有這樣或那樣的問題，可我們仍要愛這個國。我覺得這是個病句，我愛這個國，可我不能去愛豆腐渣工程，更不能去愛給學校修豆腐渣卻給自己修豪華辦公樓的政府官員。指出這個國家的疾病，正是對它進行建設很重要的一環。

我認為自己是一個愛國者，只是歷經二〇〇八年的奧運、毒牛奶特別是汶川大地震，我重新定義愛國主義：愛國主義不是一邊說外人搶劫我們的土地，一邊親自強拆了我們的房子；不是一邊說惡鄰讓我們石油緊缺，一邊派出發改委只漲不降；不是一邊高喊強盜強姦了我們的母親，一邊在大地震裡讓很多的母親被欺侮……的主義。我想讓所有人記住，那個婦人看得見自己孩子的碎花花衣角，看得見小小的手還在動，卻無能為力。

歷經世事，我才明白：所謂愛國，就是會為這個國家發生的一些操蛋的事而感到羞愧，所謂賣國，每當這個國家做出丟人的事，你卻滿臉紅光地宣告這是「中國特色」。

我的這條微博傷害了很多愛國者的感情，紛紛斥責我為漢奸。可我認為這是個病句，在中國官不至廳局級，財產不過一個億，每年不去國外考察幾趟哪好意思誇自己是漢奸。又說我是帶路黨，可是不拿幾張綠卡兒女不開著法拉利去名校上學不在美國置幾處房產哪有資格帶路。還有說，母親無論怎樣打罵過我們，可畢竟是生我養我的親媽啊。就突然想起愛國者曲嘯當初也這麼說。可常識是，誰見過這麼下毒手打罵自己孩子的親媽？

我其實並不那麼反對打黃岩，可反對只打黃岩不打黃賊。可愛國者的邏輯是：打黃賊得給政府一些時間，打黃岩迫不及待。對此我只有一個解析：多少黃賊，假打黃岩之名逃於法網之外。就想起五四運動中的梅思平，假愛國之名火燒曹家，可日本人打來時第一批就參加了汪偽政府。

這樣比愛國主義胸大肌其實很難證明真偽，說實話這三十年中國實力取得不小進步，至少近期內不太可能有日本鬼子打進家門，組織義勇軍去炸炮樓也基本屬於自我催眠的英雄幻想。不如讓我們談談務實的愛國主義：愛國主義是給孩子修校舍時少一份回扣，多幾根鋼筋；愛國主義是少修點豪華辦公樓，多建些讓災民過冬的房屋；是少喝點天價茅台，多吐槽些醒世真言，是少宣傳些感動中國的虛假英雄，多公布些溘然逝去的平民名字。讓平民在這個國能自由遷徙、念書，而不是五證齊全才能在京城讀書，記得在每一個紀念日，長歌當哭，每一朵平凡的生命綻開如蓮花。

我的愛國主義：重要的不是擁有廣袤的領土，而是每個人擁有生活的尊嚴，愛國主義從不是去愛專政機器，而是去愛一種共同價值觀；愛國主義從不是以國家的名義侵犯個人，而是予個人以權利來反對國家的不義，從而保護每一個渺小的自己……

小小黃岩，以我軍威武幾排炮就打成粉齏，收回失地指日可待，以壯國威；重重汶川，多少魂靈在飛，不懲前毖後，君將空負民心。

我是一個愛國者，我在乎龐大的領土多一個小島的名字，更在乎小小的紀念碑上回歸數萬亡靈的真實姓名——是為寫在五一二的愛國帖。

（二〇一二年五月十二日）

10 殺人者，父親

九歲的瀋陽小屁孩夏健強，後來就不愛說話了。也不跟認識的小盆友玩。走在瀋陽熙熙攘攘的大街，倘看到有一家三口走來，他會低下頭。倘有記者給他拍照，他會轉過臉去，說不想讓小盆友知道他有個殺人犯的爸爸。

他現在也許對爸爸有些失望。長大後，他卻一定要對這個國家失望。因那時他已知道真相。他該知道，五月十六日那天，他家討生活的爐子被繳，他爸被人推打，他媽跪地求饒。他還知道，那群人把他爸拽上車帶到城管屋裡繼續打，用拳頭打，用鐵杯打，踢下身。然後他爸揮起水果刀……他輕易就可得出結論，他爸只是自衛，不是殺人。而自衛，是這個國家自有皇帝以來就被允許的。我想告訴他，漢朝的皇帝跟人民約定了：傷人及盜，其時殺之，無罪。唐朝的皇帝也跟人民說好了的：竊及無故入戶，笞四十，家主登時殺者，勿論。

可我不好意思告訴他這些。皇帝沒有了，我們卻分不清殺人和自衛。晴天朗朗，讓人多哀傷。

九歲的夏健強在哀傷中長到了十歲。這個瀋陽非法燒烤攤主的兒子，每天只悶頭畫畫。我看過他的一些畫，很有才華，但已從當初陽光純真的「感恩的心」到後來崇尚武力的「大鬧天宮」，畫面也開始暗淡。對不起，我肯定多疑了，可法官大人，想必你也有孩子，想必希望孩子們盡量地畫出這個國家的美好，而不是殘暴。十歲的夏健強一定知道他爸為什麼上街擺攤，一定知道他爸正是希望他畫得更好，要多掙錢，才非法賣燒烤，最後竟至鋌而揮刀……可想像只有一米六五的夏俊峰向兩個身高一米八幾的城管揮刀而去，那情景，越決絕，越悲傷。所以法官大人，你不作為法官，我不作為寫字者，今天我們作為一個父親來擔心，每當那孩子拿起畫筆時，會不會想起那把刀。

就是父親的社會問題，水果刀卻成殺人刀。我看過死刑犯夏俊峰的簡歷，技校畢業第二年才找到工作，工作第四年就下崗，下崗八年發現賣烤串這個不錯的生計，全家為月收入終於超過三千興奮不已……多易滿足的東北工人家庭。三千元，你我每逢堂會喝頓大酒，不止於此。可大街之上，卻把他們殺到狼奔豕突，潰不成軍。我們都是看過城管追殺小販的場景，城管大哥好似幻覺自己天兵附體，自南天門而下，那通掩殺，那份神武，那種先天而來的政治正確性，讓他們忘了人性，忘了自己也是父親，或遲早成為父親。

所以我忍不住，就把這個標題取為「殺人者，父親」。即使你認為我這麼寫，很沒邏輯。

這一個違規擺攤的父親，卻是要努力養活自己兒子的父親。這一個殺了人的父親，卻是為保住最後尊嚴才殺人的父親。這個前技校生，後二級車工，再後的流竄攤販，一切只是為了當好一個父親，讓兒子去畫漂亮的畫。而不是看新聞聯播、學習《人民日報》，小小年紀就淤出一臉正處級幹部的道貌岸然。他從未想過讓孩子當官，所做的一切，不過想讓孩子能成為一個優秀的畫家……輾轉最後，竟至殺人。試想，一個小販格殺當世兩大城管之際，內心該多激憤。此時，可有專家為他辯護激情殺人？此時，羞愧的到底該是這名父親，還是未能讓他有條件成為一個好父親的這條街、這座城、這國家。

我不把夏俊峰當成一個違規的小販，我管他叫，一個父親。這裡對父親是有歧義的，違法轉移資產數億，被稱為父親；少交規費五六百，叫不法小販。將子女弄到國外名校讀書的，被稱為父親；東躲西藏擺攤掙學費的，叫窩囊廢。

法官大人，我想告訴你，我們這些父親，只是比更多數的那些父親多讀了一些書，多學了一些蠅營狗苟，把上流和菁英演得更像而已。我們發聲勇猛，做事雞賊，沒一個敢像夏俊峰那樣為保護家產和孩子揮刀殺人。可得記住，這裡有父親手執燃燒瓶保衛孩子的婚房，有父親為沒醫療費的孩子去偷盜。我早年有一個鄰居，姓蘭，廠子裡查夜時被小偷砍斷手腕，醫生告訴他這輩子就殘了，他痛苦之餘，忽然高興，說：啊，反正再過幾年就得退休，這算工傷一次性就可以賠我五萬，以後兒子可做個小生意，退休後還全工資，因禍得福啊，呵呵……就是這樣，這裡很多年輕的男人都不敢去當父親，他們是職場的全職兒子，銀行的終身龜孫子，慢慢地爬啊爬，運氣好的假以時日可坐在客廳裡用水果刀削蘋果，混得差的只得被迫用水果刀削城管的身體。

我們的父親，都那麼不堪。出品了這麼多不堪父親的地方，有多少二百五條款。我一直不明白為何有那麼多的「管」，城管、協管、網管，你為什麼總想著要管，而不是服務，你從城管變態到管城，你把人民當敵人，人民果真就會變成敵人。我還不明白，我們的長官為何總有那麼一股塑膠味兒的審美情趣，他們喜歡整潔卻肅殺的城市，而不是有趣而溫暖的街區。他們常去巴黎旅遊，卻忘記香榭麗舍大道兩邊都是露天酒吧。他們的子女在美國，卻不知紐約自由女神下面就有一長排賣熱狗的餐車。我們喜歡美麗，可如果這美麗犧牲了普通人的生活，這美麗，該多邪惡。

寫到這裡，另一個父親，遼陽市宏偉區的周曉明被城管圍毆致死，老人倒在兒子懷裡時，尿了一褲子。此時城管還低頭問：你服不服？再叫就弄死你。這樣讓父親到死都沒有尊嚴的故事俯拾皆是……律師夏霖說這是地方團練，很神準。在他們看來，這裡的人民是容易衝動的，出動員警是不太方便的，派出軍隊顯得沒人權的……所以城管就戰無不勝地誕生。說到這裡有一個故事：我認識一散打隊員，姓於，身高一米八三，手掌有常人兩個那麼厚。一夜跟隊友在成都海鮮燒烤一條街正吃著，就來了城管踹攤。這些散打隊員傲然說等會，沒見正吃著嗎……一名黑瘦城管逕自從麵包車下來，用一把又長又細的刀捅透其中一名散打隊員的胸。餘者瞬間被擊潰。

散打隊員們去報案，可遍查紀錄不見有過城管出勤。他們找到我，我笑了：你們都幹不過城管，丟中國功夫的臉，更別起訴，中國不是中東，中國城管不是突尼西亞城管。

這麼戰無不勝的城管，卻被夏俊峰秒殺，我心中有一絲詭異的快感。我並不確定這是否冤案，我也注意到有人質問，為什麼不想想死去兩名城管也有父親，也為人子……是的，這說得很對，我同樣為他倆的逝去感到無限悲傷，可正因如此，大家就得想想，如果一個制度總讓父殺人子，子戕人父，它就是一個很濫的制度，斷子絕孫的制度。

百度上搜了一下社會新聞：山西運城有個青年，不過賣些大棗為生，卻遭到有錢人盤剝和數十保鏢圍打，青年忍無可忍，怒殺之。他的名字叫，關羽。湖南有個青年不過賣些鹽，被百般欺壓，日子實在過不下去，拎了兩把刀去殺了稅務官員，搶了十幾條槍。這個青年，叫賀龍。看到@胡適日記轉發了更全的微博——大約同時代，一名男孩子因當地大戶打死了他的夥伴，提著大刀搶了糧倉，他叫彭德懷。今年，一名小販因不滿城管的毆打，殺死了兩名城管，而被判死刑，他叫夏俊峰。結論是，如果你早生了七十年，說不定也能當個元帥。

天下之事，油鹽柴米。你讓他們過不去，他們就不讓你過得去。所以今天不跟法官談法律，我跟你談父親，跟所有的父親談談在中國當父親的艱辛——不要讓父親，成為殺人者夏俊峰、崔英傑；不要讓父親成為匹夫一怒、血濺五步的武士刀客楊東明。我不知最高法院最後將在紙上進行怎樣的判決，只想說，真正的判決並非紙上判決，而是內心，當槌落下，那聲音，其實是你的內心在跳。

須知大街之上，多少殺人者，父親。

（二〇一一年五月十三日）

11 逃亡的父親

我第一次聽到鄧吉元的聲音，微弱得近乎渺小，一縷正在蒸發的水氣。這很難跟那個大雨之夜穿了雙拖鞋逃出來，在大山和河床之間跋涉了三天三夜，跑到北京，要為自己那七個半月被強行引產的孩子討個說法的小鎮青年聯繫起來。

這就是沉沒的聲音，一個石子掉進洶湧大河，水面並不知情，但河床知道它的堅定。

我看過鄧吉元那被強行引產後死掉的孩子的照片，身體成形，眉目清晰，躺在未曾見面的媽媽身邊，像吃飽奶午後熟睡著。七個月大的胎兒已能與媽媽悄悄對話，但那孩子沒有吃到媽媽一口奶，便離開人間；那父親也沒有摸一摸孩子的手心，逃離了家鄉。故事的前半段是這個國家人人盡知的隱祕，孩子超生，妻子被一撥人按在床上強行注射了引產針……後半段不太一樣，他向外國記者說起這件事，然後就被全鎮人當成漢奸，毆打、軟禁。

一根冰冷的針打出兩次悲劇。第一次是禁止了生育，第二次禁止了聲音。

鄧吉元告訴我，縣上派了十幾個人每分鐘對他盯梢，連上廁所也不放過。那天中午村幹部找他訓話，讓他撤訴。中午吃飯時，幹部出去接縣上電話……看著那些凶狠盯住他的人，他突然想逃跑。他認為只有逃跑才能為孩子討得到公平。就算是死孩子，也需要公平。

他假說要回醫院看看妻子，叫了一輛三輪車。那計生女幹部仍然騎著摩托在後面盯著他。路過那條步行街時，他迅猛地跳下車，用全身力氣飛快跑過橋。那女幹部的摩托車進不了步行街，被甩掉了。

他跑到山上躲了起來。這座山，他們全家都躲過，妻子躲過，妻子肚子裡七個半月大的孩子也躲過。這座山當年的游擊隊也躲過，他們的口號是讓人民「有田種、有女人、有娃抱」。人民很支持他們。後來他們成了執政黨，說人口多影響經濟，就搞起了「計畫生育」。

鄧吉元說，山上蚊蟲很多，怕追捕隊發現，他把身體平匍在草和泥裡，拉屎撒尿都不敢。那晚下雨，渾身淋透，想起前幾天已懷胎七月的妻子也是這樣，她大著肚皮，平匍的時候肚皮會很難受。他說，他心裡也很難受。

鄧吉元躲到晚上九點，又飢又渴才悄悄溜到山下朋友家。朋友驚慌地說全縣都在搜查他，員警把所有通往外面的路口設了崗哨。他害怕了很久，還是決定逃去北京找律師。他要給孩子討個說法，孩子死了也是需要說法。凌晨兩點，朋友幫他包了一輛膽大的黑車送他上路……一路上，他在車裡俯低身子，後來發現崗哨實在太嚴，就從山上和河床繞道而走。那天雨很大，他匆忙出逃時只穿一雙拖鞋，深一腳淺一腳，摔了很多跤，一身泥水。估摸走了十多公里差不多該繞過山下面的崗哨，他才小心翼翼摸下山，上路。又包了一輛車開到湖北十堰。

從逃亡之時他就關掉手機，聽說關機也會被跟蹤到信號，連手機卡也拔出。他用別人的身分證買了一張火車票，怕被人認出來，一路捂住下巴，每見到乘警，就覺得是抓自己的……到了北京站時，胳膊瘦痛居然放不下來了。

在月台溜達了一個多小時，不敢馬上出站，反覆確定沒有可疑面孔，他才用公共電話給律師打了電話。

這個過程驚心動魄，活像抗戰時的地下交通員翻山越嶺給部隊送情報。一切不過因為他和妻子想要一個孩子。就是這樣，我們的生活總被賦予悲涼的新意，有人不過為了同工同酬，進了精神病院。鄧吉元只是深愛著他的家，卻走在了賣國的路上。所以這裡的荒誕並不是荒誕，而是一種荒誕必演化成另一種荒誕。這樣的荒誕濃縮在鄧吉元身上是：相愛——懷娃——墮胎——叛國……一次愛情的結晶，竟是賣國。

這樣的荒誕還包括：他的妻子在兒童節前一天被抓進醫院。他的孩子在兒童節第二天被強行引產。他在父親節那天被鎮上騙，被同鄉當成漢奸毆打。而紀念愛國者屈原的端午節剛過，他逃亡在賣國的路上。

鄧吉元不明白自己怎麼就賣國了。我告訴他，這裡之所以有那麼多賣國賊，並不因為你真賣了國，而是他們需要你賣國，只有你賣國，他們所做的一切才顯得正確。

他告訴我鎮上的人打出「痛打賣國賊，驅出曾家鎮」的標語，肯定是當地移動公司一個叫甘子寶（音）的經理策劃的……我奇怪為什麼一個移動經理參與到計生行動來。他說，當初正是這個經理幫計生辦查了妻子的通話紀錄，才找到躲在親戚床下面的妻子，拖到醫院強行引產……我忽然明白，群策群力一直符合這個國的執政風格，為把一個人確定成壞人，精神病院可以和公安局聯合辦公，黑社會可以和信訪辦合二為一，計生委讓移動公司洩漏個人行蹤，屬正常執法。

鄧吉元說：那天他飛奔回家，一直哀求領導再寬限一天，就湊夠四萬塊錢了。可幹部說這次縣上就得拿他開刀，你交了錢，這個娃肯定也留不住，因為縣裡要摘掉上級發的超生「黃牌」。

鄧吉元哽咽著說，一閉眼就能想起孩子還留著臍帶的樣子，跟活著一樣，像還在呼吸。

他問為什麼國家還要計畫生娃，鄉下的人口每年都在減少，他小時候讀北河小學時，有三百多學生，現在只剩三十多個了。

他住在律師家裡，草木皆兵，聽到動靜就覺得縣上派人來了。前天他給妻子悄悄打了電話報平安。妻子說縣上帶話了，只要他回去，一切都好說，別把事情鬧大，更不能鬧到外國記者那裡……經歷上次的妥協，這次他卻要堅持打官司。他母親身患癌症，一急之下，從初期惡化成中期。

鄧吉元的逃亡之路還沒有完，故事暫時就講到這裡。我小時候看《超生游擊隊》時很理解計畫生育，深覺超生者就是對己對國都不負責任，我還預感印度遲早會因為人口膨脹而垮掉，他們的人會像蝗群一般從喜馬拉雅山北麓擁進來。這種情況下，我們多駐紮點軍隊是非常英明的。

多年過去，我漸漸明白，計畫生育是計畫經濟最不人性的一筆，這個國家計畫油價、計畫思想，連生育也計畫了多年，並成功超越常常報虧的中石油、鐵道部成為盈利工具。剛看到一個表，計生委在過去的一年裡超額收費二‧〇七億……那個數字就是人命，是把控制人口變成殺人盈利。

官員們從不控制自己氾濫的性欲，卻要控制人民正當的生育，就是：

一個被殺了孩子的中國父親在山路裸足狂奔；一群外國人他爸正把開著法拉利的孩子送往常春藤名校學習。一個眉目清晰的孩子沒呼吸到世界一口空氣，便死去；一群中國的世家子弟享受著北美陽光，驕傲宣布，「這世界是你們的，也是我們的，但歸根結柢還是我們的」……

這畫面實在說不過去。

（二〇一二年六月三十日）

12 村

有個村，此去凡百八十里，倘駿馬奔馳，不消一日即可面謁孔子。此去離孟子亦不遠，那裡有「民為貴，社稷次之，君為輕」。倘心情大好，步行三十公里，可聽姜太公在《六韜》與國君對話：貴民、重民，民乃不慮，無亂其鄉，無亂其族。沂之南、汶之北，原是我族思想最光芒的地方。

可是，這個村如今有個瞎子，已不可著書傳言，妻不可外出就醫，其屋屏蔽手機資訊，高牆內外偵騎遍布，阡陌縱橫暗哨四伏……須知上古那個信訪老頭懷才不遇，仍能周遊列國，晚年著《春秋》。姜子牙不釣魚釣王侯，終於位列王室屋脊。可這個瞎子在聖人之地，不可遷徙，未知其蹤，難料春秋。

大家知道，這並不是個瞎子，他的眼睛有如夜明珠。其實常識就是夜明珠，它只是一塊石頭，白晝平淡無奇，只有黑夜降臨，它才熠熠生輝。陳光誠所說，不過是一些田、一張地鐵票、一條河的汙染……可常識竟成危言。所以讓我們恐懼的不是四年零三個月，而是匹夫無罪，懷珠其罪。

我覺得官方判一個盲人擾亂交通罪，其實是一個病句，說一個盲人奮力破壞了公物，亦很枉然。在一些大城市正考慮開放二胎，政府下令「譴責見死不救，宣導見義勇為」的時候，這個瞎子阻止對懷胎六月的婦人強行墮胎，竟成敏感瓷。

這個瓷器大國有太多的敏感瓷。我認為這件事跟意識形態無關，只是人民內部矛盾不小心被外部化而已，至於人民內部矛盾為何被外部化，不過因為外人頒了一個獎。可見被外人頒了一個獎是件極不幸的事。這道理跟小時候我爸打我是一樣的：我爸打我，一般打幾下就行了；如有外人勸阻，我爸臉上掛不住更要使勁打；倘外人批評我爸暴力還誇我是個好孩子，我爸大怒之餘定把我拖回屋裡海扁且罵「有外人撐腰了不起啊」……這個挨揍的體驗相信很多中國孩子都是有的。那時我就覺得，我爸其實是不自信的。長大以後，我知道我的村也是不自信的。

總是孔武而不自信，總信奉讓人恐懼而非讓人安靜。可要讓天下穩定，先得讓人民安靜，民靜，才會聽命於君。這不是我說，是被沂汶流域官員高供的《六韜》裡所說。但把孕婦強行拖去流產很讓人不安靜，把河水弄得臭氣薰天不得民心，把看望者打得狼奔豕突，誰人聽得見你的號令……

經過很多的悲涼，我其實有些娛樂感了。曾經有朋友在「國際盲人節」這天試圖潛入這個村營救這個盲人，走到村口，發現那個擺著籠子叫賣雞鴨的，是化了裝的暗哨；那個邊賣包子邊和顧客聊天的，其實是個便衣；那些拉著蔬菜討價還價的，衣服下面還藏得有傢伙……你要是不小心流露出「光」或「誠」的字眼，他們便收起微笑一臉警惕包抄上來，以袋蒙頭、準確擊打、裝車、扔到不知名的遠處，動作嫻熟，配合默契，絕無拖泥帶水。想不到解放那麼多年了，還保留著地下黨的優良傳統。

原本只是三萬塊的稅，可為了不解決三萬元的稅，卻花三百萬元組織了一支別動隊。原本一個盲人的事，變成一千人的事，內圍六隊，每隊三班倒，還不算周邊預備隊以及遙相呼應的縣大隊。聽說村裡一些人已不種地，專門看住這個人。所以，你以為是防控，其實是創收，你以為有根防守鏈條，其實有根產業鏈條。

祖國一直在下很大一盤棋。把小事搞成大事，把內敵打成外敵，把政治搞成經濟，是這個村、每個村的拿手好戲。可是，一個盲人擾亂交通，這就違反了空間學，一個盲人破壞了公物，這違反了力學，一個盲人煩勞一千人看住，違反了數學，一個盲人的三萬元用三百萬來穩定，違反了財會學……這個村口的奇景，是一個驚豔的縮影，一個平凡的盲人，就這樣被他們造星。

我都忍不住站在統治學而不是統計學的立場，情深意切地提醒：別總是造星，到最後，村村都誕生政治明星。就是梁啟超說的：現政府，是革命黨的溫床。

曾經有些好消息，盲人的女兒已被允許上學了，也不必跟父母分開，但分分鐘鐘都有保安跟隨著；聽說有些壞消息，村小隊已不化裝了，而是公開對看望者追打、搶劫甚至對婦女猥褻……想不到聖人聚集之地，竟有人資訊不通、生死不明，過路者紛紛被暴打、財物損失。就算擱大明年間，朱皇帝擱此事不管，想必也說不過去。

一個被現代文明照耀的地方，在我看來，最小的成本是妥協，最安全的公關是告知真相。一個會妥協的村莊，還有前途。或許此題無解，這裡寧肯下一盤很大的棋，卻不做一道算術題。儘管進城多年，仍喜歡趴在村口打伏擊。更習慣把內敵弄成外敵，幻覺人人都想進村偷雞，而不是開誠布公聽建議，身體已經和平，靈魂還在戰鬥……

這裡，上不接孔孟之道，下不接普世價值，沒有「浴乎沂，風乎舞雩，詠而歸」，只有「哪裡來的，老實點，趴下」，沒有冠者五六人、童子六七人，只有革命者「第一隊向左，第二隊向右，剩下的從後面包抄」。最後，一個世界GDP第二、擁有了航母和太空船的國家，竟容不下一個瞎子，把他攆了出去。

真是最刺眼的隱喻：一個瞎子的背叛國家，只是因為他發現了光明。這麼難以名狀的大國……

只好一字切題：村。

（二〇一一年十月二十日）

13 精神不是病

大國有個小人物。武漢鋼鐵廠職工，徐武。這個小人物有一天幹了一件驚天動地的事情：向領導提出「同工同酬」。之後，他就被診斷出有精神病。他被關了好幾年，逃出來，又被抓回去，又逃出來……像鐵窗內外一架穿梭機。有人讓我談談這件離奇的事情，我就說：一名普通職工居然有思想，居然思想中共中央才可思想的「同工同酬」，你不精神病，誰精神病。還有一些朋友好奇為什麼一家鋼鐵廠也有自己的精神病院。我對這些精神病說，鐵道部還有自己的公安和法院……這個國就是一個大的精神病院，每個人都戰鬥在各行各業精神病的第一線。

我看過徐武逃出來後找友人幫忙跑路的那段視頻。他能模仿李連杰、成龍電影裡的情節，用濕衣服纏住鐵柵欄擰彎了，逃出來，也分得清老友為測試他精神狀況故意放錯的一千六百元和二千元。他知道這兩年才修起來的高鐵，甚至還知道電話可能有人監聽……有一刻我覺得他真不是精神病。後來我幡然醒悟，這很可能因為我也是精神病，而精神病不能互證不是精神病。

為了抓捕這個精神病，武漢鋼鐵廠專門成立了跨省行動小組，在抓捕隊隊長的眼中，徐武就是精神病，偶爾的正常思維，只是一個資深精神病抽空裝出來的。在一個很多人連工作都找不到、打了工卻只收到白條的地方，有人居然奢侈地提出了「同工同酬」，怎可能不是精神病。得了病不配合治療還想去上訪，還要找記者做深度調查，還敢去首都找首長，這人簡直是超級精神病。

這裡的精神病是有淵源的。我小時候在新疆哈密，有個教物理的萬老師，聰明而熱情，對科學有執著的信念。因為工宣隊長那初中畢業的妹妹當了物理老師，他就批評：這個女孩子連交流電和直流電都搞不清，給學生做實驗時怕是要弄出人命來的喲。後來他就失去了崗位。他不服，告到上面，就被鐵路醫院診斷出精神病。那時我還很小，很喜歡看他鼓搗出好多電磁電路的玩意，憑空閃閃發光，很好看。放到現在電視節目裡他就是中國達人，可那時他是中國病人。被抓走那天，不僅悔思自己的錯誤，還揮舞著手大喊「直流電和交流電是不同的」……

兩年後的一個春節，萬老師放出來了，一連幾天不出門。我爸奇怪，敲門不開。踹開房門聞到煤氣撲鼻而來。新疆冬天，人們是用鑌鐵爐燒煤炭取暖的，而他燒煤卻沒開氣窗……當時我爸見他不動，伸手去拉，腿就掉下來，他不僅一氧化碳中毒而死，幾天慢烘之下連身體都烘乾了。

多年以後我才知道了一句話：進去是竇娥，出來是瘋子。

差不多同一個時代，赫魯雪夫說過，凡懷疑蘇聯偉大光明未來的，就是精神病。證明你有病，他才能保證正確；摧毀一個人的合法性，他才可以永遠合法。更有新意的是，那時，著名的喀山精神病院不歸衛生部管，歸內務部所屬的喀山監獄管，編制屬於員警體系，這真是人事組織上的一大創意。你以為裡面是醫務人員，其實是司法人員，你以為在治療，其實在鎮壓。在幾任領袖的關心下，前蘇聯除了八十所普通精神病院外，還建造八所獨立的精神病院，專門收留問題重大的病人，治療手段是電擊、鞭打、背誦領袖語錄、交代罪行以及不准睡覺。為進一步配合KGB執行任務，又創造了一個「政治精神病」的學術名稱，就是說，精神病不再是病理問題，而是政治問題。

在強光照射下背誦領袖語錄是很獨特的一個治療手段，據說比嚴刑拷打療效還顯著。即使那些最頑固的反革命分子，意志也會土崩瓦解，最終主動配合。因為即使你不念，旁邊也有大喇叭在你耳邊不停幫你念著領袖語錄，重複一個音調，不讓睡覺、不准上廁所。到最後，那些人痛哭流涕、抓扯頭髮、整個人都崩潰了，但語錄背誦得倒很流利。醫生認為：這證明患者正在康復，他已知道為背叛了領袖而懺悔。

消息慢慢傳出，國際上很不滿，一九八三年世界精神病學會召開大會，蘇聯人風聞該學會將以故意虐待病人開除自己的會籍，為了不給西方反動勢力以可趁之機，在大會剛要宣布此決定時，蘇聯專家搶先一步退出了世界精神病學會，成功地瓦解了敵人的陰謀。想像當時蘇聯專家驕傲地離開會場的背影，活像一隊整齊劃一的精神病。他們回到國內，向元首彙報了此行成果，元首開心地嘉獎勳章一枚，說捍衛了社會主義的堅強意志……此時，哈哈大笑的元首也很像精神病。

在這個社會主義國家，精神病院不再是一個醫療機構而是一種懲罰手段，這個手段是一勞永逸的。如果說你偷盜了東西，須得人贓俱獲；說你是謀殺犯，或許有好心人拿出當時你不在現場的證明。但說你是精神病——你就必須精神病。別人無法證明你不是精神病，否則這人也必將是精神病，精神病怎證明自己不是精神病——最後這句話是武鋼公安同志說的，充滿了不容置疑的邏輯性。

我覺得我的祖國在精神狀態確實出了一些問題，從上到下活得都不是很開心，下面的自不必說，上面的人，別看在新聞聯播裡容光煥發，內心其實披頭散髮。官場才是最凶殘的精神病院，說不定哪天他們自己也被精神病。我問過一些官員，他們長吁短歎：徐武還可以逃，我們這盤根錯節的關係，牽一髮而動全身，哪裡逃？我忽然明白他們為何要把子女送到國外，為何連砍自己很多刀從十八樓跳下來了，此時他們必須成為精神病，整個體系才安全。這個體系任命這麼多精神病，必有深意。專家說中國目前有一億二千萬精神病患者，現在想來，還是太保守了，僅核心精神病人就有八千萬共產黨員……今後也別提憲法了，精神衛生法其實就是以後的憲法。

為了讓病友們輕鬆一下，這裡講一個故事：徐武被精神病的事情鬧大後，一些記者跑去武漢試圖採訪其家人，可是記者入駐的酒店裡忽然出現很多舉止怪異的人。比如說化裝成保安的，卻繫著警用皮帶；化裝成送外賣的，卻忘了取下高檔的雷朋墨鏡；假扮成門僮的，卻開著高級的陸虎警用越野。一名記者跟我通著電話時忽然就發現手機有濃重的回音。又發現席間說笑的「第二天讓徐武父母舉橫標」的事，居然也被武鋼公安知道。記者們一開始還想查內奸，後來才醒悟，不是自己人有內奸，是手機得精神病了……想像那些公僕在牆的另一側奮力地用同步器隔空偷聽，為掩人耳目還假裝在餐廳一角議論天氣預報，互相煞有介事：「咳，今兒星期四是禮拜幾啊？」那場面，多精神病。

就是，天天把別人弄成精神病的，最終自己也會成精神病。每一個獨裁者，在給被奴役者修建監獄的同時，不知不覺也給自己打造了最大的一座精神病院。

他已無法自拔。

（二〇一一年五月六日）

14 孫東東奇遇記

一個祕密太多的國家，就是精神病國家。它發作的時候，有一些隱祕的歡樂。下面是根據北大師生真實爆料寫的一篇雜文。鑒於有些朋友仍不知道主角是誰，說明一下：孫東東，北大教授，號稱國家衛生部專家委員會主力成員，他曾公開發表言論，「百分之九十九上訪戶都是精神病，政府並未錯抓……」消息傳出，各地群眾紛紛要求他道歉。這篇雜文體小說，寫的正是之後他的一次奇遇：

這是孫東東說完百分之九十九之後的一天，天氣晴朗，時有東南風，孫東東信步走出家門打車前往機場。這天他將飛西安進行如何填寫大學志願的講座……孫東東是這一行首屈一指的專家，每年賺不少錢。講堂裡聽者如雲，家長帶著孩子認真聆聽。在孫東東看來，上課的不是精神病，上訪的才是精神病。

孫東東上課的時候，孫太太正在位於永定門附近的家裡做家務。此時有人敲門。孫太開門一看，三個男子，其中一個男子誠懇地問：是孫老師家嗎？孫太點頭，這樣的崇拜者並不少見。那男子又問：您看我像不像精神病？孫太愣了一下說，不像。男子又指同伴說：他們倆像不像精神病？孫太說，也不像啊……

男子說，既然我們都不是精神病，為什麼孫東東說我們就是精神病，你看，這個怎麼辦。

孫太想想最近發生的事情，點出了一些錢，據知情者透露總共七千元人民幣。那些男子拿了錢，點點頭，走掉。

消息傳開，上訪群眾們很高興，紛紛說只要到孫家去論理就可以拿到錢。一時間，孫家所住的小區內外出現了很多外地口音，東北口，西北口，河南、山東口……最多時聚攏四五百人，態度還好，也不滋事。可他們雖不直接威脅到孫家安危，也怕擴展到整個小區的情緒。要知道，人民的情緒就是硝化甘油，一點就著。所以經組織研究決定，為警惕反動勢力利用此事，派出保衛進駐孫家單元門外，進出一律盤查。

這時孫東東聞訊趕緊回家。組織上特意給他派了四個黑衣保衛，身高均在一米八以上。上街跟著，買菜跟著，上廁所也跟著……北大知識分子多，好事者更多，歎道：能有四個貼身保衛，這級別至少副總理以上，孫東東，你這輩子值了。

孫東東此時竟露出一絲成就的笑容，可又緊鎖眉頭。亦喜亦憂，內心煎熬，有種精神病的樣子。

上訪群眾進不了孫東東的家，合計了一下就都去了北大。一時間北大校區也出現很多外地口音，都孫東東、東東……一時蔚為大觀，情緒開始升級。校方很頭疼，一方面因為如果此時交出孫東東，有失北大體統。另一方面，學校安全事大，要是引起騷動那可是北大的騷動啊，中國好多次騷亂都從這裡先開始的，比如「五四運動」，比如「六四」……要是因為一個精神病而引發了這個國家的政變，別人是「天鵝絨革命」、「光榮革命」，我們的史書上就不太好寫呢。何況來自基層的這些訪民，戰鬥力特別強，別說火燒趙家樓，就是火燒了天安門，也不是不可能。

安全部門的同志來了，宣傳部門的領導來了，衛生部的官員來了……可是又發現另一件頭疼的事，週末正是北大「開放日」。所謂「開放日」，就是外人可以進入北大參觀以示北大之胸懷的日子，這是傳統，不好停，更重要的是忽然停掉也會引起外界懷疑。可這要是上訪戶混進來，鼓動本喜歡惹是生非的學生……校方思前想後只好改成了「網上開放日」，請大家在網上參觀北大。滑鼠一點：這個，是未名湖，那個，是季羨林家，這是老子雕像，還有那個，女生就從這個陽台跳下來自殺的……呵，不好意思這個不要再點了。

一連幾天北大門口人頭攢動，男女老少，有站有蹲，表情各異。實在有傷北大的清名，有關部門也考慮此時派出特警的可行性。當然，共產黨內部還是有奇才的，有位同志靈機一動……火速調動了一輛大巴，讓便衣出面說可以親自帶群眾們去找孫東東，每個人還發肉夾饃一個。群眾聽說要交出孫東東了，還有肉夾饃可吃，歡喜得很，一會兒就坐滿了一大巴車。到了西單，便衣揮手一指遠處，大喊「孫東東就在那裡」。群眾們一聲吶喊跑下車，四下打量，可只見俊男靚女在購物在吃飯在做頭髮，並沒有孫東東的影子。回頭一看，那便衣已和司機開車揚長而去……

群眾這才知道受騙，大多數憤怒回到北大門口，隔空喊著孫東東、東東。少數人冷靜一些，知道這樣下去沒有結果，我黨最擅使用調虎離山計。喊一會兒自行就散去。校方見此大喜，再對便衣如此這般交代……便衣就又出現在校門口，對殘存的群眾說：這次，我們是真要帶你們去找孫東東，上次搞錯了，其實他啊，在郊區。

群眾想，躲在郊區這個邏輯是對的，郊區人少，好躲藏形跡啊。就說美得很、美得很，眾人又上了大巴，浩浩蕩蕩向京郊開去。一路商量見著孫東東後該怎麼和他論理，逶迤經過四環、五環、六環……車停，便衣揚手一指，說孫東東就在雜貨店那裡。群眾們一聲吶喊就跑下了車。便衣又和司機揚長而去。大家抬頭一看，雜貨店上寫著「昌平雜貨店」，遠處倒有幾頭驢子，可是連孫東東的毛都見不著。於是軍心渙散，後力又損失N分之一。

如此反覆數次，地點越來越遠，最遠的一次差點把訪民們弄到草原了。雖然群眾們跟「回力鏢」一樣韌勁十足，畢竟不敵維穩部門的同志更有經驗，幾次下來，心力交瘁，兵力損失了一半。大家覺得這大巴是不能再上了，否則總有一次會被拉到南極去看流星雨。那裡很冷，肉夾饃頂不住的，和企鵝的交流想必也十分困難，還不如跟信訪辦交流。又有一些人散去，再不返。校長見此情景狂喜，人民果真是沒有耐心的。見現在校門外站著或蹲著的人少了一些了，乾脆停了大巴，肉夾饃更是發得不勤了。

孫東東家的小區外還有人晃來晃去。便衣偵察員警惕地發現，入夜也有接班的且是「三班倒」。一時大為緊張。後來發現這其實是一個巧合，因為孫東東家離信訪辦非常近，上訪群眾知道在信訪辦門口蹲著也沒個結果，不如溜達到孫家打點一下秋風，興許還有肉夾饃。只是組織上堅持每天給孫東東配四個黑衣保衛，形影不離，一般人也不敢過於靠近。

就這樣雙方耗著，又過好幾天。那位聰明同志抓住對方軍心有所渙散，讓校方堅決地不准再發肉夾饃了，「零發放」。這招真有用，好多上訪群眾本就是衝著肉夾饃來的，他們體力一般較差，嚷嚷更消耗體力，沒好處再禁不起餓，就走了。截至此時，群眾人數已少了百分之九十，剩下的被校方認為真是精神病，也不太管了。

又有人透露，群眾紛紛散去，其實有一個重要原因，有關部門私下做了分化瓦解工作。比如：先離開者，給一百元。不一會兒，就走掉好幾十號人。當然這可能是謠傳。

慢慢地，人們全都散去，慢慢地，孫東東教授也從當初的驚嚇恢復到平靜，飯量不錯，一頓能吃一大碗炸醬麵。但堅持拒絕吃肉夾饃，看到都有生理反應。遺憾的是，出於安全考慮，孫東東去地方上開講座掙錢的機會少了許多。而北大好事者更是造謠，因要報效國家，孫東東準備轉到精神系去兼職，因為他更熟悉患者的臨床感受。

事情貌似就這樣平穩結束了。整個過程中，群眾們沒有暴力行為，態度也很誠懇，只想搞清一個問題：我是不是精神病。他們沒有找到孫東東，但吃了肉夾饃，坐了大巴車，全程免費參觀了首都市容。對於一些山區上訪群眾，這是一生重要的記憶。

和以往群體突發事件相比，員警沒有動粗，也沒有出動城管，更沒有把群眾們關到精神病院裡。便衣只隨手一指西單、昌平、草原，不知不覺消耗了上訪群眾的兵力。可見我們的維穩手段還是有進步的。事實證明，北大是所優秀的學府，危機公關做得很好，從關閉校門到肉夾饃，從大巴車到西單、昌平……這是溫水煮青蛙的原理，說北大現在失卻了學以致用的傳統是不對的，他們真是活學活用。

據悉，此事處理得當，終於還是沒有引發起義，被維穩部門引為成功經驗悄悄列入一級檔案。共和國如此重要意義之一場行動，人民卻渾然不覺。他們早忘了此事，每天仍往返於北京的信訪辦和橋洞之間，像生活原本就是這樣。

另據悉，那些肉夾饃的費用，已開具過發票，年底時，財務上已納入社會實踐的專款專用裡，一律報銷。此事不要再提。

（二〇〇九年四月二十四日）

15 人民和人民火併起來了

一

我媽總愛跟我講一個「周狗屎」的故事。

一九四九年以前，也就是國民黨被打跑之前，外婆的老家郫縣，農民是不會隨便在別家田裡拉屎的。那時沒有化肥，在別人地頭拉屎等於給別家澆肥，可略歸為敗家行為。所謂肥水不流外人田，人人都蹲在自家田裡拉屎，阡陌縱橫，一目了然。

這種情況下周狗屎應運而生了。他本是孤兒，吃了上頓沒下頓。有次給人打短工掙了兩個肉鍋盔（一種平底鍋烙出來的肉餅），正吃時竟被一條狗搶了去。那條狗幾口嚥下了肉鍋盔，拉了一泡鍋盔屎後蜷在絲瓜架下睡覺了。看著自己的食物變成了狗屎，周狗屎欲哭無淚，傷心之際，一道靈光打在他頭頂，他忽然想通一個道理：人不會輕易到別家拉屎，但狗狗想哪兒拉就哪兒拉，且狗屎比人屎更肥，是花圃最好的漚料。

周狗屎那時還不叫周狗屎（本名叫什麼倒也忘了），此時他大笑三聲，撿走了人生第一坨狗屎，和狗屎運。

周狗屎遭過很多白眼，女人遠遠見他就掩鼻而逃，老人教育孩子時也說，賤皮子，莫出息，周狗

屎。川西冬天潮濕陰冷，連雞都偎在窩裡打瞌睡，唯他和狗在阡陌縱橫之間狂奔。手裂了，耳朵被凍得跟糍粑一樣，他無所畏懼。有時怕鐵扒子把凍在泥裡的狗屎刨壞了，他還小心翼翼用手去抓。春天來了，按壩子上的說法，「菜花開莫被瘋狗搶了影子」，就是說人若被瘋狗咬到走路時影子就是直的。所以每回周狗屎經過，人們就會仔細看他的影子，覺得不對便狂喊一聲四下逃散。周狗屎不以為忤，繼續勤奮地撿狗屎，偶爾還買些肉鍋盔討好那些狗們。這樣，人見了他四下散去，狗狗們卻和他相處甚洽。

周狗屎發達了。這個行業沒人跟他爭，屬於壟斷經營。狗屎是城裡闊太太們喜歡的黃桷蘭最好的肥料，是稀缺資源。周狗屎具有現代經營思想，雇了幾個流浪兒以團隊方式撿狗屎、送狗屎。可他有錢後仍捨不得放開吃最愛的肉鍋盔，買了絲綢褂子，不到過年捨不得穿，買了三畝地，仍不忘每天親自到自家地裡拉屎。

村裡人都誇，周狗屎真是有出息了。後來有人給他介紹了女人。再後來就生了小孩，周狗屎訓練其必須在自家田裡拉屎。

再後來解放了，解放軍連長繞著他那幾間房看了又看，說：「好房子、好房子……」第二天，因那三畝地，周狗屎被定性為地主。村民們紛紛揭發他雇長工，屯糧食，過著剝削階級的生活，還追得滿村滿鄉的狗到處跑。

周狗屎被槍斃那天，十里八鄉的村民都去看。周狗屎臨死前嚇得屎尿直流，一個勁說：我也是人民哪，我只是撿狗屎掙來的地哪。人們憤憤地堵上地主的嘴，哪個讓你有三畝地，有地就是地主，窮人就是要鬥地主。一槍崩了他。

我媽每回講這個故事時都很唏噓：周狗屎一生沒穿過幾次絲綢褂子，肉鍋盔不敢每天超過兩個，一個勤儉的人，就這樣被人民不當成人民了。我媽那句「被人民不當成人民」說得很有思想，這裡的人民不把人民當人

民，這裡的人民最擅長火併人民。不怪人民，人民火併其他的叫造反。一個靠撿狗屎買了三畝地的農民，按現在就是一勵志偶像，當年卻被一槍斃掉。一切只因當年有一個強大的邏輯：有地的就不是人民，凡不是人民，就該打倒。

這三畝地被迅速分給了其他的人民，可人民很快發現，他們並沒有撿到狗屎運，只是摸了一手狗屎，因為有地的就不是人民，土地就必須歸攏在一個叫「人民公社」的單位裡。那裡，隨便在哪片地拉屎都等於在自家地裡拉屎，但哪片地長出的糧食，都不是自家的糧食。

再後來，就是一九五九到一九六二年前後的事情，大家知道，卻至今作為頭等國家機密不可公布。

二

故事還沒有結束。多年以後，從川西平原一直往東走，沿著長江就抵達一個叫重慶的地方，又發生了一個故事。

這天政府擬出台政策：凡買房者可退稅。這引發了激烈爭論，一部分人讚揚政府利民惠民，另一些人民抱怨，這是劫貧濟富。我認識一個八〇後，對買房退稅非常憤怒。在網上叫罵買房者祖宗十八代無果，最後網約對方到朝天門碼頭單挑……那時我又看到了周狗屎和他的三畝地，其實好多買房者只是買了一居室（大部分還是按揭〔貸款〕）。不同的是，周狗屎撿的是狗屎，他們是加夜班、爬格子或腆著臉找丈母娘借來的房款。

我問過這名八〇後青年：一居室就算富人？他說：比起沒房的人，一居室當然算富人。我問：你現在拚命打工是為什麼？他說：買房啊……我又問：你買了房成了富人，不會有人找你單挑嗎？他一時語塞，悶悶地說：要有好處大家都得有，好處落不到我頭上，就是不公平……然後氣呼呼地走了。

我明白了，他把公平，當成平均了。

這時有個小插曲，官員透露了一個想法：為拉動內需，給每個居民發放四百元消費券也就是紅包。這次人民和人民罕見沒有火併，網上前所未有地一片叫好。這是因為，紅包是按人頭來分發的。

強大「公平即平均」的邏輯一直支撐這個民族，最後導致平均的紅包是公平，平均的罰款也是公平，平均的行賄是公平，平均的災難也是公平。這，其實是暴力輪迴的起源。買房退稅的事，不知其終。之後大家每天走在同一座城市，低頭坡坎，抬頭驕陽，認識的見面笑笑，不認識的橫眉冷對，倘若不小心踩到腳、刮到車，迅速投入到另一場火併。

我懷疑政府對這個狀態是歡喜的，人民忙著和人民火併，就沒時間去幹別的了……人民在火併，帝國才穩定。

三

這樣的故事天天發生，轉到北京。我曾長時間待在那裡，感受正確的思想，糟糕的空氣。二者彷彿子宮裡互不相讓的雙胞胎，空氣越糟糕，越激發正確思想，思想越正確，空氣更加糟糕。

我認識一個北京本土哥們，第一次見面，他就闡述了單雙號可以還北京一片藍天。我說沒有證據表明搖車號可以還北京一片藍天。他就說，不搖車號北京將永無藍天。我批評中石油漲價，他就說用經濟槓桿制約擁堵是最好的辦法。我說官車、特權車占道才是根源。他倒也流露出一些不滿，但這不滿很快被一臉九分熟牛排的家國情感代替，他說：當官嘛，不占點便宜，誰當官？報紙有資料調查，你們外地人在北京買了八十多萬輛車。

他說為了支持北京的空氣，他這個本地人一輩子不買車。我心生愧疚。

他常常看著路邊的住宅樓感歎：外地人抬高了北京的房價啊。看中關村也感歎：外地人搶了本地人工作機會啊。他舉出國外對待移民的政策，說這一點就該向國外學習，外地人進到北京，先得交一筆移民費……

有一次我拉著他，在安貞橋下被一輛自行車從後邊掛碎了後視鏡，那人卻說我把他的車掛倒了還讓我賠錢，我拒絕。他說：你們丫外地人買得起車，還賠不起錢啊……我就回了一句：北京人怎麼了，真正的北京人在周口店。忽啦轉上來一片群眾，讓我滾出北京去。忽見哥們逕自坐公車而去。我忙問他幹麼。他頭也不回：我回周口店……我自知失語，恨不得對他衷心唱一首〈我愛北京天安門〉以表羞愧。

後來我回成都了，聯繫漸少。直到年初，他突然打來一個電話，壓低聲音問我，聽說你跟亦庄的4S店熟。我問他幹什麼。他悲憤地說：太不像話了，好不容易想買輛車，卻又搖號了，有沒有門路幫忙上個牌照。

我沒有問他，為什麼買車。我們再次見面，已坐上他的新車。堵車的時候，他大罵著呼嘯而過的軍車警車。加油的時候，他高度讚揚我那篇罵油漲價的〈打了一手好飛機〉。此時車載廣播：北京市出台了限制外地人買房的相關規定。哥們很興奮，說北京房價這麼貴，就是讓外地人搞貴的。發覺我默默的，他有些歉意地說：你丫不算外地人，你丫大半個北京人了。

我說：在祖國，沒有錢，人人都是外地人，真正的本地人住在中南海，其他的全都外地人。

四

故事到這裡該結束了。總結上面三個故事。

第一個故事——讓窮人跟富人鬥。模式：1.告訴窮人，你之所以窮是因為富人，要把富人的地搶過來。窮人一聽就來勁了，馬上跟著幹。這是拉起隊伍的第一步。2.告訴窮人，搶來的土地不可以歸己，否則就變成要被打倒的富人。3.發明一個叫「人民公社」的東西，告訴窮人，土地還是你們的，只不過寄存在那裡。於是，窮人還是窮人。

第二個故事——讓窮人跟窮人鬥。模式：1.富人已被打倒得差不多了，再打下去，就得打自己。為了維護統治就要分些花紅給窮人。2.但這分花紅必須是少量的，多了，窮人就要想些不安分的東西，比如突尼西亞。偶爾豎幾個富人起來也是以供打掉的，以證明自己還是跟窮人站在一起。3.一場火併之後沒幾個占到了便宜。窮人更恨窮人，窮人無法聯合起來，這是穩定統治的第二步。

第三個故事——讓本地人跟外地人鬥。模式：1.這出於歷史經驗，他們當年人人都是外地人，最著名一個就從北大圖書館當臨時工開始，後來去江西、到陝北……所以大秦要實行戶籍制度。外地人最愛幹造反的事。2.告訴本地窮人，你窮是因為外地人占了便宜。這是人性弱點，無論哪個地方的本地窮人，都會相信這一點。3.出台限外政策，一部分外地人紛紛逃竄，還剩下，就製造對罵，讓外地人和本地人無法合作，就不會出現「五四」、「六四」那樣裡應外合的事情了，這是防患於未然以強化統治的第三步。

讓窮人跟富人鬥，讓窮人跟窮人鬥，讓本地人跟外地人鬥……這三大模式，他們從一九二一年在湖上那條船上討論建黨之時就開始預謀了，到了一九四九年之後更是發揚光大。共產黨是世界上最擅集權統治的政黨，魔鬼最擅利用人性惡的一面。所以毛澤東說：與天鬥其樂無窮，與地鬥其樂無窮，與人鬥，才是最其樂無窮。

故事的最後……有一年清明節，我陪我媽回老家。一路上發現，過去令人心醉的金黃色不見了。油菜地退縮了，河水也變黑了。聽說政府大搞開發，修了很多房子和工廠，外出打工者回來沒地了，本地人去縣上賣些水果也要繳費，有些還被城管打了。曾經有要抗議的，被另一部分人民按在地上，寫了檢查才得以過關。

這是人民最初火併周狗屎時未曾想到的。但熟讀《資治通鑒》的毛澤東在井崗山上便想到了，他深知：人民的偉大與愚昧共行。他就說了一句潛台詞「要走群眾路線」，翻譯成大家懂得的明台詞就是：讓人民和人民火併。

一部周狗屎，中國現代史。

（二〇一一年十月一日）

16 鈴鐺下的狗

巴甫洛夫養了條狗，搖鈴鐺就餵牠吃肉，搖鈴鐺就餵肉……久而久之，只搖鈴鐺狗也流口水。這就是「經典性條件反射」。我一直好奇給人做這實驗會怎樣。看了《刺激一九九五》（中譯：肖申克的救贖）才明白這就是黑人瑞德。老瑞在大牢裡關了四十年，每次上廁所都必須「報告長官」。出獄後去超市打工後每次上廁所也要「報告長官」，否則就尿不出來。

那句台詞真是屌爆了，「獄裡的高牆實在是很有趣。剛入獄的時候，你痛恨周圍的高牆，慢慢地，你習慣了生活在其中，最終你會發現自己不得不依靠它而生存。這就是體制化。」

可見美國也有體制化和實驗室，這是人類社會共同特點。只不過我們這裡偏大，整個地方都是實驗室，每分每秒都在訓練。這裡，你擺個攤都要眼觀六路、耳聽八方，謹防城管大哥神兵天降。發個帖都豎起耳朵聽有沒有查水表，因為一個敏感瓷你就可能被勞教。去醫院做個手術第一反應就是送紅包，要是不送大夫的刀恐怕就要下錯地方……我們其實天天「報告長官」，每個人心裡都有一個虛擬的鈴鐺。為了生存，我們已訓練有素。

想寫這篇文章由來已久。我時常看到一些人批評國人素質低，不是痛恨特權而是痛恨自己得不到特權，不是討厭特供而是討厭自己得不到特供，遇到事情首先想到的不是法律程序而是找關係走門子……我承認這是事實，我正是其中猥瑣的一員，可這只是一半的事實。另一半的事實：這個最大的實驗室，你開車行在馬路上看行駛最通暢的是特權車，大腦溝壑漸漸就會長成一個特權交通地圖。你看著進信訪辦時是竇娥、出來是精神病，必定學會了忍氣吞聲；你家小孩天天喝著毒牛奶吃著地溝油，別人連特供的豬都不餵地溝油，出於物種保護你也想混成公家的人……人是趨利避害的動物，你讓他知道怎麼保護自己，他便怎麼保護自己，你怎樣，他就努力成為這樣。

凡人類就自私貪婪。我就不信你送瓶天價茅台再搭個文工團員給美國人，除非是制度約束的官員，他要嚴詞拒絕，肯定就是一精神病。至於有人說「中國人人種差，活該被奴役」。先不論香港那些文明的同胞，好的，我是中華田園犬，你給我拎條哈士奇來，我不信天天給牠搖鈴鐺，牠不流哈拉子。

誰不想高尚呀，可誰都高尚得起麼？中國的特權現狀越來越糟了，過去天天吃飽飯是特權，現在天天能吃上安全飯才是特權。過去生二胎是特權，現在能把二胎生成外國孩子才是特權。大家都去拚爹，可你還在琢磨拚爹，人家都在拚乾爹了……

這樣的訓練種類繁多。比如有一次，有個南航空姐網上自曝有個武裝部政委方大國在飛機上毆打她。而政委說自己沒打。這件事沸沸揚揚，可是載了一百多名旅客的飛機竟沒有一個國人站出來作證，最後還是一個來自非洲的留學生站出來證明，那政委確實有身體接觸……聯想到跳進西湖救人是烏拉圭女孩，大街上扶起摔傷老人是美國女孩，有人又感歎國人自私懦弱，真是素質低。可是當正義總受到懲罰，我覺得不怪國人，怪那個實驗室。我們都知道，你要是伸手一扶，恐怕就得扶一輩子。

不是狗決定實驗室，而是實驗室決定了狗。不是讓狗先做自我檢討，而是先改了那個實驗室，民眾素質才會提高。

我想我已說得夠清楚了，還是有些人非常激憤跑來說我汙辱中國人是狗……這個情景意趣盎然，我愣了很久才釋然，這，正是鈴鐺訓練的一部分……

這樣說來說去無非得回到老話題，什麼樣的政府決定什麼樣的人民，還是什麼樣的人民決定什麼樣的政府？我想講一個故事，我認識了一個九〇後成都男生，他在內地住校時，一日三餐別無異樣，要是覺得不合口味也只好跑到校外吃飯，從無覺得這有什麼不對。後來去了香港中文大學念書。有一天，校方決定把原來食堂的班底換掉承包給另一家。學生們就憤怒了，學生會天天貼海報抗議、在校網開專欄批評校方越俎代庖，還組織遊行號召抵制校方武斷決定……這個成都男生告訴我：「過去我從不敢去想，學生還可以推翻校方決定，小小食堂居然也是我們的權利，可這次參加抵制行動我也去了，好多來自內地的學生也去了，我們去了，而且做到了，一切只因我們處的環境變了，知道什麼是權利。」……校方乖乖收回成命。

學生還是那些學生，只不過離開了實驗室。在香港市民為抵制格式化的國民教育高唱〈海闊天空〉，而重慶居民卻在為進一步洗腦大唱紅歌的時候，這幾乎可以揭開我們爭論已久的謎底。

那些學生未必認為原來食堂燒的菜最好吃，他們只是不想做鈴鐺下的那條狗，搖鈴鐺就吃肉、搖鈴鐺就流口水……在我看來，這才是好的教育，好的教育，就是獨立思想的教育，就是不聽任別人搖鈴鐺就流哈拉子的教育。

不是民眾提升了素質，國家才能得到進步；先行改變了那個實驗室，民眾素質自然得以提高。總有人說：「我沒條件移民香港啊，我還在這個實驗室，所以只有聽任他們搖鈴鐺。」可是，世上沒有一成不變的實驗室。像我這樣的批評者也必須承認，和幾十年前相比這個國家開明了一些，我樂觀地看到，現在看新聞聯播找幸福感的人越來越少，上微博找真相的越來越多。雖然仍有人敢上街砸了同胞的日產車卻不敢在飛機上作證，可那名空姐已敢曝出政委在飛機上打人，西安那個假愛國之名用鐵鎖砸爛日系車主頭骨的歹徒，也在萬眾追凶之下歸案。

最後就是，你把自己當狗，永遠就是狗，你以為天下都是實驗室，耳膜一直響著鈴鐺。受鈴鐺訓練多年，我也是一條資深的狗。可是我知道這樣珍貴的事例，即便像《刺激一九九五》那間強悍的實驗室，也會有異類如安迪，挖呀挖，終於用《聖經》裡藏著的錘子挖出一個大洞，跑了出去……

如果你有夢想，一定就看得見太平洋海水和夢中一樣的藍。

（二〇一二年九月五日）

17 榜樣的力量

我只是想說一個笑話：

又到學雷鋒的時候了，我們走上街頭尋找好人好事，在路口發現一個老大爺正顫微微拄著拐杖要過街。大家擁上前七手八腳地把他攙扶過街，大爺激動地想說什麼，我們打斷他：「做好人好事是我們應該的。」到了街那邊，大爺喘著氣指著我們罵：「我好容易過了街，就被你們弄到這邊來，過了街又被你們弄回來，今兒都第四回了，小兔崽子們還讓不讓我回家。」

小時候誰沒幹過拎桶髒水把環衛工人擦乾淨了的欄杆再擦一遍的蠢事兒。我還把我媽給的零花錢假裝路上撿的交到班主任那裡，從而登上了當期好人好事榜。

一個國家主張什麼榜樣，暗示它的方向；一個政權去主張什麼榜樣，表明它有多大氣場。最近又開始學雷鋒了。內心覺得雷鋒是個好人，雷鋒精神是古今中外都認可的利他精神。可是這個國家樹立的榜樣，總透著股假肢的味道。我研究過雷鋒的事蹟——無數次把饅頭送給沒吃早飯的群眾，我就奇怪怎會有這麼多的不愛吃早飯的群眾。後來才知道那時是一九五九到一九六二年，大饑荒讓中國餓死了千萬人。我又發現雷鋒很愛把部隊發的線衣、棉褲脫給雪地裡冷得發抖的群眾，後來才了解所謂「人民豐衣足食」，只是報紙的意淫。雷鋒還常帶著戰友們去瓢兒屯車站幫忙打掃衛生、送茶送水，那裡每逢年節就人滿為患。這表明多少年來我們都沒解決好春運的老大難問題。雷鋒還常送淋雨的母子回家，送蘋果給沒蘋果吃的職工醫院病人，幫丟了票急得大哭被眾人圍觀的山東大姐買票……這分別證明了從那時到現在，我國的公車系統一直很差，工人勞保實在可憐，國人一直很麻木。

雷鋒遠看是一個道德模範，近看其實是一個社會問題的救火員，表面在宣傳什麼，其實在揭發什麼。

我不反對道德教育。可反對把它搞成了特種兵教育、神話教育，直到傳出唱紅歌不僅可以讓人道德高尚甚至治癒不孕不育，簡直是巫術教育。這裡的道德楷模——救溺水者不幸犧牲的，累死在工作崗位上的，救人時不救自己兒子的，窮得叮噹響卻舉債十七萬捐款最後得胃癌去世的，違背消防常識拿松枝去滅火的，見地主偷公社海椒不報警卻親自搏鬥獻出幼小生命的。我們的道德楷模，總之犧牲的、犧牲的……我覺得，總鼓勵人們去犧牲的道德教育，是不道德的。

美國也樹立道德模範。ＡＢＣ台曾推出過一檔叫《真實之美》的道德模範節目讓十個俊男美女參加選秀，內容設置跟我們一樣，比拚助人為樂、愛心、公德心。可並不是一水兒站在台上回答預設了偉光正答案的問題，而是考察他們被茶水潑到時、被弄髒鞋時、落選時的反應。其中有一個暗中拍攝的環節：讓一個送外賣的侍者端著咖啡進屋，可他兩手不空沒法開門，此時就看屋裡的兩個參賽美女哪個在下意識中先去幫忙開門。

這是一個經典設置，當一個送外賣的遇到困難時，你該怎麼幫助前來幫助你的人。這就是西方社會說了很多年的 one for all, all for one 精神，「人人為我，我為人人」。對比下來，別人宣傳「人人為我，我為人人」公平觀，我們宣傳「毫不利己，專門利人」的聖人觀；別人通過平常小事閃現內心一點善念，我們轟轟烈烈打造蠟炬成灰淚始乾的烈士團；別人於無聲處透露文明社會的價值觀；我們卻在播放大無畏、全無敵、輕傷不下火線、重傷不進醫院，死了都要拉家人墊背的戰爭獻身觀。

美國那個節目很火。可見美國人不是不宣傳道德，而是用更聰明的辦法宣傳道德。

我其實喜歡好人雷鋒的，他開始是一個質樸的普通青年，後來喜歡攝影，就有些像文藝青年，再後來被黨宣寫手注水以及無限拔高後，不幸被成了二逼青年……雷鋒本身沒錯，錯在於中國的道德教育，是大尾巴狼教育。

回到開頭那個笑話，它被安上了新的結尾：那個老大爺終於擺脫學雷鋒的年輕人，氣喘吁吁回家了。老太太驚訝地問他怎麼可以回家的。老頭說，我實在沒辦法，只好假裝摔倒在地大喊，都別動！誰把我撞翻的。那些人嚇得嘩地一下子就不見了……讀到此處，就知道中國道德教育已完敗，是笑話中的悲涼。

可轉念一想，能把笑話安個自嘲的尾巴，一個還敢自嘲的民族，或許還有希望。

所以我很想講講德蕾莎修女的故事：一個出生在鄂圖曼帝國的商人的女兒，念人間苦難，立志成為修女。她從遙遠的地方來到印度，走上街頭救助麻瘋、霍亂病人，幫助倒在街頭的老婦清洗被老鼠咬壞的身體。她那麼平凡，瘦小得像一根草，卻堅定地在加爾各答卡里寺廟後面的空地設置救助站。她歷經官方打壓、宗派攻擊，人們讓她滾出去，可她堅持幫助不同種族宗教的人，為他們治療、清洗，給予他們尊嚴，盡量讓他們免於風雨。有天晚上，一個剛被拉來的老人快斷氣了，臨死前，他的眼睛已看不見東西，但他拉著德蕾莎的手，用孟加拉語低聲說：「我一生活得像條狗，而我現在死得像個人，謝謝了。」

德蕾莎說，人類最大的不幸並非飢餓和病困，而是當處於這境地時，沒有人伸出手讓他（她）得到應有的尊嚴。她超越了宗教和政黨，她只是在進行平等的心靈溝通。德蕾莎修女老了、走了，而她建立於寺廟空地的收容院入口處掛著一塊牌子上面，永遠寫著「尼爾瑪•刮德」，按孟加拉語的意思，就是「靜心之家」。

雷鋒只是個好人。我的意思是，好人和榜樣並非一樣，很多時候我們被救助了，卻仍像一條狗，就算吃飽了，也只是一條吃飽了的狗……不是嗎？所以不僅要像雷鋒那樣給予人們麵包和棉褲，更要像德蕾莎那樣讓人們知道有權利得到麵包和棉褲；不僅要學雷鋒那樣在大雨天送母子回家，更重要的是，像德蕾莎修女那樣，在苦難日子裡給人們以本應有的尊嚴和歸宿。

要給他們，即使不能活得有尊嚴，也要死得有尊嚴。這才是榜樣的力量。

（二〇一二年二月二十九日）

18 有個小區

小時候，我覺得資本主義國家有一些專屬的很羞恥的詞，比如「赤字」、「彈劾」、「擱淺」、「下野」……國家忽然就沒錢了，工程莫名其妙搞不下去了，大官灰溜溜被人民罵下台了。與之相對的是我國那些熠熠生輝的詞句，「上馬」、「提速」、「創收」、「鼓掌全票熱烈通過」。僅僅從字面上，兩大陣營前景的光明與黑暗，也躍然紙上。

多年以後，我才明白其中的深意。而此時，中國已傲然位居GDP世界第二。

有段時間，全世界都在播放歐巴馬悲催的樣子，因為美國政府沒錢了、要破產了。這讓一些中國人深深地不屑。可是，那些鄙視美國政府的中國人並不去想，為什麼GDP第一的美國政府快破產，GDP第二的中國政府卻富得可以承包月球。如果美國政府也可以收稅不通過國會、賣地不通過房主、開礦不通過原住民、隨便收高價過路費，它肯定不會窮。可是它沒有這個權力。那天，歐巴馬為擺脫破產困局，想借貸八十億美元修條橫貫中西部的新鐵路線，刺激就業也可以創收。可剛在國會開口，立馬就有人跳出來罵他浪費、破壞環保、作秀以拉攏大選人氣。

才花五百多億人民幣哪，我都不好意思透露中國鐵道部部長床下藏了多少錢，碼起來得繞地球一兩圈。

在一個正常國家裡，政府官員不過是人民雇來的辦事員，赤字就是辦事費用不夠。從這個角度而言，政府出現赤字是好事，至少你知道它多用了你多少錢。中國人民永遠不知道政府超用了多少錢。

一七八七年，費城。美國的那些開國元勳們吵了一百二十七天，大會進行了不下六十次表決，才決定了總統是什麼，以及總統的選舉辦法。他們所做的一切就是為了要限制未來政府的權力，也就是自己的權力。佛蘭克林說：「在自由的國家裡，統治者只是僕人，人民才是君王。」這句話流傳已久，成為美國的訓條。

這個訓條對於中國人太陌生了。就在美國政府要破產的時候，中國政府卻在當年稅收八萬億，次年達九萬億，很快就達到了十三萬億，到時候每個人頭頂著「一萬」的納稅證明，浩大的清一色麻將陣形，而政府是不變的莊家。我的這個揶揄傷害了一些愛國者。我只好換個淺顯的例子：一個國家就像一個小區，人民是業主，政府是物業公司，總統是物業總經理。不要以為一個叫美國的小區很窮，其實是那個物業公司很窮。

美國就像一個住著很多蠻橫業主的小區。那些業主一會兒嚷嚷物業費太高，一會抱怨下水道堵了。一會兒要求應修條清晨跑道，一會兒覺得物業經理太勞命傷財。一會兒命令保安去打外面的流氓。忽然又改主意，大肆批評經理打流氓花錢太多……美國的總統在小區外跟英雄一樣，在小區內跟孫子一樣。這是美國人的幸福。

我不見得喜歡美國總統，但我喜歡能把業主、保安、物業公司的關係拎得清的小區，這樣的小區，才是業主有尊嚴的小區。

我們這個小區，多年來擰巴了業主和物業公司之間的關係。每當春節或災難發生時，我常在電視上看到大小官員對群眾說：我代表國家來看望你們了。下面就歡呼感謝國家。沒見過這麼吹牛皮的，一小區聘來的物業經理還敢代表小區？也沒見過業主這麼謙虛的，你自己就是小區，你為什麼不感謝自己。

中國人就這個毛病，謝天謝地謝國家，卻總忘了先感謝自己。

我經常聽到一些業主說，即使我們這裡有這樣或那樣的問題，可這個機制也有好處，就是效率高、集中力量好辦大事。

曾經為了寫一篇關於玉樹大地震的文章，我查閱了一些舟曲縣的縣誌。後來又對比一下舟曲現在的衛星圖。我發現古書上記載的舟曲是「隴上小江南」，鬱鬱蔥蔥、河水澄明，五穀豐登。可一九四九年後，歷經大躍進、文革、GDP，不受任何節制和監督的政府以數十年英勇的亂砍濫伐，把小江南變成了光禿禿和硬邦邦。這些光禿禿和硬邦邦造就舟曲縣百分之八十的GDP，也造成了現在我們不得不用更多的生命和錢去對抗貧窮和泥石流。好多生命還埋在地下，長燈永逝。

我曾親歷汶川大地震。地震是天災，可那些沒有鋼筋的校舍，被開礦掏空了的農莊，遍布全國權力極大的紅十字居然無法給公眾以清晰的帳目……這些正是人禍。

要是一個物業公司只是為小區著火和捐款時才派得上用場，這機制，太不機智。雖然玉樹的政府辦公樓重建得很漂亮，可至今不少災民住在板房。汶川災後重建情形堪憂，官員卻坐著豪華車呼嘯而來、呼嘯而去。如果你不裝外賓，很多故事在說明，集中辦大事，就是集中出大事。

就是「有個小區」，得讓全世界居民最多的小區明白：是我們聘用了他們，不是他們領導著我們；是我們給他們發了薪水，不是他們養活了整整十三億。至於執政黨，不過是若干應聘物業經理的一員，不是只有你這個物業經理才能救小區，不是你帶領小區從勝利走向勝利。

一個小區如果有權利過大的物業公司就要犯錯：早年有家叫秦的物業公司修了一道很長的圍牆，犯錯了。後來，有家叫隋的物業公司挖了一條很長的河，也犯錯了。再後來，有家叫清的物業公司女主管執意要修一個大園子，就灰飛了。現在我們正目睹史上最擅權的物業公司，在犯上述歷史錯誤的總和。它想賣地只需要一張手諭，想修高鐵只需要一個創意，想拆房子只需要一台推土機。然後土壤重金屬了、動車脫軌了、山川河流盡是汙染，我們的故鄉其實消失了。

可是有點覆水難收的意思了。一些業主不需要搞清甲方和乙方，只需要搞清官方和非官方。當業主不強硬，物業必凶殘——一九四九年以來，就是這道理。所以現實是：我們這個小區，不是小區聘了物業公司，而是有家物業公司占領了小區。不是我們養活了經理，而是經理救了小區。經理視心情好壞規定誰才有資格是業主，誰不准是業主。業主只負責交費，不參加管理，不准追問物業費的去處，是否用這些錢以供子女移居別的小區。倘若違規，保安可任意抓人，每逢流氓來襲，即刻大門緊閉……

到最後，奉天承運：這是世界上最大的一個小區，業主最沒尊嚴的小區。誰膽敢反對物業公司，就是不愛小區。欽此。

（二〇一一年九月十日）

19 奇怪的使命——給什邡各級領導的一封信

各位領導，其實我是想跟你們來一些溫暖的回憶：

我少年時，常去你們那裡的鴨子河游泳。那時河水清亮，放眼就看得到梭邊魚，我們常用打結的草繩釣出一串串河蟹，在河岸烤來吃。冬天時有大群飛來過冬的花臉鴨在水草裡覓食，叫聲嘈雜，洪亮短促，倘人驚動就會四散而起，在水草深處會留下一些鴨蛋。這些記憶，想必也存於你們的童年裡。

等我青年時，已不太敢下水了，游完之後頭髮就臭不可聞，鴨子不再飛回，河蟹更少咬繩。現在我直逼蒼孫，斑鳩河一帶沿岸有很多生態居住的廣告，可只見泥沙俱下，河蟹、斑鳩和野鴨幾乎絕跡。

各位領導，我是出於彼此尚存的尊嚴才寫這封信的。請問，這些河現在連河蟹都不居住了，為什麼你們還要求人類居住。

所以想談談你們的使命。我曾經單純地以為居住於此的你們只是想把GDP搞上去，抱著同歸於盡的想法，也不易。後來才知道你們就差洗腳也用純淨水了，家人大多安置在安全的市區。從外地空降的領導任期一滿就將遠走高飛。所以，你們不是來服務的，是來開礦的，這座小城不過是你們的鉬銅礦區，四十萬什邡人民是你們的礦石。

你們正身體力行地解釋著你們奇怪的使命，所謂發展模式：就是把四、五十萬人民的利益切換成四、五個人的利益。把五十年的使命，濃縮為五年的任期。任期輪轉，換戰術再來一遍。當地群眾其實很想挽留你們，他們上街散完步後也歎息：讓這一撥蚊子吸血也好啊，吸飽了牠們就趴在肉上睡覺，要是趕牠們走，換一撥蚊子來，更吃不消了。

這些民眾早就有此生把化學元素週期表嘗遍的準備。那一撥不明真相的群眾去到政府樓前時，只是希望你們給出一些合情理的解釋，而不是強硬的通知。可你們強硬慣了，雖然對外國你們特別擅長做出友好的解釋，大腦反射弧第一時間就反射出無償捐款、高檔校車和大熊貓，可對本國同胞，你們卻會反射出防暴盾牌、特警中隊和棍棒。對外溝通時，你們總會說「兩國擁有一致的根本利益」，跟裡面溝通時，你們卻說「不顧國家大局，不考慮通盤計畫」……讓我經常搞不清你們跟我們是否一個國籍。

我看到一些暴行的照片：十來歲小孩一動不動地仆在大街，無人理睬；一個婦人被追得狼奔豕突，終於被英勇的特警KO在地；一個七十多歲的老頭只是回家，被打得頭破血流，整條胳膊都腫了。最震撼的是一組對比照片：前一張是〇八年地震後，一個女孩子手舉紙片，上寫「解放軍，我們愛你」，後一張是一名白衣女孩垂首無語，跪在一排排防暴盾前請求「不要動手」。與威武的盾牌比，這名女孩柔弱得像一張紙，可強大的你們卻做出一個錯誤選擇，震爆彈……

是的，震爆彈。我認為這是一道關於文明的鴻溝。

那可是用在對付武裝叛亂者的。在我看來，什邡民眾沒有政治訴求，只有生活意見，他們只是不想讓千年居住之地變成工地，不想讓悠閒的川西壩子變成礦區。那裡可是有楊升庵、李劼人、司馬相如和卓文君的傳奇。可你們真是被慣壞了，忽看到弱女子、老頭、小孩堅定表達生活意見，就不適應，凡不適應你們視覺標準的均是暴民。到最後，保護故鄉的是暴民，侵占別人生活的成為維穩。這是多怪的邏輯。

我看到有人說你們是因為事發突然，心裡害怕，才施放了震爆彈……強大的你們害怕一個柔弱的女孩子？又有人說你們只是維穩手段太粗線條、腎上腺衝動了……這麼說是在美化你們。你們的維穩手段精細到鎖定千里之外的一個上訪戶，那麼多的民生面前你們事事麻木，此時卻腎上腺衝動，這無論如何說不過去。

過去我曾把這個國家比為一個沒有業主權利的小區，可小區還好，這裡全然變成一個礦區。各位領導，你們該知道，你們開的不是礦，是一條條生命，驅散的不是居民，而是民心。無數個病句中，這次你們使用的最為別致：「少數別有用心的民眾用花盆和礦泉水瓶襲擊政府機關」vs.「為了控制局面，有關部門出動手持盾牌、棍棒、催淚瓦斯、震爆彈的軍警」。

花盆和礦泉水瓶都成為大規模殺傷武器了。我到底該說你們強大，還是渺小？

這就是「路西法效應」——路西法是天堂中地位最高的天使，在未墮落前任天使長的職務，由於自以為天生正確、代表真理，凡人不能反抗，最後竟率領天界三分之一的天使反對上帝，最後走向自己的對立面，墮落成撒旦。

各位領導，你們中的很多人正因為一種奇怪的使命，走向自己的對立面。我看到最可笑也最透著寒意的狡辯是：有人企圖利用這起事件破壞災區重建。〇八年大地震，全國民眾支持災區，可是據說有九千萬善款居然用在鉬銅化工項目，就把這九千萬說清楚吧，全國人民的重建款，不應拿來毒害這城的人民。

不僅這座小城，〇八年大地震後，整個災區的官員們莫名其妙擁有一種奇怪的使命，即：買豪車是為了重建，挪用賑災款是為了重建，重度汙染也是為了重建，貪汙也是為了重建……一場災難讓你們獲得太多的豁免權和不被批評權，自我英雄催眠，悲劇崇高感，有時候連你們自己都產生幻覺，搞不清此時是在貪汙還是在重建，刷的是個人卡號還是項目帳戶，摸的是自己老婆還是別人老婆的胸部。所以你們做出震爆彈的決定並不突然，你們深思熟慮、大義凜然。當煙霧升起、驅散民眾那一刻，你們把自己當替天行道的熾天使了，也許你們都想到是否向聖上報功請願，哦，當機立斷處理了一起由別有用心的人挑起的群體事件……此案例可向全國推廣。

這樣一種奇怪的使命感，才是中國最大的災難。你們能量超群，卻成為破壞鄉里的震爆彈。這個國家已變成一個極大的礦區，這樣下去，你們不只會把地球鏤空，也會把人心鏤空。

最後，我正在成都，會開車前往什邡，我不會圍攻也不會煽動，我只是想看看這座曾經很熟悉的小城，遙想一下鴨子河裡那些飛來的花臉鴨，和草繩上的河蟹，這裡有無數讓我感動的東西，讓我們流淚的，根本不該是催淚瓦斯。

今日有雨，一把黑色的傘下，什邡見。

（二〇一二年七月三日）

20 一件襯衣的感動

我碰巧生活在一個盛產「感動」的國度，余秋雨《大愛無疆》讓我們感動，大地震「災難產生更大凝聚力」讓我們感動，一個官員加夜班吃了碗速食麵也曾讓我們感動。這些雞毛鴨毛的感動後，最近又有個令人感動的故事：

長三角有個小城叫啟東，市政府不與民意溝通，不顧市民上百次的和平上書，堅持上馬重汙染造紙項目，導致市民萬人上街抗議，與軍警衝突中扒下市長襯衣、衝進市府辦公樓，找出避孕套若干……除了這些八卦外，這還在網上引起一片感動和致敬，有些特別喜歡感動的人甚至把這定義為「文明」，「看，都沒出動裝甲車、震爆彈，襯衣還被扒下來了，感動文明的進步。」還有人嚴厲譴責暴民，呼籲嚴懲。

我覺得一些人把文明的定義搞錯了。如果沒出動裝甲車、震爆彈就是文明，這文明就太低端了。那麼富有受虐傾向，你集中營長大的？我認為動不動就要感動，屬於頻尿症。一場大雨淹了城區來個領導挽起褲腳假裝撈人你要感動，中石油賣的是油吸的是血好容易降一次價你要感動，城管橫行鄉里掠城無數某次正好沒打人只是瞪著小販，你也感動……可那不正是他們應該做的嗎？納稅人交那麼多錢養活機構，不過是一次購買服務的行為，人民跟政府只是與自動販賣機的契約關係，你交錢，它提供服務，有什麼可感動。

問：你會為自動販賣機吐出一罐飲料感動？

公民，有點出息好不好。文人，把邏輯理清楚才能寫出更優質的文章。要知道，那正是他們該做的。更多的是他們不該做的：他們不該在密室裡幾個人就定下幾百萬人的利益，不該只顧GDP政績不顧民眾基本權利，長江三角洲出現多少癌症村、血鉛孩子，有誰曾看見過公開報導、下令嚴懲。這一次他們罔顧民意強行上馬在先，上訴無門的群眾情急之下扒了襯衣在後，你就無與倫比感動，你為什麼不為被暴毆於地卻不敢回家取菜刀拚命的民眾感動？

這叫選擇性感動，這叫跪著的文明。等搞清楚什麼是官員該做的什麼是不該做的，你再來跟我談感動和文明。再說一遍，政府機構跟自動販賣機別無二致，跟我們有天然的購買契約，一部你總是塞了錢進去卻不吐飲料出來的販賣機，你踢它兩腳，會為它不還手沒還嘴「操你媽」而感動？

一九九〇年的新年致辭裡，哈維爾說：人民，把你們的政府還給你們了。

這本是你的、你的、你的。連那件襯衣也是你出的錢幫他買的、買的、買的。懂了之後，你再來說感動。

我不會為啟東市長孫建華感動，不會因他沒調動裝甲車而致敬，他只是保持了原本就該保持的克制，這種克制，基於他上任說的那句「為人民服務」，只是這分承諾被有些人刻意屏蔽，忘記，洗腦……這本是他該做的，幾個月前他做了不該做的，為不該做的付出代價，多正常。中國的官員就是這樣，對和平上書置若罔聞，對老人、小孩健康置之不顧，卻對GDP有著近乎變態的喜好。我竟看到很多人盛讚那個市長被扒了襯衣不還手且笑了。真是一笑傾人城，他不笑，難道還倒豎雙眉下令剿殺刁民以索賠襯衣？

不要說「無論如何官方比以前取得進步」這麼沒智商的話，要說進步，也是從廈門到大連到什邡的民眾在進步，民意甦醒倒逼官方。道理很簡單，小區業主與保安對峙以抗議物業收費不做事，獲得抗議成功。你說這是保安進步還是業主進步？

我也勸民眾要冷靜，反感讓未成年人上街的號召，可這是因為他們在強大的機器下傷不起，很快要立秋了……我看到有人問：難道那個姑娘跳上辦公桌還拿水桶淋濕文件的暴力行為是對的？你腦子裡到底長的是蹄花還是腦花，我要說，一個成年人走上街頭時就該想到為自己行為負責，如違法該抓就抓。可是你不能只見民眾暴力行為不見官方暴力決策。多少利益鏈條深藏其間，多少孩子失去健康，在大惡與小惡之間，我必須首先追問大惡，因為大惡孕育一切的小惡。

春夏秋冬，冷暖自知，選擇性忘記民眾上街背景和雲量投訴無門，你不譴責暴政卻來譴責暴民，洗地都不帶這麼不管先後順序。即使當今知識分子不敢學司馬遷遭受宮刑仍寫出偉大《史記》，也不必為媚上便自我閹割。你不知信訪辦是沒用的嗎？你不知和平散步從未被批准？你不知市長沒還手不因惜民而只是因為要開穩定壓倒一切的斯巴達會了？

至於李開復先生說：「當年台灣民運領頭人施明德率領示威民眾包圍阿扁官邸時，下令所有人不能衝進官邸，因為衝進去就是違法，不能以目的來美化過程，無論這目的有多麼正確。」我要說，這根本混淆了時空條件，紅衫軍有政治訴求，啟東民眾卻沒有，紅衫軍要的是推翻現政府，組織嚴密、綱領明確；啟東民眾沒有策劃、無人領頭，一切跟政治事件無關，不過是普通市民表達生活意見，民意無處宣泄才出現了湧動。開復先生在大陸多年，您是同胞，不是外賓。

就是這樣，這個國度很多的人群聚集，只是呼籲化工廠不要汙染水質，讓孩子從小能呼吸乾淨的空氣，就被強行賦予政治含義。可是中國的這些民眾哪懂什麼政治，他們中好多連有選票這回事都常常忘記。至於「文革再來」的說法，這就太陰險了。文革是實現領袖意圖，自上而下，而這只是民眾訴求，自下而上。你先把方向搞清楚好不好。

邏輯得多混亂才能讓這個國家盛產這麼多「感動」啊，彷彿只有「感動」才能說服自己有活下去的勇氣。感動點之低，看個春晚就流淚，敢動點之高，除非拆掉自家房子才敢拿菜刀。全然違背了靈長類動物的情緒線。為官員加夜班吃了碗速食麵感動，為官車等了一次紅燈而感動，為官兵救一次災而感動，甚至為官方沒出動裝甲車鎮壓自己而彌足感動……得活得多麼孫子腦子裡得裝多少《孫子兵法》才發生這種化學反應。你為什麼不為自己而感動——呼吸著毒空氣喝著毒牛奶交著世界上最高的稅租著最貴的房子，稍發些怨言就會被查水表被旅遊，而你居然倖存下來了。

總有大尾巴狼出來說：不要過激，不能將軍，就先拱卒。我明確地表示，拱卒當然對，但不要故意別著本方馬腿，要是把卒往後面拱，那是違反下棋的規則。

我最關心的核心問題：是什麼讓一切落到非得民眾上街的地步？楊衡均先生提醒了《柯林頓回憶錄》裡的一個情節：有一天柯林頓參加完競選演講後去到另一個城市，途中經過一個小鎮，見路邊有幾十個人打著標語希望他停下來。不過幾十人而已。柯林頓太累了，就不想停車，可是當他經過那人群時瞄了一眼，趕緊叫手下停車，他走下去……因為那些標語上寫著：你給我們八分鐘的傾聽，我們給你八年任期。

核心問題是：大連、什邡、啟東，你們有沒有給出這八分鐘。

如果你深愛這個國家，就會知道官方沒耐心給出八分鐘才是暴力管湧的原因。可是他們太忙了，忙著喝茅台、養文工團、給子女辦移民護照，所以沒時間傾聽。可你此時竟沒來由地唱起了「感動、進步」，多麼純真的一幫唱詩班孩子啊，知道自己在幹什麼嗎，知道你唱得太興奮都跑調了麼？下一步，可有知識分子關心當地民眾之後的命運，那個犯了錯的女孩有沒可能被過度判刑。你心，何安？

最近很流行的一句話：你所站的地方，正是你的中國。你若光明，中國便不黑暗。據我有限的了解，這是崔衛平老師說過的。非常美、非常好，但被一些人利用得很濫。因為現實是：我所站的地方，正到處上馬化工項目，我剛想發光，就被一個巨大布袋蒙頭罩上……此時你有多感動？

我不為一件襯衣感動，我只為越來越多的人明白我們與自動販賣機的關係而感動。

（二〇一二年七月二十四日）

21 自閉的巨人

小時候，我家鄉，上學必經之路上突然建起一家巨大的菸廠。那牌子遠銷全國，可是廠房味道刺鼻，每當經過，飄出來的氣體像火一般燒灼著肺葉。我們就繞遠道上學，常常遲到。老師就批評：支援國家建設，這點味道怕什麼，想想烈士任汽油彈燒也一動不動。我們覺得老師說得有道理，每天用紅領巾捂著鼻子向前衝。紅領巾是烈士鮮血染成，小孩的肺在煙熏中成長。

那時不支援國家建設是一種很大的罪過。慢慢的，街區變成工廠，故鄉變成礦區。漸漸的，我們失去生活的裁定權。像從未擁有過它。

多少年，「支援國家建設」大搖大擺偷走我們對生活的裁定權，一點都不知道自己的樣子很蹊蹺。我曾經過西部一個待建的化工基地，動員口號是「支援化工建設崇高，對抗祖國事業可恥」。當地居民投訴、吶喊、被打。一個幹部搖頭歎氣：看，現在的群眾既自私，又不懂科學，這項目也是為他們好呀。我驚訝地發現，他的神情有一種壯士氣概。

三個月來，準確說是七月初的什邡、七月末的啟東、七月末央的寧波……照片上你很難分辨出這三個月的區別，是驚人相同的鏡像：人群在逃跑、青年在挨揍、老人哭訴著、穿著黑色威武制服的壯漢如武士般倒拖剛剛捕獲的女子，押上鐵皮車，而指揮者均是一臉不容置疑的正確……這個國家淪陷了。

「支持國家建設」正以崇高面目偷走我們對生活的裁定權。你不能因為名字叫崇高，就保證自己不猥瑣。你打著國家的名義，就偷走我們的錢包。如果一定要釐清「支持國家建設」，我認為，保護好孩子們的健康才是最長遠的支援國家建設，不讓長官獨大也是，或乾脆，當你有建的想法而我們有不建的權利時，就是最好的國家建設。

我不懂ＰＸ（對二甲苯）有多大毒性，可是當公共建設涉及到私人領域必須跟私權協商，這道理並不難懂。中國式權力真是太傲慢了，越傲慢，越孤獨，像一個患了嚴重自閉症的巨人，已不懂怎麼跟社會交流，讓社會來幫助它。它如此強大孤僻，讓民眾對它充滿恐懼。更好玩的是，它對民眾也充滿恐懼。前幾天碰到一個成都官員，他歎道：去年你參選，可是把我們整個部門都驚嚇慘了。我反問：你們怕什麼，我又不組織上街，又不拉橫幅，不過為小區做點校車、養老之類公益的事。他說：我們當然曉得你今天要做什麼，但我們不曉得你明天要做出什麼呀。

我很想告訴他：其實，民眾也不曉得明天政府要做什麼……

聽上去像個冷笑話。從廈門、大連、青島、什邡、啟東、寧波……每一個官員傲慢而自閉，他們久已陌生六十三年前關於「協商」的承諾，系列事件的規律：官方悄悄上馬項目——零星群眾發現，官方置之不理——更多群眾上街——官方打人抓人——微博鬧大，全國憤怒——官方表示「耐心傾聽群眾呼聲，充分考慮民眾訴求」……我好奇官方怎麼這麼愛使用「傾聽，訴求」這些破詞，你哪有資格由上而下傾聽，你應當是謙卑地彙報，什麼叫民眾的訴求，那是股東要求。

然後，每回負責幫政府叨回飛盤的專家就跳出來解釋ＰＸ項目在國際上很安全，日本ＰＸ離居民只有一條街……他們也許說得對，可是他們忘了，這裡修座橋都要側滑，粉刷座大樓都要自燃，大家不是不相信你，只是不相信還有那麼多臨時工。

我們淪陷的不止是故鄉明月，還有太陽般的尊嚴。人們走出家門不是參加暴亂，而是索要僅有的尊嚴。這個國家正在變成世界上最大一個礦區，問題不止環保，而是無節制的權力。就是我反覆對政府說的「路西法效應」。哪怕天堂中地位最高的天使，如果自以為天生正確、代表上帝，就要打聖戰，最後必墮落成撒旦……我們的官員認為自己天生代表真理，最後把自己也當成上帝：哦，我打的是聖戰，代表最廣大利益。到最後，掠奪就是開發，小偷的藝名叫天使。這個抬頭叫人民的共和國，每座城、每個村竟不准人民對生活方式擁有裁定權。只准聽領導規劃，只准按計畫取得增長，只准看新聞聯播，只准生一個孩子，然後活在ＰＸ項目裡。

想起王小波筆下那群東歐國營農場的豬，鐵板一塊，毫無選擇，了無生趣。

什麼力量可以限制這種權力？這個國家的設計原理出了根本問題，這個體系本身就是一個木馬，一邊生產木馬，一邊打著補丁，補丁是更大的木馬，需要更大的補丁……最後必然死機。想起早些年有部電影叫《恐怖食人魚》：一個為從經濟危機中恢復的小鎮，為了復甦本地捕魚業，就鋌而走險把人類生長荷爾蒙傾倒到湖裡。正當人們在一廂情願寄望豐收時，這些魚轉變成了可怕的掠食者。在荷爾蒙的作用下，黑魚長成了巨型的怪物，狼吞虎嚥地吃掉一切遇到的東西，並具有了在陸地捕食的能力。在湖裡食物匱乏時，牠們冒險登上陸地尋找一切可食之物——動物、蔬菜、人類。

這樣的電影中國人是不能拍的，也不必拍，因為社會每天都有同樣的鏡像。你否認不了，人們心中的怪物正在上岸，這樣的事不止寧波，整個國家為了走出經濟困境，證明優越性和合法性，就四處在江河湖海投放生長荷爾蒙……從而製造出種種亂局。我們當然需要強大，但不能靠破壞健康和損壞公共利益而強大。這個獨裁黨沒有合法性，所以必須用ＧＤＰ證明其優越性。所謂大力發展ＧＤＰ，就是一個男人為了證明自己是男人，就不斷吃春藥保持長槍挺立，且不是去和老婆做愛，而是跑大街上強姦民女。

最後問一句，那個女孩放回來了嗎，那些相機返還了嗎？你知道嗎，在你每一步勾錯了的選擇題裡，最錯的就是：即使你不允許大陸公民學香港市民為爭取教育自由權利高唱〈海闊天空〉，也不要打斷他們在自己國土高唱〈中華人民共和國國歌〉。

我從不認為這是暴亂事件，這些只屬於民眾對生活方式發表的言論，而關於言論自由，胡平有很好的注釋。所以最後的建議是，一個國家有無言論自由，不在於當權者是不是願意傾聽和容忍批評意見，而在於他們沒有權力懲罰那些持反對意見的人。

一個改革開放的國度，卻有一個自閉的巨人。把生活的裁定權還給民眾，你才會更有尊嚴。

（二〇一二年十月二十八日）

22 奇女子

有人問我怎麼看郭美美。我說，史將證明這是一個傳奇女子。這雙拎過愛瑪仕（Hermes）包的小嫩手無意開啟了一道宮闈之門，這輛瑪莎拉蒂帶我們駛向了真相的跑道。我覺得郭美美身上具備著《建黨偉業》頭牌小姐小鳳仙、「拉鏈門」白宮小祕書陸文斯基、《潛伏》共黨情報員翠萍的綜合素質。你看，鍵盤前哪一位僅憑一條炫富微博就讓從不解釋的紅十字連開兩次發布會，解釋這名車和名包是否貪挪善款所購；又讓千萬微博用戶成了福爾摩斯，從百達翡麗這麼昂貴生僻的字詞，偵破出紅十字通往大內神祕的裙帶；她是山寨版的龐畢度夫人，她甚至讓「乾爹」從曖昧稱謂變成了政治辭彙……這季節，官員幹了黑社會的工作，情婦幹了反貪局的工作。

我不會道德譴責郭美美，我只是想講些故事。紅十字會到底是怎樣一個會？這個會就是你需要它時根本找不到它，不需要時它卻忽然出現的一個會。前一種可以參考河北農民孫文輝的故事：為治療兒子的重症——再生障礙性貧血，他已欠了三十多萬。那天上午兒子又開始發燒，醫生說只有花四十萬換骨髓，不換就死。年收入才幾千的孫文輝已借無可借，賣掉屋子也湊不齊錢。他聽說紅十會下面有家天使基金會，於是飛奔一百多公里來到首都。可天使說，這裡只治白血病，不治再生障礙性貧血，即使白血病也不是人人都有資格被救。孫文輝跪下了，天使不救，他磕頭，還是不救。後來，他就拿出一把菜刀架在一個天使脖頸上。再後來，他被趕來的特警一舉制伏，菜刀飛得老遠。

這個有些暴力的故事卻有個感人的結尾，報紙洩漏消息後很多好心人捐來了款。孫文輝也保外就醫。可這些跟紅十字沒關係，這個會一直沒有出現，它天天有太多的會要開。

至於後一種情況大家已很熟悉——每當出現大災大難，這家會就會變幻成各種莊嚴寶相，一會兒是紅總會，一會兒是紅基會，一會兒是紅博會，這麼多會，因為它要收費。天價晚餐、茅台酒、瑪莎拉蒂跑車、LV、愛瑪仕包……中國紅十字更像一個頂級名牌展覽會，而不是慈善會。

我嘗試給它一個準確定位：它是不幹事的，卻要壟斷經營，全靠別人幹活，還要提取固定回扣。它對下面態度惡劣，對豪客阿諛奉承，迎來送往，背景神祕。倘你敢說不字，它便告訴你別惹老娘，老娘上面有人……大家知道，這其實就是媽咪，這會其實就是夜總會。

這樣說對小姐有些不公，因為小姐比他們高尚，小姐只賣自己不賣國有資產。想必很多朋友看過一個帖子，說汶川地震那年深圳有一些小姐捐了一百萬，央視晚會上那十幾個億就有她們的一分子。可是沒報紙敢登她們的名字，因為這錢來得不乾淨。可誰說小姐就不乾淨呢……也許這是一個傳說，不妨認為這屬於反抗不了媽咪的情況下，大家寄託的一種哀思。

紅十會也不要怪我用媽咪、小姐這樣庸俗的字眼，我也是一個庸俗的人，有一個庸俗的故事：今年年初，修女吳麗莎從玉樹發帖說，那裡有幾十個老人沒奶喝也沒保暖設備。作家李西閩和陳嵐聯絡我一起弄點錢，大家很熱血的樣子，徐小平一下就捐了六個月的奶錢，演員陳坤也捐了不少，一兩天下來就有二十多萬……我忽覺恐懼，因為我們沒通過紅十會，這是可以算作非法集資的，是「法網恢恢，疏而不漏」的標準普法版。這件事的尾巴挺尷尬，我們希望老人能喝上奶過了冬，又不甘心把這錢通過紅十會，那樣的話老人們不僅喝不到牛奶，還可能成為紅十會的奶牛。至今還有一筆錢是以私人借款名義掛在帳面上的，等到明年再給老人買牛奶。

別怪我庸俗，這樣一個慈善體系下，你們是有牌照的媽咪，下面是坐檯的小姐，而私下募捐的我們是站街打游擊的暗娼。我們三位一體了。滿意了吧。

凡有人群之處必有愛心，這是人性。可是在中國沒有可信管道，我們偶爾做點好事也做賊心虛的樣子。前段時間參加了一個活動，掙了點錢想捐給被判死刑的瀋陽小販夏俊峰的兒子學畫畫。可這筆錢怎麼交付變成很有難度的一件事，分期付款，有占利息之嫌，交給中間機構，怕這機構忽然不見了。直接交給夏妻張晶，她又得交不少的個人所得稅。糾結很久，最後還是代交了稅再拿給她。可這很不合理，交給紅十會可以免稅，交給其他的就不可以免稅。本就壟斷的紅十會，連免稅權都壟斷，就是說只有從了這個媽咪才能省下茶水錢。

我只是講點故事。其實郭美美並不是一個炫富女的故事，而是一個國家信用破產的故事。這裡底線一直在退，從高房價退到中石油退到鐵道部，現在連慈善機構的底線都守不住。我剛知道紅十會是拿國家財政撥款的，相當於一個媽咪拿著文工團工資，還讓演員出去當小姐收取管理費。我又知道紅會是享受部級待遇的，有些像國企，可國企破產是可以的，國家信用破產不可以。

全世界可能也只有中國紅十字會作為一個盈利單位了。全世界也只有中國紅十字是上達天庭、下涉平民，與官場有著千絲萬縷的關係。看，成都的市委書記夫人作為當地紅十字掌門人，多有錢。

早年寫足球時，常寫世界上有兩種足球：足球，和中國足球。其實世界上也有兩種紅十字會：紅十字會，中國紅十字會。小時候老在電影裡看到紅十字救護隊在炮火中向兩方士兵大喊「這裡是紅十字救護隊」，炮火便會停止。但哪天開戰，誰要打一杆獵獵的「中國紅十字會」大旗，肯定會成為敵我雙方共同的炮靶子，「中國紅十字」等於在說：這旗下有大官、有巨貪。一炮過來，就端掉了。

表面看紅十會是一家民間慈善協會，其實是央屬盈利單位，簡直可以A股上市。表面看郭美美只是一個夜總會的周邊，其實她是一傳奇女子，小宇宙如此強大，輕輕一點微博發送鍵，就點曝了一個國家慈善的馬甲。從權屬而言，陸文斯基不過讓希拉蕊知道了真相，郭美美卻讓所有中國捐款者知道了真相。

綜上所述，她，其實是一個反貪功臣。

（二〇一一年六月二十九日）

23 投名狀

北周的開國者，也是南北朝時期一大猛人，宇文泰，為一統天下曾遍訪天下賢才。有天他遇到了號稱有諸葛亮之才名的蘇綽，向其討教治國之道。兩人一見如故，密談三日三夜。

宇文泰問：「國何以立？」

蘇綽答：「具官。」

宇文泰問：「如何具官？」

蘇綽答：「用貪官，反貪官。」

宇文泰有些納悶：「為什麼要用貪官？」蘇綽答：「無論打江山還是坐江山，都需要手下人為你賣命，可讓別人為你賣命就必須有好處，你並沒有那麼多錢，只好給權，讓他用手中的權去搜刮民脂民膏，他不就得到好處了嗎？」

宇文泰問：「貪官得了好處，我有什麼好處呢？」蘇綽答：「他能得到好處是因為你給的權，為了保住自己的好處，他就拚命維護你的權，有貪官維護你的政權，江山不就鞏固了嗎？」

宇文泰又問：「既然用了貪官，為何還要反？」

蘇綽答：「這就是權術的精髓所在，用貪官，就必須反貪官。你看，其一、天下哪有不貪的官？官不怕貪，怕的是不聽你的話。以反貪為名，消除不聽你話的貪官，保留聽話的貪官。這樣可以消除異己、鞏固你的權力。其二、官吏只要貪汙，把柄就在你的手中。他哪敢背叛你，只會乖乖地聽你的話。所以，『反貪官』是駕御貪官的法寶。如果你所用皆是清官，深得人民擁戴，要是不聽話，你哪兒有藉口除掉他。假使硬行除掉，也會引來民情騷動。所以必須用貪官，才可以清理官僚隊伍，使其成為清一色的擁護你的人。」

宇文泰大喜，蘇綽忽反問：「如果你用太多貪官而招惹民怨怎麼辦？」宇文泰一驚，急急請教：「先生有何妙計？」

蘇綽答：「這就是奧妙所在，加大宣傳力度，祭起反貪大旗，讓民眾認為你是好的，不好的只是那些貪官，把責任都推到他們的身上，讓民眾知道社會出現這麼多問題，並非你不想搞好，而是下面的官吏不好好執行你的政策。對那些民怨太大的官吏，宰了他！為民伸冤的同時，再把他搜刮的民財放進你的腰包。這樣，不負搜刮民財之名卻得民財之實惠。總之，用貪官來培植死黨，用貪官來消除異己，殺貪官來收買人心，沒貪財來實己腰包，這才是權謀的最高境界。」

宇文泰如醍醐灌頂，十年用心用力，終成一時霸業。

當然，史書上只記載兩人有過一次長談卻並無對話內容，並不知上述對話真實作者是誰、是否假託之文。但，這真是一個好的故事。

這是一個好故事，卻不是最早的好故事。差不多在宇文泰與蘇綽對話發生的七百多年前，有個叫蕭何的人與他的門客也有一次對話。那時蕭何已月下追過了韓信，項羽亦在烏江抹了脖子，劉邦正與異姓王最後一搏。為支持劉邦在前線打仗，蕭何在後方大力督辦後勤、安撫體恤人心，老百姓很擁戴他。有段時間劉邦特別愛打聽蕭何在幹什麼，使者如實回答「安撫、體恤之事而已」。劉邦聽後，沉默不語。

消息傳到後方，門客大驚：「看來蕭相國你不久便會滿門抄斬了。」

蕭何不解：「我克己奉公，何來滿門抄斬之災？」

門客說：「自入關之後你便興水利、辦實事，深得百姓擁戴，身居相國之位竟從不貪汙，還曾把家產拿出來以做軍資，這就不合常規。老大屢次打聽你在幹什麼，難道不是怕你借民心、民意圖謀不軌嗎？」

蕭何深知劉邦性格，黯然：「如何？」

門客說：「你為什麼不幹點賤價強買強徵農田、掠奪民財之事，以汙自己名聲，讓老百姓都罵你，老大自然就放心了。」

蕭何想了想，依計而行，強買民田及掠人錢財，竟至鬧到群眾當街舉報的地步。劉邦接到探報，不怒反喜，班師回朝時指著蕭何取笑：「你這個人，身為相國，跟小老百姓爭什麼爭，啊，哈哈。」

蕭何，遂得善終。

差不多在宇文泰與蘇綽的對話五百多年後，有個叫豹子頭林沖的軍事幹部，因家庭冤屈，一把火燒了草料場跑到了梁山。那天白衣秀士王倫見他來投，說：「若要入夥，需交投名狀。」林沖本來以為就是填個應聘表格之類，卻不料這投名狀竟是讓他下山殺人……縱為八十萬禁軍教頭也知道，不殺不足以表明忠心，不交投名狀就是暗藏貳心。為示忠誠，於是下山與楊志殺得天昏地暗。幸好碰到了晁蓋來到，才免得血濺五步。

當然，老晁後來也被投名狀害了命。梁山眾兄弟在繼任大哥宋江的帶領下，為向朝廷表忠心就與方臘激戰，整體地交了一個很大很大的投名狀，幾乎個個死得很難看。

帝國千年的故事基本是這個樣子：1.起用大量貪官，2.迫使少許清官變成貪官，3.如果你不想當官卻去落草，林沖會告訴你——官場是有編制的黑道，黑道是官場的預科班……總而言之是交出投名狀。中國三千多年文明史，就是三千多年的投名狀史。要爛大家一起爛，擦爛汙成了入行的敲門磚。你混黑道不殺人，怎麼證明能跟兄弟們同生死；你混官場不貪錢，怎可能與同僚共患難。

差不多距宇文泰與蘇綽對話一千五百年後，這個帝國又爆發了很多將載入史冊的案子，逾十萬官員拆了爛汙，有樞密使坐擁很多存摺、珠寶及很多女人，有戶部侍郎帳目異常，有兵部尚書鋃鐺入獄，有江寧織造二十五年來貪汙了很多錢、很多房，以及長達十七年賣官……甚至連首輔家屬也曝出貪了數千萬美金的新聞。

如此波瀾壯闊的貪，在檢方提出輕刑的建議後，可真是充分貫徹了當年宇文泰和蘇綽的會議精神，他倆從未遠去，一直在密室闡述：貪腐，是維護江山的必要手段；反貪，是貪腐一個必要的表演環節。很多人義憤填膺追問這麼多年為什麼沒發現這些貪官，早年又是誰提拔的貪官？可是讀了上面之後你得細想，在一個人治而不是法治、人員是提拔而不是選舉、上下級其實是人身附屬關係的國家，拆爛汙指數，就是忠誠指數的生動體現。不貪，不能得以提拔。不賄，不僅不得重用。制度性腐敗已耳熟能詳，也許已是舉國投名狀。

還是看故事好玩：明熹宗不殺魏宗賢，而留給崇禎來殺；乾隆不殺和珅，留給嘉慶來殺。還有不少這樣的例子。這說明，先帝並不是從國法和道德來看這些貪官的，而把他們當工具來使用的。一代梟雄一茬狗，對於崇禎和嘉慶，新一輪的投名狀，用不著魏閹和不再細皮嫩肉的和珅來寫了。

誰願意帶一條老狗去打獵呢？

我的祖國，總這麼有深意，我的祖國，從沒有一紙官民合同，通篇盡是投名狀的禪機。

（二〇一三年六月十八日）

24 看著歷史書，卻不相信愛情了

一三六八年，當世第一大屌絲朱重八終於逆襲成功了。

站在應天城高高的台上，這個開國皇帝，也是帝國最資深的叫化子，不能忘懷當年正是貪官汙吏讓他流離失所，父母差點死無葬身之地。他心如明鏡，官場貪腐讓橫掃天下的蒙古人瞬間崩潰。他下定決心：絕逼要弄死丫們這些貪官汙吏。是的，絕逼！

那一年，他四十歲。

他精力充沛，偵察和分析官員財務狀況時像一部雲電腦。宣布凡貪汙六十兩以上銀子的官員將被剝皮揎草，後來乾脆下令「不足六十兩也殺掉」。早年的坎坷使他對貪腐「零容忍」。看看他親任政法委總書記抓過的一些案子：「收賄襪子一雙、鞋兩雙」、「書籍四本、衣服一件」、「圍脖一個、網巾一個、圓口衣服一件」……像個收破爛的。

他認為亂世就得用重典。殺、殺……他成立了親軍督尉府，就是後來很流行於影視劇的錦衣衛。又成立了檢校，那些軍人、官員、太監甚至和尚的職能，又很像現在的中央巡視組，行蹤神祕，四處打探官員的負面。

頭十五年內，他就殺掉五萬貪官。那時有這樣一種景象，官員正在庭上牛逼哄哄審問犯人時，一撥更加牛逼哄哄的錦衣衛忽然衝進來抓走官員，弄得下面跪著的犯人也莫名其妙。由於官員已不夠用，只好留用一些犯了事的官吏讓其戴枷辦公。主審的官員和被審的犯人一樣戴著枷鎖，官員後面又站著錦衣衛。景象很壯觀。

多年以後我們看到同樣的景觀：早上剛看到市委李書記嚴厲批評官風不正，晚上他就被紀委帶走了；頭天紀委曾書記大罵貪官，次日他就因涉黑被「雙規」……新近的廣州白雲區肅貪，由於被立案查處的幹部多達八十一名，連區長、書記均被抓走，竟然導致開會人數都湊不夠。

中國的官場史，一部按了循環播放鍵的濫劇。

還是讓我們回到明朝。話說貪官屢抓不絕，往往早上抓了三個，晚上又出現五個。資深叫化子決意祭出群眾路線。那時還沒有新聞聯播，焦點訪談僅限於內閣，他就向全國普遍發行了《大誥三編》，他宣布：那些官員都是傻逼，現在我要動員德高望重的老人和見義勇為的豪俠們來幫我舉報官員。後來更規定：任何一個百姓可以直接衝進官府捉拿不滿意的官員，若官敢阻攔，則「夷誅全族」。通往首都的路上，常見一群群老百姓押解官員前往南京的盛況，活像黃金週旅遊，那些當官的甚至下跪向百姓求饒……真是大快人心。

群眾路線夠徹底，視覺上也有種大革命的波瀾壯闊。可是官員們仍然變著花樣兒貪汙。

他鬱悶。一方面全國書生們如過江之鯽報考公務員，另一方面，人人自危的京官們每天上朝前要站在家門與妻兒訣別，哪個親戚欠了錢未還、房契在哪兒……誰也不敢肯定這天上班之後還能不能再回來。一些官員想辭官。不行，「奸貪小人誹謗朝廷」。這個橋段由來已久……多年以後，一個叫劉志軍的大官隔著鐵柵欄告訴女兒「千萬別沾政治」，被官媒批評「中傷政治」。還有一個叫趙光華的小官因受不了壓力辭了副鎮長的職位，被當成反面教材。

壓力山大，明朝的一些官員很愛得抑鬱症。有的真抑鬱，有的裝瘋。還有個叫袁凱的監察御史為了保命就裝瘋，他裝瘋的辦法很有創意：吃屎。所以六百多年後的官員就是六百多年前的轉世殭屍。你看，莆田的張市長自殺了，天津市政協宋主席自殺了，洛陽公安局紀檢書記張廣生跳樓了，浙江高院童副院長在衛生間上吊了……

朱元璋真心鬱悶。聽聽那些刑罰：挖膝蓋、抽腸、用開水淋再用鐵刷子刷、鐵鉤把人吊起風乾……什麼《電鋸驚魂》弱爆了。朱元璋那張瓦刀臉快成一個巨大的問號：「法數行而輒犯，奈何？」為了幾個破錢，丫們不怕死麼？

滿朝文武，沒人告訴他「渴馬守水，餓犬護食」這個道理。一個叫桂彥良的大臣卻發表了二百五意見：「用德則逸，用法則勞。」就是說，陛下要鼓勵道德，樹立道德模範。

朱元璋開動了所有國家機器宣傳道德，極品道德文章「八股」也集大成了。他覺得把聖人思想像軟體一樣植入官員腦子裡，自然就有道德了。這個推理影響久遠，以至於幾百年後的紅朝在公務員統考時也充滿聖人、和諧等等字眼。大學則深刻傳達了〈關於加強青年教師思想政治工作的若干意見〉……

朱元璋恨不得在所有官員腦門上紋上「道德」二字，可道德越來越糟。他只相信兩樣東西：一是道德，二是酷刑。可從邏輯上，如果道德有用，要下三濫刑罰幹什麼，如果酷刑是靈丹妙藥，科舉何不考〈論剁去貪官手腳、耳鼻製成人棍置於醬缸對未來吏治的可持續性發展〉，至少字面更有震撼力。

一五八三年，萬曆皇帝會試時出了一道匪夷所思的題目：朕越勵精圖治，官場卻越腐敗、法紀越鬆懈，到底是朕缺乏仁愛，還是太優柔寡斷呢？在神聖的全國統考時居然出這樣的題目，前無古人後無來者。可見萬曆皇帝對吏治真是憋壞了，把給貴妃娘娘的私房話都憋高考題目上了。他從未想到過「法制」、「憲政」這些東西。他不知道，錦衣衛、東廠這些祕密員警並不是監督，而是監視，而監視只會讓貪官更狡猾、堅定地朋黨結私，形成連皇帝也撼不動的利益集團。

總之，這個精心設計的帝國亡了。它總共十六任皇帝中不乏勤勉之人，可直到崇禎亡國也回天無力。

《萬曆十五年》開頭，黃仁宇先生專門寫到一五八八年事情，英國大破西班牙無敵艦隊。他沒有提到的是，整整一百年後也就是一六八八年，英國的光榮革命誕生，原本也貪腐、朋黨、專制的英國開始君主立憲，聰明地用分權、憲政治理國家，成為一時世界霸主。而此時中國的政權已到了「清」，清延續了「明」的道德加酷刑，還把「文字獄」發揚光大。可「清」終於還是滅了。所謂康乾盛世不過是才子們在教科書上塗抹的口紅。

而本朝觀眾熱中於追看熱播劇《康熙微服私訪記》。生生把歷史看成了言情。

多年以後，紅朝擁有了八十一萬紀檢幹部，平均一個紀檢幹部監視八個官員。比大明的錦衣衛和檢校還要多。官員聽說八府巡按駕臨，前列腺都嚇掉褲襠了……可貪官無有逾明朝，他們一邊堅持三個代表、八榮八恥，一邊進行史上最浩大的貪腐。有人說，這是因為還不如明朝反貪嚴酷。可明朝把懲治貪官的刑法都弄成殘忍的醃滷食品製作過程了，不也只出了一個海瑞嗎？

幾千年來，中國的官場從不缺肅貪，妓院最愛假裝打掃內部衛生了，中國官員也是最愛講道德，婊子最愛述說自己清純的愛情。很多時候，我們被迫在既有那麼多肅貪，又有那麼多道德的邏輯矛盾裡，相信，麗春院發生過梁山伯與祝英台的愛情故事……對不起，才想起妓女比中國官員高尚多了，她們賣自己，而官員賣國家。

西元一六四四年，崇禎自殺前寫下遺詔：「朕涼德藐躬，上干天咎，然皆諸臣誤朕。」就是說，你們這些負心人，平時白養你們了，關鍵時刻一個都不見，是你們辜負了我呀。

多年以前，帝國第一任皇帝站城頭上發誓搞死那些奸臣，要讓人民從此站起來；多年以後，最後一任皇帝還是死在了歪脖子樹下，哀怨地認為自己其實是被愛臣搞死的。

每一個中國的世家都有一個中國夢。屬於這個朱姓家族的中國夢，在一棵樹下吊死了。看著歷史書，卻不相信愛情。

（二〇一三年七月十一日）

25 手執毛選當空舞

前幾天，我正看大明太祖走群眾路線反貪的故事時，有人給我傳了一篇〈毛澤東論拆遷〉，毛澤東說：

早幾年，河南省一個地方要修飛機場，事先不給農民安排好，沒有說清道理，就強迫人家搬家。那個莊的農民說，你拿根長棍子去撥樹上雀兒的巢，把它搞下來，雀兒也要叫幾聲。鄧小平你也有一個巢，我把你的巢搞爛了，你要不要叫幾聲？於是乎那個地方的群眾布置了三道防線：第一道是小孩子，第二道是婦女，第三道是男的青壯年。到那裡去測量的人都被趕走了，結果農民還是勝利了。

後來，向農民好好說清楚，給他們作了安排，他們的家還是搬了，飛機場還是修了。這樣的事情不少。現在，有這樣一些人，好像得了天下，就高枕無憂，可以橫行霸道了。這樣的人，群眾反對他，扔石頭，打鋤頭，我看是該當，我最歡迎。而且有些時候，只有打才能解決問題。

共產黨是要得到教訓的。學生上街，工人上街，凡是有那樣的事情，同志們要看作好事。成都有一百多學生要到北京請願，一個列車上的學生在四川省廣元車站就被阻止了。我的意見，周總理的意見，是應當放到北京來，到有關部門去拜訪。要允許工人罷工……

無非是矛盾。世界充滿著矛盾。民主革命解決了同帝國主義、封建主義、官僚資本主義這一套矛盾。現在，新的矛盾又發生了。縣委以上的幹部有幾十萬，國家的命運就掌握在他們手裡。如果不搞好，脫離群眾，不是艱苦奮鬥，那末，工人、農民、學生就有理由不贊成他們。我們一定要警惕，不要滋長官僚主義作風，不要形成一個脫離人民的貴族階層。誰犯了官僚主義，不去解決群眾的問題，罵群眾，壓群眾，總是不改，群眾就有理由把他革掉。我說革掉很好，應當革掉。（《毛澤東選集》第五卷，人民出版社一九七七年四月第一版。）

我第一次看到這個，還以為是網友惡搞本朝太祖。後來一位河南大學的同學說幫我在圖書館查到了出處。我又懷疑這是盜版。剛剛親自去查，第三一三—三二九頁，的確是《毛選》第五卷的話。我曾想把它在腦中過濾，可內容實在太誘人了，忍不住就學習一下。

一、從毛澤東描述的場面來看，當年農民膽子太大，居然敢拿著鋤頭布下三道防線，就算當時沒有城管，可縣武裝部在哪裡，當地駐軍在哪裡？拆遷隊連小孩、婦女組成的防線都攻不破。難道不知道開鏟車直接軋嗎，難道不能用麻袋扔卡車上一溜煙就運到黃河以北的黑磚窯嗎？

二、另一個疑問，此事最後雖經斡旋達成一致，可是，帶頭的農民後來居然沒像錢雲會那樣被普通交通事故，也沒被發現與地主小姐搞破鞋，更沒被發現私通國外特務從而果斷被投到採石場。作為世上最大報復黨，這不科學。

三、後來我好像有些明白，當年還要假裝土地是人民的，軍隊也是人民的，這正是當年能上台的原因。現在則必須宣布：土地是政府的，軍隊是黨的，這才是不下台的保證。

四、毛澤東說人民有扔石頭和打鋤頭的權利。他不知道現在這被叫作「暴民」嗎？這些暴民們連選舉權都沒有，就得承認偉大領袖和英明政府，還主動納稅幫官員包養二奶和文工團。我們常見到這樣的暴民：城管打他叫合理執法，他還手就叫暴力抗法。暴民買把菜刀得實名，選舉時卻從來沒資格實名。暴民買房時被告知擁有房屋所有權，買完後又被政府告知不包括土地所有權。暴民開會抗議叫聚眾滋事，貪官商量分贓叫召開兩會。政府炸暴民家叫合法拆遷，暴民炸自己叫報復社會……他們是只敢對自己施暴的暴民，比如成都的唐福珍，自家房子被拆，無法上訴，只有像火把一樣點著自己。

五、毛澤東允許工人罷工、學生進京上訪。他不知道，現在上訪戶學名叫精神病，罷工則是叛亂的別稱，一罷，我軍正好在大街上進行先進武器的實戰火力測試。至於進京，本地車牌都搖號了，外地屁民混進了京，抬頭就見專業攔截上訪戶修了黑監獄的安元鼎。還說「歡迎打，打才能解決問題。」拿什麼打？菜刀實名了，身分證定位了，汽油也漲價了，下一步連自焚都焚不起了。

六、「共產黨是要得到教訓的」，我覺得這句只有自焚前的釘子戶才說得出來的。「誰犯官僚主義，不解決群眾的問題，就得革掉」，這句很有點朱元璋重典治國的味道。不過，熟讀明史的毛澤東難道不明白，他建立的那套人治體系，如要革掉就得全革掉，就是，再來一次建國大業。他殺過貪官劉青山，可後來不也出了張青山、王青山一系列青山嗎？封建王朝官場之中，正是：留得青山在，不怕沒柴燒。

七、至於「不要形成一個脫離人民的貴族階層」，他太低估現在貴族階層的規模了，現在中國貴族階層的財產和子女已跨到了美國，這邊一革，怕是影響到美國的房地產和債券業。這倒超過了明帝國，那時再大的貪官也不會移民。

八、我曾建議如遇強拆，為震懾拆遷隊，可將此篇〈毛澤東論拆遷〉複印，人人手執《毛選》當空舞，不怕城管來抓捕，不扔石頭不自焚，毛主席用兵真如神……現在看來這是二百五建議。也許毛澤東講這番話時只是詩興大發，壓根兒沒把這些話當真。何況這篇《毛選》現在只可在某些圖書館裡找到，新華書店的版本已全面刪了這一段。連主席語錄都被拆遷了，還有什麼不可拆的。如真舉著這篇《毛選》，震懾不了拆遷隊，卻一定會招來精神病醫生。

九、一切不正是太祖奠定的嗎？算了，還是給我三千城管。或玩更狠的，一夜解放台灣，派出一萬貪官，半年搞垮美利堅。

（二〇〇九年十二月三日）

26 大意了

一直以為只有中國才有城管，想不到突尼西亞也有。一直以為城管戰無不勝，突尼西亞城管與人民甫一交手，望風披靡。戰鬥力太水了，建議天朝收回此威武名頭，勒令番邦此後不可叫城管，只可叫水管。內心其實是很惋惜突尼西亞總統本阿里的，這個統領該國長達二十三年的「人民的父親」，他的掛掉，只是大意了。

這件事開始是很眼熟的，物價飛漲、集權腐敗、失業率高、控制言論，二十六歲失業大學生違規擺攤被繳而後自焚……不眼熟的是後面，群眾竟可以上街遊行，也無中央的口徑統一，反對派竟可以在電視上講話（該國存在反對派這本身就很奇怪）。到最後，總統調不了軍隊，竟至流亡失國。可見治國如治社團，御民如帶小弟，大意不得，馬龍白蘭度在《教父》裡說：只有女人和小孩可以大意，男人不可以。這裡，願意跟本阿里分享一些治國御民的不可大意：

突尼西亞國居然免費上學、免費就醫，還有大量免費住房。這樣帶小弟就顯得沒智商。刁民們上午十點才起床，沒事就在街頭喝咖啡閒聊。大家知道，無事就會生非，聊著聊著必會聊些民主自由這類不相干的東西，又想起某某的爸爸是突尼西亞石油總裁、某某的兒子是移動公司董事長、某某的女兒是電力公司總經理……要知道，治國就是應當高學費、高藥費、高房價，讓小弟們像狗一樣奔波，忙得連撒泡尿都要讀秒，人人憋出前列腺，造愛都沒時間，就談不上造反。

本阿里確實大意了。這些年他把GDP提高六倍，又修了很多高速、鐵路、樓堂館所，可是國家組織的幸福調查問卷沒跟上，還不收房產稅，也不搞春運，甚至忘記建制常態的拆遷隊，趁街民上街買菜時嘩啦就把房給拆了……這樣勢必沒法占用人民大量精力去討生活打官司上訪。最令人不齒的是，他連精神病院這麼基礎的維穩設施都沒修幾座，人民一直清醒著，當然就上街了。

本阿里大興教育，培養了好些大學生，可並沒給這些失業大學生授予被就業稱號。該國統計局工作作風太粗線條，不及時把百分之二十五的失業率改成百分之二•五，進而再找些像于丹姐姐這樣的國師站在百家講壇上闡述《論語》，以手拈蘭花腳踏丁字的造型說：當你遇到挫折，不要埋怨社會，要問自己的內心，退一步海闊天空……我們知道，凡有冤情不找法院卻去問內心，這就玄遠了，你窮盡一生也不會得到答案，沒答案，就不好意思再找政府麻煩，最多只有找桶汽油自行了斷。

本阿里確實大意了。要知道維持一國的生存發展，不僅要精子和卵子，還得有很多其他的子。比如前幾天我國國家博物館前就塑了很大一坨青銅的子，那分深邃悠遠和低眉順眼高度統一，從理論和實踐上打造了一個從上古而來的信訪老頭：當年他率弟子信訪列國，訴求心中苦楚，雖屢經推搡和暴打，但始終雙手前拱，忍讓謙和，他君君臣臣，告誡天下——不要造反，要講禮數。諸王大悅，封其為史上最牛信訪老頭之孔子，最後只見春秋，沒有夏冬。因為夏炎冬寒太殘酷，春華秋實很和諧。

我也不知歷史上真實的這個子什麼樣子，這裡說的是被竄改後的子。所以為了匹配，該在西廣場再弄一子，孫子。因為孔子仁愛的教育就是讓我們最後成為孫子。在南池子再弄一莊子，因為莊子講究虛無縹緲，實是有利於治安。最好在大前門附近弄一老子，老子好啊，無為，就是不折騰。諸子混搭使用緊密簇擁孔子，簡明扼要說明：孔子，就是老莊孫子。

信仰的事情是長線投入，週期長收效慢，有時候還燒了塑，塑了再燒，浪費不說，教科書上正面反面解釋起來相當麻煩。所以我覺得真正不可大意的是：

必須打造一支給力的城管隊，乾脆由天朝直接輸出一支，中國不能輸出價值觀，但可輸出城管隊。上去以後也不管什麼陣形什麼戰術，拎棍子就開打，叉眼珠踢下襠還可灌開水，別說下崗工人如夏俊峰和失業大學生如孫志剛，就連英國空勤大隊、法國特種兵、以色列格蘭尼偵搜隊，當場也給秒了。另一個建議，此次突尼西亞變故除城管部隊不濟，也缺乏一支得力的專家調查團，他們逶迤而來，不一會兒就幫忙證明這不過是普通水果自燃。至於水果為何自燃，又可從地球極寒和熱熵的概念開談（這麼專業的話題，一般人談上十來分鐘後腦子就真空了，哪還有餘力辯論），即使有懂行的上來辯論，就派出網路輿情評論員也就是俗稱的五毛出來應戰。這是一支腦結構奇異的部隊，腦花基本長得跟果凍一樣平滑無溝壑，基本路數是你說城門樓子，他說機槍頭子……總之，由這群食腦獸先把局攪亂，政府再出面收拾殘局，事情就搞定。

突尼西亞是非洲經濟增長最快的國家，兩年前人民還高呼萬歲，忽而本阿里就不見了。所以總結陳詞，不見得給人民很多錢，但一定要占用他們的時間。不見得要修很多大學，但一定要建很多精神病院。不見得要電視多少競選演講，一定要塑造一個宗師級的和諧上訪老頭在打拱。不見得要有圍觀的公民，一定要有專家和戰無不勝的五毛團出來應戰……

本阿里發展了那麼高的GDP，可惜大意了。苦了中國人民，又少了一個好朋友。

（二〇一一年十月六日）

27 人人都是外地人

二〇〇八年，我是聽著〈北京歡迎你〉從北京撤退的。因為兩件事：一件是有天晚上在國貿橋下遇到大檢查，我張口結舌、蓬頭垢面，暫住證又過期了……總之樣子十分可疑，被迅速包圍。幸好一個阿Sir覺得我面熟，當晚才沒在通州跟盲流們過夜。第二件事，次日在安貞橋又遇檢查，出於經驗我帶上行駛證駕駛證小區出入證身分證等所有合法證件，阿Sir們仔細審看身分證，嚴肅地問：「身分證上的人真的是你嗎？」我訕笑：「沒嚴格按身分證執行長相，對不起政府。」他們覺得我表現還乖，揮手放行。

我轉身離去深受刺激，一群外國人拎著啤酒瓶子嘻嘻哈哈走過來，打聽鳥巢怎麼走。眾阿Sir不僅不檢查，還滿臉堆笑一個勁兒How are you，誠意帶路，警車裡則一直播放著「北京歡迎你……」這才明白，〈北京歡迎你〉是唱給外國人聽的。

至今在北京和成都上演雙城記，因工作被迫每月經過一次北京，簡稱……我常勸阻想要北漂的哥們，北京並不是每個枝頭都亮晶晶掛滿成功的夢想，還有地下室裡凝結的冰霜。可他們不聽。對此我很理解。一個叫華子的雲南哥們夢想當一個導演，放眼神州只能到北京，在雲南他當不了導演最多當個導遊；一個叫阿貴的小編輯，夢想是做最好的出版，要是在家鄉，他做不了出版頂多做個出納。很多外地青年，懷揣著ＩＴ夢財經夢學術夢一切夢來到北京的地下室，北京巨大孤獨的夜晚，夢想裡瀰漫速食麵的味道。

為了抑制房價，北京對外地人進行限購，最終演變成北京人大戰外地人。北京人說「是你們丫外地人炒高了北京的房價」，外地人說「誰讓你們北京人又懶又笨」，北京人說「外地人憑什麼占本地人房源」，外地人說「北京人怎麼啦，最早的北京人在周口店」，以及龜兒子、丟、ＳＢ等方言百科。就是我說過的，人民和人民火併起來了。在集權管控的國家，人民無處訴求，只好互相火併保持情緒酸鹼值。所以我很想代表外地人向北京道歉，外地人打擾您了。可這不是外地人的錯。要在美國，想從政可以去華盛頓，搞金融可以去紐約，演電影可去洛杉磯，做工業就去底特律，如果有志參加黑社會，還可以去芝加哥……

北京處於雞的嗉子（嗉囊），很早前我們的領袖就規定一切政令都得經過這裡。這是最早的維穩。所以只能是「我愛北京天安門」，而不能是，我愛重慶朝天門或吉林的圖們。要知道祖國的其他門，扇扇都是報國無門。

北京還叫北平的時候，你可以選擇去南京、廣州、陪都重慶，膽子大點的甚至可以去微山湖或者延安。可在一個中央集權的國家，北京不僅意味著權錢資源，還有成功概率。三個月前，連我媽請的小保母都毅然離開四川來到北京了，臨走前跟我媽悄悄透露：我要嫁給一個北京本地人……

那個叫阿貴的其實是我的《抗拆記》責任編輯，標準八〇後，與人合租。他告訴我，現在有把兩居室隔斷成七居室廉價出租給年輕人的。我稍稍幻想一下七居室的樣式，聞到臭襪子和剩速食麵的味道，還有爭洗手間造成的尷尬。阿貴說，由於限購帶動租金上漲，眼看七居室也租不起了。我還記得，審稿期正是北京最寒冷的季節，阿貴重感冒，由於洗澡不方便，頸子後面的頭髮都有些板結，翹起來像安了一匹偽劣的毛領，立冬那晚，寒風中他瑟縮著脖子打車，還跟我討論某個章節怎樣修改才能安全過審。

阿貴是個本分人，他只是想把這本書做暢銷，年底就可以分多一點的錢去按揭一套房，不與人合租，談女朋友也方便些。春節他沒回老家而是跟另一些北漂留在北京，還說這樣不寂寞。而我懷疑這是因為飛機票太貴，省下的錢可以買〇・一平米。這樣的八〇後年輕人在北京很多，他們通過出賣自己的智力和體力來改變一下人生，沒想過也沒能力破壞首都，屬於城管一瞪眼，他們就肝兒顫的那類鼠民。但北京土著們也別說外地人混不下去就滾出北京，命運詭異，興許其中某個在大學圖書館當臨時工的，混著混著哪天就住進了中南海，成為領導北京和全中國的人。你說他是外地人，還是北京人？

在我眼裡，沒有北京人和外地人，只分有錢人和沒錢的人。房子這麼貴跟外地人沒關係。把外地人趕走，北京人也未必都買得起房，外地人固守在這裡，最後只好跟北京人同歸於盡。就是……

相煎何太急。

最近微博上出現很多外地人跟本地人假結婚買房、再離的段子，典型的自尋開心兼藐視政府手段，道高一尺魔高一丈，下一步將規定結婚不滿五年者不准離婚，離婚後與本地人結婚須再交五年聯姻稅；或者各地紛紛效仿，要求所有外地人臀上蓋印，限期打回原籍……如此維穩，我們也不用看芒果台穿越劇便可重回大秦，那時戶籍制度很科學，沒事兒不得擅出居所十里之外，十里為一亭，外出須向一個叫劉邦的亭長彙報。否則，要麼劉亭長率人誅你，要麼劉亭長帶大傢伙去到大澤鄉……

在祖國，你要是沒錢，到哪裡都是外地人；就算有錢，沒住進中南海，一生都不算本地人。

就此，撤退。

（二〇一一年二月十八日）

28 每個人都有一個回不去的家鄉

很多時候，你不能瀟灑撤退，故鄉意味不歸。

去年春運，東莞車站的站長書記雙雙被免職。因為報紙登了一張圖片，車站工作人員奮力幫乘客以各種姿勢翻進車窗，列車即開，十分危險。上峰閱後勃然大怒，就地撤銷站長和書記的職務，因為這破壞了「和諧春運」景象。據工作人員透露，由於列車在該站只停四分鐘，四分鐘內要讓一千五百人正常進入車廂根本不可能，車站人員情急之中為了幫人們回家，才使勁推著乘客的屁股往車裡面塞。

我曾建議過一款類似古羅馬拋石機的裝置，把乘客們以每秒三十個的速率拋進車廂。還設計過一種巨大集裝箱，把人類像裝雞蛋那樣先行碼好，待列車抵達便一古腦地推上車。不僅節約時間，投放率也很高。可是上峰沒採用，可能是因為春運是季節性的，政府採購季節性需求的玩意，賺頭不大，性價比太低。

去年的事情很快被人淡忘，今年是尿不濕和索票裸男，我覺得明年可能出現壁虎男，凌空掛在廂頂上，不占空間，空氣新鮮。所以說打起仗來中國一定贏，人人都是超級忍者，大型兵群運送能力舉世無雙，春運的二十八．五億人次，就是一百個諾曼地登陸。巴頓有什麼了不起，好不容易把一個坦克旅搞上灘塗，抬頭就見密密麻麻的中國人以爬、掛、黏、鑽、吸等姿勢盤踞在茫茫大地一切附屬物上，巴頓瞬間，嚇成巴豆。

總有人說：春節回家是中國人的陋習。我希望他參看〈人人都是外地人〉，他該明白中國人在自己國家籬居的悲涼，生在祖國，時時活出一種非法移民的感覺。真正的陋習是集權模式下打造的城市，這種模式掠奪土地，製造懸殊，讓農民失地後再失去生存機會，被像角馬一樣遷徙外出覓食。政府只擅長口號，不擅長配套，只關心雞的屁，不關心雞的屁民，修了很多小區，開了很多工廠，卻沒有醫院、學校、工會。這些超大城市其實是超大車間，人們永遠沒有家的感覺，難道不該恩准他們春節回一趟家。

看過一個視頻，一個年輕人年尾時終於可以回家，爸媽做好菜等他。可半路上他接了老闆的電話，車停在一座橋上進退不得……這是我見過的一個有想法的廣告，那橋很隱喻，就是新時代的奈何橋，前面是家鄉，後面是職場，對這一代年輕人，職場是回不去的家鄉，家鄉是搆不到的職場。

不要怪他們不回家，回家的路如此漫長。即使回了家，夾起餃子就想起那天同事陰險地笑，是不是給老闆打了小報告；端起酒杯就想起老闆在年會上暗示有人不忠誠，說不定發現了自己想跳槽；剛給領導發了簡訊，忽想起那段精心編排的諛詞，忘了諂媚標明「純原創」……你得承認，春節沒有春晚宣傳的那般祥和溫馨，一年的心酸哪堪與人言，高高興興回家，各懷鬼胎過年。

還有一個故事。有個叫畢曉璞的北大法學院女生春節回家，卻在天津火車站卻被警戒線攔住。她問為什麼。員警說讓領導先走。她好奇是哪路領導便拿起手機拍照。員警大怒，繳了手機還讓她跟著走一趟。這女生趕緊解釋沒惡意還拿出學生證。員警叔叔說，學生證有什麼用，今天就別想走了。上來就抓這女生。女生質問他憑什麼抓人。員警叔叔說：公共場所你不聽指揮，我就可以抓人。出於影視經驗那女生大叫員警打人了……引得群眾紛紛圍觀。另一個便衣見勢不妙才讓女生放行。最後還說了一句：法學院的，什麼素質。

我也覺得，該名女生什麼素質，竟然還跟領導搶路，竟然還想回家。只有領導才有資格回家，只有領導才可以有家。

看到這個故事，你說哪裡才是你的家。

最後一個關於春運的故事是：前天我終於回到成都，差點跟司機打起來。我好容易在機場排隊上了車，正滿頭大汗搬行李之際，那司機聽說我到紅牌樓，嫌太近就讓我下車。我不下車，跟他講理。他就指指點點還罵了我一句「你娃批事情多」（批，在四川話裡指B或逼）。我抓住他的腕子說了一句「我撇斷它」。他吃疼，但邊開還邊說拉我太虧了，最近規費又漲了。我很想投訴他，後來想算了。到家門口時，表上是六十多塊，我給他一百。不是因為我裝大度，因為聽到他在手機裡跟他女人說：今天回不了家吃飯，今天還沒拉夠規費。後來他告訴我，他是一個下崗工人……下車時，我倆互相道歉，我說我不該衝動。他說他不想開計程車了，既危險又掙不到什麼錢，他想開一個麵館子，這樣可以經常跟家人在一起。

屁民和屁民之間常會在回家的路上掐架，隻言不合，惡從膽邊生。可這不是屁民的錯，是管屁民的人的錯，是規費奇高的計程車公司和讓員警攔了警戒線回家的領導的錯。至少，我可先行回家，那個司機還得在路上再飛一會，希望他回家的時候，能把好一些的心情帶回家。

我們其實都很愛這個國，可這個國到底愛不愛我們。你到不了帝都，又回不了家鄉，很多時候，你覺得已無處是家鄉，你永遠在路上。

（二〇一一年一月二十六日）

29 敵情觀

在路上，很斷腸。

二〇〇八年的一個下午，我在東三環飛奔，忽然有些悚然，深覺自己中了埋伏。因為馬路像被洗過一樣不堵了，沿途了無人煙，工地一片死寂……直到看到貼了福娃標誌的警車呼嘯而過，才想起為保奧運平安，車輛限行、人員清理、工地停工。天純淨人也純淨，大地白茫茫一片真乾淨。

還有廣州亞運前，主會場四周高樓的居民全都臨時性搬遷，這是因為理論上存在吃了大力丸的傢伙從樓上往會場扔手榴彈的可能。以及上海世博，菜刀水果刀以及陶瓷刀都實名制，我推理，這是因為上海灘曾是小刀會總舵，說不好哪個小癟三衝動之下就成了逆匪。前幾天，有記者採訪我關於深圳為了舉辦大運會清理掉八萬高危人群（含精神病）的事情。我就算了算軍隊編制：一個班八—十二人，一個排三十—四十人，一個團一千五百—二千四百人，一個師就算八千人，一個軍二萬五千人，八萬人就是三個軍而且是整編軍。人家辦一流世界盃才嚴控三五百足球流氓入境，我們辦一個末流的大運會就發現三個整編軍的敵人潛伏城裡，這樣的敵情觀，讓南非組委會情何以堪。

一個國家每到開會，動輒就在一座城裡發現三個整編軍的敵人，這個景象是很獨特的。你不開會就沒敵人，一開會就出現這麼多敵人，你到底是為發現敵人才開的會，還是為開會才發明的敵人？

當一個人的安全感來源於樹立更多的敵人，而不是擁有更多的朋友，看外面全是反動蠻夷，看裡面都是高危人群，每早起床滿眼負嵎頑敵，條條街道浮現散步人群，你睡不著又醒不來，兩眼放光、內心恐懼、三焦不調。這種敵情觀開始是心理的，後來甚至成為生理的，這狀況真令人同情……是除北韓外，世界上最孤獨的國家。

深圳大運期間嚴禁民工上訪，城市上空也不可以有風箏和孔明燈，居民也不可隨便撥打一一〇。我聽到最好玩的事情是，為保大運平安，警方有權隨時把「可疑人員」帶回派出所，命其蹲下、雙手上舉，進行拍照、採集血樣。問：「怎樣判斷可疑人員？」答：從外形和行為舉止來判斷。也就是說，你長相猥瑣一些，就很有可能被帶回派出所盤查……

多少年，這個國家不是靠文明的教育而是假想敵教育，不是靠人人互愛而是靠同仇敵愾來統治人群。它需要人們畏懼它，而不是佩服它；它滿足於人們見它就望風披靡，威武、肅靜、迴避……這樣才顯得牛逼。可一個讓人悲傷的消息：曾收養一百八十三個孩子的感動中國人物叢飛遺孀邢丹遇難，她是被站在車外的歹徒用飛石砸斃。你剛宣布成功清理八萬高危，卻有婦人被砸斃。我很難不邪惡地想：你清理的是高危人群，留下的是黑社會。

就在同一天，有關部門宣布中國是世界上治安最好的國家之一。一方面是三個軍的敵情觀，一方面是世界上最好的治安。你到底要說自己治安好，還是不好？弄得我的大腦，一下子中了木馬。

我後來想了很久才明白，國家這一次是用了反襯手法：我們必須宣布自己的治安好，才能證明別人治安不好。前段時間，華盛頓市長文森特·格雷因抗議歐巴馬和議會政治交易，夥同了一些議員上街遊行，被員警抓走。有一些同胞就異常興奮：看，美國也不准遊行，美國也沒人權，也是假民主。可是華盛頓市長被抓，不是不准他遊行，而是他沒在法律規定地點遊行，你為什麼興奮得那麼尿頻。真正的民主，是你可以上街大罵白宮的一切但不可用彈弓打白宮玻璃，這很難理解嗎？美國民主也有虛假一面，理論上，地球上凡有政府的地方都很假。可是，你見過哪個中國市長抗議上級就上街散步？我們的市長只有上街慶祝，沒有上街散步。我們的員警是市長的家丁，豈敢對上司貿然用兵。

整理這本雜文時，正好碰上九一一十周年紀念。那個很普遍的說法又出來了：別看美國貌似強大，可樹敵太多，九一一暴露它的安全體系差……我確實同意美國樹敵太多，但即使多也是外敵多，為了讓自家人過上好日子才造成的外敵多，總好過由於自家人過不好日子而導致的內敵多。至於安全體系差，我同意「一切帝國主義都是紙老虎」，可數百萬軍警簇擁，你連屁民錢明奇抱著自製炸藥都防不住，連刁民楊佳拎把西瓜刀都能上演非常六加一。你說誰的安全體系更差。

其實我們這些小弟很好帶，夢想十分庸俗，就是買房娶妻生子，別吃到染色的饅頭和瘦肉精的包子，過馬路時不會被普通交通事故，下夜班時別被連捅八刀。聯繫到一些知識分子頻頻被宣布有罪，這麼強大的政黨是否可以開恩：無需莫名其妙監聽某，無需莫須有帶走某，如果你一定要帶走某，不要還說有個私生子屬於某。

總是覺得強敵環伺才有自信，總是覺得叛軍湧動才覺安全，這種心理映射到歷史，就是大秦和晚清。映射到外國，就是北韓。我們熱愛這個國家，我們相信它有偉大未來。但前提是，你得相信沒有三個整編軍在潛伏，只有十三億良民在臣服。這樣，愛未來才有未來，有未來才能愛未來。

我寫了〈人人都是外地人〉，還有〈每個人都有一個回不去的家鄉〉，聯繫到這一篇〈敵情觀〉，就是，我們做不成首都的人，我們尋不到故鄉的魂，我們在路上一個飛奔，卻隨時可能成了潛伏的敵人。這種情況下，你憑什麼還總吹牛逼說：我是中國人。

這個國家太不放鬆了。一個國家是否偉大，在於執政者是否放鬆，一群國民是否文明，在於能否每分鐘都感覺到安全。可是，生在我祖國，時時活出非法移民的感覺，我越愛這個國家，越發覺得自己像個奸細。

（二〇一一年四月十四日）

30 讓所有人都精神起來

有人給我傳來一篇通訊：五十七歲的山東新泰農民孫法武因鎮上長期開採煤礦導致地面塌陷，莊稼沒法種，房屋也出現斑裂，多次和鎮政府交涉未果就決定進京上訪。十月十九日早八時許，出發上訪的他在長途汽車站被抓，送進了新泰精神病院。據也是因上訪被送為精神病的八十四歲的老時統計，這樣的情況在該精神院還有十八個。他們都說自己不是精神病，但鎮政府宣布他們就是精神病，強行餵藥打針或被毆打。

這天，孫法武的母親病逝前想念兒子，請求放他出去見最後一面，被拒。最後因孫妻向幹部跪下，加之老孫按要求在紙上簽定了「我有精神病，以後再不上訪」的保證書，才得以出去。匆忙趕回去時孫母已經過世，終於未能見兒子最後一面。

這個故事的最後部分，有種雨果作品的悲傷。我們的執政者才是這個國家最好的編劇。可是悲傷太多，就會得到與悲傷無關的東西。下面是故事詳細的解讀：

一、根據報紙詳細特寫：清晨，一個衣衫襤褸的老頭，一個破舊的車站，追捕者「嗖」的一聲形成包圍圈，「刷」的一聲蒙上布套，「啪」的一下推上中巴車……動作熟練，一氣呵成，絕無多餘動作。這麼好的身手只是抓個潛逃的農民，可惜了。美國人長期以來頭疼抓不到賓拉登，要是派些新泰市幹部到阿富汗山區，十個賓拉登也搜捕到，世界反恐史就此改寫。

二、老一輩的中國人看過《追捕》，杜丘每次假裝吞下精神病藥片，其實藏在舌頭下面，裝瘋成功後才得以翻案。可是新泰精神病院的護士們在與精神病的鬥智鬥勇中，已學會熟練搜查病人舌頭下有沒有藏藥片，發現可疑就帶到廁所裡強行嘔吐。真該派她們到海關去，比緝毒犬得力多了。我們知道全世界的精神病都不愛承認自己是精神病，可新泰的吳院長改寫了這一慣例，讓一個精神病斷然寫下「我是一個精神病，以後絕不上訪」，得承認，這是一個醫學奇蹟。

三、鎮政府每個月要給精神病提供一千多元醫療費用，一個鎮就得花十萬。我國醫保、社保一直難以推行，據說是政府缺錢。原來錢都用來治各地精神病了。怪不得專家說我國有兩億精神病，孫東東還證明百分之九十九上訪戶都有精神病，你必須精神病，因為精神不是病，是政府一個投資項目。

四、據介紹，由於全市上下參與，黨員帶頭層層簽訂目標責任書，任務量化到人頭，新泰被授予先進稱號，成為「首批『平安山東』建設先進市」。「平安山東」是靠抓精神病得來的，上訪工作核心精神是：讓所有人都精神起來。

六、市委書記辛顯明提出，圍繞全國「兩會」和奧運會的召開，切實做到「五個嚴禁」，其中「嚴禁發生赴省進京丟醜滋事事件」被列為第一條。精神病不丟臉，精神病進京才丟臉。「堅決做到公安機關依法打擊一批、精神司法鑒定治療一批，集中辦班培訓管掉一批……」滿眼一批一批的排比句，能寫出這個的，能認為公安可以治療精神病的，可真是精神病。一直以為祖國各行各業武功最高的是城管，現在我相信其實是信訪局。城管只能損傷你的身體，信訪局則摧毀了你的精神。被城管打得鼻青臉腫你總歸還相信自己是個人，信訪局關你半個月，你都認為自己必須是個精神病。

七、我國擁有全世界唯一的「上訪」制度，我國又是僅存（也許還有北韓）可以不經醫療機構確認就宣布上訪者為精神病的國家。據統計，二〇〇八年以來各地精神病患者人數有很大攀升。但這不是病因需要，而是政治需要。一個大國為了彰顯其統治形象，一方面修了很多高樓，另一方面為了解決修高樓給民眾帶來的負情緒，就修了很多精神病院。

所有對現實不滿的人，都是潛在的精神病。所以形成一個奇觀：從《新聞聯播》看，中國人很精神；從互聯網看，中國人很精神病。

（二〇〇八年十二月八日）

31 每一條城管掩殺的大街

我看過一部香港電影：一個平時在街邊賣雪糕的流動小販，為多賺些錢，就進了一批棒棒糖。有一天，香港環食署人員也就是香港城管一紙訴狀把他告上法庭，理由是阻礙交通、兜售不在牌照許可範圍的商品。

這小販原本在街邊開小店，可是店租太高，生意越做越淡只好關了門。加之太太又有些殘疾，他也不願請領政府失業救濟金，才申請了流動小販牌照，每個月能賺六千多港紙，勉強維持生活。

這部電影的前半部基本是資本主義殘酷壓榨百姓的寫照。可是，接下來的後半部：城管把小販告上法庭後，法官卻不以為然，當庭責備了城管，他說：「一個市民能在烈日炎炎下擺攤做生意，其實是件好事。如果我們只因他賣出了幾十支棒棒糖就告他，實在缺乏人情和司法彈性，應該先反覆勸誡、酌情處理。」法官向小販解釋了牌照的要求，說明政府其實不是為難他，只想保持街道整潔。還勸小販不要影響到心情，好好工作。最後法官只對小販處以一百港幣的罰款，並承諾如果路過小販的攤位，一定會捧場。

一百港幣，不過兩碗炒牛河。影片結尾：這名法官遵守了承諾，幾天後，他前往了小販攤位，當場買了一瓶礦泉水，鼓勵他不要洩氣，努力工作。

這其實不是電影，是我聽閭丘露薇講述的香港真實故事。

這個香港故事一直讓我耿耿於懷，此前，我只在大陸聽過城管如滿血復活的怪獸衝殺街區的各種故事……香港城管居然不直接擺平區區小販，還要費勁打官司。同為公門中人的法官不僅不給城管面子，竟跑到小販攤位捧場。

所有的法律不是為了懲罰，而是為了保證人性在世俗生活裡的正常化。這正是香港成為文明社會的原因。不久之後，廣州的一個水果女販帶著一歲多的女兒在街邊賣芭樂，被城管沒收了水果刀。婦人索要。城管就說「要不是看你帶著孩子，我絕對打你。」雙方言語和小動作糾纏中……七八名城管蜂擁而上，掐婦人脖子、反絞其手、摔於地上。員警來了，給那婦人戴上手銬，要帶走。那婦人一歲多的女兒見此情景大哭起來。婦人想去安慰女兒，卻因手被銬在警車門上，只得蹲在地上大喊「我女兒還在哪。」母女相對，唯有哭泣。員警想了想，竟連女兒一起帶走。那婦人的老公趕來了，因討說話激動拍打了城管的車窗，也被帶走。

入夜，一家三口二十四小時都在警局過夜。婦人央求看守幫忙給尿濕了的女兒拿一下尿布，看守怒斥：「你以為這是你家嗎？」

隔著香江，世界被分成兩個體制。就是一國兩制。江那邊，管理小販用法制；江這邊，收拾小販像平叛。有人批評小販擺攤影響城市秩序。奇怪，為什麼香港、台灣的小販不影響城市秩序。有人說小販影響交通，奇怪，最影響交通的好像是軍車和特權車。有人說小販破壞市容市貌，可是我認為，最影響城市容貌的是滿大街豪華辦公樓。至於報紙揭發的小販模式管理難度大、透明度小，品質得不到保證，給國民經濟帶不了多大效益。大哥，您這是在說中石油中石化吧；追究小販偷稅漏稅時，最好順便追查一下那些把納稅人的錢轉移到美國銀行的貪官。

一個長期習慣壟斷資源的政府，只知道收稅不知道服務，不學習香港法官用一百元的成本樹立有暖意的城市秩序，卻耗費鉅資組成地方武裝力量──「城管」。還派網路水軍在網路上洗地。每當想起那些五毛（網路評論員）一邊在路邊烤串攤吃得滿嘴流油，一邊用膩膩的手在手機打出一條微博：小販滾出去。然後回頭大喊：再來六個腰子，比他媽貪官的魚翅好吃多了。真是奴隸主和奴隸之間意趣盎然的催眠情景。

我不明白，中國官員那麼愛出國考察，為什麼不讀一讀美國「檸檬女孩」的故事：七歲的朱麗在街頭賣自製的檸檬水，食品安全官員以她沒辦執照，按例要進行處罰，小女孩頓感失望，大哭起來。這個情節經電視傳播就激怒全美，最後逼使市長出面道歉，他說：這個國家的強大來自於創業理想，如果我們抹殺市民從小的創業熱情，整個國家會受傷。

我不明白，那麼多官員的家屬移民美國，卻不知道這段歷史：紐約交通局向市長彭博申請廢止「允許攤主出牆三英尺擺設攤位」的老規定，以疏理交通，方便行人通過。可是彭博堅決拒絕通過這一申請，他說：雖然燈箱、花盆這些伸出陽台店門有些影響交通，可這正是紐約的漂亮風景，如果我們禁止燈箱、花攤擺上街道，剛好浪費本市很有價值的景觀資源。

我曾經以為，中國官員只是有一股子塑膠假花兒的審美情趣，千城一面、肅殺、無趣，恨不得像狗舔過一樣。此時我突然發現，他們並非不懂風情，他們得壟斷各行業的資源甚至占據大街每一塊磚，時時出動的城管，見狗和小販都想誅殺，見誰都像叛匪，遇風都想平叛，這樣，才能鞏固執政的實力。

我認為一個中國底層婦人只憑自己的雙手賣些水果，這是良行。即使侵占了人行道，也應主動出面幫助她走出困境，而不是用暴力對待。

這麼多年，中國一直懲罰良行，沒聽說過突尼西亞小販的故事嗎？

而那些號稱「自由主義者」的奇葩，竟不批評城管暴行，卻指責那婦人「帶著女兒賣芭樂，給女兒創了心理陰影，真是不配當媽。」我就想起雨果《悲慘世界》裡的芳汀，沒有工作沒有地位，被迫當站街女，連頭髮也賣了，這個實力怎配當媽，活該讓浪蕩子欺凌讓員警抓走。

多麼刺眼的文化對比：香港法官親自去為小販說情、捧場；大陸員警連一歲多的小孩也要抓起來。聯想起前段時間大陸遊客到香港搶購奶粉，導致港府出台限購令。大陸人紛紛怒斥香港人不講情義，恨不得當晚用導彈平掉香港島……可是，你大陸自己都在迫害自己的孩子，哪有資格去罵港人不顧同胞情。

你造不出好的奶粉，從每一條城管掩殺的大街上，都是找得出原因的。

（二〇一三年三月九日）

32 一個瓜農的中國夢

一個瓜農，凌晨三點鐘摸黑起床摘西瓜，五點鐘與老伴一起裝車出發，七點鐘到達縣城擺攤叫賣，十點鐘被城管沒收了秤……五十分鐘後，太陽照得那些西瓜嬌翠欲滴，瓜農面如死灰、氣絕身亡。

瓜熟蒂落，尚需四季，一條人命，何需幾秒。

收走一條人命這麼容易。那些城管捲土重來時，沒想過圍毆的是一條人命，他們看來，人命如瓜，順手摘去，沒什麼大不了。所以他們說「要打就打死」……這樣的故事，我的祖國，每一條嶄新的大街都歷練過城管的掩殺，沒見過這掩殺，哪好意思說自己進過城。竟有些麻木了。如果你一定要尋找點寒涼的新意，抬頭看去，瓜農屍體的側上方有一枚招牌，「城市文明管理示範街」。是的，就要示範給你們看。

是的，城管並沒有毆打瓜農，瓜農只是突然倒地身亡。臨時性強姦、調整式漲價、禮節式受賄、保護性拆遷、通膨型緊縮、輪流發生性關係，突然倒地身亡……是的，不是城管毆死了瓜農，殺死瓜農的是西瓜。

或者，那個瓜農正要去毆打城管時，突然想起自己為了省錢還沒吃早飯，哦，肚子餓，很餓……然後就餓死了。

紅朝的《憲法》上清白寫著「工人階級領導的、以工農聯盟為基礎的人民民主專政的社會主義國家」，工人下崗了，農民失地了，好歹種些西瓜，竟莫名其妙死了。我這麼說，肯定要被罵成漢奸的。可是我的朋友，同濟大學的王曉漁想起《小兵張嘎》，小兵張嘎在路邊擺攤賣瓜，看到胖翻譯官走來，居然沒有拔腿逃跑，而胖翻譯官只是蹲下來吃了只西瓜，一沒有驅趕，二沒有收苛捐雜稅，更沒有把賣瓜者毆打致死然後搶奪屍體。現在想想，《小兵張嘎》完全是一部美化敵人的反動電影。

別說封建王朝貪腐了，《大明律》寫著：王府不許擅自招集外人凌辱擾害百姓，擅作威作福打死人命及強取人財物者，先行追究設謀撥置之人，攘奪財物致傷人命，除真犯死罪外餘人等發邊衛充軍。

也別汙辱城管是拿牌照的黑社會。香港黑社會入洪門誓言第三十一誓：勿恃我洪家人多，倚勢欺人，橫行霸道，必須安分守己，各安職業，如有恃眾欺人者，天也難容，死在萬刀之下……你去搶西瓜殺瓜農，黑道都要找報館記者跟你撇清關係的。

每當批評城管，就會有一腦子沼氣池的傢伙衝上來說：「難道小販違規占道沒錯嗎？」即便你腦腔是一窪沼氣池也得冒點火花吧——違規占道就得把人打死，你違規占道開車是不是該被爆頭？然後你就說：「沒看到城管也被打被刺嗎？」問題正在這裡，這樣一個互戕互殺，既無法律依據實際效果無比惡劣城管制度，還不該換以文明的方法嗎？

總不相信合法的執政，卻迷信暴力的彈壓。昆明城管圍毆群眾，連雲港城管圍毆群眾，瀋陽城管圍毆群眾，成都城管圍毆群眾，延安城管爆踩群眾……請問，這是百團大戰嗎？

你說要走群眾路線，卻走了暴打群眾路線。比環衛工人還仔細打掃每一條街，比日本鬼子還要掃蕩徹底，比賓拉登還要神出鬼沒，比潑皮牛二還要糾纏不休，比湘西趕屍隊還要陰森。搶屍，你沒殺人，動用數百警力搶屍做什麼？這就違反文明底線了。要知即便封建王朝，偷屍者，死罪。

連屍體都要搶，這是一個縮影。你發現沒有，到處在以各種方式掠奪財產，從億萬企業，到一枚西瓜，從商海死囚，到無名瓜農，區別只是有時用城管搶有時用法院搶有時用銀行搶，有時候用變幻多端的政策搶。

那些「在商言商」的大佬們也發些聲吧。在祖國，人人都沒安全感，要知道，今天你選擇沉默，明天搶你所謂的「商業帝國」，如搶西瓜。

少來點張牙舞爪的勵精圖治，多來點休養生息的安民政策。讓企業家知道偷盜與生意的邊界在哪裡，讓職員知道上升的管道而不是行賄的卡號在哪裡，讓學生知道招聘的門而不是潛規則的床在哪裡，讓農民知道回家吃飯的路而不是餓死投胎的黃泉在哪裡。別在廟堂之上高談闊論，如果文明只有一個世俗路牌，那去菜市場，如果本朝要畫一幅傳世的浮世圖，哪還畫得出宋朝熙攘中透著恬淡的《清明上河圖》？貓眼網友感歎，怪不得《清明上河圖》賣得這麼貴喲。

與此同時，《人民日報》還在教青年要靜心、靜氣，不爭執不焦慮。帝都連青年人的群租都禁廢掉，瓜農連生命都不保，靜你個西瓜的心。

這個叫鄧正加的瓜農，突然倒地身亡了。這個國家有太多的突然倒地身亡，一個瓜農可以突然倒地身亡，一個國家呢……

這個叫鄧正加的瓜農，住在臨武的山上。他不過是想把瓜種得甜一些，收穫多一些，快快地把西瓜賣完了，好趕回家吃飯。這是他的中國夢。他對他的西瓜是很珍惜的，你為什麼不對他珍惜一些。你最好先保護好一個瓜農的夢，我們才坐下來談談什麼是中國夢。

對你的人民好一些，對你的瓜珍惜一些，種瓜得瓜，種豆得豆……

最後，難道你不懂，治大國如種西瓜。

（二〇一三年七月十八日）

33 假想敵

小時候看《四世同堂》，對開頭一直不是很明白：聽說日本鬼子要打來了，祈老爺子並不組織義軍，也不逃跑，而是搶購一大缸醬菜回來藏在後院。我一直好奇，老爺子為什麼要買醬菜而不是買幾桿槍在後院藏著呢？後來漸漸明白，我們對付敵人的思路一向不是兵器譜，而是食譜或者藥譜。

之所以提到這個開頭，是為了引出下面的故事：日本出現核洩漏，中國人卻跑去搶鹽，竟至出現全國鹽荒。後來闢謠了，鹽並不能對抗核輻射。大家又開始批判愚蠢搶鹽潮。可是，我正是愚蠢的一員。那天開車排隊等著加油，見加油站旁邊的超市剛進一批白花花的鹽，大家都說鹹著也是鹹著，我就也混跡於一群老婆婆中，堅毅的眼神彼此鼓舞著，奮力地擠進去買了兩包。

我這屬於行為藝術，我覺得批評搶鹽的人中，很多也在八年前搶過板藍根的。那時人群普遍兩手白胖（消洗靈洗的）、胳窩無毛（溫度計磨的）、渾身酸味（白醋喝的）……其實搶板藍根和搶鹽是沒區別的，當一個國家總發生下午剛安慰廣大市民近期油價不會漲，凌晨就漲；剛宣布房價得到有效控制但買個包子回來後就漲了兩千元……你別怪謠言，謠言往往比新聞聯播更可信。

你看，CCTV說日本核電站不會爆炸，結果爆炸了。專家說，另兩個機組不會爆炸，結果也爆炸了。專家再說，雖核電站爆炸，外殼能起到很好的保護作用，結果殼被炸飛了。專家說即使洩漏也不會汙染，結果核輻射超標。剛剛又報導：中國是安全的。媽的，我一聽眼淚就下來了。

批評愚民沒用的，愚民就是我們的父母兄弟姊妹，和我們自己。別怪愚民，怪教育。中華民族可能是世界上在最大的驚嚇裡成長的民族。先不說滿大街城管和監控，從小的教育就是假想敵教育——對外通過樹立敵人而凝聚士氣，對內通過嚇唬自己而冒充實力。你看，從小爸媽就愛說「再哭把你扔出去餵狼」，長大後，政府也愛說「境外反動勢力亡我之心不死」。你看，狼、反動勢力、亡我之心……恭喜你，效果達到了，我們同仇敵愾，我們局面大好，我們隨時準備游到對岸去解放水深火熱的第三世界人民。可我們也變得非常恐懼，一個全民皆兵的民族，必然草木皆兵。只不過上一次的敵人是非典（SARS），這次是核輻射；上次搶的是板藍根，這次搶的是一包包鹽。

愚者必怒，怒者必怯，怯者必謬。日本大地震的時候，很多愛國者詛咒宿敵終於遭了天譴，有的還恨不得親自變成一枚核彈發射過去單挑。理由是日本人搶過我們的土地、燒過我們的房子、建過毒氣室還強姦過咱們的女人。我覺得單挑沒問題，可用著夏普筆電發帖、開著本田車去單挑，是很娛樂的問題。我很想告訴他們，現在搶我們土地拆我們屋子的不是日本鬼子而是拆遷隊，三公消費的不是菅直人而是我們自己的官員，日本軍確實弄過毒氣試驗，可現在三聚、皮革奶、地溝油還不夠毒？至於強姦，難道我們現在不是天天被強姦嗎……

當然這些都不是問題，問題是那些愛國者到最後誰也沒游過去單挑，倒是選擇了跟鹽單挑。這樣幽默的局面是執政者也沒想到的，為了跟國際接軌，中國政府頂住國內油價壓力運了兩萬噸燃油過去，還派出救助隊……我覺得此舉倒算開明，可愛國者迷茫了，迷茫之餘就恐慌了，恐慌之下就跟鹽死磕了。此時一對飽含深意的民族畫面油然而生，日本人秩序井然在排隊，中國人披頭散髮在搶鹽。

假想敵教育不會讓人更勇敢，只會讓人更脆弱，假想敵教育，其實就是懦夫教育。我們愚蠢地憤怒，懦弱地多疑，自虐地復仇，我們幻想出一份哀榮，恨每一篇課文上面都緊綳一匹叫愛國主義的闊背肌。可歷史上有趣的是，等侵略者真來到時，整村整村的好多人成了漢奸，京郊農民則直接幫八國聯軍在城頭上搭長梯。

剛剛《北京青年週刊》要採訪我，讓我談一下搶鹽風中暴露的中國人缺乏科學觀的問題。我覺得該糾正一下開頭的說法，其實昨天我買鹽時不僅是混跡於一群老婆婆中，還有很多強壯的青年，這些青年從小做過很多的奧數題化學題的，他們不可能缺乏科學觀，只是擰巴了世界觀。世界處處是敵，風吹草動，即風聲鶴唳。不信的話，等會兒我再造一個謠，由於明天月亮離地球最近，負核子暴會導致嚴重皮膚癌，只有肥皂能抵抗。不一會兒，街市上一定瀰漫著肥皂泡泡。

交更多的朋友，而不是假想更多的敵人。假想那麼多的敵，自己最終變成自己最大的敵。念及此，一種責任感油然而生，深感任重而道遠，正想寫篇文章普及一下。此時抬頭，我那外出旅遊的老媽回家了，拎著大包小包的鹽，進門就大罵狗日的日本人又搗亂。我趕緊拿起那兩包鹽，準備從家人做起普及，我張嘴正要說點什麼，我媽嚴肅地盯著，盯著那兩包鹽，欣慰地對我點點頭：

你，終於懂事了。

（二〇一一年三月十八日）

34 兩件兵器

有一天我手欠，不小心按到了CCTV4——專門揭發國外水深火熱的頻道。歐巴馬正就稅收、醫保、就業等一籃子計畫向國會背書，慷慨陳辭之際，一個議員大剌剌站起來，喝斷：「你在撒謊」……那一刻，歐巴馬像個沒交作業而被老師抽起來的差生，喃喃地不知該說什麼。那議員也不給面子，會還沒結束，拎包走人了。

我又切到CCTV1——一個展覽中國人民幸福美滿的舞台。一位中國官員義正詞嚴地說：不要簡單對比不同國情下的價格差異，中國油價並不算高，還有上升空間，新的價格機制正在形成。下面頻頻點頭，主持人適時回演播室宣布民意調查。然後就傳出了「百分之八十六的群眾喜迎油價上漲」這個很不像謠言的謠言。

你看，前一個總統是多麼的傻逼，後一個官員是多麼的牛逼。可別人因為總有傻逼兮兮的總統才顯得牛逼，我們因為總有太多牛逼官員，就顯得傻逼。

不要說「新的價格機制」這樣的文言文好麼，其實就是漲價。其實我對漲價沒意見，我只對漲的風格有些意見。為了漲價，漢語學家做出了卓越貢獻。一坨又一坨專家跑大街上宣布「近期內不會漲價」，三天後就漲了。以後《現代漢語辭典》該修改關於「近期」的詞條：三天內曰近期，第四天是中期，第七天才敢叫遠期……

中國人的智商一直在跟價格賽跑。氣價漲了，小學常識課「地大物博、天然氣儲量世界前列」被顛覆了。電價漲了，報紙上「三峽建成後電多得用都用不完」也翻篇了。菜價漲了，實地去菜籃子工程一看，奶奶個腿兒的，變成房地產施工現場了。水價、米價、藥價……稱我們的祖國為貴國是有道理的，貴國的邏輯一向是，天氣原因造成了減產，全球變暖導致枯水，雪災冰凍讓地下輸氣管迸裂，所以必須漲價。總把老天爺當被告，還想他老人家罩著你？

問：為什麼喜歡漲價？答：因為缺錢了。問：為什麼收那麼多稅還缺錢？答：開始只是喝些天價茅台，後來要送子女移民，再後來還得在床下藏它個十億八億，再再後來發現，為了轉移視線，不造航母看來是不行了……我國跟其他國想法並不相同，他國為了穩定就盡量想辦法不漲價，我國因為漲價，必須想辦法穩定。

又問：不是要以人為本嗎？答：在中國，以人為本＝本人以為＝以人為笨＝笨人以為。

最後問：不是說為人民服務嗎？答：呆貨，你得學會斷句，其實那是——喂，人民，服務。

金融危機來的時候，不少群眾歡呼國家撥出四萬億救市，專家也跑出來論證「體現集中辦大事的體制優勢」。其實四萬億就是印鈔廠開足機器印了四百億張毛澤東頭像，先流進了央企甲，央企甲炒高房價後錢就流進了央企乙，央企乙漲了油價再轉到央企丙，央企丙說油價這麼高，顯然得漲一漲鋼價……依次催動了菜價、藥價、學費，最後一定又反推到房價。所謂可持續性發展，就是可持續性漲價。

誰才是貴國最大的公司，大家很明白了。在貴國，建國前鬥的是地主，建國後鬥的是業主。還真別把自己當業主，你最多只是一枚肉版生產工具，這裡讓你天天忙著還房貸、交擇校費、吃天價藥、攢墓地費……就沒心思去想更多了。偶爾犯賤，想了想公平、權利這些不著邊際的事情，丈母娘就要冷冷盯著你：一居室還生什麼小孩，該換套大點的屋子了。此時你羞愧難當，暗想斷子絕孫的人還有什麼資格搞公平和民主。就此放下雜念，決心戰死在職場。

這篇文章整理到一半時，我媽讓我陪她去石經寺燒香。一路前行，到了茶店收費站時，發現過去只收十元的高速費，漲到十五元了。問收費員還貸都這麼多年了，應該越收越少吧？收費站的同志奇怪地看我，活像看到一個沒吃藥偷跑出來的精神病。這時後面的車就使勁按喇叭，依稀還聽到叫罵：龜兒子快點，這是高速路。我媽在一旁冷靜地說：高速費不漲，對不起高速這個詞。

是的，在貴國，條條大路不一定通到羅馬，條條大路一定通向收費站。

回家的路上，有個專家在收音機裡滔滔不絕闡述一個很有新意的邏輯：表面上油價又漲了，其實這是在保護中國消費者利益，只有中國石油企業不虧本，才有實力跟國際石油巨頭角力，也才能保護中國消費者的可持續利益，所以本次漲價符合國際慣例，同時抑制道路擁堵。說到擁堵這名專家更興奮了，舉出新加坡收取擁堵費已達六十年之久，我國完全可以在此方面嘗試跟國際接軌。有個聽眾在熱線中馬上舉出擁擠的東京、倫敦和紐約並沒有收擁擠費。專家沉吟片刻後嚴肅地說：我們要充分考慮到，一方面跟國際接軌，另一方面也不能忘記中國特色……專家真是善解人意，猶如護翼，細心呵護，隨便打滾，絕不側漏。

我始終覺得，在天朝當官並不需要技術含量，因為有兩件兵器：一件叫中國特色，另一件叫和國際接軌。每當不想和別人一樣時，就舉起「中國特色」，每當不想和人民一樣時，就舉起「國際接軌」。

僅此兩件，就類似韋小寶當年的削鐵匕首和護體寶甲，屢試不爽。

（二〇〇九年三月二十五日）

35 關於擁堵費的一些想法

鑒於國內各城市日益擁堵，空氣品質下降，嚴重影響領導出行和官二代飆車。經過認真思考，我有一些收取城市擁堵費的想法，如下：

一、鑒於現有「天眼」監視系統也偶有死角，交警測速人力成本過大。就此責令中科院和各大銀行共同研發一款「一插靈」電子車鑰匙監控儀。即車鑰匙、信用卡一體化直接連接銀行電腦中心。國產車從出廠始、進口車從海關始、二手車從交易所始，均進行初始化設置，只要車鑰一插入便電腦自動扣費。逾期不交帳者，汽車無法啟動。

二、該鑰匙亦與個人身分證、社保卡、銀行卡聯卡。凡不交滯納金者，上述所有卡將自動停卡，並追究包括但不限於滯納金等刑事、經濟責任。凡利用駭客技術套取他人鑰匙者，視其金額大小將處以三至十五年有期徒刑，情節特別惡劣者，不排除死刑。

三、該鑰匙與車檢一起實行年檢，收費標準按整車價格百分之五，每年徵收。

四、請自行妥善保管。如遇丟失，有關部門概不負責。如因保管不當與其他磁卡、手機放在一起導致消磁，有關部門概不負責。如有關部門不小心把用戶個人資訊洩漏出去，概不負責……有關部門只負責收費。

五、該鑰匙自行監控記錄行車速度。為體現「誰上路，誰交費，誰多開，誰多交」的原則，將收取上坡費、下坡費、倒車費、道路不熟觀察費等……具體收費標準，各地視實際情況掌握，原則上以北京車輛行駛速度和收費標準上下浮動，不超過百分之十五。

六、出於環保考慮，只載一名乘客收取單飛費，兩人收雙飛費，滿座收人頭滿員費。但出於人性化考慮，原則上可不對孕婦實行胎兒重複收費。

七、公務車、軍警車、特權車不在此列。

通過一段時間試行，勢必大大緩解路面壓力。下一步可將範圍推廣到非機動車道。如下：

一、鑒於非機動車特點，以車輪數量為核定標準：四輪板車貴於三輪車，三輪車貴於自行車，自行車貴於兒童直排滑輪。為顯示政府對殘疾人士的關愛，殘疾人輪椅打六折。

二、規定各廠（含玩具廠）、各海關、各二手車交易所，凡有輪子者（注：不包括拉桿箱）必備電子監控鑰匙，否則輪子無法滾動。從而真正達到聖人云：「三人行，必有我匙」……

三、應注意到各城市流竄數量巨大的電動車，這是今後收費重點對象。收費原理仍是鑰匙。由於該款車需要充電，所以發明專用電瓶，硬性規定三年為最高使用年限。凡超過三年仍違法使用，鑰匙一插入，電瓶即自動爆炸。

四、最後推廣到行人。雖然現有技術還無法做到給人體插電子鑰匙，但可以派出城管在每個路口安置磅秤若干進行體重檢查。成年男子七十公斤以上視為胖子，每增加三公斤多收費百分之十。成年女子五十公斤以上視為肥女，每增加兩公斤多收費百分之十五。值得注意的是，背包客因多占道路資源，以人加包總重量收費。出於人性化，不向孕婦收費，但陪伴孕婦溜達之丈夫可收一定數額之行走緩慢費。打架、親吻、吵架者因大大占用道路，將課以重罰，此舉可增加社會主義文明新風。

雖然此項收費稍嫌複雜，鑒於對城管戰鬥力的信任，此項收費仍應表示樂觀。

若有未盡事宜，最終解釋權和不解釋權均歸有關部門所有。

經過綜合治理，相信不久的將來中國各大城市迎來新生：空氣清新、路面整潔。馬路上除公務車、警車、軍車之外，已不太有其他的車，甚至也不太看得到人和狗。在一些非主流馬路上，只見青蛙滿街跑，長蟲遍地鑽，小橋流水，老樹昏鴉。總之，一幅原生態城市風貌展現在我們面前。公車還是有的，為了體現政府對基層的關心，也不收擁堵費。但由於下車後尚有一段距離，為節約費用，乘客下車就嗖的一聲扔出根高彈力吊繩，把自己像蜘蛛俠那樣在樓間身手矯健地穿行，十幾個縱跳就到了公司窗口，互相見面還可打個招呼……難免在空中發生追尾、擦掛，但為避免吵架鬥毆驚動執法部門，引發日後連空中擁堵費都要收，大家必然彼此容忍，拍拍身上疼痛，就此別過。

除了上班，大家也不太出門了。街頭再也沒有集會、無證攤販，亦沒有流竄上訪人員，更沒有混亂的思想傳播。我們驚喜發現，上述擁堵費創意不僅是治堵好辦法，其實更是維穩的策略。此為意外之獲。

以上妥否，望批覆。

（二〇〇九年七月三十一日）

36 打得一手好飛機

一個大神般的貼子廣泛流傳：發改委又打下一架飛機。昨天晚上，發改委再次宣布柴油每噸提價四二八元，結果晚上肯亞果然又掉了飛機……據新華網奈洛比十一月九日電，一架小型貨機於當地時間上午六時三十分左右從位於奈洛比威爾遜機場起飛，約兩小時後，駕駛員報告發現機械故障，試圖迫降時撞上機場周圍的隔離網，隨後爆炸起火。兩名駕駛員身亡。目前，失事飛機黑盒子已經找到，當地部門正在調查事故原因。

附：發改委戰果和分析：

一、二〇〇九年三月二十五日，發改委決定將汽、柴油價格每噸分別提高二九〇元和一八〇元；當天，美國空軍一架正在執行測試飛行F-22「猛禽」戰機在加州愛德華茲空軍基地以北六英里的地方墜毀。（汽、柴油價格每噸分別提高二九〇元和一八〇元，由於調價不多，只傷飛機。）

二、六月三十日：發改委再次發布油價上漲。當天凌晨，一架載有一五四人的空中巴士客機在從葉門前往科摩羅的途中墜毀，機上人員僅一人倖存。（汽、柴油價格每噸均提價高達六百元，提價較多，所以一五四人的空中巴士僅一人倖存。）

三、七月十五日：發改委就成品油價格問題發表說明，稱價格未調整到位。當日，伊朗裏海航空公司的一架客機在該國西北部城市加茲溫附近的村莊墜毀，機上一五三名乘客和十五名機組人員全滅。（因這是發改委首次在理論上的巨大建樹，所以機上的一五三名乘客和十五名機組人員全部被滅。）

四、九月二日：發改委再次上調油價。當天，印度南部安德拉邦的首席部長雷迪乘坐直升機前往南部的奇圖爾準備參加活動。起飛約一個小時後在訥勒默拉森林上空墜機，機上人員全滅。（汽、柴油價格每噸上調三百元，漲價不多，傷亡損失較小，僅印度一個部長和直升機組人員滅亡。）

五、持續更新中……

綜合一小撮惡意圍觀的網友及我的一些感想：

一、發改委真是打得一手好飛機。

二、我國空軍昨日突然推遲六十周年慶飛行表演時間。表面上是天氣原因，實際因這一天發改委要漲價，怕誤傷友軍，特延期。

三、英美法情報部門經過細緻偵察向女王、歐巴馬、沙克吉報告：中國發明了一種「聲控油價導彈」，這邊一發布漲價，那邊飛機馬上墜。

四、鑒於中國發改委稱目前中國國內油價尚未到位……世界航空組織安全署緊急通知全球航空公司緊密關注中國發改委動向，如有動作，即刻於北京時間零時起悉數停飛。另，該組織也建議全世界兒童家長，即時也停飛所有玩具飛機，以免發生不測。

五、經過N次漲價，發改委正式宣布：新一款大型殺傷性武器試驗成功。中國人民解放軍通知下屬各科研單位暫停研發第五代戰機，以後打仗改為發改委直接上。至此，發改委併入二炮，直接歸中央軍委管，中石油中石化亦正式劃歸軍工企業。

六、未來中美、中日、中印開戰，全軍將士不用上前線而是在營地裡看電視，發改委同志一宣布跟國際接軌，敵人飛機撲騰撲騰往下掉。昭告天下：如果全世界想與中國為敵，發改委就每十分鐘漲一次價……不一會兒敵機就木有（沒有）了。

七、聯合國有人動議，該把「發改委」這種武器列入恐怖主義序列，強烈要求銷毀這一大規模殺傷性武器。面對國際形勢，中國政府莊重承諾：未來戰爭中，絕不率先使用發改委！

八、鑒於「發改委」威力，傳統軍機實際已無用武之處，各國紛紛大幅減少軍機研發，軍工製造業基本陷入停產，有力地遏制了軍備競賽。就此，「發改委」該獲得諾貝爾和平獎。

九、北韓、古巴等派出美女若干前來中國發改委取精，怎樣打得一手好飛機。

十、為了保持這一特有的威懾力量，中國人民自願油價居高不下，人人用油，人人愛油，掀起一股全國性推高油價的新高潮，人們見面就問：今天，你推油了嗎？分別時說：打得一手好飛機。

十一、發改委為祖國贏得了榮譽。在史上最隆重的一次閱兵式上，發改委走在方陣最前列。戰爭烏雲密布，敵人畢其功於一役，悉數精銳來犯。可發改委三兄弟決心讓世界顫抖，哥仨並不按慣例舉手敬禮，而是一邊走一邊快速在下身動作。只見萬米以上的無人偵察敵機撲騰地往下掉，猛禽、鷂式、B52-H紛紛解體，連外太空的衛星殘片也雪花般落下來。

十二、可來敵太多，他仨越打越疲憊，頻率越來越慢，雖在頑強意志的鼓舞下堅持通過觀禮台，惜行至國家大劇院時，終於倒地不起……可歌可泣的是，臨終前咬牙用最後一發子彈，打下一架敵機，真正做到精盡人亡、精忠報國。從而粉碎境外反動勢力最大一次進攻。

十三、舉國半旗，舉國男子以打飛機姿勢送別祖國忠誠的衛士。十里長亭相送，三億精水盡失。半數以上精壯男子在哀思會上因打飛機自行滅絕了，導致人口大減。卻也有力推行了計畫生育的執行，中國男女性別比例失調終於解決。

十四、此戰致使敵我雙方元氣大傷，均無實力開戰。在聯合國安理會的主持下，在柯林頓等古典派打飛機人士的調停下，中國願意與世界和解並發表聯合聲明，請各位獨身男士自重，不要隨便打飛機。從此，世界和平，天下大同。

十五、國家大劇院的北草坪上，長出一株珍奇的花草來，似人參，又似蘿蔔，或又似首烏，花開週期短，正好二十二個工作日，每逢油價上調便滴下甘露，眾人參拜，及至經年，恍然大悟：所謂發改委，就是fuck away。

（二〇〇九年十一月十二日）

37 嚴禁惡搞人民日報新大樓

高達一百五十米的《人民日報》新報業大樓設計競標終於落下帷幕，東南大學團隊一舉中標，預計總價將逾五十億人民幣，人民日報新大樓也有望成為中國新聞報業第一大樓。

由此，天朝最正確的報紙《人民日報》和最正確的電視台CCTV新大樓終於在CBD區遙相呼應、隔岸觀火……考慮到火這個字有些犯忌，改成隔街相望。消息傳開，一些不負責任的說法開始流傳，本著《人民日報》一向正確引導的精神，現解釋如下：

關於人民日報新大樓造型，有線民說這很像古式夜壺，並不適當地與西側的CCTV新大樓瞎聯繫，說老外弄了個JJ，我們當然要來把夜壺……對此我們只能表示遺憾。如果有正確的藝術觀，就會發現人民日報新大樓體現了祖國優秀傳統文化「天圓地方」的精髓，當初設計者的理念就是緊緊抓住一個「天」字，所以也可理解為天作之合、天人合一、天長地久、天荒地老、天有不測之風……這個就算了。還有人說這很像熨斗，這個是有一點像，但熨斗有什麼不好呢，一些社會的不穩定因素，就要靠我們來熨得平平整整。原則上我們不會刪除認為新大樓長得有點像豆漿機的貼子，豆漿機沒什麼不好，我們做新聞的方法正有此異曲同工之處：新鮮無毒的材料來了，我們第一時間可磨成豆漿。要是聞到一些異常味道，我們可以調和成豆腐腦。如積案甚久，就可以把它做成豆腐。也不用擔心長毛變質，這正是我們要的臭豆腐。再不濟就使勁擠一擠、壓一壓、晾一晾，就是豆腐乾哪（但不要說這是豆腐渣，天朝第一大報業大樓是不會豆腐渣的）。

總之沒有我們搞不定的新聞，我們的新聞其實是欣聞，欣然聞得祖國形勢一片大好，欣聞西方國家內外交困，欣聞人民日子過得一天比一天好，錢多得用都用不完。

當然，我們也注意到有關人士對樓頂上設計的直升機停機坪有不同看法。其實它並不奢侈，這一方面因為我們的領導把出行事宜考慮得非常細緻，盡可能避免央視新大樓建於東三環給市民造成的擁堵。另一方面，近年國運昌盛、形勢喜人，群眾頻頻自發舉行慶祝活動，要是煙花升空不小心引發火災，領導同志就可以抱著紅頭文件和女祕書先行撤走，再由空降部隊直接實施空中滅火，避免央視大樓那種不必要的損失。這不僅出於消防考慮，也出於宣傳需要，每天上午工間操，可以讓員工在樓頂上擺出本報當日各版頭條標題，由CCTV進行航拍，向全國人民宣傳。每逢重大節日，我們還可以直接擺出《人民日報》報頭，考慮到老外一時看不懂漢字，可採用字母縮寫RMRB（此處禁止中文拼音縮寫聯想）……

有不懷好意的線民說新大樓長得很像杜拜的帆船酒店，是不折不扣的抄襲……致使部分不明真相的群眾信以為真。請大家擦亮眼睛看仔細了，你看，帆船酒店的線條直一點，人民日報大樓的線條要軟一點，杜拜的外牆是灰色的混合材料，我們則貼了大面積玻璃窗。這怎能說是抄襲，頂多是借鑒，而借鑒是我國在知識產權領域一向的傳統。更重要的是，帆船酒店頭頂上只有一根針，人民日報腦袋上則是兩根針，體現了它們是資本主義的一根筋，而我們是中國特色的雙軌制。它們的避雷針只避得了雷公，我們是雷公電母一起避了。

我們注意到有個別唯恐天下不亂的網友說：新大樓三個主要牆面是凹弧形，三個如此巨大的凹形玻璃牆面如同三個巨型反光鏡，常年累月對各種光線反射並在幾百米遠處形成焦點，產生高溫甚至造成火災，其強大的紅外線、紫外線、伽瑪射線，也有可能對植物、動物及人類造成致命傷害。

據專家考證，此三處鏡面不會對人民群眾造成身體傷害，不要相信一小撮不法分子的煽動。目前有權威部門正在推論向對面幾座小區實施遠端送光送暖，相信不久的將來，就可實現冬季不用暖氣，孩子夜讀不用燈光，電視不必插電……無汙染可持續性人文居住。到那時更遠的雙井、潘家園小區只要在陽台上支個鐵架子就可以進行燒烤，反映了「宜居北京、環保北京」的人文概念。另一個則是較為高科技的考慮，最近UFO傳聞較多，我們準備聯合中科院、國防部、不明生動研究中心會同改裝，把三面玻璃牆做成可移動和變化角度的，如果外星人不懷好意想侵占新聞大樓，將被我們的雷射牆果斷擊落，再由《人民日報》首席記者進行獨家外星人採訪。不用擔心語言不通，大家知道，本報已用外星語寫作很多年了，也沒見誰敢說看不懂。

本聲明可視為新大樓解釋但不包括最終解釋，未盡事宜，事故發生後詳見專家以「不可預知性」、「因時代局限未考慮周到」等合理化解釋。如果出現操作失誤，則肯定是「臨時工所為，現已辭退」。另，新大樓廣泛徵集社會各界意見取名正在進行中，拒收「夜壺」、「日之樓」這類低俗名稱，如遇之，必綠壩（過濾）之。

（二〇〇九年九月十四日）

38 牛逼，就是牛給逼的

有一天，微服私訪的李鴻章站在北洋水師的甲板上，覺得桅杆風向旗怪怪的。扶正老花鏡仔細瞧，發現好多並不是國際水師通行的風向旗，而是花花綠綠的女人衣服。問：何物？報：家眷用品。中堂大人鬱悶，不過念及軍官們長年奔波在外，軍艦上私藏家眷也是人之常情，按下不表。沿甲板徐行忽聞鶯歌燕舞之聲，又問：何人？又報：岸上青樓女人。中堂大怒，正要拿下，聽下面細細解釋：日久生情，小姐已升格為二奶。中堂暗自驚諤，但也沒深究。

走著，聽到牌九聲，裝沒聽見。又走著，看炮台下面鼓鼓囊囊的，叫侍衛撩開檢查，和炮彈擺一塊兒的是好多醬菜罈子。李鴻章這才勃然大怒，叫來管帶一通大罵：堂堂北洋水師炮台下面竟擺放醬菜罈子，成何體統，打起仗來到底是往炮管裡裝炮彈還是醬菜。管帶苦著臉大意是說，難啊，官兵離鄉背井好幾年，思鄉情重，只能在伙食上給點情感回憶，這也是穩定軍心。

李鴻章想了想，走了……回去給老佛爺報告「北洋水師秣馬厲兵，一切都很ＯＫ」。幾年後他知道了，醬菜罈子事小，和醬菜擺一起的炮彈裡面其實裝的是沙子，北洋水師甫一跟日本海軍交手就稀哩嘩啦了，一點都不ＯＫ，倒是瞬間被ＫＯ。

這個故事並不出現於正史，可它很正點地說明：中國人對自己人下手就是狠。甲午海戰不是日本人打敗中國人，而是中國人的沙子打敗了中國人。結合到當下的故事，所以你該理解——往炮彈裡面摻沙子和往奶粉裡摻三聚氰胺，是一樣的戰術。只不過以前往炮彈裡摻沙子，現在往孩子裡摻沙子，從發明創造，而發揚光大了。有善良的人還在問，孩子是我們的未來，怎可以連未來都不放過。其實你想，當年北洋水師與日本海軍陣兵黃海，大戰一觸即發，瞬間生死之時艦上卻敢庫存沙子炮彈。他們連當下都不放過，哪裡還想得到未來。

有人考據，沙子其實是影視作品的誤傳，當時艦上沒那麼多沙子甚至根本沒沙子……可是，北洋水師本身就是大清最大一粒沙子，耗資巨大，一觸即潰。這個民族就有這麼強大的心理：沙子少，就等於沒沙子。北洋沒沙子，就等於大清也沒沙子，沙子沒落到我頭上，就當它不會落到我頭上。

所以今天你看到製造三聚奶的那人，其實昨天剛剛吃了蘇丹紅，製造了蘇丹紅的那人，前天剛剛又吃了地溝油，製造地溝油那人每天早餐吃的是染色饅頭，饅頭工廠車間主任天天在吃瘦肉精，製造瘦肉精的那人剛剛去醫院看他兒子，兒子又被查出喝了三聚奶……所以大家說這是一個互相投毒的國家。奶業廠其實是化工廠，饅頭鋪其實是染料鋪，重慶火鍋其實是石蠟加工廠。這樣也好，不久之後人人都是歐陽鋒，哪天走在荒郊野嶺，不小心碰到一條五步蛇，牠咬你一口，你沒事，牠卻氣絕身亡了。

我聽到最好玩的社會新聞段子是：成都有個黑道老大去夜店嗑藥，忽一會兒就被手下大呼小叫地抬出來了，還以為嗑藥過量，後來才發現是藥裡面摻了大量的玻璃渣子，老大一吸之下鼻黏膜破裂，痛得休克過去。老大醒來之後大罵，龜兒子的，連黑社會都敢坑，真是不怕黑社會，只怕社會黑啊！

很多善良的人在說三鹿道歉是不夠的，要真相。可是中國沒有真相，只有段子。面對公安部門審訊，三鹿董事長說，我是清白的，企業也是清白的，去問問供奶的農民吧。奶農說，關我吊事，又不是我產的奶，問奶牛去。奶牛說，我吃的是草呀，問草去。草說，關我屁事，是草他媽，土壤的問題，問土壤去。土壤說，關我吊事，是旁邊河水不乾淨。河說，我本乾淨，只是剛才中國男足來我這洗過腳了，自他們來洗過腳，兩岸莊稼出現枯黃，河裡生物離奇死亡，下游居民紛得怪病……去問中國男足，他們委屈地說，我們從小吃三鹿奶粉長大的……

沒有真相，只有謠言，〇八年多事之秋有人拿奧運五個福娃說事。說，一個福娃頭上是風箏，代表濰坊，於是山東火車出事了；一個福娃頭上是西藏羚羊，於是西藏出事了；一個福娃頭上是聖火，於是火炬傳遞出事了；一個福娃頭上是熊貓，於是四川出事了；一個福娃頭上是一條魚，南方漲水了。我一直是不相信這個謠言，可是，我想起〇八殘奧會的吉祥物正是頭牛……牛逼啊，意思就是牛給逼的。

回到文章開頭，在我重新整理這篇文章時，正好看到一個愛國軍事線民說，北洋水師那些摻沙子的炮彈一直被誤解了，不是軍隊腐敗，不是奸商所為，其實大清的沙子彈跟現在法國軍隊打擊利比亞使用的水泥彈是一樣的，具有穿甲功能，又因彈片不太四濺，打擊力度更高。我承認，當時我深刻地笑了。相信百年之後會誕生另一個營養學家說，三聚奶一直被誤解了，不是腐敗不是奸商，其實這裡面藏著一個生物科技祕密：是為了應對未來的生化戰，我們才悄悄地、不為人所知的、忍辱負重的往我們的孩子身體裡摻了一些沙子。相信用不了多久，我們就可培養出一代超人孩子、變種菁英部隊，

這正是沙縣小吃一個重要環節，國家在下很大很大的一盤棋。

（二〇〇八年九月十六日）

39 後裔

早上起床，用二甘醇牙膏刷牙，用氟砷自來水洗臉。喝一杯黃麴黴素牛奶，吃一籠鹽酸克倫特羅瘦肉精包子，嚼了兩口苯鉀醯饅頭，吞服兩枚蘇丹紅萘酚雞蛋，忽然意識到自這些年食品問題不斷曝光後，老子一直很爛的化學課，無形中補好了。

空氣中有一坨一坨的感覺，讓我對氣體和固體的概念也產生一絲懷疑。當然比起嬌氣的外國人，我們很堅強。相信用不了多久，大街上的三個人種就一目了然：戴防毒面具的是外國人，不戴面具的是中國人，坐在配置遠大空氣淨化器的奧迪Ａ８裡橫衝直撞的，是官員。其實中國人已起到局部的光合作用，別國是樹葉吸收二氧化硫，我們用肺葉去吸二氧化硫。我們還成為蟲豸的天敵，為地球物種演變做著無私貢獻。剛剛在路上見一人被蠍子咬了一口，他沒倒蠍子卻死了。我問：你是誰？他說：歐陽鋒，你呢？我順手把被我毒死還叮在腿上的五步蛇扒拉下來，低低地說：歐陽雷鋒。

惺惺抱拳，各自飛奔而去……最近有家使館在屋頂上安裝了一個小盒子天天公布我國空氣指數。這真是在粗暴干涉我們的主權。我們當然要擁有自己獨立的空氣標準，還要有土壤標準、自來水標準、藥品標準，按照歷史學家雷頤的建議：下一步我國將把發燒的標準也上調到三十八度，低於這個的不叫發燒，不准吃藥……這就叫中國特色，至於與之成反比的價格標準，那叫國際接軌。

終於在一坨坨的感覺中游到了辦公室，沏了一杯高檔茶，熟練地把頭道水倒掉，才喝。這是因為，這些茶俗稱綠茶，其實學術名稱是腈菌唑、氰戊菊酯、噻嗪酮……綠，是因為上了孔雀綠色素，亮，是因為用工業石蠟炒過的。看，連老子都佩服自己的化學知識。打開電腦，看到一個叫王小山的傢伙因為揭露蒙牛裡面含毒，被迫跑路了。居然跑到香港去，那裡的空氣你聞得慣嗎？那裡的水喝了不拉肚子嗎？那裡生滾個豬肝粥都不含買一送一的重金屬，這不虧大發了。歸來吧，遊子，你在真相的路上走得太遠。

我突然想百度一下中國到底有多少頭奶牛：截至二〇一〇年是一千二百三十萬頭。考慮到奶牛不執行計畫生育而且不死亡，就算現在有一千三百萬頭吧。又百度到：一頭奶牛淡奶季和旺奶季平均下來每天最多可擠十公斤奶，但除去絕奶期只有二百五十天可擠……也就是說，一頭奶牛一年可擠二千五百公斤奶，全國一千三百萬頭一年可擠三千二百五十萬噸也就是三百二十五億公斤奶。假設中國只有三分之一的人群也就是四・五億人喝奶，每人每年可分到七十二公斤奶，但如果每個喝奶的人每天僅喝〇・二五公斤，一年將需求九十一・二五公斤……九十一・二五公斤，那其餘的奶和乳製品，哪兒來的呢？

我沉思著，瞬間覺得老子不僅化學好了，數學也無敵。

腦子昏昏沉沉，恍然到了中午，沒叫洋速食（奇怪為什麼洋速食到了中國就有問題），為避免地溝油的爆炒煎炸，我改叫了份蒜泥白肉，出於環保又來了根生黃瓜……在我吃的過程中，同事嘉許地看著我：有勇氣。然後我就知道了，硫磷大蒜、藍礬黃瓜——這麼牛逼的學名。

如果拿出審查電影、出版物和刪帖的勁頭，中國食品哪有那麼毒……我為自己的清醒感到可恥。下午無事可做就翻看今年高考的作文題，人們都說題目出得坑爹；可我覺得出題的一定是高人，全都是高級暗喻題，你看，四川的〈手握一滴水〉。想起最近的全國自來水大檢查，百分之五十以上都不合格；湖北的〈科技的利與弊〉。想起小孩喝了牛奶才八歲就長出鬍鬚。天津的材料作文〈兩條魚在河裡游泳〉最有情節感，出題者給出很哲意的材料：兩條魚在河裡游泳，老魚問小魚：河裡的水質如何？小魚說：我不知道水質是清澈還是渾濁。要是我寫，會是這樣的——老魚揮手一耳光打過去：「媽逼這還用說，上游一家煉油廠兩家化工廠，我作為魚類都長出手，而你作為魚類都長出三隻腳來了，你說這河水清澈還是渾濁。」

終於下班了。看著以時速〇・〇八公里堵在路上的車輛，我覺得以中國人不斷進化的能力，下一步，我們要長翅膀了。所以日本任命的「食品安全擔當大臣」官階居然高於國土防衛長官，這真讓人可笑，打仗用得著喝無毒牛奶嗎？打仗定用得著變種人部隊……這時，那個在香港待不下去的傢伙終於潛回大陸了。我心頭一熱，說就到那家新開張的名叫HOW DO YOU DO的火鍋店吧。多時尚的名字，翻譯成中文名字大家不會陌生，「好毒油毒」。

我點了一盤甲醛白菜、汞蘑菇，他要了一份福馬林牛百葉、二氧化硫金針菇，我不甘示弱又加烤了一串溴酸鉀小饅頭。他瞪我一眼，加要了一份次硫酸氫鈉甲醛粉條，和十二串刷了上等鮮肉精的牛板筋……

在祖國，老子點的是蔬菜，吃的是染料，吃的是粉條，咀嚼的是塑膠，燙的是金針菇，涮出來化學分子式，消化的是豬肉，吸收的是礦產，刺身的是魚類，附帶送了避孕藥……總之老子不僅增長了知識，還隱隱然有股當年神農嘗百草的慨然氣質。

這一天，這一生，我們都是神農的後裔。

（二〇一二年六月九日）

40 人人都是老鼠會

美國副總統拜登走了，可城裡的交通還是堵，這讓老子有些失望。前兩天交通管制堵在熊貓基地時，我還發過一條微博：龜兒的欠我們那麼多外債，還好意思跑來擾民。後來才知道，當時拜登還沒落地，也沒有到熊貓基地的行程安排。是咯，熊貓基地在北門，機場在南門，老子屬菜鴿子的，把方向搞反了……

這些不管了，反正煩這個總統。飯桶，就知道來吃債主。一行人在「姚記炒肝」只吃了七十九元炸醬麵，還不如我國官員愛犬一頓狗糧。都知道這是想用親民秀顛覆我國，至於當真顛覆得了不，這個，我倒也不信，一碗炸醬麵就顛覆了，這國家也太麵了。紅會萬元工作餐都顛覆不了，炸醬麵怎可能，炸彈麵都不可能。何況我們還有航母，雖然花了幾百億只是燒柴油的。咦，油價又漲了。抬頭一看才意識到，我進了加油站。

加油站小妹的臉色還是那麼難看。小妹，我是來加油而不是來揩油的，揩油的是你們中石油中石化。小妹好像聽出我的內心獨白，粗暴地把油槍插進車體，油泵表往上直飆，二〇、一三〇、二四〇、三六〇……內心悽愴得很，感覺不是加油，是在抽血。

抽完血連個酒精棉也不給，過去送免費餐巾紙的，現在這個都免了。我正爭辯，後面喇叭大作，瑪莎拉蒂對我直吼：餐巾紙都要貪，衛生巾要不要。我有些怒了，貪？有你乾爹貪？老子走下去要教育一下這九〇後妹妹，車上有個小伙嘿嘿冷笑，揮手就把我打出鼻血……我很痛，假裝打了個噴嚏，走了。老子只是不想跟暴發戶一般見識。瑪莎拉蒂了不起麼，每當看到瑪莎拉蒂，就要想起瑪勒戈壁。等老子有錢了，一定買輛瑪勒戈壁。不對，有錢了還待在這裡幹毛線，直接移民美國，把女人、娃兒全帶上。

至於為什麼我這麼恨美國，還想移民美國……我一直也沒搞明白。

這個夏天特別悶熱，濕度大，連蟬都飛不起來了，老家的氣候真是變了。當然這不是建三峽大壩造成的，顯然是美國人消耗太多能源造成的地球溫室效應，他們把自己國內的油價定得那麼低，迫使我們把油價弄得那麼高，他們到處指手劃腳，卻欠了我們上萬億的債。可恨，一時間很想組織菜刀隊砍翻了這幫鳥人，可菜刀實名了，一時準備不了這麼多，心頭有些失落。最好由外星ＵＦＯ直接收了他們，昨天新聞說上海萬米上空有巨大的光柱疑似外星飛船。飛吧，飛到對岸去，平了他們。想起一個緊要問題，要是平了那裡，我怎麼移民？可這輩子移民遙遙無期，還不如平了那裡讓我感官上爽些。可平了就完全沒希望……平，還是不平，一時間我臉色陰晴不定，內心糾結。

吱……猛踩煞車，差點撞上一橫穿的老太婆。確定沒撞上，我駕屁遁飛奔了。這時千萬不能下車去攙扶，一扶，就得扶一輩子。

真是世風日下，這些老賴……讓人真沒安全感。其實悄悄也覺得自己很可恥。可沒辦法，世風不管我事，我要是管了世風，只能喝西北風。公司倒閉後，我天天跑來跑去，那天跑得太累了，剛躺在公園長椅上準備思考一下再創業，有個大姐就附耳跟我說：放心，我們上面有人，只要發展幾個下線，就可以賺錢。草坪上人越聚越多，都在上線、上線……

別用老鼠會這麼難聽的名字好吧。老鼠會怎麼了，其實我壓根看不起李大眼說的「我是這個國家十三億分之一股東」，你有股權嗎？你能做空還是做滿？你連散戶都算不上，最多是級別不算太低的一個下線。這個國家幾千年從來不是股份制，從來就是一老鼠會，皇上帶著四輔臣的下線，四輔臣帶著十六總督的下線，總督帶著一〇八個巡府道台的下線，道台帶著三千二百個知縣亭長的下線……總之是少數人控制著多數人的傳銷制，不是多數人選出少數人的民主制。只要不在大雨天碰到陳勝吳廣，就其樂融融，娛樂無極到下線。

到今朝的跨越式發展，就是老鼠會跳躍式大發展。我們是世上最勤奮的一個老鼠會，人人都在發展下線，人人都爭取成為上線。你看，上小學時的學雷鋒是參加思想的老鼠會，上大學是發放文憑的老鼠會，每年考公務員是最浩大的老鼠上崗大會，由國家統一發展下線，科長有七八個下線，局長有百十來號下線，廳長有千八百人下線……一級一級往上爬，等爬到鐵道部長那一級，坐火車的全是你的下線。

想到這一點，微風中的我忽然張嘴笑了，我不是最恐懼的，這裡官員更恐懼。先不說鐵道部長因為床下有好些錢說不清楚來歷，半途就脫線了，就說前些時候有個教育局官員在微博上跟大波妹聊奶：白，嫩，柔滑，喜歡……就下課了。這個官員肯定得罪了上級才被借機拿下的，不過他還是有才華的，這一句僅從文本意義也是色香味俱全。有人說還是官太小，官足夠大哪用微博聊奶，就直接養奶，所以得拚命往上爬，把恐懼和風險都甩給下線。可是爬啊爬，又能爬到哪一層？爬出了二奶和小三，爬出前列腺和酒精肝。抬頭一見紀委，魂飛魄散。也別說有十三億下線的頂層最保險，哪天冒出個大澤鄉，頃刻他就成為十三億人的下線。即使現在供在水晶棺裡的那尊木乃伊，哪天下線們衝進天安門廣場，也頃刻成為鍋裡的臘肉。總之這樣一個老鼠會，人人都爭取成為上線，人人不能倖免於難。

思量間，車已到學校，我抹乾鼻血摸出紅包，悄悄塞進校長手裡，我兒子要讀重點中學……校長收下，面無表情遠行。我看見她走進一家醫院，她兒子喝牛奶後，腎裡長了一些舍利子……醫生面無表情收下紅包。遠行。然後走進一處樓盤，把首付交給開發商。開發商走進一處豪包，把一張卡交給一個領導。領導滿意地點點頭，轉身把一把車鑰匙交給身後一美妞。美妞親一口領導後走出豪包，開著瑪莎拉蒂，轉角處悄悄接上一帥哥。兩人開進加油站，前面有一個猥瑣男，過來嘰嘰歪歪，帥哥揮手就打……然後我就流出鼻血，罵了一聲瑪勒戈壁，駕屁遁經過一老太婆，並不停下。老太婆纏上了後面的瑪莎拉蒂……

這裡是世上最勤奮一個老鼠會，人人那麼拚命就是想做到最上線，清倉，拎包走人，移民美國。可大家都這麼努力，等到了美國，抬頭一看全是鼠兄鼠弟，那裡又成了世上最大一個老鼠會。西元二〇某〇年，交通還是那麼混亂，食品還是那麼劇毒，空氣還是一坨一坨的，人人自危，互為人質，層層綁架……老子該多失望。從未有股東大會，只有老鼠會。這樣的老鼠會，哥你累不累。

（二〇一一年八月二十三日）

41 一只安反了的馬桶

其實我只是想講些故事。

一九九七年，我生平第一次當上房奴，以美好心情搞起了裝修。我有幸碰上一家追求生活品質的公司，他們說：以發展的眼光，一定要用中央供熱系統，熱水直接入廚入衛，才夠中產。我是個虛榮的人，當即決定中央供熱。屋子交付那天，我媽一邊在廚房洗碗一邊嫌熱水出得太慢。我耐心向一個傳統勞動婦女解釋中央供熱得等一會兒，這就是高科技。然後我轉身上廁所初女蹲，沖馬桶……感到有點熱，然後聞到一股味道。

以發展的眼光，他們把熱水安反了，是的，安反了。

同月八日，三峽大壩勝利截流。當時報紙說以發展眼光，三峽建成後會讓我國變得冬暖夏涼，是這片熱土很大的一部空調。可是現在，這部空調貌似也安反了……當然這極可能是造謠，這個連小區下水道堵了沒半個月都查不出原因的地方，最大一根下水道是否影響了祖國的氣候，更是證明不出來的。這兩天官方強烈要求質疑三峽者拿出證據來，否則就是造謠。這很像楊志碰上牛二，楊志要證明他的刀殺人不見血，除非把牛二剁掉，可剁掉就犯罪，不剁就是造謠。黃萬里們要證明三峽真讓氣候大變，除非把三峽炸掉，可炸掉就是反革命，不炸掉就是造謠。當科學遇到政治，就是楊志遇到牛二。

我不懂科學和政治，我只是說些故事。七八年前，我很愛去諾爾蓋草原騎馬玩，中國最漂亮的濕地草原，那裡有大片的花湖，風一吹過，花兒們就會彎下腰對你呵呵直笑。四五年前我再去，草原已有沙漠化跡象，很多山坡光禿禿地像長了癩瘡。當地牧民說，一是為了大力提升GDP，領導要求多養牛羊馬，牲口把草吃沒了。二是因為大量開採優質能源「泥炭」，而泥炭恰恰是保存水量的重要資源，像海綿一樣保護著黃河上游百分之三十的水分。三、是因為三峽大壩……算了，牛二大哥又要說我們在造謠了。那個叫澤郎丹唐的藏族青年凝望了這片浩大的黃沙很久，回頭認真地告訴我：再過十年，我們這兒就不養牛羊，改養駱駝了。

是的，駱駝。如畫的濕地草原養起了駱駝。不過當下一次紅一、紅四方面軍經過時，就不會有戰士掉在沼澤裡了。這才是長征壯舉。

再有個故事是，著名革命根據地的洪湖終於也旱了，七〇年以來大旱，最深處才三十多公分。我小時候是看著「洪湖水，浪呀麼浪打浪呀」這種革命劇情長大的，暗中曾很想跟女游擊隊長韓英一起躲在水裡打游擊。可現在別說打游擊，下水洗澡連毛都擋不住了……所以，即便當地刁民日子過不下去了，沒有當年大片的荷葉與水草藏身，腦子裡剛冒出點大澤鄉的念頭，聯防隊員十里之外就可漂亮全殲你。可見旱有旱的好處，這樣想來我們都膚淺了，三峽大壩除了是水利工程，也是一個維穩手段。

以發展的眼光看，從工信部過濾軟體「花季綠壩」到水利部「三峽大壩」，一壩更比一壩強，前者只控制思想，後者直接在身體上把你消滅。算了，我還是講些故事。前些時候有登山的朋友來成都，我本想帶他去龍泉看桃花，可現在成都連天氣都在回應政府「節能型社會」的要求，從冬至夏，直接把春天節省了。剛從四姑娘雪山下來的他穿著挺厚的衣服，站在雨地裡瑟縮一團，只見雪花不見桃花。他剛走，成都就三十四度了。我沒好意思告訴他，去年十月，成都南門就飄雪了。西門吹雪算個屁。

從萬年一遇，千年一遇，百年一遇，現在年年一遇，討論該不該炸掉……你看，修水壩是為了發電，發電是為了抗旱，抗旱就要修水壩，修水壩又得抗旱，這樣生生不息，最新的消息是魚米之鄉的江蘇肝胎停水了，上海也因缺淡水，海水就倒灌進城區裡。好現象，以後阿婆們不用上街搶鹽，直接從地溝裡舀一碗就是含碘鹽。這些當然都不是人禍，全是天災。當做不到人定勝天，天本身就是災，是厄爾尼諾（聖嬰現象）。

最後一個故事是：前天，重慶市交旅集團的豪華郵輪「長江黃金一號」下水。該輪是目前長江上游最豪華的郵輪，長一三六米，寬十九・六米，高六層，一・二萬噸級，總投資一・三億元……董事長王永樹稱，最貴的總統套房每人三・六萬元，船上有商業街、游泳池、桑拿中心、雪茄吧、電影院，不僅可停靠直升機，還可以打高爾夫，還有露天游泳池，就像一座飄浮在江面上的五星級度假村。「十二五」期間將陸續投資二十億元人民幣，長江上還將新增九艘五星級豪華郵輪，在長江沿岸各五A風景區遊玩。

看到這條新聞，我第一個反應是，不是都沒水了嗎，船不怕擱淺？後來我以發展的眼光思考，覺得還是可行——為解決工人就業問題，可以再次起用縴夫。為表明已是新社會，可邊拉縴邊高唱紅歌，歌唱領導長江觀旱旅遊團，歌名就叫〈社會主義就是好，就是好〉。再或許，誰也不知道這馬桶的規律，哪天導致氣候異常，乾旱忽就變成了大洪水，直接把這船漂到了喜馬拉雅山峰上……

那大家就直接再看《二〇一二》續集。

很長時間，我為沒深刻理解利國利民的工程原理而深深慚愧，這幾天一通惡補大致搞明白，其實，它就是利用雞國西高東低的地勢，把高處的水先行存到一個叫三峽的水箱裡，然後由一個叫三峽公司的閥門，爽了就沖一下，沖一下，不爽就憋著，憋著……至於什麼時候它爽，什麼時候憋著，要以發展的眼光來看，因此以發展的眼光看，它就是一只馬桶，只不過安反了熱水。

（二〇一一年五月二十五日）

42 又裝反了

走在大街上，每看到新工程上馬，就知道又有幾個億萬富翁將誕生了。每到工程出事，就知道又一批沒沒無聞的臨時工要出名了。這裡，一個基建工程的竣工，說明一個反腐工程可以開始。所以，在這個下場大雨就淹死好多人，坐趟動車就整編制被雷劈……的地方，竣工十個月的哈爾濱大橋坍塌才致死三名司機，第一時間我並沒有那麼動容。

我真正開始覺得此事有新意的是，事故之後找不到施工單位。過去我只以為女文工團員懷孕後很難找到施工單位，想不到現在，橋，也是這樣。

橋，表示自己很無辜……好在後來我終於找到這座側滑大橋的施工單位：哈爾濱豆腐廠。當然此事關了謠，施工單位只是目前不方便公布。我順便想起前年投資二十三億修造松江鐵路時，有些橋墩有些怪，才發現施工單位是一個從未建過橋的廚子率領了幾十個同樣沒修過橋的農民，昂首走上國家級重點工程第一線。混凝土不夠，碎石雜物湊。就是著名的「騙子承包、廚子施工」。想像資深大廚一邊給橋墩灌泥漿一邊思量用文火還是急火，生煎還是亂燉，要不要放點孜然……這次的施工單位假裝找一找就好了，真找到，你我可能還受不了。

這就是國情。我看到網上很多人擔心今後過橋的安全，恨不得每座橋下都守護著一個蜘蛛俠。可是你得達觀，別人是從河這邊到河那邊，我們是從此岸到彼岸，一腳油門，就是一生。算一算，扣除過橋費，還是賺。

我還看到很多人在追問真相。其實不必追問真相，因為彼此都知道真相。去年我在香港書展時說過，這裡最大的真相是，我們知道他們在撒謊，他們也知道我們知道他們在撒謊，我們也知道他們其實知道我們知道他們在撒謊，他們也知道我們只是假裝他們沒在撒謊……大家卻裝作彼此相安無事的樣子。這真是世上最大的謊言。所以我現在不關心真相，我關心怎麼表演真相，所有表演版本合集起來才夠得上完整真相：是動車的雷，是郭美美的包，是延安高速路死亡三十六人，和安監局長的笑，是蒙牛天天送出的健康奶，河南高架橋死傷若干卻不准報導……

你看，專家又跳出來了，中國的專家現在唯一的工作就是解釋各種災難，而不是解決災難。二逼技術控也出來了，用政治學而不是路橋學的思路指出司機單邊停靠才是導致大橋坍塌的。他們該說，誰讓司機停在右邊那根道呢，這是政治立場不對。總之場面歡樂，蔚為大觀。

我最喜歡看的真相是：有人木有雞雞，卻總表演站著撒尿。

所以要放輕鬆、放輕鬆，其實我對哈爾濱領導出面道歉並不盼望，對抓走幾個貪官也不奢望，貪官天天抓，斷橋和橋段年年有，一切從未改觀。多年以後就會明白這個時代留給我們最大的財富不是真相，而是我們天天頭腦風暴，想像他們下一次會怎樣表演真相。這個卓越的過程中，他們負責說謊言，老百姓把謊言提煉成寓言，那句說得很清楚了：早知道橋上不安全，這些年才讓我們摸石頭過河的。說到橋，就有最後一個故事：

滎陽鄭上路南關大橋（屬三一〇國道），車流多，幾乎天天出事，車毀人傷不斷。據橋頭擺雜貨攤的汪大爺夫婦介紹，該橋建成已經有十餘年，一到天黑常有摩托車、電動車和機動三輪車撞上，輕者皮外擦傷，重者車毀人亡。另據在橋上打掃衛生的胡師傅說，她八月一日才到這裡打掃衛生，幹了二十六天只有五天夜裡沒出車禍。每天早上五點來掃地時，地上經常散落著碎片，看到地上成片的血跡，她都嚇得驚恐不安。

人們就去調查，發現了原因：一、橋面上沒有路燈；二、不知哪個專家設計的，水泥隔離墩和花壇不在一條直線，順行的車輛自然容易撞到隔離墩。三、為提醒行人車輛，五年前交管部門確實在水泥墩上安裝了最能起到有效警示作用的紅白間隔反光桶……只是，只是多年來它一直被裝反了。是的，裝反了，你撞到水泥墩之前看不到反光標誌，等遍體鱗傷運上救護車，回頭興許才可以驀然發現那一枚警示用的反光。

警示標誌確實有，只是裝反了。和三峽大壩一樣裝反了。這差不多是整個中國的一個圖片說明。

（二〇一二年八月二十七日）

43 這是一個奇蹟

就在溫州線動車追尾之後，人們紛紛質疑，我看過一個冷靜的技術帖：

「這絕不是一般的雷擊。一般雷擊只會造成暫態短路，過幾秒鐘即恢復，而此次導致接觸網長時間斷電，很可能是遭遇惡意軟體入侵。這種蠕蟲病毒與去年十一月份侵入伊朗離心機操控系統的極類似，其實是一次機密行動，由美國和日本聯手發起。據悉，早在歐巴馬上任之初，就祕密啟動了該項絕密計畫。兩國電腦專家製造出這種病毒後，今年一月十七日曾在日本新幹線電網控制系統做過模擬測試，那次測試造成日本新幹線多列停駛，影響八萬多人出行，最長延時達兩小時。據稱，英國和德國在知情或不知情的情況下為製造此種病毒提供了幫助……」

我承認，這帖子是一個奇蹟。

我還認為這個帖是所有帖的總帖，一帖之下所有事故都迎刃而解。所以當甬溫線動車顛覆三維空間原理前車卻追了後車的尾，我並不關心是停電還是雷擊，信號燈是紅碼還是綠碼，區間信號ATP或手動控制……當CIA、詹姆士・龐德和蠕蟲都不遠萬里來到中國了，技術問題是最狗屁的問題。為說明這個，我還可以舉例，前段時間日本高官說中國人剽竊各國技術，以犧牲安全為代價來提速，鐵道部顧問、院士王夢恕並不屑跟他們探討技術問題，他像外交部發言人一樣爽朗地笑笑：他們吃醋了。

自有醋以來，這又是一個奇蹟。

中國的鐵路，從一百年辛亥的那一根，到成昆線到動車直到京滬高鐵，從來就不是技術問題，而是政治問題。大清那會兒，就是因為朝廷要把鐵路收回國有，四川股民不幹了，後來局面就亂起來……只是以前事關龍體，現在事關國體，因為事關國體，必須掩埋車體。如果你能從這個高度看問題，就很好理解雷公電母總成為被告，永不公布遇難者名單，剛宣布無生命跡象，一個三歲女孩很不懂事地冒出來，從而逼使王勇平說出生平最火的一句「這是一個奇蹟」……可不要以為只有鐵道部才是奇蹟，一個以迅雷不及掩耳之勢發展的國家，各行各業都需要盜鈴。

人民最多只關心一下車速，永遠不知道扳道工在下面幹了些什麼。

大躍進那會兒，各家都把鍋碗瓢盆送到鄉里自建的高爐裡熔煉，不一會兒就鋼產量萬噸了。那些莊稼漢興奮地撲上去對鋼坨坨又親又啃才發現不對，因為力氣稍大就把那些鋼坨坨整出一個坑。這是世界鋼鐵史的奇蹟。還有張畝產兩萬斤的經典圖片，為證明莊稼茂密專門找了幾個大胖小子躺在麥穗上睡覺。可兩萬斤麥子是從五十畝地裡移種到一畝的，缺乏日照，一會兒就死了。畝產兩萬斤的時候全國卻餓死幾千萬人，臨死前還喊紅太陽萬歲。這是光合作用的奇蹟。

我上大學那會兒，整個學校才四千多人，去年回去一看已芸芸八萬學子，校長儼然已是董事長兼CEO，這是神龍教的奇蹟。小時候重感冒，醫生讓我們大口喝白開水只消兩天就好了，現在打個噴嚏，醫生就要瓶瓶罐罐的把五臟六腑洗過一遍。這是H_2O的奇蹟。還有收費站比日本鬼子炮樓還多的高速路，是劫匪合法收買路錢的奇蹟。永遠擴張永遠虧損的中石油中石化，是揩油史的奇蹟……剩下的例子你們自己舉。反正一切都在變，除了奇蹟。

這列火車已不是火車，它是一個國家的圖騰，這個國家需要不斷的奇蹟來證明其合法性和優越性。它明白，在一個很少的人見過選票，很多的人患上精神病，常顯示「你所搜索的網頁不存在」，組織集體觀看《建黨偉業》，目的卻是讓你不准向先烈們學習建黨……的國家，只有不斷創造GDP奇蹟，創造奇蹟，需要更大的奇蹟。撒一個謊，需要更大的謊來圓謊。

這個奇蹟層面上，我們的合訂本是不可以看的，過去的電視節目也不可以看。昨天溫故一個鐵道部工程師的愛國視頻，他說：中國列車的安全是有保證的，我們安全試驗距離已繞地球一圈了。後來人們發現該名工程師貪汙了好多億的美金，兌換成一百元面值的人民幣，確實可繞地球一圈還要多，由於繞過了，追了尾，才暴露。他叫張曙光。

剩下還有很多奇蹟，比如：

一、群眾們又去獻血了。很好奇為何每逢重大災難，國家的血庫就缺血。而群眾第一時間就跑去獻血，一個連血都沒有的國家卻要求人民有血性，這是一個奇蹟。

二、但是御賜的那些共和國脊梁們不為所動，無一人獻血。每到災難時脊梁就成為盲腸，盲腸卻挺身變為脊梁，這是器官學的一個奇蹟。

三、中國司機十天學會德國司機三個月的駕駛本領，學高鐵比學開車快，這是駕駛課的奇蹟。

四、事故現場，三歲小女孩差點窒息，這是因為我國自主研發的生命探測儀卻沒探測出生命。據了解，每回新產品試驗時都拿鐵道部官員試測……這是未知物種探測的奇蹟。

五、死了這麼多人，《環球時報》社論卻深刻指出：〈高鐵是中國人必須經歷的自我折磨〉。在神州舔菊史，這也是個奇蹟。

六、奇蹟不停步。剛剛有個人事調動，當年經歷過膠濟鐵路事故七十二人死亡，時任鐵道部總調度長的安路生，這次又重回上海局當局長。當〈安路生重回上海當局長〉的標題出現，我一度看成是〈安徒生重回上海當局長〉。這是一個童話人物的奇蹟。

七、日本副外相伴野豐批評中國政府急於恢復通車，要求中方查明確實起因，努力防止嚴重事故再發生。他還說，日方可以提供技術及人才，協助調查事故——日本人還以為自己是反貪局的。中國政府要是答應，是本年度外交的一大奇蹟。

八、溫州特警支隊長邵曳戎拒絕執行上峰掩埋車體的指令，堅持原地清理，這才有了小女孩伊伊從差點掩埋到大坑的車頭裡倖存的奇蹟。拒絕上峰錯誤指令，堅持內心的指令，就是那句「你有開槍的權利，同時你也有把槍口抬高三公分的權利」。這是自有鐵路以來，中國人性最大的奇蹟。

九、最後總結：活著買不起房，死了買不起墓，可坐趟動車就把你埋了，這是中國模式買一送一的奇蹟。

（二〇一一年七月二十五日）

44 觸不到的記憶

清晨時分，城始建成，卻見一隻白鹿口銜鮮花疾奔而來，將花放在新新的城牆上，四蹄奮展，化作一朵祥雲升空而去……人們說，呀，是個吉兆，就叫這城為「鹿城」吧。多年過去，城而為郡、郡而為府、府而為州。又因四季溫暖，就是溫州。

電台一直熱烈說著這城的來歷，這城自建成以來光榮的大事，以及葉適、謝靈運這些顯赫名字，歷久彌新的樣子。忽又放起市歌〈會飛的家鄉〉。可並不見任何關於動車遇難者周年祭奠的消息，iPad也搜不到。如此之近，那件事彷彿從未發生過。問及司機，他才突然想起：哦，又是七月二十三號了，一年前我還開車去到橋下面救人，好大的雷電……可他記憶的版本出了些問題，一會兒說死了兩百人，一會兒說只有一百多人。我告訴他，官方資料是死亡四十。他笑笑，忽然講起這座城最近流行的兩件事：跑路、跳樓。經濟狀況不好，前段時間有個城建局長從樓上跳下來，死了……

就下起大雨，和一年前一樣。大雨是祕密的好兄弟。

我們穿過那片老舊小巷時，全然沒意識到「雙嶼」這名字對中國的意義。這個狹窄而擁擠的典型南方小鎮，前店後廠，貨如堆山，一張張勤奮的臉，並不關心任何來客的到來，一雙雙繁忙的手，忙著造出鞋子讓人們趕路，向他們打聽，也一臉茫然……後來才知這是名鞋之都的基地，幾乎所有溫州製造的皮具從這裡發往全世界。巷區盡頭，蓑草叢生，抬頭就見劍一般的高架橋從巨大的隧洞裡衝刺而出：一年前，後面那列動車剛衝出下岙山隧洞，驚訝地發現前面橋面還停著另一列車，那個潘姓司機做出一生中最後一次煞車動作……

剩下的事情，雷雨之夜，無數人在恐懼中等待，有的獲救，有的在劇痛中慢慢去到另一個時空的端口。

我從未想過那件事發生在皮鞋基地的咫尺之遙，我無法把工坊的熱烈和墳場的死寂古怪地聯繫在一起。我也沒想到當站在那座偉岸的橋下，竟缺少了一部分想像中的哀慟。下岙依舊，大橋如新，一切就像用膩子（填泥）抹過，跟祖國所有城鄉結合部的景象別無二致。只是第一六八和第一六九橋墩中間兩塊補上的白水泥，像一朵妖冶的蓮花，或最誠實的史者刻下的疤，在提醒。

我們未知來歷，不知去處，我們活著和來到這裡，唯一的理由只是記憶。可記憶那麼難以觸及。一眼望去，首輔發表承諾站過的那塊空地，已被鋪上堅硬的水泥，彷彿這樣便可壓制傷痛。那個掩埋過車頭的曾長過一些蓮花的池塘，也被碎石填平。生命和蓮花，一切都被壓在地下，無聲無息。

一切未發生過。沒有紀念碑，一根樁子也沒有立起。德國為了紀念艾雪德城際快車脫軌事故，立下一塊斷牆般的紀念碑，記著一〇一位遇難者的姓名、出生年月日。又種下一片櫻花林。日本在高鐵事故發生地的草坡，植下很大很大一個漢字，「命」，那字直襲長天，是人命關天……可中國不喜歡立記住人民傷痛的墓碑，有過的碑只是記住領袖豐功偉績的碑。那個為銷毀證據被掩埋的車頭後來被拖到溫州貨運站，在一堵圍牆後面，由保安守控不讓輕易接近，因為生怕碰到記憶的扳機。

那些事無須再說。一年前的這座橋，驚動了整個國家，一年後的這天，雲低雨細，未知魂安，很少的人聚集，不知為何竟也不見遇難者親屬的身影。我和小山一起在第一六八、一六九號橋墩下的那個小土堆獻上一束白花，點一支菸插在土裡。因為固執斷定，即將進站那一刻，肯定有旅途裡百無聊賴的人，盼著抵達目的地後第一件事，飽飽地抽支菸。

此時真有一列動車開過，上空發出咣咣的空響。此時車廂裡的乘客也許紛紛湊到窗前，指指點點。喏，這就是一年前車皮掉下去的地方。也許什麼都不做，只是昏昏欲睡。這個國家太大，天大的事不過打個盹的工夫，等一覺醒來，車到站、人翻篇，悲傷隆隆已過橋。無人糾結那個夜晚，車廂倒吊在高架橋下，兩歲的女孩小伊伊本已就地掩埋，只因特警隊長的良心，像彩池裡一個幸運小黃球，隨機抽樣找回了生命。

有香港記者問：為什麼來到這裡？我想了很久，說：有人託我幫忙來看看寂寞的他們⋯⋯

有誰指著隧洞上方斗大的「岙」字說：岙，山上天。差不多是最刺目的讖語。

然後我們被迫離開，因為總有黑衣安全人員坐在車裡對我們拍照攝影⋯⋯大雨滂沱，接到了關於北京大雨的電話，得知它也不會在廣渠門橋立碑。遙想人們天天開車經過這裡，漸漸地就淡忘了大雨製造了幾十個遇難者，人們只關心堵車和股市資訊⋯⋯在這個坐校車可能傾覆，搭渡船可能找不到屍體，購物會找不到商場出路的地方，太多類似的傷痛，人們只有用新的疤去彌補舊的疤，是最好的應激保護。

竟無話可說。如果刀子夠快，你就不會感到疼痛。如果悲傷太多，自行修成一分從容。可是很想說，一個國家是否強大在於敢不敢於去記憶。對於國家，記憶是一種實力，對於個人，記憶是一種權利。

記憶是：一九八〇年，溫州頒發了中國第一張「個體工商戶營業執照」；一九八四年，溫州由二十六個農民自願入股創辦全國最早的股份合作制企業，甌海登山鞋廠；一九九二年，建設全國第一條股份制鐵路金溫鐵路⋯⋯溫州是中國改革的縮影，動車也是。一座會飛的城市，一列會飛的動車，所以，「七・二三」動車事故選擇溫州作為終點，偶然中竟有一絲命運的詭異。那列車像一個飽含深意的動感符號，太快了，以至於沒到達終點。這座城曾飛在改革開放的最前沿，現在卻正在跑路和跳樓的雙料軌跡中，艱難運行。

我們被迫離開，一直在打聽橋下的消息，晚上得知悲傷的事情：八時三十分的祭奠活動，場面冷清，遇難者家屬因種種原因不能前來。只有少量記者和志願者堅持點燃心形的蠟燭，旁邊卻站了很多黑衣人。燈火忽明忽暗，心情不定，一個志願者拉開橫幅，上頭簡單地寫著「七二三，奠，一周年紀念」。可人們一走，橫幅就被撤掉，比冥錢的灰燼散得還要徹底。

也許明年，場面會更冷清，地球變暖，人情變冷，所有世事逃不過歲月冰封。這個強大的國家，沒有紀念碑，沒有名字，只有電影《MIB星際戰警》（中譯：黑超特警組）刪除記憶的那支閃光筆。

雨還在下。最新的「韋森特」颱風沿著這座城的邊緣颳了來，又離去。燈火闌珊處，那個叫「雙嶼」的小鎮，不為所動。它和它頭頂那些呼嘯而過的車，動靜皆宜，源源不斷把各種名鞋皮具打火機發往世界各地。這個城、這個國正竭力證明，一切皆有可能。又試圖讓人相信，一切盡未發生。心死為忘，言己為記，祖國且進且退，且忘且記，就是觸不到的記憶。

這個國家如此強大，一場大雨就讓最大的城被淹，一場雷電就讓最快的車脫軌。且不可有紀念碑、人名和數字，你死去，像從未降生。忽然覺得，中國人能否活著，得靠運氣。

觸不到的記憶——是為「七・二三」一周年祭。

（二〇一二年七月二十三日）

45 車輪滾滾，幾多頭顱凋零

地圖上，你很難找到一個叫樂清市蒲岐鄉寨橋村的小地方。和中國很多的村子一樣，這裡種植水稻、番薯、油菜籽，也有些水產。幾年前，它的平靜被一隊鏟車打破。

在人堆中，你也很難發現一個叫錢雲會的老村長，他蓬頭垢面，兩眼無光，穿一身灰藍的衣服。我一直想像他說話該是什麼樣的語調，昂著倔強的頭顱講道理時，身材會不會更高大一些……可這些無法證實，我看到他第一眼，也是最後一眼，在一張照片上——此時他身體反扭，頭差不多已脫離軀幹，正躺在一輛巨大的工程車的輪子下。他死了，據目擊者說被幾名黑衣大漢按在道路上，緩慢地用車輾死了。

當然此事並無真相，和所有的事一樣永無真相。我們僅限知道：他死時，道路上的監視器恰恰壞掉，肇事司機及時轉移，大隊執盾牌、穿威武制服的人如神兵天降，把村民分割包圍，還有一些穿著黑衣黑褲的傢伙迅速移動著……這個事故最後變成了故事，結論：一起普通的交通肇事，有司正在處理中。

一起普通的交通肇事，如我爸是李剛一樣。好在我們得知真相的方法，已從眼睛和耳朵，改為內心。唯一能紀念這個名叫錢雲會的方式，是有人能把他的頭顱仔細安上。

一顆尊嚴的頭顱。六年以來，這顆頭一直琢磨怎麼把那一四六頃屬於村民的土地從官員和商人那兒要回來，讓村民們賴以生計。四個月前，這顆頭還在費勁地遣詞造句，託人發帖講述官家怎麼偽造文件，怎麼出兵圍毆村民，把他和其他領頭人判刑一年零六個月……這顆頭顱還想出了一句堅強卻並無自知之明的話：此文章如有任何汙蔑之嫌，由我錢雲會負責。

他以為他這顆頭顱是堅強的。可是，仍敵不過車輪的重軋。

自發明車輪以來，未見過這種慘狀。要知，十字軍東征的是異教徒，殖民者屠殺的是印弟安人，希特勒毒殺的是猶太人，可我們戕害的是同類哪。錢雲會不犯任何當殺之罪，他不過是一個農民，並無想到過叛亂，臨死時還相信著長久以來的信仰，竟離奇死了。他不過就是幫兄弟們要口飯吃，要飯吃，多簡單的事，輾殺他做什麼呢……對了，這又是謠言，正確的說法，他的頭顱，只是不小心地自行滾到車輪下面，被輾軋了。

愛同類，愛同類，我說了很多遍，是國之為國最底的一個底線，再突破，就直抵地獄。

還有多少人關心錢雲會的老父親，那老頭兒點著蠟燭在家門哭守頭七的樣子，足夠哀絕了。他曾支持過這個政黨奪取江山的行動，他清晰記得，政府當年說過能給人民一個好命。

可是只能記住「皖K5B323」這個車牌了，車輪滾滾。我小時候看過同名的一部電影，是講農民兄弟怎麼小車不倒只管推，大力運輸物資幫子弟兵打敗反動派……這個國家是建立在這樣的車輪上的，也許錢雲會的先輩還推過這樣的車輪，他們生於車輪，死於車輪。車輪滾滾，我卻看見在後退。

關於強拆，不存在官商勾結，官即是商，商即是官，為方便行事，他們穿著各種馬甲，一件不夠就穿兩件，兩件不夠就穿三件，到最後，他們就是馬六甲。也不是城市化進程這麼美好的童話，前兩天我的家鄉，就是市民們很愛坐在桃花下面打麻將的那個地方，因主人不同意一二八元／平米，鏟車就把他們家鏟光光。那地方跟城市進程連根鳥毛都挨不上。也別信公共利益這個邏輯陷阱，一個人的利益不是公共利益，一百人的利益是公共利益，如此，他們連續以九十九個人的名義對一個人進行剝奪，做一百回算術題，這一百人都沒了利益。

中國的事永遠沒那麼複雜，就是少部分人得到太多，大部分人得到太少，且永遠是得到多的人去搶劫得到少的人，搶來搶去，分來分去，發現還不夠用，就車輪滾滾了。還有一些專門研讀聖人言的上師，總教育我們遇到挫折時不要埋怨社會，要問自己的內心，退一步海闊天空……退到最後，就是讓我們抱歉地說：大爺，對不起，我們只有這點了，沒法給您提供更多的東西，小的我羞愧難當，只好自行滾到車輪之下，輾而軋。

我們不准擁有槍，菜刀也實名了，這裡多一個英雄，就是多一顆冤魂；多一顆冤魂，就是多一枚胸前GDP的勳章。我不想叫錢雲會為英雄，只希望錢雲會是最後一個不小心把頭顱滾落輪下的村長，你們當知：人，是天和地種下的莊稼，不要隨便把我們來拔。

看時光向前，車輪向後，滾滾紅塵，幾多頭顱凋零。

（二〇一〇年十二月二十七日）

46 N+1

很多人讓我寫一下富士康連跳，我說等等，再等等，因為連跳更新速度超過了我博客更新速度，倉猝一寫，恐怕就沒有新意。我是直等到湊齊十連跳整數時才寫的，內心覺得在政府和郭台銘的大力闢謠下，短期內該不會再跳。可大家查一下我更新博客的時間就知道，就在我更新的這一剎那，十一連跳了。所以大家以後也不要說N連跳了，其實是偉大的N＋1跳。在這個國家，你永遠無法得知下一秒鐘，有多少人民變成亡靈。

聽說有記者在工業區潛伏二十八天卻沒找到血汗工廠的證據，這就對了，就算找到證據也會被證明這是假新聞。二〇〇六年有兩個記者撰寫了富士康一些負面，被郭台銘告到法庭索賠三千萬元。郭台銘聰明，不告報社卻告記者，還通過法院凍結了記者個人財產。這在台灣以及索馬利亞都是違法的，但在大陸不違法，因為郭台銘每年給政府提供百分之三・九的出口貿易額，百分之三・九，當然就不違法了。當年那兩個記者揭露真相很牛逼，收到傳票時卻很傻逼。現在看，在天朝揭露真相和打麻將是一樣的，要時機，早了叫詐和，晚了就成窮光蛋，中間一不留神被有關部門抽走一張牌，就成小相公了。

記不得哪連跳時，專家說富士康跳樓其實沒問題：你看，富士康在大陸有六十萬員工，才死了十一個人，這比全國平均自殺率低了很多。請不要再弱智地說我們的專家弱智了，他們關鍵時刻總能迸發出統計學方面的牛逼。有十三億人做基數，明天忽有一百萬人失業，失業上升率也才區區千分之零點幾，比水深火熱中的美國人民就幸福得多；這幾天列車脫軌汽車撞車才死了七八十人，按人口基數跟歐洲比，我們的道路安全得像躺在自家床上。還有問題疫苗，數億花朵才死了區區十來朵，夭折率簡直低得讓聯合國婦女兒童組織都有報名前往山西學習的衝動。類推下去的貪官率、自焚率、強姦幼女率、地震學校倒塌率……十三億人口是危機公關寶貴財富，任何重大災難給這麼一攤，最後稀釋成一個屁。

富士康最終會被證明沒問題，有問題的是八〇後、九〇後精神太脆弱，夢想不切合實際，不善於調劑自己。總之富士康用工是合法的，工資是保障的，情緒是穩定的，加班是自願的，連跳樓也是自願的。聽說在有關部門禁令下，報紙都發不出連跳的消息，我這一篇在主頁上的位置也被強行下墜，一路下墜，中國式下墜。下一步，富士康會組織官方媒體進駐工業園採寫稿件，標題統一為正面的「富士康的上升」，以消除「富士康工人下墜」的負面。

死那麼多人，工會一直不現身，在郭台銘力邀下，工會主席才牽著資方裙襬現身，這就是獻身。終於獻身，副主席陳宏方果然表示無力解決跳樓的情況，還特別指出「外界不能亂懷疑，這就是單純的跳樓」，原來世上還分單純跳樓和不單純跳樓，富士康發明了一項極限運動叫單純跳樓。他進一步表示，「這件事集中在年輕的高危群體，表明年輕人的個性出了問題」，又見高危人群，原來富士康集中了這麼多年輕的精神病……

天朝一直有很多神祕的會，比如人大會、政協會、工會，你知道它是存在的，但你從未見過它。它一直在代表你，卻從未幫你爭取過任何權利。從這一點，這些會還不如傳說中的天地會、哥老會甚至相親大會。雖然這個會是工人的自發組織，可主席卻由政府任命。經費是工人上交，可除了組織拔河和發點月餅外，從不為工人的生老病死花費。這個會絕不會為爭取薪水組織罷工（這會被迅速當成邪教批捕的），也不會選派代表進行上訪（這會讓精神病院人滿為患），甚至不敢隨便教唱全世界勞工大眾的會歌，〈國際歌〉（雖然我們國家誕生的原因正是因為這首歌）。這個會的主席長著工人的腦袋，坐著資本家的屁股，名義上代表著工人，實質是郭台銘下屬的一個宣傳部門。當工會成為資方的宣傳部門時，就等於耗子給貓當上了保鏢。

小時候讀《教父》時，看到一個叫「卡車司機工會聯盟」的東西。窮人被剋扣工資，工會就派人堵住老闆的門。工人的妹妹被惡少睡了，工會就派人打碎惡少的下巴。好萊塢闊佬搞了潛規則卻不辦事，教父派人鋸下闊佬那匹名馬的頭，半夜擺在闊佬的床頭上，嚇得他哇哇亂叫……這些情節讓我很崇拜美式工會，但老師教育我們要正確地看待美國的工會，它們表面上講義氣，其實是用幫會方法麻醉美國勞動人民，它們是美帝國主義的幫凶，千萬不可上當。

後來看一些資料才知道：經過一系列的罷工示威，美國汽車工人們每小時的工資為七十—八十美元，還有養老、醫療甚至有上下午的「咖啡時間」等福利。可美國工人還不知足，現在正在謀求把退休年齡提前，因為美國大公司的員工退休後有一大筆退休金。我算過，如果美國工人像富士康工人那樣每天工作十二小時，一月休息兩天，每天就可掙到八百多美元，一個月就可掙到兩萬多美元，一年就……就是美國總統的工資了。但為什麼不是每一個美國工人都能掙到總統那麼多錢呢，這是因為：

美國工人太懶了，一幢大樓按深圳速度半年修好的，美國工人邊喝咖啡邊修，五年差不多能封頂。一輛汽車按廣州速度三個小時能組裝，美國工人要裝上半個月甚至返修一顆螺絲釘都磨蹭三天。前段時間，美國工會還通過萬分不要臉的遊行和示威，為汽車工人爭取到了在生產線上抽菸的權利，理由竟是：汽車生產線太枯躁，抽菸可以減壓。這很陰險了，也許工會真是資方的幫凶，不太方便把工人從樓上踹下去，就設計要抽死丫的。

CCTV滾動播出了美國三大汽車巨頭年年虧損，歐巴馬政府救市無方，工人失業率居高不下。一些愛國者恨不得馬上游泳過去解救水深火熱中的美國工人。可愛國者並不曉得，美國工人的成本比日本高百分之三十，比中國高百分之百，把美國工人策反到中國來，才是讓階級兄弟生不如死。現在越來越多美國企業已把工廠遷到中國，資本家驚喜地發現，MY的GOD啊，MY的DOG啊，他們像狗一樣的生活，像狗一樣的聽話。

中國的GDP，中國式速度，中國第一製造業，就是這樣煉成的，每一顆螺釘，都是一根中國工人的窮骨頭。這個靠發動農民起義和工人罷工從而建立起來的國家，已經取消了農會，現在工會也直接置於政府的領導下，讓工人的處境越來越淪為最底層……再說就敏感詞了，反正社會主義的中國越來越像馬克思批判的資本主義，而資本主義國家卻越來越像社會主義。

我問過一個台灣佬：郭台銘台灣的企業有沒有出現這麼多跳樓？答：沒有，如有，家屬早就抬屍遊街，郭台銘就破產了。又問：郭台銘怎麼創業的？答：郭台銘一九七四年在台灣成立鴻海塑膠企業有限公司，只能生產黑白電視機的旋鈕，一九八八年在深圳開工廠時只有百來人的規模。又又問：他怎樣發家的？答：但到二〇〇七年底，富士康在中國大陸的基地已超過十三個，二〇〇一年美國《富比士》「全球億萬富翁」排行榜上位列第一九八名，二〇〇二年入選美國《商業週刊》評選的「亞洲之星」，二〇〇九年躍居「全球五百大」第一〇九位，被評為最有尊嚴的台商。

明白了，郭台銘是靠一九八八年在深圳開工廠才發達的，才活得越來越有尊嚴。但他的工人，沒能活得有尊嚴，也不能死得有尊嚴。

郭台銘天天向上之時，正是工人們天天墜落之際。大家都在玩N+1連跳，只是方向搞反了而已。不僅郭台銘和富士康，而且其他，和其他。

而工會，此時無聲勝有聲。

（二〇一〇年五月二十五日）

47 一群豬的驚人祕密

一

小白死了。沒誰看見小白怎麼跳下來的，但大家確認小白跳下來了。白淨的臉頭一次貼在地面，骨架也散了。趕過去看時，桃紅色的血從小白的身體下淌出。竟是桃紅色，而不是我們豬類通常的醬紫色。

小白是從黑木崖跳下來的第八頭豬。不覺得她跟前七頭有什麼不同。如果一定不同，她更好看些，雖也沒有黑耳說的那麼好看，但她確實有著大眼睛、雙眼皮，以及彎曲得恰到好處的尾巴。我在不打呼嚕的夜裡，偶爾會想起她。

小白從來不理我，誰也不理，她常常站在黑木崖上發呆，說她不屬於G莊，G莊騙了她的理想。這一點我不是很同意。我們是豬，豬不需要理想，豬擁有理想還不如擁有一根地瓜。自生下來，我們的命運就是吃睡、拱地、被宰，不需要思考。G爺說，思考是一件錯誤的事情，犯錯不可怕，可怕的是一錯再錯。G爺的預言總是很帥，看，小白一錯再錯，最後犯了方向性錯誤，從黑木崖上跳下去了，而不是G爺曾經說過的——如果我們好好工作，遲早會上到天堂。

小白不知道地心引力嗎？她思考半天連這個都不懂，可見思考是多麼無用。仍不如地瓜。

我這麼說，麻鼻深深看了我一眼，笑著走了。我也不喜歡麻鼻，不僅因為衰老的他有個長著麻點的難看鼻子，而且因為他也是個思考者。思考有個屁用，每次獠獠罵麻鼻其實是媽B的時候，他也不還嘴，只是笑。當然，這也是麻鼻能活到現在的原因。

是的，我們是一群豬。在這個農場所有角落我們都集體行動，二豬成列，三豬成行，否則就會被獠獠拖到黑屋子裡去治療。我從未去過那間黑屋子，也不關心治療方法，我只要做到成為一頭特別不能獨立行走的豬，和別的豬一樣的豬，就很幸福。聽麻鼻說過，在我來這裡之前曾有一頭叫波波的企圖做到特立獨行的豬，後來就死了。波波是個傻蛋，白白浪費這麼好聽的名字。

小白的屍檢很快出來了，就是單純的跳崖，跟前七頭豬一樣。很快就被豬療站拉去燒了埋在地下做肥，這是回應G爺「把身心完全奉獻給G莊」。這種死法就比生活在水深火熱中的莊比如辛莊、苦莊甚至敵對的米莊有面子多了。那些莊並沒有這響亮的集體主義口號，那些豬是孤獨的。他們的莊主也沒有我們的G爺有面子。G爺很有面子從很多方面都可以證明，特別是獠衛隊。他們負責監視每一頭普通豬，晚上還要聽豬舍裡有沒有反對G爺的聲音。每當豬們不好好活，獠就會去捅豬們的屁股，罵：瞧你們這些豬。我想笑，獠族其實也是豬，他們忘了G莊只有G爺是人，其餘全是G爺養的豬。獠們十分忠誠。有次一頭獠用尖尖長長的牙捅穿一頭偷食蘿蔔的豬的肚子時，才發現這豬其實是鄉下遠房表弟。他本來想哭的，可是變成了笑，他笑著：看這頭臭豬，還敢偷G爺的東西。

我從未見過這麼忠心耿耿的豬。他們認為自己的地位遠高於一般的豬，已不再是豬，雖然也未到人的層次，但至少也算是，豬人。

G爺就有這種能力，能讓你相信自己不再是自己，而是其他。有天他成功地讓妙妙站在圓石灘為著名的G

運會大聲喔喔……雖然我們知道妙妙是假唱，真唱的哼哼在後面並沒出鏡。但妙妙就相信自己是哼哼，而不是妙妙。後來她就紅了，天天歌唱世上只有G爺的好，沒有G爺的日子過不了。

忘了說，獠族負責G莊的安全，防止外敵入侵，只是現在也沒什麼外敵，閒來無事，就把我們以內敵替代外敵。防止內敵是划算的，內敵手中沒有武器，不僅防範的成本小，內敵也不會說米莊豬愛說的那些「眾豬平等」蠱惑的話。這就省去不少麻煩。

夜深了，月亮白白晃晃地升起。我聽到沙沙的聲音，見到地上古怪的影子。我知道，這是獠族們在巡街，他們巡街的樣子實在好笑，依次地頭接著尾，活像在吻臀。我深覺奇怪，臀有什麼好吻的。

我不管獠們，自顧睡去，這一夜，我竟然沒有想起小白。

二

豬多嘴雜，不知為何就傳出小白不是單純的跳，而是被逼跳崖。今天幹活時，我問黑耳到底怎回事。黑耳不說話，吭吭的刨地，刨著刨著就流了眼淚，我問為什麼流淚，他說：刨到了一顆洋蔥。

黑耳長著一對黑色的耳朵，這是聽力好的表現。可他並不說前晚聽到了什麼。黑耳是頭敦厚的豬，理想是在阡陌縱橫之上刨地，多刨地，多種蘿蔔，娶到一頭豬，再生下一頭豬，子子孫孫無窮豬。我們的工作枯燥乏味，用鼻子把地拱鬆，用嘴把蘿蔔種下去，祖祖輩輩重複這個，其中一些豬幻覺了，把種下去的蘿蔔吃掉了，不僅被扣口糧還要關小黑屋。黑耳從來不犯這種錯誤，他是一頭優秀的豬，一頭純粹的豬，一頭快樂的豬，常常把分到的蘿蔔讓我吃，不需要回報。在G莊，黑耳是我唯一的朋友。開心的是，他也這麼認為。

黑耳從黑木崖上跳下來時，我正在曬太陽，看著一對毛茸茸的黑耳朵，竟聞到一股蘿蔔的芬芳。我很憂傷，小白跳下來時我似乎也有這種感覺。小白曾問過我懂不懂什麼是憂傷，當時我笑了。她總愛問這種神經兮分的問題。我並不知何為憂傷，可當小白和黑耳先後跳下時，我開始有些懂，憂傷可能是：吃不到蘿蔔，卻聞得到蘿蔔的芬芳。

圓石灘大會，G爺說黑耳是因為偷吃了蘿蔔羞愧難當才跳下去的。豬們開始譴責黑耳，說早看出黑耳不是頭好豬，死有餘辜。有的豬因為說得激動，都哭了，比如無毛。無毛是頭我見過最忠誠的豬，他居然記得G爺的生日，那天還在蘿蔔地裡拱出一排巨大的：G爺生日快樂。他本多毛，可因為對G爺太敬仰了，立志成為G爺那樣的人。每回G爺說話，他都激動地在泥裡滾來滾去，就無毛了。

回家的路上，麻鼻湊近我，低聲說：黑耳胸前有一個小洞。他比劃了一下，我知道他是在說獠們的牙。他唯一告訴我這消息，是因為我有一個特別的功能。我能用肚腹說話，嘴不張，肚腹之中發出的聲音可以讓其他的豬們聽到。最早我並不知自己有這樣的功能，因為G莊不可以隨便說話，說話就會被拖到黑屋子裡。可有一天我實在太餓了，就用肚腹說「餓啊餓啊」，旁邊的麻鼻吃驚地看著我，悄悄遞給我一根地瓜；又過了幾天，我看到小白踮起腳去嗅清晨樹葉上的露珠，鼻頭還有梔子花的淡黃，那樣子刻骨銘心，我就在肚腹說：美啊美啊。小白害羞地看著我，扭著屁股跑了。

那是一個陰沉沉的傍晚，天空的雲壓得像一口濃痰。消息傳開，好多豬都跑來找我，要聽我肚腹說話。一個靈異的情況出現了，這才發現不僅我肚腹裡的聲音可傳給別的豬，慢慢地，別的豬肚腹裡的心聲竟也可以傳給我。我可以串聯眾豬們的想法，我們之間不用講話，某豬只需上傳給我，我就可以下傳給眾豬。他們平時都是沉默的豬，有太多沉沒的聲音……一時間聲音越來越大，我頓感煩躁，肚腹欲裂，迅速跑開。

G莊得出結論：和小白一樣，黑耳也是因為道德問題，才跳崖的，其他的豬也是這樣。黑木崖上的大喇叭也開始反覆播放著名的勵志劇：《豬三多》。多幹一點，多忍一點，多奉獻一點。我不是很相信這個，如果那麼多的豬道德出了問題，為什麼恰恰都雲集到了那麼有道德的G莊，辛莊、苦莊甚至敵對的米莊並沒有這麼多有道德問題的豬，還競相跳崖……不過，這也許因為我們是豬，豬有豬的邏輯，這裡是豬邏輯公園。

三

今天的晚飯比平時增加了半根蘿蔔，這是G爺的慈悲。他甚至慈悲地多給了我一根蘿蔔。時隔多日，我終於吃上蘿蔔。他看了我很久，說出一句：思考是有罪的。我不是很懂。

回來的路上，麻鼻說：你得行動了。

我說：關我什麼事。

麻鼻：你可以把豬們互聯在一起，讓大家知道真相。

我點點頭，百感交集，想說的話非常之多，但我只選擇其中最重要的一句：

我，要回家睡覺。

麻鼻在後面喊：這是你的責任。

麻鼻總愛說這些沒用的話。我的責任其實只是拱地、睡覺、吃地瓜，如果運氣好可以吃蘿蔔，運氣再好一點興許還可以泡到小白這樣的妞。

那天的風吹得我的身體很輕很輕，心事卻有些重。經過黑木崖下面時眼睛忽然有些迷離，我記得小白的芳香，記得她在一棵漂亮的梔子樹下明亮地盯著我，心裡對我說：不能忘記憂傷，你要學會思考……

這時，無毛就跳下來了，他的眼神如此吃驚，斷斷續續說：不應該哪，我忠誠……我看到，他的屁股上有一個大洞，這是致命的，因為無毛的屁股，其實就是腦袋。G莊，是屁股決定腦袋。

連死忠G爺的無毛都跳下來了，這實在恐慌。很久以來，整個G莊天天都在猜到底有多少豬跳下來，從第一頭的卷尾，第二頭的花花，第三頭的瞎子，第四頭的朵朵……小白是第八頭，黑耳是第九頭，G爺信任的無毛，是第十頭。恐怖像霧瀰漫在莊裡，從東邊的桷樹彎到西邊的淺水溪，南邊的燒草垛，北邊的馬屎埡，都傳說著一個陰謀。

G爺決定召開G莊大會。G爺是講公平的，G莊大會是代表所有豬最高利益的大會。但什麼時候開，什麼人參加，取得什麼結果，一切取決於G爺爽了還是不爽。

會議形成三個決議：1. G爺沒有問題；2. G爺沒有問題；3. G爺沒有問題。一般的豬們以為是回音，只有我明白，這是指G爺過去沒有問題、現在沒有問題、將來也沒有問題。這是一次勝利的大會，一次從勝利走向勝利的大會。

在我記憶裡，所有的大會都以全數同意G爺而結束。天長日久，一些豬代表的豬竟自動在頭上長出了「同意」二字，有人說這是長期同意G爺導致的基因變異，很方便投票，就算哪天開會睡著了，也可以自行同意這個大會。G爺很開心，說這是天意。我知道，這並非天意，而是這些豬偷偷畫到額頭上去的。

這次的大會出現些異常，麻鼻雖然一直微笑，卻投下了唯一的反對票。

然後麻鼻就跳下來了。

四

麻鼻跳下來時輕飄飄的像一根柳絮，讓我可以長時間聽他在說話。

他說，沒有人反對G爺，是因為他一直屏蔽了憤怒。我莫名其妙，什麼是憤怒。他歎了口氣，你連憤怒都不知，可見G爺做得實在很好。我問什麼叫屏蔽。他說，就是黑木崖上那永不停歇的大喇叭，它一直說G莊的好，就是好，就是好，開始有人不信，說得多了，自然就信了。

我問麻鼻，為什麼屏蔽不了你的憤怒。他說，沒發現這麼多年我一直在微笑嗎，我沒有憤怒，憤怒屏蔽就對我沒有用的，能對抗這大喇叭屏蔽的，還有憂傷。

憂傷，我忽然想起小白。怪不得最近我不對勁，原來學會了憂傷。

麻鼻說，你捂住耳朵。我捂上耳朵，還能聽到大喇叭，但聲音小了一點。不過心中有些異樣。這時麻鼻終於掉到地上，濺起一些塵埃。看著鮮血從他身體下流出來，此時我終於感到憂傷，肚腹之中然然有一股未知的力氣，忍不住嚎叫起來，聲音傳得很遠……

G莊的豬們聽到嚎叫，紛紛擁上來圍觀屍體，他們圍觀的速度總是很快，紛紛議論著麻鼻肯定偷吃了蘿蔔，像是真看見了一樣。我面無表情，走掉。

這一天的風仍然很重地壓在我肩上，崖上卻綻裂一抹梔子花的鵝黃，兩隻燕子飛掠過燒草垛的上空時，拉下一泡新鮮的屎。這證明春天來了。可春天的溫暖讓我感動得想哭，這種想哭的感覺讓我第一次開始思考問題。

經過黑泥潭時我下去洗了個澡。我想起，三個月前有頭豬跳下去洗澡，後來就死了。經獠們調查顯示，這頭豬是邊洗邊唱歌，不小心就溺死了。後來還有頭豬睡著睡著就死了，獠們說他是說夢話死掉了。這段時間出現了各種死法：吃蘿蔔死、拱槽死、打呼嚕死。不過，這裡任何的死都會煙消雲散。因為這裡的死法更新太快，生一頭豬是容易的，死一頭豬更容易。豬死，像豬從未出生。

這時獠們出現在黑泥潭，他們抓住我的頭使勁踢，我的鼻子、耳朵、嘴都出血了，可我努力笑，我記得麻鼻說過，微笑是很強大的一種力量。獠們見我笑，打得更凶了，還把我的頭深深埋入黑泥潭。嗡的一聲我什麼都聽不到，G莊一片寂靜，豬們一片啞然。

我聾了。終於聾掉了。

可是我心中愉悅，因為我聾掉，再也聽不到大喇叭了。我聽不到大喇叭，就能聽到整個世界。我聽見G爺在屋子裡對獠們說，表面上我在解決大家的就業問題，溫飽問題，生存問題，可實際上每一頭豬卻在解決我們的財富問題。我還聽見G爺說，那些豬們每週可分到一棵蘿蔔就高興得要死，其實豬們每天要種收三十棵蘿蔔一年就是一萬棵，我只需要分出一些零頭。我清晰聽見G爺自言自語：哼，雖然米莊是我們的敵人，但生活確實還是好，我已把小G、小小G送過去了，帶著好多的蘿蔔……我聽見G爺最後下令：麻鼻居然能屏蔽憤怒，這太危險了，要盡快增加大喇叭的數量，禁止微笑，禁止憂傷。

獠們並不知道我聽得見這些，他們愚蠢地把我打聾，卻讓我聽見整個世界。他們把我從泥裡拉出來時，我擦著我的豬頭，為這一發現開心，笑到彎下了腰。

獠們驚訝地看著我，覺得我瘋了。

五

一直忘記介紹黑木崖上的大喇叭，它安在高高山頂，雖十分差勁，但因為別的中喇叭小喇叭是不准安裝的，大喇叭就成為唯一偉大光榮正確的喇叭。它從不停歇，其中每晚七點到七點半會開始播同樣的內容，分三段，第一段講G爺很忙，第二段講G莊的豬過著幸福美好的生活，第三段講米莊的豬正在水深火熱之中……多少年如此，從未更改。

我一直以為自己只需要蘿蔔，自聾了以後，才知道我更需要真相。

豬們的智力一向很低。我花了一整天時間才讓他們弄清這道簡單的算術題：G莊的每一頭豬每天要種收三十棵蘿蔔一年至少是一萬棵，但我們每週只分到一棵一年只有區區五十四棵，即使我們跟G爺三七分帳每天也該分蘿蔔約十棵一年分三千六百五十棵……我花了更多的時間才讓他們明白：我們一直被教育著多工作才能多擁有財富，可實際上這二者之間沒什麼關係。我們一直被要求從出生到死去都為G莊奉獻，可實際上只是在為G爺和小G、小小G們奉獻。

豬們遲疑著，終於發出「呀」的一聲。這天的烏雲很濃，雲間因為群情激動出現了陣陣電光。獠們趕來了，他們發現豬們首次呈現出異相，嘴裡哼哼著一些數字：一、三六五、三〇、一萬……獠們還發現所有豬都圍著我在打轉，我的肚子一起一落，跟豬們形成共鳴。

豬們一直是怕獠們的，可這次獠們卻感到一絲恐懼，因為這次豬們臉上出現一種奇怪的表情，憤怒。而憤怒，多陌生的一個表情。

黑木崖上的大喇叭開始廣播：情緒要穩定，穩定。

六

大喇叭奮力工作著，整個下午一直在說：

相信G爺，相信G爺從未有過剝削，相信只有G爺能率大家抵抗敵對莊的進攻，相信只有G爺才能保護豬們的利益，只有G爺才代表G莊長遠發展的正確模式。

G爺及時宣布G莊所有豬所得的蘿蔔量將上漲百分之十五，體現出G莊的福利。

百分之十五！一經宣布，一些豬就歡呼，好多聲音上來說：看，G爺多慈祥，還有什麼比一次性上漲百分之十五更英明的莊主啊，可見那些跳崖豬是死有應得，居然敢說G莊不好，G莊不好你怎麼不去其他莊，G爺再有不足，也是我們自己的莊主。

G莊的豬們迅速忘掉過去的不快。我知道這些豬最擅長選擇無痛。我掙扎著在肚腹裡上傳給所有豬：1.百分之十五正是那麼多頭豬用性命換來的，不證明G爺仁慈，只證明G爺過去太不仁慈；2.蘿蔔上漲百分之十五，工作量一定上漲百分之三百，3.豬不去其他莊，是因為我們愛這個莊……

可反對我的聲音越來越多，有聲音開始說：小強偷蘿蔔；還有說：小強與小白、麻鼻的三角戀導致小白、麻鼻跳崖；還有聲音：小強有私生子……我使勁辯解，反對聲越來越多，忽然跑出來一群小豬，有花豬、白豬、麻豬、黑豬甚至還有黑白雜交的斑馬豬，上來都抱住我的腿喊爸爸，有的還在我褲子上尿了一泡。我大聲分辯：不是這樣的，不是，不是……可豬們爆發出哄笑。

我因激動而嘶啞，因嘶啞而怒吼，因怒吼顯得很發狂，最終說出一句：你們這群蠢豬，就算我有私生子，那又怎樣。

豬群咦了一聲，齊齊看著我，「原來小強果真有私生子」，全場靜下來。

G爺終於笑了。獠們向我走來。

七

我肚腹甚脹，因為祕密太多。我面無表情，卻兩眼放光。我自小生於G莊，對它知之甚少，卻在聾了以後得知全部真相。這實在讓我困惑。這天月亮升得高高，昏黃妖嬈。我獨自坐在黑木崖上，聽大喇叭又開始廣播了。

我已失聰，本聽不見喇叭，可崖下群情激憤，讓我知道大喇叭的內容：豬統局統計，G莊的豬有三分之一患有精神病。我凝神聽了一會兒，才知道我現在是G莊最危險的一頭精神病豬。終於精神病了，一時心臆大開，我竟大聲歌唱……

轉頭看G爺推門進來，他並不說話，只深意地看著我，看著我……很久才說：我不殺你，我只是要你反思，為什麼會成為一頭會思考的豬。

我笑了，學小白的樣子去嗅一朵綻放在窗邊的花兒。

G爺沒有虧待我。我錦衣素食、臥榻飲漿，我置身黑崖之頂，看白雲蒼狗，世事流淌。我本一頭沒頭腦的豬，全部的世界是從馬屎埡到淺水溪從桷子彎到燒草垛，最好的理想，不過是誰漏掉的蘿蔔、露出泥土的地瓜，和近距離觀看到小白的屁股。我不喜歡思考，可G爺不知道，其實是他讓我被迫思考——他打聾了我，讓我能屏蔽大喇叭，得知真相。我不能無視一根蘿蔔與三十根蘿蔔的數字差異，也不能無視身邊一頭又一頭豬從崖上跳下，這讓我憤怒而憂傷，從而讓我思考。

也許一切怪麻鼻，他臨死前那番話，讓我變得與過去完全不一樣。一時百感交集，很想總結點精闢的格言，想了半天，最終還是說了和豬食有關的。

我對G爺說：思考的好處，就像蘿蔔對於豬，嘗過它的芬芳，終身難忘。

G爺說：你這個傻瓜，別思考，思考即罪惡。G爺說完，帶著獠們走了。

此時，黑木崖上的大喇叭又開始廣播了：只有精神病，才會誇大蘿蔔的芬芳……

八

G爺希望我能配合，割掉肚腹裡的盲腸，割掉旋即放我下山。我不解地望著他。G爺說：這盲腸，就是你肚腹裡可跟其他豬說話的東西，其實它是身體裡最沒用的東西，百無一用，徒生煩惱，我喜歡你成為G莊的脊梁，而不是盲腸。

我若有所思，又若有所失，這正是常識。想起小白的屁股，麻鼻的微笑，想起麻鼻告訴我的關於G莊的起源……很久之後，我想明白了，調動肚腹中最後一絲力氣，對崖下的豬們說：

很久很久以前，G莊還不叫G莊的時候，每頭豬都有自己的土地，種蘿蔔吃蘿蔔，過著平淡的生活。只是時有災害發生、外敵侵入，損失了很多蘿蔔以及豬。艱難之時，有頭聰明豬站出來說：這樣各自為戰，遲早會滅絕的。我們該組織起來，各自分工，能幹活的負責拱地，牙齒長的負責打仗，屁股大的負責生小豬。大家覺得這主意不錯，按他說的辦了。

這頭豬果然聰明，敵人被打跑了，災害也自有對策。聰明豬就說：我天天指揮眾豬，沒時間種蘿蔔，我很快就要餓死了，餓死了，誰來調度大家抵敵抗災。眾豬心覺歉意，就決定：這豬不需要勞作，只負責調度，眾豬每家交一點點蘿蔔給他以使其能專心工作。

豬是分勤奮、懶散的，有些不能完成自家土地種收的，漸漸欠了聰明豬的債。聰明豬不以為忤，還好心派幫手幫忙種收甚至借給蘿蔔。這樣債越欠越多，有些豬惴惴不安。聰明豬卻說：不要緊，只要把你那塊地轉讓給我就可，你仍在原先的土地上種蘿蔔，每年交少許蘿蔔給我，以前的債就一筆勾銷。豬們想，擁有土地是為了收穫蘿蔔，現在有蘿蔔了為什麼還要土地，這樣很划算。就拿土地換蘿蔔了。

這樣一個優良的辦法讓眾豬心動不已，迅速推廣……不出幾年，G莊很多的土地都歸了這頭聰明豬，他的威望越來越高，勢力越來越強，獲得的蘿蔔越來越多。他就用蘿蔔去換土地……然後又用蘿蔔去換取豬全身心只為他而效忠……有一部分豬意識到不對，聰明豬在玩蘿蔔——土地——蘿蔔的把戲。他們堅決不拿土地換蘿蔔。可這時聰明豬已擁有自己的衛隊，誰不服，就滅了這些長反骨的豬。他又在黑木崖上裝了大喇叭，宣布三六九等，只有地裡勞作的才叫豬，衛隊則改名為獠，而他自己升級為人，統領這裡，叫G爺。大喇叭天天傳響：G爺就是好，就是好。

這是G莊的起源，一直到現在……

說完，我聽到山下一陣譁然，我看見獠們拿著銀光閃閃的傢伙向山坡上走來。我從窗戶跨步走上高高的黑木崖，這天的風刺激得我的肺隱隱作痛，柳絮帶著暈芒的光，迷離得我睜不開眼。我看見黑耳還在使勁地挖著蘿蔔，跟他打了招呼；我看見麻鼻蒼老溫暖的模樣，但咳得不行了；我看見小白竟在燒草垛摘著梔子花，回頭對著我輕輕地笑罵「你這個豬頭」，那樣子非常憂傷，也非常好看。我要向前去抓住這美好的景象，於是縱身一跳……很舒服的感覺，身體像柳絮一樣發著光，飄散。

途經那個大喇叭，抱住它，一起向下墜落，墜落。

這是麻鼻臨死前要我完成的任務。他最後一句話是：現在，只有你是G莊唯一一頭懂得憂傷和憤怒的豬，憂傷而憤怒的豬，才可抵擋那頭聰明的豬。他讓我上到黑木崖，讓我搞掉那個蒙蔽眾豬很多年的大喇叭。剩下的事，眾豬自然就會做了……

我拽下那只大喇叭時，果真看到眾豬眼神立即開始變化，大家憂傷地互視，又轉頭憤怒望著黑木崖，緩緩向前移動。而獠們見到一頭頭兩眼變得澄明、步履堅定的豬，竟無法阻擋。我知道，從此G莊的豬開始懂得憂傷和憤怒，也終於明白G莊最大的祕密是：G爺本不是人，他也是頭豬。或者我們本不是豬，我們原本都是人。

我落地的時候，整個世界都是蘿蔔的芬芳。

（二〇一〇年一月一日）

48 先感謝國家

全國政協委員、國家體育總局副局長于再清公開批評冬奧冠軍周洋，奪冠後不先感謝國家而是去感謝爹媽，這是不恰當的「西方表達方式」……有記者問我怎麼看待這件事。我說這很正常。因為官員做到廳局這一級，基本就不是爹媽生出來的，而是國家生出來的。

在他們看來：不過是些鄉下孩子，不過跑得比兔子快一點、比狗耐力持久些、比驢更能吃苦點，是國家讓他們成為冠軍還有了城市戶口，要是夠聽話運氣夠好，殘疾之後國家還可以幫忙安排工作，總之國家給了他們第二次生命。至於第一次生命，那並不重要，只是國家徵用他媽的肚腹而已。

我在一個外國攝影展上看過一個畫面：一個五六歲的中國女孩在地板上被教練壓成一個違反人體結構學的奇怪弓形，表情痛苦，眼神絕望……標題叫〈冠軍〉。這張照片是不被允許在國內普遍刊登的，因為它洩漏了機密。

中國體育不是人性培養，而是罐養，把花花草草裝在罐子裡用固定方法炮製，成功的叫冠軍，失敗的叫藥渣子。也不需要普及，因為國家只需要炮製些金牌在外國人面前顯得牛逼，不需要普及之後讓國人迸發出蠻性，那很傻逼。那天在《鏘鏘》做節目，梁文道說了他的一個研究：中國之所以每條大街有很多按摩院卻沒有運動場，是因為大家都不喜歡主動的運動，而喜歡被運動，按摩就是被運動。我想，其實國家也欣慰地看到這一點。所以工商局審批一個豪華按摩院是容易的，審批哪怕一片小型羽毛球場是難的。按摩院可以收稅，運動場不僅收不到稅，國家還要補貼經費。

這不是最重要的，最重要的是體育是個危險的東西。體育有兩種來歷，古希臘體育和古羅馬體育。

古希臘人爭強好勝愛打仗，可打著打著覺得這樣下去也不是辦法，打仗會死人，死人當不成勝利者。有聰明人就說：不如我們競技吧，誰把標槍投得遠誰就是勝者。大家一致同意這個聰明辦法。以神的名義，奧林匹克就開始了，代表人類追求和平、超越極限的理想，是一種民主；可到了古羅馬時，民生問題嚴重，元老院那些傢伙各懷鬼胎，加之邊疆不穩。執政官就修了好多洗澡的地方，還造了一座大型圓形鬥獸場，訓練少數人去角鬥。這一方面讓人民和元老們洗澡後就鬆軟了鬥志，洗完澡後去看鬥獸又可以強烈意淫：哇，帝國的勇士真他媽勇猛，連獅子都可以殺得死，更別說北方那些蠻族了。於是，帝國可以戰勝一切了，包括生活的種種不如意。

人人參與的希臘體育是聰明人的啟智，少數人表演的羅馬體育是執政官的麻醉。這時你就明白為什麼我們不搞體育的普及，而搞角鬥士的集訓。

毛澤東還沒成獨裁者時，一九一七年在《新青年》說過一句真不忽悠人的話：欲文明其精神，必先野蠻其體魄。他看出思想啟蒙與強大身體的關係。可是現在我們已有了網際網路這個麻煩，要是再添上體育覺醒，就是從精神到體質都具備了長反骨的可能。所以于再清認為周洋只感謝爹媽是「西方的表達方式」，這真是意味深長。副局長不止是聞到了周洋的不愛國，準確的說是聞到了不安全。西方就是這樣，先有爹媽，再有國家，國家不可以動我的爹媽，誰動我爹媽我動他全家。這個想法就太不安全了，表面看是一種表達方式，其實骨子裡已蠢蠢欲動……必須彈壓在閃念間。

所以千萬別普及體育，不要讓他們強壯起來，不要激發他們內心的公平競爭意識，最好讓他們不懂體育。讓他們還不到四十歲就脂肪肝、糖尿病，躺在按摩院、洗腳房、麻將館裡看那些兔子、狗、驢子搶回很多很多的金牌。他們做不到的，國家幫他們做到了，他們打不敗的，角鬥士幫他們打敗了。一股愛國主義自豪感油然而生。這時感激涕零，必先感謝國家，而不是爹媽。

哪兒需要體育團，只需要文工團。平時你看不到它表演，四年才上台一次，每次收好幾百億演出費。倘演出成功，官員們就跑上台慰問，再用你的錢去嘉獎這些演員。特優秀的演員也會成為官員。這個神祕的文工團，就叫「奧運代表團」……只負責拿幾十個天價金牌，不負責普及十三億民眾的鍛鍊。集中收費、集中演出、集中宣傳，是獻給國家的菁英團隊，與普通人無關。

基於這一點，局長說得很正確，必首先感謝國家。你有見過總政文工團那些女團員們海外演出成功後，首先感謝過爹媽的嗎？

所以，得發自內心首先感謝國家：是國家讓跑得快的我沒成為小偷，是國家讓耐力好的我沒成為民工，是國家讓水性好的我沒偷渡，是國家讓肌肉強勁的我沒墮落成為鴨王。之所以最後還是要聊謝一下爹媽，只是因為他們給了我一副好身板，才讓我有機會感謝國家，他們生我的唯一目的，只是為了感謝國家……

以配合奉天承運、皇帝詔曰的文體。

（二〇一〇年三月八日）

49 老中青三個代表

我很小的時候有個觀點：國家修了很大很大一間屋子，是專門用來給大家鼓掌玩的。因為我看這間屋子裡的人們基本沒幹過別的，就是鼓掌、再鼓掌……等我上了小學才知道，這其實是間會議室。

後來我看別的國家也有會議室，對此我很不屑。我們的會議室輕易通過每一件事情，他們的會議室不僅很難通過事情，而且不是吵架就是扔臭鞋子。我的愛國主義就在這個對比中培養起來，也深深地為社會主義會議室優越性感到驕傲。

等我足夠大，一些研究前蘇聯史的老師告訴我，那間會議室開會時，人們鼓掌時間更長，最長可達到二十多分鐘，這是因為，誰也不敢先停，誰先停就顯得不夠熱愛史達林，人可能就會在某一天莫名其妙地消失。於是你不停，我也不停，大家互相就這麼乾耗著。我覺得這個畫面很神奇，從生理上講連續二十多分鐘鼓掌需要超強體力，最好自帶鐵砂掌外家功夫，心理上還得有一種默契，就像擊鼓傳花，元首右手略略一抬，下面全都停止鼓掌，不可有人鼓、有人不鼓，稀稀拉拉的，就是成心搗亂。

那間會議室一夜間消失了，我們的會議室仍爆發出燦爛的掌聲，這裡有三個故事：

一個是八十二歲的老太太。她從六十年前就一直坐在這間會議室裡，這期間中國和世界發生很大的人事變化，可該名老太太一直在這間會議室裡，鼓掌、鼓掌，是永不磨滅的掌聲。大家一定想起了，她叫申紀蘭，來自山西。作為從第一屆人民代表大會全程參加到第十屆唯一的代表，年過八旬還努力學習總書記的科學發展觀，還將四萬多字一字一句地抄下來。記者問她為什麼這樣做。她拍了拍自己的心口，「我文化低、沒水準，所以要和黨中央保持一致。」一看，她來會議室只是為和天花板保持一致的。她老得可能連家門都找不到，但一定找得到這間會議室的門。她並不用懂會議發放的電腦怎麼用，但她熟練地使用著那個投票器，且只認得「同意」鍵。

她本身就是一個永恆的肉身版同意牌投票機。

大家都知道，她同意過土改，同意過反右，同意過打倒劉少奇，同意過文革，同意過打倒四人幫，同意過改革開放，同意過反對資產階級自由化……她一切都同意，一切和中央保持一致，至於什麼才是正確的中央，視天花板的通知而定。

還有一個是大家都知道的倪萍，她不僅鼓掌，從不投反對票，還說：「我不想給國家和政府添亂。反對就意味著有思想嗎？贊成就代表沒思想嗎？我不是說反對的一定沒有思想，贊成的一定就有思想，但愛不愛國與投不投反對票真的沒有關係，相信反對的也有愛國的，贊成的更有愛國的。」可能考慮到這段很像繞口令，她乾脆說：「罵有用嗎？美國能解決你的問題嗎？愛國就像愛一個家庭，孩子要理解父母的難處，跟父母一塊走，一塊克服困難。」一看，她把國家當成咱爸媽。可國家是國家，我爸媽是我爸媽。我要混為一談了我爸媽都不同意。

古今中外也只有中國發明了「再造父母」這個有違人倫的辭彙，這真是這個歷朝歷代大力提倡「孝」的帝國，道德上最滑稽的地方。幾千年來我們一直有給官家當兒女的癖好，夏商還好，可以跟王稱兄道弟，到了周就不對了，就「普天之下莫非王土，率土之濱莫非王臣」，到了大秦就草民，到了大明就賤民……所以說孔教的家天下是向官府遞上的一個投名狀。孟子沒那麼紅，是因為說了「民為貴，社稷次之，君為輕」。好在網路讓大家越來越明白政府是人民請來的管家。何況生活中真實的情況：我媽要是菜做鹹了，我也是要提意見的，我爸打我，我更是要反抗的。

我一直不確定倪萍是否真不懂這些。總之她從一個叫CCTV的台，坐上了這個會議室的台。這樣的一個台太需要貼心兒女來撒嬌。撒潑就不行，比如想掐死錄音筆的省長就惹了亂子，他向D表的是紅中，心裡想的是發財，老百姓就要讓他白板。

最後一個故事的主角其實站在會議室外面的。他的站姿非常豪邁，豪邁得讓人看了不禁會興奮地產生一絲尿意。他兩歲看《新聞聯播》，七歲讀《人民日報》，十二歲就立志續寫漢唐之盛世，復興中華民族之霸業，他修身齊家、濟世安邦、關心黨和國家大事，他帶著一臉高深莫測的笑容與同學們親切合影，奮筆批示文件時，也簡直有第八代黨的領導人的氣勢。他叫黃藝博，五道槓的武漢少先隊總隊長。當他說「我是世界，是宇宙，是大自然的最偉大奇蹟」時我並不驚奇，因為鳳姐也這麼說過。當他要實現中華「獨霸世界」時我才震撼。有人說，賓拉登已留下遺囑，已在東方找到轉世靈童，實現夙願。

有人說，這個國家的道德水準怎麼了，萬眾歡呼一個拍AV的蒼井空，卻容不下一個看《新聞聯播》的黃藝博。這是一個誤會，我只是遺憾他早早就失去了天性和童真。在一個需要奧特曼打小怪獸培養正義感的年紀，他卻用《人民日報》的黨性來訓練自己的正確性。雖然看AV並不高尚，但它至少符合人性。我們害怕小孩用黨性代替了人性。

黃藝博是少年版的申紀蘭，倪萍是中年版的黃藝博，申紀蘭是老年版的黃藝博，他豪邁凝望著的遠方，其實正是那間最大的會議室。你看，他現在還來不及在會議室裡鼓掌，可已模擬著帶領同學們在教室鼓掌。他已經深深地信了，再發展下去只有北韓孩子可以媲美。不怪孩子，這裡教育模式就是會議室模式，這個國就是世界上最大的一個會議室，培養出一代又一代卡拉ＯＫ鼓掌機。

十二歲的黃藝博，五十二歲的倪萍，八十二歲的申紀蘭，老中青三個代表，多好的會議室結構，分別用擅長的最純真、最親和、最質樸來代表中國人的民意，直取上、中、下三路，無孔不入、無往不勝、無與倫比。

老中青三個代表都在鼓掌，長江後掌推前掌，前掌修成仙人掌。

（二〇一〇年三月十五日）

50 飯票

在一個大多數人沒見過選票的國度，我有幸見過選票。和飯票一起。

那天中午陽光燦爛得掉渣，我們在寢室例行打麻將賭飯票，老大付帳時不小心扔出一疊票，由於揣的時間太長，皺巴巴的不成形了。我們瞄了一眼，長得跟飯票差不多，但蓋的不是食堂藍印三角章，而是鮮紅的圓形大章。上面的名字一個是校長王均能，一個是黨辦主任敖正德。可這兩個名字除在張貼欄宣布處分違紀學生時見過，面目模糊。我們糾結半天，決定誰和了下一把麻將誰有權選擇填上誰的名字。我和了，決定填上校長的名字，因為他給我們簽發畢業證。可是老大這天因打出么雞點了很大的一炮，輸掉全月飯票，搶過選票在「另選他人」欄裡統一填上「么雞」的名字。

很久以來，我覺得這次的不敬才讓全寢室遭到報應。二〇四寢室七名學生裡有兩個因打麻將被開除，四個因打架蹺課作弊談戀愛數罪並罰，不僅被嚴重處分，拿了畢業證卻扣發了學士證。那是我們的青春，成天事兒媽留著長髮學齊秦、裝崔健、冒充披頭四和切・格瓦拉附體，我們目空一切，少年輕狂，輕易就在麻將局放棄人生第一次權利。以後將只見普通的飯票，不見最重要的選票……

我常在電視上見一些人在會議室裡嚴肅投票，毫無分歧，一致通過。這讓我一股自豪感油然而生。二〇〇三年我在美國波特蘭，見一隊衣服不堪的人在排隊，他們顯然是流浪漢，可他們對投給誰爭論不休，始終無法統一。這讓我深深地看不起。

可後來經歷了很多事情，我對這個一直「全票通過」的國家，開始感到一絲羞愧。人大代表本是監督官員的。可由於這個國家的官員即代表，代表即官員，於是只好出現自己監督自己的壯麗景象，只見他深情地對自己說：你這個同志啊，最大的缺點就是不注意休息。再轉身對自己說：哎，我離人民對我的要求還差得遠……那不是監督，而是撒嬌。

讓專業的人提出專業的案，而不讓業餘的滿嘴跑火車且是提速之後的要追尾的動車。比如張代表提議丈夫應付妻子工資，以推廣家庭嫖娼合法化；比如柏代表說「貞操是女子最好陪嫁」。還有王代表提議為拉動內需讓老闆們享受相應行政級別，年繳二千萬元利稅的應授予科級待遇，年交四千萬的可授予處級待遇。我不得不感慨，想不到現在賣官都賣得這麼直接了。

有人說，你怎麼總是批評沒有建設。可連「批評就是最好的建設」這麼入門級別的道理都不懂的人，為何還要求別人建設。我也想建設的，去年很多人都同意我去戴表，我花了好長時間去研究這些條款，卻發現如果我在街道上就會落選。這些表是按比例來戴的，百分之七十歸官員戴，剩下百分之三十，由文體明星、資深勞模、鄉鎮企業家分戴……選舉時間並非確定，得等他們把事情搞定後才可以確定。地區也不確定，這次劃歸在A區，下次就可能被劃到B區，等我花時間讓人們了解我，都散會了。向上看，重重疊疊山巒盡翠，而我不過是蒼山下一棵渺小的草。

更有可能的是，我會被舉報有次沒走橫行道，有虐狗嫌疑，有次偷看了女鄰居洗澡，被查出偷稅漏稅。我花很多時間澄清事實後已心力交瘁。這就是為了選票，丟了飯票。

結果早被少數人預定，一個國家的飯票，卻成為少數人的戲票，可是演戲也得演逼真。現在的情況卻是我說的：你戴表，或不戴表，時間就在那裡，不快不慢。你開，或不開，會就在那裡，不早不晚。你舉手，或不舉手，答案就在那裡，不多不少。你演，或不演，劇本就在那裡，全國公映。每到這時，我聽春雷滾滾，民意，才是你最好的陪嫁。

或者，我學八十三歲的申紀蘭老太太，她從不提意見，連建議也不提，她要做的只是舉手、舉手、持續舉手，像個假肢矗立會場，蒼茫遒勁，好多年。

（二〇一一年三月十日）

51 牆裡扔出的一根骨頭

把國家和政府當父母，為不給父母添亂一直沒投過反對票的倪萍，前幾天榮獲了「共和國脊梁」。出於對脊梁這根很敏感的骨頭的理解不同，大家議論紛紛。我說：倪萍確實是脊梁，只是患了頸椎病。

我覺得把國家和政府當父母，是一個很欠的說法。因為它們不過是小區的物業和保安，納稅人聘來的，想必大家誰也沒對物業和保安喊過父母吧。其次，哪怕它們做得再差你也深情地從不投反對票……這個邏輯就實在差勁，除了會導致中國這個小區下水道持續內澇，還會導致「你到底是為黨說話還是為老百姓說話」這樣的勵志名言及墓誌銘言，教育出更多的軟骨頭而不是脊梁。我反對倪萍成為脊梁，我不認為這麼說有什麼不對，不為老百姓說話的脊梁是患頸椎病的7，而不是人格筆直的1。

好玩的是很多水軍帖，除每回倪萍更新下面都要出現的「大姐好人哪」、「大姐像一陣春風化解了人間」知音體，我的博客下面忽然出現很多平時以發美容帖為主的ＩＤ：「李就是想搞亂中國」、「大眼明顯是利用當下的民主寬容大呼小叫，歷史上漢奸大多出自於這類攪和者！必須道歉。」……這時我不笑是很難的，因為我忽然看見一坨很深刻的帖：「大眼明顯是故意的，他想引起領導的注意，當選人大代表。」

我覺得派水軍在筆仗中是很土鱉的一招，水再多也難保航母不致擱淺。我也不認為道歉是件很嚴重的事，自出生以來，我天天都在向共和國道歉。讓我覺得要寫點什麼的是，看到倪萍更新了一封給我的信：〈李承鵬，你的微博我看了〉——

「最近我獲了兩個獎。一個是『全國中青年德藝雙馨文藝工作者』獎，獲獎那天組委會安排我接受媒體採訪，我婉拒了，我說：有德有藝是一個文藝工作者應具備的基本條件，不用表揚。另一個就是昨天你說的那個獎，我具體獲得的是紀念建黨九十周年・共和國脊梁系列活動『十大傑出藝術成就獎』。我的現場獲獎感言是這麼說的：和同時獲獎的田華老師、劉蘭芳老師、張繼剛他們相比，我真的不配拿這個獎，如果能退的話，這個獎我退了吧。我僅是沾了職業的光，又出名又得利的，我知道自己，我會努力的。其實，無論你怎麼說，我都能理解你。圈內我們都叫你李大眼，我還簽了本《姥姥語錄》託人轉給你，並寫了這樣的話：你的幾本書我都看了，散文寫得真好，尤其是寫張國榮，還有寫你的母親。交換吧，你也看看我的書。最後我想說，姐姐我從來沒覺得自己是脊梁，盼你能理解。」

表面看這是一篇如沐春風的文章，可透著一種春晚體的假，表面上這是老百姓貼心小棉襖，實際上是有關部門的鐵馬甲。你都不婉拒獲德藝雙馨獎，卻要婉拒採訪。婉拒採訪，卻對億萬觀眾宣告「有德有藝是一個文藝工作者應具備的基本條件，不用表揚」。這麼裸的假，讓我雷鳴般地想起雷鋒做好事從來不留名，只是寫在日記上……另一個雷鳴般響起的是倪萍要退掉脊梁獎。多麼熟悉的場景，領導最愛說「我真的不想當這個官啊，可群眾不答應啊。」姐，你退掉它吧，我打賭，你真心要退肯定是退得掉的。

我不認為倪萍提及的那些人配得上共和國脊梁，靠演些紅色電影講些價值觀混亂的評書、執導耗費民資的大型晚會就成了脊梁，也是蚯蚓脊梁。至於「德藝雙馨」，蒼井空聽了，就含淚退役了。

我不想綁架倪萍去反對什麼。我只想說：這個國家，你我都是戲子，且不幸是三四流的戲子，舉國都被一根看不見的線牽著在演皮影。可戲子中還是有高下之分的：知道自己演戲的，和忘了自己在演戲的。你碰巧就屬於那種入戲太深的，相信煽情的眼淚就能清滌我們生活的屈辱，顫抖的尾音就共鳴出幸福大家庭同一個心聲。可我要告訴你，那是你的幻覺。太多的人找不到工作上不起學喝著毒牛奶按揭著高價房……其實你也不是看不到，開始你裝看不到，後來你就真看不到了。你盈眶的淚，已自顧自地凝化成一副美瞳隱形眼鏡，看什麼都叫幸福、安康、闔家歡樂、舉國歡騰……

我認為倪萍是個好人，這就是好人現象：這個國家總有一群人，開始裝看不見，後來真看不見，不僅自己看不見，還不許別人看得見。他（她）從不投反對票，唯一的反對票就是，反對別人投反對票。到後來，再也不是當初那個單純得有些傻氣的人，而成為精明的幫兇。這樣的人確知自己要什麼，怎麼要。動作嫻熟，表情純真，下手狠毒，倘若你發現這些技巧，他（她）卻會深情地望著你說：呀，我只是一個想幫父母操心的孩子。

問題是，這麼多年，您都姥姥了，裝孩子不膩嗎？

高齡之際竟演出這麼清純的一嗲，所以不是脊梁，是伎倆，高堂之上本有些心虛的父母就坦然了：看，我們有這樣一群代表民意的脊梁，那麼油價就不用下調，房價也不算太高，稅費還是可以漲一漲，總之一切都是發展中必然遇到的問題。

不要教我厚道，最厚道的是幫人民說話，而不是成為兩會一枚永恆不倒的「同意牌」假肢。不要教我善良，這國家的人民被善良害過幾千年。也不要誇我的散文寫得好，中文系的基本功而已，不值一提，且這國家已讓我沒心情寫散文，我寫的《李可樂抗拆記》比所有的抒情散文都好。因此就不必交換彼此的書了，我倆不是同一路人，你我的區別，就是《李可樂抗拆記》和《姥姥語錄》的區別，這不是兩本書，是兩個中國。不如你帶我去姥姥的菜市場，我帶你去拆遷現場，看我倆誰先崩潰，以後你在兩會上反對一次父母，我在文章裡表揚一次父母。倪，敢？

我對脊梁是這樣看的：作為人體最重要的中樞神經系統，應實現大腦指揮屁股，如果屁股指揮大腦，不叫脊梁，頂多是野夫說的一根牆裡面扔出來的骨頭。

你敢保證每回牆裡扔的都是骨頭？最後，說一下微博裡一個真實故事，有個人一直在牆外等骨頭，等啊等，深情地等，結果牆裡扔出來一磚頭，砰……

（二〇一一年七月十四日）

52 十三億分之一股東

有人問，你為什麼參選人大代表？

我說我知道一個村莊，自古以來有一道高聳入雲的牆，沒人知道牆那邊是什麼。曾也有人試圖繞過牆去看看，走了三天沒到頭，放棄了。又有人走了一星期，餓死了。還有人走了三個月，再也沒回來……大家一致認為那牆戰無不勝，再不許提起這愚不可及的事，誰提就受懲罰。可是我想，如果再撐一會兒，興許就會發現這牆的祕密：走不出這道牆，是因為這牆被修成了一個很大的圈形，走來走去才出不去。當然我無法證實這一點，只是想親自趟一遍這道牆，讓自己明白到底是牆戰無不勝，還是琢磨在牆上開一扇窗……不管牆那邊是青青草原，還是垃圾場。

我只是忍不住而已。

當然這並非全部。總有人說經過數十年馴教，這村裡已不太關心牆那邊的事，很多的不合理已被默認，大家容忍罪惡，沉默也成為邪惡的一部分。可我覺得「沉默的大多數」這說法並不公平，沉默的大多數，因為你沒俯下身去傾聽。

前天走訪了一些人家。八十歲的賴老師開始很戒備，不斷跟我強調感謝黨和國家，要理解政府的難處……

弄得我自慚形穢，跟來策反老人家似的。後來聊著他就放鬆了，他忽然說，這個區的醫療設施太落後，老年人常一個人在家，有急病就不知怎麼辦，不如廣州，打個電話醫護車就來了。我了解到有的城市有「平安鐘」的入戶裝置，按鈴可直通醫院和一二〇。可這得靠自己，不要期望地方政府，官員真的很忙，那麼多茅台還沒喝乾，那麼多地還沒賣出去……

家境好點的劉老師跟我講了一個上戶口的故事。他女兒嫁給一德國人，新生孩子很想入中國籍，以示不忘根。可有關部門同志說生孩子之前沒向政府提前打報告，就沒有出生指標，最好還是入德國籍吧。老人說，我們想愛國，可愛國還要先打報告嗎？還有家庭說擇校費太貴，好學校都被權貴子女占了，以後應當公示家庭背景。還有的說菜市場被房地產占了，老人買菜要走三里多路，國家的穩定首先是老人的穩定，每個老人都牽動好幾個選民……你看，他們都挺有見識的。

有人說中國人不配搞人大代表選舉。我自以為菁英時也愛說一句話：跪久了，就不知站著的好處。深覺說這句話時樣子很帥很深刻。現在有些明白，他們跪著，因為天花板太低，只得跪。其實我們一直也跪著，只不過跪姿裝得高端些。實際是，你沒讓他嘗到蘋果的味道，他怎知蘋果的美好。你只要給他一個蘋果的希望，他就敢憧憬蘋果園的芬芳。

前天晚上，樓下的申孃就認真地說：我住這兒十一年沒見過選票，我要支持你，我要動員我的麻友都支持你。感謝老人家和麻友，麻將是多民主的一個遊戲，雖有人耍老千，但總是一個眾人對等的博弈，而不是少數人按計畫的配額。一些朋友懷疑，現在環境下你們究竟能做到什麼。我說，我做不到什麼，只是可以讓大家看到有生以來第一張選票。我們都自稱是中國人，可你憑什麼證明自己是中國人。身分證證明不了你是中國人，只能證明某把菜刀屬於你這個人。房產證證明不了你是中國人，只證明你是花世界上最貴的錢租房的那個人。至於出生證，實際上你一出生便被世界上最大的人事機構拋棄，接下來你交著高額教育費、醫療費、油費，直到死去……死亡證，對不起，你只可以在地下住二十年，地上七十年你不能證明是這國的人，地下二十年，你也不是這國的魂。

只有選票才能證明你是真正的中國人，人生第一次可以自己對自己的國做一次選擇。其餘時間，官員來了你就是屁民，城管來了你就是刁民，三峽來了你就是移民，如果你為了反對PX上街，就是暴民……我知道肯定有人一臉的諳熟世故：天真，這個國家的選票不過是個擺設。凱迪（凱迪網絡）一位網友秒殺之，選票，你要真把它當擺設，它便成為擺設。

還有一些疑問，比如參選後會不會因怕事變得沉默，會不會同流合汙，是不是炒作。我一直想請教：我在家看A片你說這是沒落，我去寫書你說這是炒作，我用稿費買輛好車你說這是得瑟（臭美），我把稿費捐出來你說這是炒作，我見四下無人便悄悄捐款，你火眼金睛地說這其實是更高明的炒作。我什麼都不幹只寫文章你說這是書生空談誤國，我一咬牙衝出來參選，可你還說這是炒作……哥，我既沒緋聞也沒私生子連紅地毯都不敢走頂多寫幾本書，在你看來怎樣都是炒作，莫非我全身上下長的不是器官而是炒作。您既然這麼確定，就有義務教我一個不炒也不作的活法，免得我年過四十，歲月蹉跎。

就談到文人知行合一，清高其實是最安全的活法，總之把牆頭當赤兔騎，把筆頭當青龍偃月刀舞，左右都是個戰神。最近流行民國和辛亥，大家都談梁啟超溫和改革。好玩就在這兒，懷古是可以的，粉梁是時髦的，但如果當下有人想模仿梁公在現行框架內跳舞，其實也就是順牆根趟一遍路，就有無數人衝上來攔你，彷彿你趟的不是牆而是他的祖墳。

昨天《環球時報》有篇社論，指出警惕有人利用獨立參選身分，加劇不安情緒，與政府搞對抗。這種觀點不只用震撼而必須用震蛋來形容，如果連菜市場、陽光校車、垃圾處理這些提議都視為對抗，我只好把一個句子奉獻給你：奴才啊，你可以受寵若驚，但不可以受精若寵。

天下大事，油鹽柴米，我要告訴《環球時報》，你可以為祖國站班守崗，但千萬不要假裝斷腸，你不要放眼大街全是假想敵，沒有假想敵你就活不下去。如此你不該叫環球時報，該叫壞球時報。

我想對另外三十多位參選人說：不管我們最終上了選票，還是選票上了我們，我們是天真的公民，為所愛的祖國趟過一遍這道牆，就是功勞。有人會說這是不值一提的功勞，可這幾十年來又有誰的功勞值得一提……寫到這時，于建嶸正式公布他將作為仝宗錦、程萍以及我的參選顧問，其中把我稱為「社會名人」，我很不堪。別稱我名人，你們全家都名人，也別稱我作家，你們全家都作家。聯想到最近三年麻煩記者朋友頭疼的一個問題：李承鵬到底是什麼身分。其實我一直也沒想明白這個問題，這麼多年我已在牆下丟失了自己，我到底是誰？

這時我媽進來，冷靜地說：你是我兒子，這國家的股東，股權十三億分之一。這個帥媽。雖然我們這些股東只是一個散戶，從未分過紅利，還一直被套牢，可我還是想告訴很多人，如果你自己都忘記了是這個國家的股東，那你永遠蜷伏在那道圍牆之中。

現在飛往北京，不管這天颸風下雨，太陽升起，我說聲早安，對所有的十三億分之一的股東。

（二〇一一年六月二日）

53 民主就是不攀親

在一個大多數人素質低得來遠光燈都不關，少數領導素質高得來車隊壓著雙黃線走直線，大多數人素質低得來一輩子都沒見過選票，少數領導素質高得來已悄悄買到逃跑的船票……的末法時代，我時常也覺得民主是一件遙不可及的事情。

可是我覺得，你只是說民主，他就說你要革命，你只是說改革，他就說你要暴力革命，繼而血流成河……得多濃烈的專制奴才情結才幻想得出這情節呵。這個連菜刀都實名的國家自一九四九年以後便沒有暴力革命了，偶有憤憤不平者，在這個祕密員警四布的國家，還沒起義便已就義。這裡人們不過想要收入高些稅收低些，安全感高些物價低些，見城管來襲即抱頭鼠竄，聽《新聞聯播》就幸福盎然……這麼平庸溫良的人群，韓寒卻說民眾連遠光燈都不關，這素質要是搞民主，會天下大亂。我很難不想起是否偽託朔爺說的：一群太監在談論，房事多傷身啊，幸好我們閹了的。

素質低能不能民主，我們輕易知道素質低的利比亞、緬甸甚至曾為我們不屑的越南都開始民主了。我當然遺憾埃及民主後出現的混亂，可是你跑去跟開羅大街上的人們說，咱們還是回到格達費時代吧。他們一定認為你瘋了。巴黎遍地狗屎、美國哈雷機師們最不愛關遠光燈放著低音炮到處燒包……可見素質論是個很扯的話題，否則你怎去解釋同宗同族原本素質也低的香港人卻秩序井然，曾經是醜陋中國人代表的台灣，忽然間就修成民主正果，作為非主權國家，卻持有全世界最歡迎的護照。

龍應台當年在〈中國人你為什麼不生氣〉裡抱怨過台灣人亂扔垃圾，可她從不打壓民主。民主是一個怪東西，它並不直接管理遠光燈和垃圾，但從台北到基隆，街市變化遠比你想像要快得多。因為，制度是因，遠光燈是果。

比起橫衝直撞的軍車警車，比起貪汙成風的官員，還沒起義的中國民眾素質和克制力很高了。我覺得拿遠光燈說事是一件反智的行為，要知道這個世界上燈火管制最嚴格的國家，叫北韓。那裡人民穿戴整齊，那裡街道秩序井然，那裡的《阿里郎》整齊劃一，那裡不准隨便在樓頂上晃動手電筒……可是金將軍永不會搞民主。

一百年前被扔掉的「素質論」裹腳布又有人撿起來了。多年以前，五月花號船上那一〇二名由清教徒、工人、農民、漁民、契約奴組成的烏合之眾，不建成了一個偉大的民主國家嗎？何況中國民眾素質並不低，汶川地震、動車、救助塵肺病，那些閃現的身影正是民主的基石。也不要再說中國有兩億五千萬連網路都不會上的農村人群阻礙民主，你看烏坎那些漁民、婦孺、打工仔，組織嚴密、從容不迫，正在完成他們的民主自治……剩下的我無須答，微笑著面對軍警槍桿子的林祖鑾已幫我們答。

我不知道繼「素質論」後，韓寒怎麼又得出東亞地區容易出現心狠手辣暴君這麼奇怪的「人種論」。不知這個暴君指的是新加坡的李光耀，還是因愧對國人就跳崖自殺的韓國總統盧武鉉，是有點醜聞就集體辭職的日本內閣，或是順應大勢釋放了翁山蘇姬的吳登盛將軍。現在連只識彎弓射大鵰的蒙古都主動開始啟動民主了……可見「素質低」，是素質多麼低的一個論題。

我也不理解韓寒說的「中國不是捷克，而且天鵝絨革命在中國沒消費基礎」，邏輯起點在哪裡？這很難不讓我想起，國新辦發言人也說過：「中國不是利比亞，茉莉花革命在中國並沒有群眾基礎」……在一個蘋果機追求成了街機、坐地鐵都要抱本《賈伯斯傳》、不聊幾句布拉格日落風景都不好意思上豆瓣的地方，你說中國人只接受產品，不接受思想，只想聽故事，不接受民主薰陶，這在製造原理上，無論如何有些說不過去。

韓寒說中國人要的不是民主，要的是自己過得爽的自由，和豬哼哼的自私權利。他誤會了民主，把民主當成小時候電視上看過的「聖鬥士修行」。民主從不是一群高尚的人在追求無瑕情操，民主只是一群自私自利的人建立公平相處的原則，民主正是要保住每個公民有過得爽的自由和豬哼哼的權利……說豬也對，民主就是一群豪豬努力尋找彼此之間最合適的距離。

真正促使我想談一談的話題是：一人一票真的我們最大的急迫嗎？我覺得這個提法放到非洲也顯得突兀。一人一票當然不是最急迫，但它是最重要。最急迫是你現在內急要找到一間廁所；可最重要就是，你十年前就想到十年後你的權利。

言論的權利、信仰的權利、追求免於恐懼的自由，這是天賦權利，我們為什麼要拒絕權利。

如果實行普選，我並不擔心共產黨當選。一人一票本身就是最大破冰意義，選和根本不選，是質的區別。如果大家還選共產黨，證明這個黨仍然是這國家最有實力的黨，如果落選……具體例子參見一九九六年台灣國民黨史。至於如果選舉，韓寒舉例「馬化騰將以獎勵用戶遊戲Q幣的優厚條件成功當選」，我很難支持一個意見領袖用網上的老段子來證明中國不需要民主選舉，如果一個嚴肅作家持這麼娛樂的路數，彼此之間實在有些談不下去了。當然我不妨告訴你：無論美國還是俄羅斯常有暴發戶參選，可他們從未當選。現實操作中，不要以為你把民眾當成豬，民眾就會變成豬，你養成民眾珍惜選票的習慣，他們就不會為了Q幣出賣尊嚴。

就必然引出韓寒下面這個觀點：「當中國共產黨到了今天，有了八千萬黨員和三億的親屬關係，它已經不能簡單的被認為是一個黨派或者階層了。共產黨的缺點很多時候其實就是人民的缺點。極其強大的一黨制其實就等於是無黨制，因為黨組織龐大到了一定的程度，它就是人民本身，而人民就是體制本身，所以問題並不是要把共產黨給怎麼怎麼樣，共產黨只是一個名稱，體制只是一個名稱。改變了人民，就是改變了一切。」

這意思，是想強行綁我們入夥黑社會嗎？如果黨的缺點就是人民的缺點，黨員貪汙是不是你在貪汙？我有三句讀後感：一、從數學它犯了一個錯誤，十三億八千萬減去三億八千萬，還剩下整整十億，這才是民意。二、就算那八千萬，好多也常常忘了自己是黨員，看看前蘇聯，一夜之間立場就逆轉。三、從親緣學，我覺得誰也不必急著代表我，去跟這個地球上任何一個黨攀親。

民主是個很大的話題，我只取一意，本文切題：民主就是不攀親。

（二〇一一年十二月二十六日）

54 民主就是有權不高興

當今中國，不存在走著前進還是跑著前進的問題，只存在要不要前進的問題。當今中國，不是用補藥還是下猛藥的問題，只存在一個病人諱疾忌醫甚至病急亂投醫的問題。當今中國，不存在革命還是改良的問題，只存在想不想跟世界同行的問題。

問題就在那裡，賤民和執政者都看見的，可尚存理想倒成了暴力問題。你見過有誰暴力革命？是烏坎那一臉笑容爭取土地的平民林老頭，還是海門那些門牙掉了的陳阿婆，是被城管打得狼奔豕突的小販，還是參選的民間候選人……在我看來，民主就是一種常態機制，沒有所謂時機，世上沒有一家醫院會在門口懸掛「時機不對，請勿入內」；沒有素質高低，任何一名醫生也不會說出：「凡文盲者，亂棍打出。」

我要告訴既得利益者，民主不是打倒你，而是讓你正大光明獲得該有的利益。不再天天被迫做假帳，月月備紅包，年底低三下四給工商稅務送上大禮，見個科長就滿臉堆笑，見個省級官員恨不得讓他爆菊。我要告訴非既得利益者，民主就是保護你，不是街市大亂、喝不到奶、吃不上飯，讓一個臨時油漆工為上海大火負責，讓一個編外司機為事故中死去的孩子們埋單……是最基本的公平正義。如果仍嫌這裝逼，民主就是哪怕一切不能改變，也要改變每到開會，他們負責決定，我們負責鼓掌和觀看。

當今社會之積患，每個人都無法倖免。從封疆大吏到掃地的阿姨，大家內心盼著末世的那條船。前天七十多名深圳城管在政府門口抗議，「剝削勞務工，還我血汗錢」，被百名特警隊分割包圍押上了警車。勇猛如城管大哥也不能倖免。一個幻想，過去是城管押走老百姓，這次是特警押走城管，下次會不會是野戰軍押走特警？

可每當中國需要變革就會有遺老遺少跳出來，腦子裡不長思想，只長菊。還沒見到選票，就說要賄選，還沒開始民主，就說血流成河。你連試都沒試，怎能說不行。這好像你站在橋上疾呼「別下河啊，會淹死人的」，自己卻從橋上過河了。這畫面多喜劇。

我要告訴左中右派，民主是公共使用權，是蔬菜不特供、空氣不分級、飛機不再等待永遠遲到的大人物；是知情權，股市永遠低迷的答案，官員帳戶有多少錢，那些深埋地下的名字，可以重見天日；是價值評估權，不要偽劣驅逐良幣，讓勤勉得到回報、才華獲得彰顯；是被保護權，人人交了稅，就是交了保護費，讓軍隊對外不對內。是參與權、表達權、知情權、監督權……上述四權不是我發明的，是胡錦濤說的。

如果這樣一些權利，你說也沒操作性，我只想要一個最低端的權利，表達不高興的權利：

我住在世界上最大的一個小區裡，過得並不是很開心。這裡的下水道堵了很久沒人修，這裡的電梯卡住也無人管。這裡的物業不是業主選出來的，還不准提意見，誰提，就是不熱愛這個小區，就是反對這個小區。可奇妙的是，那麼熱愛這個小區的物管們，全家老小卻住在別的小區。

韓寒說，民主需要碰上運氣，需要碰到領袖好的人品，我們還要學會討價還價。多怪的邏輯，這小區本來就是我們的，幹麼還要討價還價？這就像，你跟小區經理探討這房子產權到底是誰的，跟門衛探討是否可以在這裡借住一夜，跟保安探討你老婆到底屬於你還是他的，當電工打你家小孩時，你不收拾丫的卻跟他大談文化藝術以及星座運氣。且這一切的過程還是跪著的。

我覺得跪著要來尊嚴，不符合邏輯。

有人不斷問：你不覺得素質低是客觀事實嗎？難道說了實話也該批評嗎？即使觀點有錯也引發了一個大思考啊。少拿邪惡的事實當行惡的理由。對此，我有一個簡單類比：「寧坐在寶馬（BMW）後面哭，也不坐在自行車上笑。」說的也是事實，也引發全社會對無奈現實的大思考，可是當初你認為馬諾說得很真情嗎？余秋雨含淚勸告死難者家屬「我理解你們的心情，可是不要硬碰硬啊！」可當初你沒有對他為政府洗地而出於憤怒，發誓抵制他寫的書？還有就是，如果素質低就不配享受民主，就請正勸中國「民主不可行」的你，打住正進行的移民計畫，別享受外面的民主……

如果我沒猜錯，這時有些低智的腦海裡已閃現出「這是兩碼事」來回擊。真是兩碼事嗎？也許是。只要你願意，宇宙跟一眨眼前已是兩個宇宙，今年的你和去年的你也是兩碼事，明年的你再看今年的話題，正是兩碼事。

你抱怨過為不讓紅十字貪腐而只讓員工捐十元錢的王石嗎？你崇拜過「中國人確實要管一管」的成龍嗎？你鄙視過不為自由而戰、卻為高牆添磚的李敖嗎？你正走向你的對立面。要知道，所有的權利不容侵犯，最不容侵犯的權利，是追求權利的權利。

這正是我苦惱的地方，有時只想談談每個人應擁有的權利，卻被搞成爭論擁有這分權利是否正確的權利、正確的時機。權利就是權利，沒有好的權利或壞的權利，沒有正確的時機，或錯誤的時機。我們為權利，已等待太久，像街邊遺失鑰匙的孩子，還讓我們再等多久？還需要你規定一個正確時機？好吧，讓我退到最底線：像我這樣一個庸俗不堪的人，活在這樣一個由外國人他爸管理的小區裡，還是該擁有一個不高興的權利。不是中國人不高興，而是中國人，有權對中國不高興。

明白此，你該拾起一塊叫不高興的磚，敲響那道叫民主的門，通向那片叫自由的天地。

（二〇一一年十二月三十日）

55 民主就是出演眼前戲

我小時候有個特別急迫的理想就是游過去解放台灣，由於在新疆，同伴們常為找不到游泳池苦練本領而抱憾。長大後看到台灣議員扔鞋子的畫面，就稍微放心一些，深覺這麼粗鄙的素質，無需我去解放，它就會自行垮掉。再長大一些才發現低素質的它並沒垮掉，還在進行嘉年華一樣的選舉。

台灣的民主已從一九九六年走到了二〇一二年了，十六年，楊過都等到絕情谷底的小龍女……可我們還在爭論民主選舉是否會引起天下大亂、民眾素質低是否配享受民主這些低級問題。這是個很精神病的邏輯，大陸人民在面對周杰倫、林志玲、蔡康永、《那些年，我們一起追過的女孩》、郭台銘組裝的蘋果機……這些台灣用品時素質都挺高的，我們能接受台灣的一切，除了民主與選票。

這是一個神奇的情景。走大街上，你要是對誰說：你素質真低。他很可能上來抽你；你勸他搞民主，他卻一臉真誠承認：算了，我素質真低。你要是在網上寫條微博，這天下要大亂了。不一會兒就有員警找你。可是你要說一民主選舉就會天下大亂。連居委會大媽都會表揚你成熟了。

被歷朝皇帝和御用文人催眠之後，他們成功地做到了：讓人民對一切事情都不確定，除了確定自己在決定自己命運這件事上是個傻逼。

民主當然不一定能帶來高素質，那是另一種扯淡。但民主確實可以不讓低素質成為一個社會的通行證，這更是事實。郭台銘的富士康在大陸跳下來多少人，這在台灣不會發生，別說十一連跳，三連跳後家屬就抬棺上街遊行，找政府麻煩，政府不找郭台銘麻煩，法院就會找政府麻煩，法院不找政府麻煩，議員就要找法院麻煩……大陸學者于建嶸曾好奇地問：要是議員不找法院麻煩呢？那個被他問及的民眾不可思議地白了他一眼：你這人怎麼這樣多怪問題，這裡是選舉制，議員不找法院麻煩，成千上萬民眾就要找議員麻煩，議員為了下次再當選，他一定找法院麻煩。

可見沒有好的郭台銘或壞的郭台銘，只有好環境和壞環境下的郭台銘。那裡的郭台銘有無數人找麻煩，這兒的郭台銘，政府亮著遠光燈幫他開道護航……遠光燈問題，其實在這裡。

別詩意化台灣，它也許沒有那麼好。但是，我們現在追求的不是天堂，而是正常。是一座沒有貪官橫行的城、一座不會被村長私下賣掉的村、一間不會突然半夜被推土機鏟掉的私房……有人一定會說，我也知道選舉制更公平，可是一選舉，多亂呀。是的，別人是亂哄哄選舉，太太平平生活；我們是太太平平開會，亂哄哄生活。肯定又有朋友舉例，你看陳水扁多貪，總統都敢這麼貪，可見民主不見得是個好東西。可是我想嘗試另一個句式：看，那兒連總統貪了都敢抓出來，祭個母都要嚴格審批；這兒連個局長的財產都不敢公示，監獄裡伙食還享受正局級。可見民主是個最不壞的東西。

有朋友很現實地解釋：我現在不能將軍，就選擇拱卒。可我覺得這不是拱卒，是自己在別自己的馬腿。民主就是當下踐行，是自己給自己演戲。台灣的選舉就做了一個很好的示範。林青霞、黑人建州坐著紅眼航班享受自己的權利，鳳凰主播竹幼婷發博「回去首件事，投票」，王力宏、大S都在微博上點評一還是二的聲線好，該推出誰的專輯。要知道在世界範圍內，這都是顯示大牌藝人氣質的好時機，並非代言化妝品可以代替。可大陸的演員還把那邊當敵占區，那點小心思還琢磨著怎麼上春晚，在微博裡假裝轉發著一分鐘轉運佛。這多無趣，其實你自己才是自己最大一尊轉運佛，你的人氣首先要來自於你的內心。我的建議，參選的那幾位可都是當今華語地區最好的演員，為什麼不觀摩一下政客心機和演技，否則，你永遠只能演女地下黨員，演不了翁山蘇姬。

民主離你並不遠，就是你的眼前戲，只看你願不願意入戲。

其實我沒把民主當政治而是當戲來看的，台南那些阿公打麻將的手都發抖了，還堅持寫下自己名字，那個投票給綠營的阿婆經過馬英九時，淡然的眼神多有鏡頭感。那天，馬英九夫人周美青在菜市場伸手想握一個糙哥，糙哥卻不屑地說「你憑什麼握我的手，我的手那麼高貴，我不跟你握」，扭頭離去。周美青仍滿臉笑容，椎間盤突出的腰身，仍九十度深深地鞠了下去。

差不多同一時間，我們這兒的鐵道部官員來到售票大廳，面對數千買不到票的群眾爽朗地問：你們的票都買到了吧？他難道不知道如果早買到了票，就不會有成千上萬的人在這兒排隊嗎？

我覺得周美青握手遭拒和鐵道部長爽朗問候，都是在演戲，可這戲和那戲在演技上還是有高下的，那邊的戲，所有人都有權成為演員，有權決定這齣戲，可以臨時改劇本、罵導演；這邊的戲，售票大廳數千群眾僵硬得跟售票欄杆一樣，一具具呆若木雞圍觀的傳奇。

或許如網友調侃：聽說台灣同胞回鄉投票，自豪地向大陸同胞宣稱：我明天早上投票，到晚上就知道結果了；而大陸同志更自豪地斷言，我們明早投票，可我今晚就知道誰會當選。大陸同志還是謙虛了，其實我們早在一九四九年就知道每回都選的是誰了。

台灣大選不一定能選出正確的總統，可是即時看著台灣大選，看票數依次上漲，我在政治不正確中竟有一股愛國熱情，不知大家有沒有這種很臨床的代入感……台灣選舉也是秀，可正是我看過最好玩的台劇，那兒一千八百萬主演，無論選擇對錯都傾盡全力；這邊十三億人，卻裝了好久正確的道具。

我談的是一個華語戲劇史上最多主演的娛樂話題——民主就是有權出演眼前戲。

（二〇一二年一月十四日）

56 基本問答

什麼是憲法？就是一個國家最大的一單合同。

什麼是憲政？就是按合同辦事。

什麼是多黨制？就是文明社會裡追姑娘。男人A許諾：我可以給你房子；男人B承諾：我可以給你票子；男人C說：我雖然沒什麼錢，但身體好、活兒好，而且可以退貨……最終選擇權在姑娘。

什麼是一黨專政？就是其中一剽悍男，把其他男人的雞雞果斷給切了。

什麼是社憲？那男人不太好意思生切雞雞了，但宣布其他男人都是陽痿，只有自己才能體現男人的優越性、持續性和不可替代性，才能讓姑娘過上幸福美好的生活。

什麼是民主？就是「大家說了算」。

什麼是共和？「大家說了算」有可能出現一群男人決定把一個男人切了的暴行，所以要照顧少數人利益，畢竟少數人的雞雞也是合法雞雞。

什麼是公平？無論高帥富還是矮窮矬，不管是娘泡如意男，還是雄獅牌胸毛男，有處男，有裝處男……都有同等機會去追姑娘。

什麼是平均？常被誤當成「公平」的那個玩意兒。要求一切東西均霑，包括姑娘。持這種觀念的人內心想的其實從不是愛情，而是參與一起合法的輪姦。

什麼是政府？老比喻了，小區聘來的物業公司。

什麼是議會？相當於業主委員會，決定小區裡哪些事可幹，哪些事不可幹。

什麼是人大？中國式議會，沒有決定權甚至連發言權也沒有，有成語為證，「只可議會，不可言傳」。

什麼是貪官？抓貪官的人。

什麼是清官？被抓之前的貪官。

什麼是人民？語氣詞。你需要時永遠找不到它在哪裡，你不需要時天天出現在《新聞聯播》裡。

什麼是真理？至今為止沒找到的東西。

什麼是宇宙真理？全宇宙只有北韓和中國大陸相信的道理，即：強姦和做愛其實是一碼事。

（二〇一三年六月二十二日）

57 聖奴隸

兄弟，這年頭要是沒了你，得失去多少歡樂。

我說中國空氣汙染，你就說媽逼的怎麼不說倫敦曾經也汙染。我批評國產毒牛奶，你就說大爺的怎不去批評日本曾經也有毒牛奶。我批評中國官員貪汙腐敗，你馬上鏈結出美國某某市長也貪汙過幾萬元。就連前兩天，我對官方對禽流感不作為表示擔憂，你也在問候過我全家後，舉例土耳其還曾爆發過口蹄疫。

兄弟，咱能不比爛嗎？不過，你比爛的樣子，很有資深垃圾的神韻。

外國的爛事與我何關？我批評這個國家是因為這裡住著我的親人，我不想讓他們受傷害。我天天去批評與我沒半毛錢關係的外國，我有病嗎？哦，這才明白，怪不得每當國外發生校園槍擊颶風食物中毒，你們CCAV就心急火燎地二十四小時開足馬力批評……也是關心家人心切啊。

忠犬八公也不帶這麼護主的。何況比爛，也該知道英國政府果斷立法治汙，日本市民贏了官司，美國官員貪區區幾萬元就被ＦＢＩ帶走；這裡卻譴責監測空氣是干涉我國內政，把結石寶寶的父親關進大牢，鐵道部長貪的錢能繞地球好幾圈。你不管這些，仍讓我們滾到外國去，「滾到外國去」已成了你們魔法學校統一下發的咒語，彷彿我們滾到外國，這裡就不會有貪官、毒氣和不公平，你失去的工作和女友也被神奇咒語喚醒，倏地回到身邊……

拜託下次改個咒語好不？怪丟人的。你不會不知道國外被誰占據了吧。洛杉磯灣區好一點的小區，每條大街都可以成立一個中共黨支部了。

兄弟，你一直有把一個話題變成另一個話題的才能。我們批評城管打小販，你就說小販食品不安全。我們討論食品安全，你就說要保護國貨。我們批評國貨質次價高，你就揭發洋貨售後服務對國人歧視。我們指出中石油中移動對國人更歧視，你忽然開始討論起央企占領世界五百強對中國屹立世界之巔以及粉碎C形包圍圈的重大意義……

你該看過這個神帖：我說油費太高，你說瑞典更高。我說瑞典公路不收費，你說日本收費。我說日本工資高，你說俄國也不高。我說俄國全民醫保，你說印度沒醫保。我說印度沒強拆，你說伊拉克還挨炸。我說伊拉克有自由，你說北韓更慘。我說北韓有廉租房，你說阿富汗還住山洞。我說阿富汗人有選票，你說你再說我輾死你！

然後你一騎絕塵，揚起的一陣S型或B型飛塵中，裊裊傳來「你沒邏輯、沒邏輯」。想不到你們也會抄襲「沒邏輯」來攻擊對手了。是的，不同的物種不同的邏輯。我們沒有豬的邏輯，也不住豬邏輯公園。

兄弟，我不奇怪每次你都站在公權力那一邊，中華田園犬想升格為二郎神腳下的哮天犬，也屬於勵志片。可是從屌絲犬做到了保安犬，也得殘留些對泥土的憐憫。每回城管把農民小販暴毆在地，你就說「小販占道，活該被打」。如果哪天你違規變道開車或是占了公車道，交警上來就對你一頓拳打腳踢……你一定也活該被打。

當然，你永遠學不會類比，只會繼續罵：「傻逼，以後讓小販全到你家門口堵著去。」這麼幼稚的反向詭辯，我都不好意思克隆（複製）一句：「牛逼，以後讓違規占道車輛全開到你家門口去。」我不敢還嘴，因為我這麼幹了，兄弟你一定會說：「傻逼，老子沒買車，老子騎自行車，有錢人最他媽汙染環境。」

你一直這麼無敵，恍若牛二兄弟一直沒有遠去。幸好後來有專家說：「造成汙染最大的還不是汽車，而是自行車、行人。」這時，才知道什麼叫強中自有強中手。

這幾年你們擴招了好幾十萬，說實話，生源確實忒差了點。你們是不是由一群嚴重閱讀障礙者組成的？我們批評動車追尾，你就說德國還脫軌。就像不知道德國動車事故是設計問題，中國動車是貪腐問題。某天國外火車不小心追尾，你打了雞血似的群@我們，「看，資本主義動車也出事。」最後一定會扯到我們陰險反對中國修高鐵這麼無厘頭的話題。這道理很難懂嗎：我們反對的不是中國高鐵，而是追尾後官員急急下令掩埋車頭，差點把兩歲小女孩埋在土裡，下令封殺消息、花錢刪帖、派水軍，卻從不捨得為遇難者立過一枚小小的紀念碑。

你抽離大背景、糾纏細節，拎著一頭大象的耳朵也敢向全世界宣布這是一頭豬。有一天中石油宣布油價上漲XX元，台灣卻同時宣布油價下調XX元。我調侃一句「我對兩岸統一沒有期盼，我對兩岸油價統一充滿期盼。」有個兄弟就找出某年某月某日台灣也漲過一回價。天哪，哪怕一坨屎，有人也要找出未及消化的一粒玉米興奮地大叫「看，這不是屎，是糧食。」按理點到為止，可見過情商（情緒智商，EQ）低的，沒見過情商低還這麼喜歡配合的。他竟又搜索出台灣某年共九漲五降淨漲四次的例子。好吧，恭喜你，都可以從屎裡找出了……四粒玉米了。

找出一百顆玉米的屎還是屎，戴了套的強姦還是強姦。看來，邏輯學應該歸納一個現象叫「玉米邏輯」了。

你比爛、轉移成話題、反向詭辯、滑坡理論……說你腦腔裡裝的是果凍把你抬舉萌了，這腦腔其實塞了一塊地溝油抹布，見誰都是不乾淨，逮誰想抹黑誰。最後，你設置了一個無上的道德標準，哇，那誰隨地吐痰，哇，那誰離過婚，哇你竟然拉黑我，哇，你竟然爆粗口……哇，我帶過髒字兒嗎，我沒日你，我曰你都受不了。

最歡樂的是，你凡事最後都會莫名其妙繞到宣布你愛國，像一枚熱敏導彈。可是，牛奶有毒你為蒙牛辯護，大橋坍塌你為施工單位辯護，PX項目你為化工廠辯護，空氣汙染你為兩桶油辯護，物價上漲你為收費部門辯護……你到底是愛國，還是高級黑。此時你又要罵賣國賊、漢奸了。受橫店教育多年，你不知道漢奸在哪裡嗎？中國的愛國者正坐在美國的花園裡，中國的賣國賊身陷祖國的囹圄，中國的愛國者正砸著同胞的汽車，中國的漢奸正因揭露這一切，而被刪帖。

當然不用說得那麼悲壯，我只是好可惜：一年上千億，哪個主管部門培訓出來的單細胞物種哪，還不如豬下水。

你否定大饑荒，理由竟是「你親眼看見過嗎？沒看見就是造謠。」當年你爸媽造你的時候，你看見了嗎？如果你沒看見，你丫就不是人。

你拒絕憲政，說憲政會讓國家動盪、民不聊生。你幹麼不回答一下，為什麼中國官員都愛把錢存在動盪國家的銀行裡；每回物價上漲時，情緒穩定的你，卻連吃碗拉麵都不敢多加一個滷蛋。

你居然對文革躍躍欲試。兄弟，像你這麼口齒不清又容易站錯隊的豬頭，文革再臨，第一個打死的就是你。

形而上的東西不談了。我一直以為你至少也關心自身利益，可你時不時就去街頭扮群眾演員，一臉抓得出二斤上等板油的幸福感：喜迎油價上漲，喜迎水價上漲，喜迎氣價上漲，喜迎學費藥費電話費上漲。請問，什麼時候才能等到喜迎你的智商上漲。

你那不叫幸福，叫倖存。我真不知道該怎麼定位你，我思索物種起源很久：好人、壞人……人類、動物……有機體、無機體……時間、空間……莫非宇宙學家一直在尋找暗物質。有著落了？

如何定位你，真是一個大難題。按理你們中很多人的日子過得不濟，可你從不反省是什麼掠走了你的財產，搶走了你的工作，劈腿了你的女朋友。你天天被爆還假裝高潮，倘有路人說句公道話，你從地下爬起，不及擦一擦屁股上的鮮血，一臉的洞曉世事：陰謀，你必是敵國派來策反的……在我已知的人類歷史中，見過奴隸，卻沒見過這麼具有聖鬥士情結的奴隸。你的神聖使命就是受傷害和受凌辱，並撕咬所有不想受傷害與凌辱的人。你拿著上峰一根雞毛也像接到了聖火令，對人類大喊：「傻逼、傻逼。」

這麼斯德哥爾摩，這麼神聖的受虐欲。我想了很久，覺得你該叫：聖奴隸。

（二〇一三年四月十日）

58 老而不死是為蒙

每當我看到文學泰斗王蒙一臉高深莫測的時候，就油然而生「鐵掌水上飄」裘千仞的形象。對不起，是裘千丈，腳下有木樁，寶劍可伸縮，那塊大石也是醋先泡過的，但架不住白衣飄飄、一葦渡江，引無數文青及女文青競折腰。

這個摯熱的革命文藝進步青年，從藝四十餘載從未生產過一部膾炙人口的作品，沒有塑造一個記得住的形象，他甚至沒有說過一句完整的真話卻莫名其妙官至作協主席、文化部長，略等於侍郎。這是中國文壇一樁奇案，世界文壇一項奇蹟。所以我說王蒙的蒙，此處讀一聲meng（ㄇㄥ）是有道理的。

欽定文壇泰斗王蒙不關我事，文化部長也不關我事，但前天聽王蒙在法蘭克福國際書展縱論「中國文學處於它最好的時期」時，我就覺得撒謊不是不可以，國內撒點就行了，那屬於拉動內需；但要是撒到國外，等於足協主席跑巴西去說中國足球處於最好的時期，會被打得腰花都找不到的。

王蒙指出：「中國文學處於它最好的時期。不管你們對中國文學有多少指責，我只能說，中國現在有上百種文學刊物，諸多作家在從事純文學創作，全國每年發表的長篇小說有上千部之多，中國可算是全世界的文學大國。」王蒙進一步強調：「有些在新中國歷史上曾被嚴厲批評過的作家，如今不僅作品接連出版，還受到當下讀者的喜愛，比如梁實秋、徐志摩、沈從文、張愛玲。上世紀八〇年代，中國有出版社想出版胡適的文集，曾經引起過不同意見，但現在各種各樣的胡適文集已出版很多，他甚至還有一張照片掛在文學館裡。」

看到這段話我第一時間其實懷疑他是在說反話，看了視頻才知道不是，彼時他一臉真誠，真誠的容積率之高以至於把五官都擠得有些變形，動情之處好像還準備流一下淚，只是考慮到余含淚的原故才生生收了回去……那個表情即使從專業表演看也相當具有挑戰性。所以在中國修到文壇大家其實就修成了表演家，泰斗們窮經皓首數年數十年要做的事，就是把真話說成假話，假話說成屁話，屁話說成鬼話，還特別感動的樣子。

我覺得這感動，是種很缺蛋的感動。中國文學究其實質跟北韓是一個級別的，基本上比伊拉克差，古巴那裡還有很好的民間文字被譜寫成歌曲供飲食男女淺唱低吟……我們確實有上百種文學刊物，是來證明國王是穿了衣服的。確實有諸多作家從事純文學創作，不是裝心絞痛就是秀偏頭痛。這裡每年發表上千部長篇小說，可更多的是盜版、瞞印……如果印數第一就算世界文學大國，印花手紙銷量世界第一算不算文學大國，盜版毛片產量世界第一算不算影視大國。王蒙這個思路和各行各業泰斗是一樣的，只要夠大夠濫，中國石油就處於它最好的時期，中國教育處於最好的時期，中國醫療中國金融中國樓市股市以及中國的一切……處於最好的時期。

說到梁實秋、徐志摩、沈從文、張愛玲、胡適……六十年來才獲准出版，我首先聯想到這是中國文學的悲哀，而不是榮光。就是說以前好端端的女子被打成破鞋沉塘了，後來老爺面子上有些過不去，考慮可以偏房名義位列祖宗祠堂牌下了，興許還可考慮追封點溫婉、淑貞、靜安之類的名號。可這不能證明中國文學處於最好，只能證明中國文學曾經全世界最差。

中國文學確實處在很差的時期（好在有個秦在墊底），這裡不焚書了，改為紙漿回爐，這裡不坑儒，改為敏感瓷了……這個瓷器大國的事情，王蒙不是不知道，他裝不知道，但他為從只能印刷領袖語錄到可以印刷文學刊物而感動，為破鞋被升格為二奶感激涕零，他原本匍匐，後改為跪著，就認為這是仁慈，再後改為躬身站起，王蒙就覺得彌足珍貴，如果哪天可以讓他平起平坐，王蒙簡直會帶領弟子們大喊教主仙福永享，壽與天齊……

中國文壇就是神龍教，各個流派的領軍人物就是各堂堂主，他們不敢憤怒不敢憂傷甚至連幽默都失去了，最後也只剩下感動這個生理機能了。因為感動是個特別安全特別不需要技術含量的玩意兒，可以為祖國新貌感動可以為大愛無疆感動也可以為做鬼也風流而感動。只感動，不敢動。泰斗們失去了敢動，也不准別人動，誰動，就組織人馬說這是網路垃圾，是不懂結構。於是中國文壇蔚為大觀：不敢動社會現實，不敢動文化機制，不敢動人性深處甚至不敢動人體本身，因這個涉黃會被驢霸，所以最後連情色都少有人寫得專業。要知道，他們很久以來都沒有寫過好的語文作品，教材都不知選什麼為好，又不方便把一些忤逆的東西搬上教材，最後只得大量啟用說明文，訓練出一大堆電器說明書愛好者，和文字版倪萍姐姐來。

我的文學觀，文學是一個國家現實的寫照。好的文學會讓人覺得呼吸順暢樹葉湛綠眼前一亮，說出人性的喜悅和悲哀，也可從一頭公豬和一頭母豬說出命運之輪迴，這叫文以載道；不好的文學就是比誰更正確離組織更近，比《新聞聯播》更靠近中南海……混在大街上這批作家過時了，他們觀念土鱉，技法落伍，文字基本是北方老娘們的花褲衩配南方姨婆高衩旗袍，一嘴的大茬子味兒，還冒充混搭。他們已講不動故事了，滴滴答答的還向後輩神祕宣布這是故意在壓著寫。究其實質，是能力不行了，這樣的滴滴答答，是文化前列腺炎。

千萬別說王蒙後期著名代表作《堅硬的稀粥》了，再堅硬的稀粥也是軟飯，都吃軟飯了，人格就堅硬不起來。

硬不起來就硬不起來，也別裝。我真正覺得中國文壇比北韓文壇還喜感的是，人家北韓死扛著主體思想說不定幾百年後也能自成一金達萊派，我們每當諾貝爾頒獎，瑞典滿大街都是中國怨婦，一邊踮起腳尖望穿秋水，一邊說不翻老娘綠牌子老娘還不願意給你上呢。這就是又當婊子，又立牌坊。其實每個人內心都曾想既當婊子又立牌坊，可一定要記得自己說過什麼話，別在重大問題自己追了自己的尾。比如王蒙多次批判網路文學是速食，是垃圾，博客更是對語言有一種破壞，號召大家要少接觸網路文學；前兩天忽然又高調支援網路文學，說看好網路文學發展前景，甚至說出網路文學可以延緩老年癡呆這種驚世駭俗的話，欣然題詞「文以清心，網以動人」。當時看王蒙，我確實有點蒙，後來才知道，他接受了盛大「文學顧問」的高薪聘請……

王蒙是中國文學的一個縮影，大家在酒局裡互捧臭腳，風景區裡對發獎盃，哇，你這真是後現代意識流派，啊，你這個才是新解構主義……開始是自摸，後來變成互相自摸，開始也不信，後來竟真信了。要知道，自摸不可恥，互相自摸才可恥，互相自摸也不是很可恥，互相自摸都能達到高潮才可恥，互相自摸達到高潮也不是最可恥，唯有互相自摸，才能達到高潮，最可恥。

可見，中國文學不是最好的時期，是最好蒙的時期，王蒙也不是王蒙而是王meng。

到最後，老而不死是為meng。

（二〇〇九年十月十九日）

59 咩咩

大家批評作家郭敬明曬富，我覺得這種批評是不對的。每個人都可以把自家東西拿來曬，林志玲曬美腿，阿布曬財富，賈伯斯曬才華，像我這種沒什麼可曬的，可以曬衣服……我只是對郭小四很心疼：繫根吊牌側露的ＤＧ皮帶，還要把ＣＫ內褲商標露在外面，ＣＫ商標外露其實很像一口痰，ＤＧ皮帶扣又那麼扎眼，走在大明湖畔，容易被老眼昏花的垂釣協會老同志當成排鉤，一鉤子把腰花鉤上來，就變成了命案。

愛馬仕筆記本沒問題，ＬＶ手提包沒問題，PRADA小熊鑰匙扣更沒問題，可一古腦混搭就有問題，淤了不說，有些價格標籤還未及撕，走在恆隆名店時叮叮噹噹的，逛街的小姑娘誤認為是名牌衣架子禁不住上去摸一把，驚得小四花容失色，「你嚇死人家啦」，多不好。

小四的敬業和聰明是很值得學習的，也沒幹過什麼太過邪惡的事。我只是覺得打造「花樣美少男」這個概念不妥，直奔三張了還花樣，到底搞什麼花樣。做面膜是可以的，化妝是可以的，但粉要勻，不勻千萬別嫣然一笑，對不起，忽然想起「姐不是不笑，一笑粉就掉」這個名句……你一直以為來自東京，其實來自東廠。

看過郭敬明主編的一篇《最小說》的帖子：「去年的時候我去杭州玩兒，去我一個很有錢的朋友（稱呼他小Ｋ）家做客，他家是別墅，庭院裡有一個特別大的游泳池，那天他請了好多朋友一起玩，我和小Ｋ兩個人姿勢優雅地塗完防曬霜，戴上了PRADA的大墨鏡，我穿著DOLCE & GABBANA的泳褲，他穿著GUCCI的泳褲，兩個人靠在游泳池邊上，身邊的水面上浮著個ARMANI的托盤裡裝著各種進口的水果……這一切都充滿著貴公子應有的……於是我們迅速套上游泳圈，手忙腳亂並且口中不停地嬌喘著掙扎……輸給安東尼。我恨！」

遙想小四說出「我恨」，好嬌柔的意境，我都忍不住翹起了蘭花指。其實我不怕小四帶壞大家的價值觀，只怕他帶壞大家的價格觀。性別觀也是我所擔心的，嬌喘、掙扎、小妖精、花容失色，甚至梨花點點……並不是所有的妖精都代表時尚前衛，雖有白骨精、蜘蛛精，卻還有牛魔王和黑山老妖。

當然，我覺得八〇後作家們對小四多少有些妖魔化，小四並不像對手說的那樣沒才華。我也覺得強求每一個作家都針砭時事，不盡公平，各有各的玩法。需要澄清的是，雖然小四不能算是一個好作家，但肯定是一個好編輯，也不想再說他抄襲，看，《夢裡花落抄多少》編得挺好，《販城》編得多好。就算他已不是青春作家，但必須是一個兒童文學作家，你看，幾乎每篇都有「咩咩」，屬雞冒充屬羊。九〇後現在連寫檢討都咩咩的，嚇得老師以為孩子們都轉基因了。

最後，摘錄一段前些時候，一個郭敬明粉絲給我發來的簡訊抗議：

粉：你嫉妒。

我：我為什麼要嫉妒。

粉：你說郭敬明的不好就是嫉妒。

我：沒說他不好啊，我只是覺得他不該偷東西。

粉：他什麼時候偷過東西。

我：販城、夢裡扒落知多少。

粉：他寫得比原版的好看，就不叫偷，那叫加工。

我：如果你家是種番茄的，他把你家番茄取走後加工成了番茄醬，再賣，你說那番茄醬算不算偷。

粉：……不算偷咩，不算偷咩，就不算偷咩。

此時我幸福地笑了，教主嬌喘吁吁，旗下盡是咩咩。

（二〇〇九年九月四日）

60 別撒嬌，撒嬌必挨刀

前兩天，一個清官，也是作家，揭發我用小說《李可樂抗拆記》「憑空想像拚命往地方政府身上潑糞水」。當時我正在寫〈人人都是外地人〉往製造高房價的政府身上潑髒水，由於都是髒水，一時分髒不均，就沒顧得上他。另一個原因，我以為連狗都尊重互聯網精神的時候，還有人使用「不明真相的人們」、「混淆視聽，彌天大謊」、「城管只是待遇低，為了活命才索拿卡要」這樣的句子，很可能出於反諷手法。

後來才知道這位臨湘市姜副市長不是反諷，他真怒了。他先表示對我的小說十幾處零容忍，再定位我是賣國賊，最後質問出版審查部門怎麼通過我的小說……加之此時正好有匿名人士寫舉報信要求有關部門對我採取行動，以及一個神祕讀者給我發簡訊諮詢後，第二天簡訊內容卻出現在一家黨報上。我覺得事情變得好玩起來，配合一下。如下：

副市長指出，李承鵬寫釘子戶被精神病真是彌天大謊，是隨意往政府臉上抹黑。其實在拆遷中，地方政府最多只是讓員警把為首釘子戶「請」進派出所「訓誡」一下，雖偶爾有自焚，但被精神病萬萬不可能發生。原因在於，城管部門與精神病院不屬於同一個系統。

這是一個奇特的邏輯。我承認當時我笑了。不是一個系統就弄不出個精神病來，副市長其實是在舉報各部門聯合執法能力低下。這讓斷言「百分之九十九上訪戶都是精神病」的北大教授孫東東，毒打精神病上訪戶關進黑監獄因此賺了上億的「安元鼎」公司，說「中國有一億二千萬精神病患者」的統計局專家，都很沒面子。所以等到他一針見血指出：現在當官的也都怕製造冤情啊，精神病院院長也是官，怎會為虎作倀呢，誰不怕丟了烏紗帽……這一段，我倒沒笑，卻聽到笑聲。

因為，烏紗帽先笑了。

副市長回憶：「精神病院接受病人有嚴格規定，必須由病人的直系親屬簽字方能接納。我在園林部門工作的時候，單位上有一位同事患上了間歇性精神病，最嚴重時揮刀砍人。我們單位很想把他送進精神病院，但他的家人不肯簽字，眼看精神病砍人，可當時我們出於人性考慮，只好作罷，還出錢派專人二十四小時盯他，現在都沒能將他送進精神病院……可見李承鵬說隨便精神病就是造謠。」

在他治下，連精神病砍人都不能送進精神病院。這個副市長可太純了，你純，純得在胎盤時期泡的都不是羊水，而是純淨水。

和純作家相比，我當然是一個庸俗作家。我寫過李可樂跟女友在七天酒店開房，風聞嫖娼者可能被抓去修高速路，聽到查夜導致內褲外穿……副市長看到此節很不開心，說：「像高速路這麼高精尖的國家重點工程，怎麼敢把思想那麼不純潔的嫖客派上一線，萬一破壞分子埋下一顆地雷豈不讓全世界震驚？豈不是正好讓國際人權組織有把柄質問中國，把勞改勞教人員送去修路，人權何在？」你看，副市長還在舉報中國仍在使用「勞改」、「勞教」這兩個有違人權的辭彙。

他進一步指出：大街上搭帳篷是不會被城管當成違章建築的，消防隊是不會向居民索要點汽水錢的，有關部門是不會要求群眾在遙遠的指定地點「散步」的，菜刀實名制後，釘子戶是不會用捕鼠夾和爆竹跟拆遷隊對抗……我才想起差點被他繞進去。他翻來覆去就是想指出：該小說情節誇張，過度想像。我覺得這其實是一個病句，我寫的是小說，不是《人民日報》，是文學，不是文件。可見官當久了，想像也是罪，所見文體只分兩種：一、紅頭文件。二、街頭謠傳。

令人動容的是，副市長說：如果任憑李承鵬之流的「公眾人物」憑想像隨意抹黑政府，只會加劇百姓和官員的對抗，激化社會矛盾，搞得官民結仇，引發社會動盪不安，給國家帶來災難，給百姓帶來苦難，並且讓老美、老日等反華勢力們偷著樂。

暗歎副市長警惕性之高，要是升成正市長，夜夜趴在國境線上，國防部連警犬都省了。要是升成正省長，火星人絕對遭殃。要是升成〇〇一號首長，織女星系和獵戶座基本提前碰撞，宇宙粒子重新組合，除了暗物質外只有《人民日報》和正確的小說。早知道我一本小說有這麼大當量，反華勢力對我國有毛用，我撕個把章節過去，第五航母艦隊不一會兒就灰機了。也無需FGW提油價打別國飛機，扔我四本小說就滅了C形軍事包圍圈。

最後他呼籲人民應理解政府：「其實在拆遷過程中，地方政府是被逼無奈才被開發商綁架的，政府一直在補貼人民，可是人們明白『開發商怕拖、政府怕鬧』，便掐住政府和開發商的軟肋。少數釘子戶胃口極大，政府為了防止騙補償就二十四小時設卡，那情節猶如抗戰時防鬼子進村的味道（這比喻有創意）。有個老上訪戶糾纏多年，派出所同志立功心切才把他關起來。沒想到這個人好面子從樓上跳下去，害得政府賠了一大筆錢。還有個政府祕書長，多年兢兢業業的拆遷專家，一個蠻不講理的老奶奶居然把褲子脫了拉屎。情急之下祕書長忍不住扇了她一耳光。無奈之下書記忍痛解了他的職。他的丟官，讓拆遷戶們都喊冤（市長說的這邪惡奶奶一定是天山童姥）……」

大概就是這樣。看了這些，還跟那個一身正氣揭發官場潛規則以至於被調走的官俠聯繫起來？你該知道，這官員並不是揭發潛規則被調走的，而是演砸了。中國的一些小官就是這樣，跟對了一個大官，就扶搖直上；

不小心演砸了，就掃地出門。此時腹誹多多，很是想反，可偏偏還幽怨徘徊在門口……左屁股坐在門內，右屁股坐在門外，由於屁股決定腦袋，就分裂了。你看，剛才清官的他在報紙上揭發官場潛規則，可瞧半天也沒說出什麼潛規則，一個官員真名不敢提，只是顯擺了些官場掌故，「官場簽名大有玄虛，橫著可以不辦、豎著肯定辦、空心句號暗示百分之百辦不成」……你當中國官場在上幼稚班圖畫課？靠象形文字這種初級密電碼圈錢？這麼說，貪官都覺得你汙辱行業水準。

這不叫揭發潛規則，這叫撒嬌。別撒嬌，撒嬌必挨刀。

我很好奇，這個叫姜宗福的作家兼前副市長怎麼說服自己相信政府是因為無奈而窮才強拆的，怎麼說服城管官員出身的他是個出淤泥而不染的清官，拒絕女色引誘以及他全家一個月僅靠七百元討生活。怎麼說服自己相信，李承鵬寫了本《抗拆記》就是在打著民生的幌子博眼球，借罵政府出名，掙碼洋……而他出書前幾天才註冊了博客，通共三篇都在宣傳書，連罵我的文章的開頭都必先把封面貼在前面的，則不是在博眼球。

好吧。我先承認我確實是在博眼球，其實啊我是一個沽名釣譽之徒，為出名掙錢不惜選擇罵政府這條狡猾而效率奇高之路，真是名利雙收啊；現在輪到你了，如我沒猜錯，讀到此處，現在的你一定很糾結，因為說自己一點沒博眼球，實在有違常倫，說自己博了眼球，又跟你之前的劇本不一致。算了，清官，我先幫你承認你從未博過眼球，你那麼志存高遠，配你博的只能是地球。

忽然間，我的眼球被副市長新書的封面給狠狠博了一下，這本「自古以來第一本原生態官場實錄」的書透露出來的正義和清廉，真讓我無地自容，上面印了兩排放之四海而皆準的字：

一、官民同心是構建和諧社會的重要基礎。

二、新華社、人民日報、廣州日報百餘家主流媒體持續正面報導中……

你怎麼做到的這樣深情地把自己騙到，且還達到了高潮。撒嬌不可恥，連撒嬌都能達到高潮才可恥。

（二〇一一年二月二十二日）

61 不要以戀愛的名義免費嫖娼

今天，參加了一個五十名作家聯名發起的反百度文庫盜版侵權的行動。

過去我一直不好意思這麼幹。因為按這裡的邏輯，抓賊的往往比做賊的更做賊心虛。再就是，我曾在百度查過我的《李可樂抗拆記》，並無我的名字，只有一個上傳者的名字叫「不多說」。我就這樣被百度「不多說」了，還多說些什麼呢。

我一直以為百度文庫是向讀者提供免費閱讀的地方，跟大街上設置的免費自行車是一樣的。現在才明白，這些自行車其實是從我家偷來的。百度文庫是這樣一個地方：鼓勵人們把看到的一切作品上傳到這裡，不經過作者同意，不經過出版社同意，甚至也不經過上傳者同意——因為上傳者其實就是百度文庫自己。但它稱這個過程是對讀者的：善舉。

我看到很多人說，百度文庫也是免費的呀，是為讀者利益考慮，百度還搭上了人工費用維護呀。可是我覺得事情應該這樣想：免費的百度文庫構成了不免費的百度這隻超級航母，最終導致了兩個奇觀，一是李彥宏終於成了二〇一一內地富比士首富，二是美國貿易代表辦公室把百度評為惡名市場。只有中國，才會出現小偷成為首富並冠以民族企業稱號的景觀。

有人問，你是嫉妒李彥宏成為首富嗎？我說，我明確表示嫉妒小偷成為首富。

我還看到更多的人說，即使百度賺了錢，可作家不要太小氣。我必須堅持這種小氣。一個作家連自己的財產都保護不了，怎能大氣；一個作家都無視知識產權，哪配有靈魂。事實上這種免費閱讀，我虧了你也沒占便宜，你讀的是劣質的畫面，跳行、錯字、連分段都是錯的。比製作盜版毛片還要不道德，大部分毛片至少保證了畫面清晰。重要的是，當所有作者拿不到一分錢稿費連署名都被「不多說」時，一是沒人願意搞創作了，另一種局面更可怕，當作家失去自由創作的動力，轉而去拿紅包，成為政府包養的二奶，站在對面告訴你們：屋子貴藥費高找不到工作統統是正常的。這樣的例子在音樂界已出現了，中國已無音樂，如果你一定說有，那只有兩種：盜版音樂，和春晚音樂。

我不介意別人免費分享的，但介意別人偷了我家東西去免費分享。我也可以不介意偷去免費分享，但介意偷了還打著自由搜索的旗號。色，即是空，偷，即是自由搜索。你到底要偷，還是要自由搜索？你到底要談戀愛，還是免費嫖娼？當谷歌自由搜索時，百度動用政府力量要求按東方習慣屏蔽不良資訊；當谷歌撤退，百度順應線民呼聲要求按西方習慣進行自由搜索。這就是民族的企業把民主的企業弄走之後的結果。

一定有人會說，這是出版公司與五十名作家的利益合謀。當然是合謀，因為大家快活不下去了。一本定價二十塊錢的書，國家的新華書店扣走約十塊，剩下的十塊包括作者稿費、印刷、物流、水電氣、清潔阿姨工資以及編輯的人力成本。按慣例出版公司可以賺三塊，實際操作中可能是賠三塊，如果運氣好碰到賣得火的書出版社可能賺到上百萬，可這是建立在海量虧本的圖書屍體上。這種形勢下，很容易導致各出版社挖空心思去爭取出版教材、偉人語錄傳記，看似有理實則沒譜的心靈雞湯……最後的局面就是你們現在已經看到的假話橫行、無病呻吟、文化流失。

前段時間官方宣布中國已取得很多卓越的數據，電視劇集數全球第一、動漫數量第二、報刊數量全球第

一、圖書出版數量全球第一……在我看來，沒有優質內容和版權保護，圖書出版全球數量第一，跟手紙全球第一沒差別。我的書算是賣得好的，也談了一個幾百萬預付款合同，可這在北京連大一點的房都買不到。如果這個行業死了，靠十幾個所謂暢銷作家來撐，遲早會死的。

這不是作家個人權益的事，是行業還能不能堅持操守。如果幾年後作家們發現寫作肯定是一件很虧的事情，就不再拒絕政府的邀請，大家會欣然拿走政府顧問費，在報紙顯要位置上寫政府殫精竭慮，執政效果很好。或像《論語》傳人那樣號召大家，不要埋怨社會，你得提升自身境界，退一步海闊天空，去詢問自己的內心……大家知道的，凡事一問內心，就玄虛了，玄虛了你就認命了，認命了，政府就高興了。

政府是不願意扶持作家的，作家要是得了扶持，身心俱佳，精力充沛，就特別願意說真話。他們不喜歡說真話的作家，他們喜歡撒嬌的坐檯小姐。這篇稿拖了很久，一方面是我覺得一群本該專心抓靈感的作家卻去抓小偷，看上去也很欠。再就是我一直不知怎麼給所謂作家們定位，現在定出來了，我們不是靈魂工程師，是小姐好不啦（好不好）。就此，本文文眼：

不要以談戀愛的名義，免費嫖娼。

（二〇一一年三月十五日）

62 朕還是不朕

有人批評馮小剛的《大地震》是在撕一個民族的傷疤。不應這麼表揚他的。這麼多年來電影界一直在幫這個國家捂傷疤，撕傷疤這種義舉，有誰在院線裡看到過。你說馮小剛撕傷疤，是在揭發審查部門把關不力。

早些年，一些導演也揭過傷疤的，比如拍過《霸王別姬》的陳凱歌，拍過《活著》的張藝謀。特別是後者，他曾活著，現在已死了，連轉彎燈都不打迅速掉頭成為世上第二好的團體操導演（第一好的在北韓）。在現行電影審查機制下，大部分曾經的撕傷疤，現在都變成了創可貼，創可貼都算堅持操守的了，有的甚至成為夜用型護翼，不移位不側漏。這種情況下馮小剛能拍點俗片就不錯了，哪兒有能力揭傷疤。揭了，名字就迅速成為敏感詞。電影就會轉為地下電影。

有人說《大地震》讓災區人民二次受傷。可這事哪兒輪得到他。《新聞聯播》和《感動中國》天天把災難當凝聚力報導，早傷災區人民二千多次了。讓一個拍市民喜劇起家的導演成為史匹柏或反戰獨立導演，矯情了。馮小剛注定成不了思想家，這塊土地上也永遠產生不了思想家。他拍喜劇是給群眾撓癢癢，拍悲劇是給街坊刮個痧。他本這麼想的，也這麼做，算恪盡職守了。

藝術上是可以批評《大地震》的，劇本寫得像電視劇，情感線像幻燈片一樣斷掉了……這是才華問題，上網上線說他發國難財就沒意思了，我的意思是，他還不夠格。馮小剛要是把王家嶺礦難拍成一部勵志的《八天八夜》，那才叫發國難財；把那個不救自己家人卻使勁挖鄰居遺體的英雄搬上銀幕，才是用眼淚綁架觀眾。這年頭誰綁架誰，其實是樓市綁架了股市，股市綁架了菜市，菜市綁架了房事，房事綁架了車市，官員綁架了人民，人民反綁架人民……一個互相綁架的國度。就是這樣。

中國電影普遍存在情懷問題。《辛德勒的名單》宣布的是人性復甦後向強權的挑戰，而我們的電影是弱勢跟弱勢的糾結。前一種挑戰成就了信仰，後一分糾結到最後成了虛無。但馮小剛還敢拍現在而不是古代。中國導演差不多是古裝導演的代稱，《無極》是古代，《黃金甲》是古代，《三槍》是古代，《趙氏孤兒》還是古代，以及《三國》、《水滸》、《紅樓》……因為大家都在裝，可裝現在很危險，裝古代相對安全，所以古裝。下一步要拍元謀人河姆渡起源的電影了。

很多知識分子就批評他為什麼不直接拍汶川大地震死亡學生。可他要敢拍，一會兒就掛了，自己的名字將無法見諸報端，還拍什麼名單。中國是不准拍名單的，每一份名單都是欠這個民族的帳單，誰也不想在自己的任期內埋單。

馮小剛的不濟，是體制的不濟。那些社會主義老同志坐在審查室裡，就像坐在刑訊室裡，他們像蓋世太保一樣審查著所有他們認為可疑的東西。他們用謊言標準看待歷史，用革命手段代替藝術手法。他們就是實施宮刑的蠶室大太監，自己沒了雞巴，還不准任何人有雞巴，當導演均被閹掉，哪有真正的喜劇、真正的悲劇。

我一直想寫個故事，發生在一九七六年大地震後的故事。那時我還很小，有天成都打金街上來了一個黑墩墩的小孩，十四五歲左右，專門打蜂窩煤的。那年頭這是居家節約的好辦法，就是用一種鐵模子把煤渣子重新打出成型的蜂窩煤。小孩煤打得結實，從不收錢，飯管飽就行，且飯量奇大，一頓可吃五碗。我們就叫他五碗，街上常響起「五碗、五碗……」他拎上煤模子就跑去了，叮叮咣咣只消一會兒，漂亮整齊的蜂窩煤就打出來了，然後他就轉身端碗吃飯。他打煤的動作跟吃飯的動作彷彿連接在一起，吃的速度也遠超常人，像直接把一碗碗飯擱進了胃裡。

後來才知道他其實是一個孤兒，因唐山當時的工資較高，前年全家跟著姊姊嫁去唐山。可後來碰上地震全死光光了，只剩他跑回廣元老家，老家又遇大饑荒，都在吃一種白色的泥巴叫觀音土。五碗說，那土吃了就是肚子脹，想放屁又放不出來，鄉裡很多人拉不出屎來，就死了。

五碗說起這事從來都笑咪咪的，看不出一點悲傷。他繼續打煤，繼續快速吃飯，他對生活很滿意，對新住所的避風程度也很滿意（那是街邊一根空置的下水道管子）。他是兩個多月後被抓走的。有天凌晨運送戰備物資的軍車經過這條街，因發生交通事故，掉下來一些罐頭，剛剛醒來的他很高興地撿，轉身要走時，被一槍托砸翻，帶走。

本來也沒事，可遇上一場革命肅清行動，為了湊人數就把他以搶劫軍車罪名算上。他是一個地震孤兒，生命中最重要的就是吃飯，因為一個罐頭，就這麼交代了。當時執行槍決要先遊街，我看見他混在其他一些犯人裡，站在高高的卡車上面，鼻涕向下拖得好長，晶瑩且不斷線，還在笑，那笑容絕對真誠和幸福，可能是執行前吃了頓罐頭飯。

這些是不能拍成電影的。因為這是真正的悲劇。

關於悲劇的悲劇是，為什麼中國拍不出好的悲劇？或者拍出好的悲劇也賣不出好票房？因為這樣拍出來，最不滿意的還不是有關部門，反而是人民。因為這太像他們的生活了，他們花了錢，是來看電影而不是來看自己。看自己，對著自家鏡子瞧一瞧就行。

唐山大地震發生後，為了不向帝國主義丟臉，官方封鎖消息，拒絕救援，導致死亡人數擴大了數十倍。主流文化一直迴避這段真正的歷史，黨宣部門更要割掉這段比地震還要恐怖的歷史，誰提，誰就上黑名單。這樣僅好於北韓、比伊朗還差勁的電影審查機制，不可以有曼德拉，只可以有杜拉拉；品質上假裝茖哈絲，其實也就一枚杜蕾斯。

震不震，歸老天爺管。怎麼解釋震不震，歸政府管。所以最後的結論是——地震，我們不震，此為堅強；地不震，我們自個震，此為感動。青蛙頻頻出動，專家屢屢闢謠，由此看出，中國沒有震不震，只有朕不朕。

（二〇一〇年七月二十八日）

63 誰在惡搞季羨林

首先向季羨林鞠一躬，祝老人上天堂。再列舉一下：《羅摩衍那》、《優哩婆濕》、《印度簡史》、《吐火羅文彌勒會見記譯釋》、《天竺心影》……大家即使沒研究過印度學，相信也看過寶萊塢歌舞片。如果大家不好意思說，我就來說：季羨林不是一個國學大師，而是一個印度學大師。

我覺得印度學大師沒什麼不好，強行安上國學大師頭銜，就不好。事情到了後來有些滑稽。估計那些粉絲在追思會上也很尷尬，作為國學大師卻沒什麼國學作品傳世，無論如何有些說不過去。所以只好放棄對國學大師的作品追思，轉而進行國學大師的人品追思，比如幫北大新生看行李苦等兩小時，永遠穿著藍中山裝，作息時間準如鐘，逢人求字從不拒絕……可我覺得這是害季老先生，本來好好的一印度學大師，非弄成國學大師，最後不得不變成人品大師。而人品大師，貌似是句罵人的話。

非說季羨林是國學大師，是因為天朝需要國學大師。至於印度學，此時可以忽略不計。我懷疑如果達摩活在當代，恐怕也要被強行賜為國學大師，自有人從一個「禪」字找到各種國學出處。一個大國怎能沒有大師，泱泱古國怎能沒有國學大師，這樣才有面子，才拿得出手去跟一切反動勢力ＰＫ。這跟過去我們常常把科學家弄成思想家，藝術家弄成革命家，文學家弄成政治家，是一個戰術。多年來我們一直這麼幹，錢學森被弄成革命的科學家後，後來也沒什麼科學成就，郭沫若成為革命的甲骨文專家，人格也變得跟甲骨文一樣複雜。

想必我這麼說，季老爺子天堂有知也不會怪我的，他生前最煩誰管他叫大師。他說：中國不需要大師，凡人過十八歲之後都有常識，不需要國寶，不需要大師，這是別人要給我加的帽子，叫我大師是有來源的……季老先生是個給別人留面子的人，這個來源除了提到一下《人民日報》，就不願講下去了。事情就這麼簡單，明明固辭大師卻被《人民日報》歌頌成中華民族傳統的溫良恭儉讓。明明老頭子生前最煩別人安排的帽子，戴不上，現在他走了，大家趕緊給他強行戴上。

這樣做太不厚道了，無異於對一個老人進行聲名的盜墓。

我內心真覺得季羨林先生，是一個很好的學者，很有良心的教育者，一個溫厚的公民，我覺得這是一個很夠級別的謚號了，也還原了季老先生的真實面目。可有人非要把老頭子當文化炮灰打出去，不是為了季羨林，而是和諧的中國需要大師，學術繁榮天朝需要大師。當御封大師成為一場運動時，怪不得中國沒有大師。

可是我不能忘：當年季羨林被關進了牛棚，不斷被紅衛兵折磨，折磨得睪丸血腫，像小皮球一樣大，走路時連兩腿都併不攏……這是一個時代的悲劇，一個民族的猥瑣。可是中國人從不反思屈辱，卻擅長把傷疤當漂亮紋身，還說這正體現出大師堅韌的風骨。遺憾的是，大師彌久，除了《牛棚雜憶》這本溫良回憶錄，為配合聖意竟說出了奧運開幕式應抬出孔聖人像這樣的話，多少讓人唏噓。另一方面，索忍尼辛卻在鐵幕之下寫出《古拉格群島》這部偉大作品，發出「謊言已成為這個國家的支柱」的諍言。你說，誰才是真正的大師。

中國沒有大師，活著的沒有，死了的也很可疑。中國需要的不是大師而是知識分子，要普及常識，澄清價值，讓記憶如明燈般顛撲不滅，讓隨意把知識分子打得睪丸血腫的時代永不回來。知識分子多了，足夠有尊嚴，才會產生大師；而姿勢分子多了，趨炎附勢，就只會產生師太。現實是，教育水準低下、制度落後，教育投入少得可憐甚至連教學的身心愉悅都沒有，各行各業卻忙著分封大師，神州處處是大師——文化大師詐捐了，建築大師的屋子塌了，音樂大師的曲子跑調了，教育大師把學生升級為二奶了，電影大師改行排練團體操了。我倒覺得，唯有我們的母親是大師，承受那麼多苦難卻養活了這麼多孩子，是育兒大師。

御賜什麼國學大師？要我說，這個國家欠季羨林這些老派知識分子一個道歉，而不是死皮賴臉封大師。換了我，就用文革時期的報紙燒給這個可愛的老頭，這是對他最好的安慰。如果一定要御封，就只有一個理由：老頭被折磨到睾丸血腫了居然還能活過來，還能在中國的牛棚裡翻譯古印度長詩，這是中國特色下的生存大師、康復大師。

附錄

滿朝文武都去悼念「國學大師」季羨林，獨有我不敬，因為我說他並不是國學大師而是印度學大師。我以為這只是個常識問題，但國學粉絲們非常激動，現將各類提問歸納如下，我一一回答：

問：國家領導人都去悼念了，你個ＳＢ憑什麼汙辱季羨林不是國學大師而是印度學大師，這是大不敬。

答：想不到國學粉絲也愛說英文了。如果說季羨林是印度學大師就是汙辱，不怕印度來投訴？其實我覺得國學很好，印度學也很好，但二者確實不是一個專業的，這就像鹿也很好，馬也很好，但你讓我指鹿為馬，就不好。

問：季老剛剛仙逝，你卻在這裡說風涼話，你這是譁眾取寵，對得起一個九十六歲的老人嗎？

答：對一個九十六歲的老人最好的禮遇就是還原本來面目。他本是蘿蔔，也喜歡當蘿蔔，就沒必要把他搞成人參，他本想骨灰撒向大海，你非得用水晶棺供起來。好吧，我譁眾取寵，可這好過譁官取寵。

問：你有什麼資格來評價季羨林這樣的國學大師？

答：我覺得凡事都追著別人要資格，就很沒意思。掃廁所的也能批評國家元首。何況我沒批評，我只說他不是國學大師而是印度學大師。

問：季羨林大師著作等身，你讀過他全部的著作嗎？沒讀過沒讀懂就別在這裡信口雌黃，有本事你去寫一本。

答：我確實沒讀過，相信你們中絕大部分也沒讀過。我沒讀過就不能批評，你沒讀過就能表揚？這是什麼邏輯。全世界能看懂吐火羅文的《羅摩衍那》又不超過三十人，難道你請天竺老僧幫忙翻譯的？我不懂季羨林，但懂他一生最大成就是印度學就夠了，這是個簡單判斷題。我也不需要再去寫幾本印度學的書籍。這道理就像你說這湯不好喝，結果跑出來一群廚子拎著刀質問，有本事你來做一個。

問：你居然說他老人家的睾丸血腫，這實在是沒人性。

答：原諒你，因為這裡太喜歡刪改教科書，讓你不知道這段歷史真相。其實這是季老先生《牛棚雜憶》裡寫過的。我提醒這個，是想讓大家別忘了中國知識分子那段艱辛的路。從司馬遷可以看出，中國歷史就是割掉雞雞史，從季羨林，可以看出中國學術史就是睾丸血腫史。整體來看，中國各種史，都是無生育史。

問：讓我們換個話題，你看過他的《牛棚雜憶》嗎？他以精通十二國語言的功力，著作了《敦煌學大辭典》、《大唐西域記校注》、《東西文化議論集》等，這些難道不能證明他是國學大師？

答：這些屬於文化比較學，用這個來說他是國學大師，那陳寅恪怎麼辦，胡適怎麼辦，只好弄一個「大師後」這稱呼了。至於懂十二國語言，那不是國學大師，那是國際語言大師。

問：我們的時代需要大師，我們的時代需要國學，這是我們的傳統。

答：需要大師和是不是大師，是兩個概念。我也看到這樣一句，「大師離我們而去，以後我們靠什麼活」，原來我們是靠大師才能活下去的呀，而不是糧食和蔬菜。國粉們，能有點出息嗎？

另外，我不覺得這個時代需要大師，我倒覺得其實是政府需要大師。當年胡適深感知識分子應該參與到社會中進行實踐，作為學生的季羡林卻說了一些不好的話。當然我理解是當時壓力之下的行為，可到了晚年季老先生想如胡適那樣做一個公共知識分子時，卻弄出一個奧運會開幕式要抬出孔子像的建議，提出了「和諧盛世辦奧運」，這時，他就被政府徵用了。

問：那你覺得什麼人才是大師？

答：一輩子不指鹿為馬的人，就是大師。當然，這個在中國很難。

（二〇〇九年七月十三日）

64 反擊耶魯假新聞

最近網上流傳一篇帖子，稱作者為前任耶魯大學校長的小貝諾・施密德特，該文發表在耶魯大學學報上，公開批評了中國大學的制度。經調查：此帖係謠言。施密德特從未對中國教育現狀發表任何見解。此文估計為心懷叵測者偽造。既然敵人送上門來，不妨豎起靶子逐一批駁，以正視聽，避免一些不明真相的學生上當受騙。如下：

對中國大學近年來久盛不衰的「做大做強」之風，施密德特說：「他們以為社會對出類拔萃的要求只是多：課程多，學生多，校舍多。」對於通過中國政府或下屬機構「排名」，讓中國知名大學躋身「世界百強」的做法，施密德特引用基爾克加德的話說，他們在做「自己屋子裡的君主」，「把經濟上的成功當成教育的成功，他們竟然引以為驕傲，這是人類文明史最大的笑話。」

對於中國大學近來連續發生師生「血拚」事件，施密德特認為這是大學教育的失敗，因為「大學教育解放了人的個性，培養了人的獨立精神，同時增強了人的集體主義精神，使人更樂意與他人合作，更易於與他人心息相通。這種精神應該貫穿於學生之間、師生之間，但是他們卻計畫學術，更是把教研者當鞋匠。

難怪他們喜歡自詡為園丁。我們尊重名副其實的園丁，卻鄙視一個沒有自由思想獨立精神的教師。」

施密德特還說：「中國這一代教育者不值得尊重，尤其是一些知名的教授，他們退休的意義就是告別餬口的講台，極少數人對自己的專業還有興趣，除非有利可圖。他們沒有屬於自己真正意義上的事業。而校長的退休與官員的退休完全一樣，他們必須在退休前利用自己權勢為子女謀好出路。」他嘲笑：「很多人還以為自己真的在搞教育，他們也參加了一些我們的會議，但我們基本是出於禮貌，他們不獲禮遇。」

他甚至說：「中國沒有一個教育家，而民國時期的教育家燦若星海。」

對於中國大學日益嚴重的「官本位」體制，施密德特也深感擔憂，「宙斯已被趕出天國，權力主宰一切」。他斷言：「中國教育效率低下，文科的計畫學術更是權力對於思考的禍害，這已將中國學者全部利誘成犬儒，他們只能內部惡鬥，缺乏批評世道的道德勇氣。孔孟之鄉竟然充斥著一批不敢有理想的學者，這令人失望。」

由於金融危機引發的一系列困難，施密德特說：「作為教育要為社會服務的最早倡議者，千萬不能忘記大學的學院教育不是為了求職，而是為了生活。」他進一步批評了中國大學的考試作弊、論文抄襲、科研造假等學術腐敗負責，提出了另一種觀察問題的眼光，他說：「經驗告訴我們，如果執政黨是腐敗的，那麼社會機構同樣會駭人聽聞的腐敗。」

施密德特認為，「中國大學已失去了重點，失去了方向，失去了一貫保持的傳統，缺乏學術自由的精神，對政治的適應，對某些人利益的迎合，損害了學生對智力和真理的追求，我們的大學教育應堅持引導青年用文明人的好奇心去接受知識，反之就會偏離對知識的忠誠。」

他提出「大學似乎是孕育自由思想並能最終自由表達思想的最糟糕同時又是最理想的場所」，因此，大學「必須充滿歷史感」，「必須尊重進化的思想」，「同時，它傾向於把智慧，甚至特別的真理當作一種過程及一種傾向，而不當作供奉於密室、與現實正在發生的難題完全隔絕的一種實體。」他甚至說「中國沒有一所真正的大學」。他說：「一些民辦教育，基本是靠人頭計算利潤的企業。」

（……注：尚有個別更為險惡的言論，我主動加以緣壩在此不予摘錄。）

看得出這是帝國主義學閥嫉妒我國日益高漲的教育GDP。我國教育確實課程多、學生多、校舍多，我們就是要做「許三多」。北大官員剛剛宣布消息：現在北大、清華每年都可以創收十億左右，帶動周邊相關產業九十億，也就是一百億了。相信不久的將來，我們將打造出一個以餐飲、娛樂、地產、桑拿、卡拉OK為主的鏈條式產業基地。以後不叫北大了，叫「北大托拉斯管理集團」。也不叫清華了，叫「清華辛迪加股份有限公司」。二者將不再設校長，而只有董事長和CEO、CFO……

這是私立的小小耶魯哪裡趕得上的，也是私立的史丹佛、哈佛拍馬難追的。當我們知道美國所謂名校竟都是私立時，不免哈哈大笑。我們連黔江師專這一級學校都是局級的，北大清華就是部級的。我們創造了世界文明史裡的奇蹟——一所大學就是一個企業，一個教務處就是一個稅務局，一個基建辦就是一個大型房地產，要是整個教育戰線集體上市，瞬間讓深滬崩盤。

耶魯培養出近三屆美國總統有什麼可以吹噓的，我們每所大學都在培養小皇帝，至少致力於培養皇帝的新衣。至於校園「血拚」事件。中國學生不過用水果刀刺殺一下老師的胸膛，精神病揮刀亂砍一下孩子，美國校園卻端起衝鋒槍掃射。我們會大事化小、小事化了，正確地引導輿論導向。不像你們，不僅不封鎖消息，總統還在電視上哭哭啼啼，命令全國下半旗，最後竟向殺人者墓前獻上一捧燭光，說什麼靈魂平等，還要寫進校志，真是善惡不分。我們決計不會給這個孩子墓前擺放燭光的，他連墓地都不敢公開有。我們還會啟發同學們揭發他生前種種惡行，從借菜票不還到偷女生內褲，從喜歡打麻將到迷戀網遊，從蹺課掛科到有嚴重手淫行為。總之我們從身體到人品把他搞臭搞垮，讓報紙和電視大肆報導，讓群眾明白這是一個沒有正確的人生觀、學業觀和榮辱觀的壞孩子……且這是一個孤案，跟學校教育無關，跟教育制度更無關。接下來，會安排學生會幹部在校園裡安詳地行走、快樂地學習，讓媒體選擇巧一點的角度報導。這件事情最後會被人遺忘，什麼都沒發生過，決計不會影響到下一步招生、下一步的GDP。

帝國主義學閥譏笑我們「知名」的教授退休意味著告別餬口的講台，像官員那樣為子女謀好出路。這是造謠，我們知名的教授其實不到退休已就是企業大股東了，怎可能臨到退休才想起為子女謀好出路，此時，他的子女早是公司的副總裁了。

我們怎麼沒有學者？郭沫若就是，余秋雨就是，還有國學大師季羨林，雖然他一輩子研究的是印度學，但我們可以製造出一個「大國學」概念，並證明印度學只是中國學的一個分支。由於中國實在太大，下一步就可以順便把日本越南蒙古等周邊一塊覆蓋，再辦些孔子學院，這樣就方便我們出現更多的國學大師。

至於說到中國的教育效率低下。我們一點都不低，我們有那麼多奧數，不服的話就派些耶魯學生跟我們的初中學生比比奧數，奧死你們。如果來一場中美學生全方位比賽，隨便點幾個比賽項目：說廢話、總結中心思想、抄襲論文、吐血交高價學費。美國學生及家長一定望風披靡。也不要別有用心的批評我們的學者「不敢有批評世道的道德勇氣」。每當看到「批評世道」這幾個字就想發笑，批評對升職稱還是拿到項目經費有用？何況我們的學者一直堅持批評世道。你看，于丹就常批評人們沒有平常心。而每當有人提出民權、自由這些不相干的話題，大批學者就緊急出動，直指人民素質這麼低，怎配得上這些權利。

中國教育的團隊合作精神是值得稱道的。看，男生都在幫導師撰寫科研論文並大公無私地不署名，女生不小心扮演了師母的角色也不署名。還有就是，大型運動會熟練地成為背景人牆，手執鮮花歡呼國內外元首蒞臨指導，熱淚盈眶，泣不成聲。碰到CCTV等採訪時統一地說出：我覺得生活可是越來越好了，物價上漲對老百姓真是沒啥影響，畢業後我會在工作崗位上為社會做出應有貢獻……

不小心說到就業了，不要說「被就業」這麼難聽好嗎？過去雖然我們大部分是中學生，一部分成了技專生，很小一部分才成得了大學生。可那時候工作的機會還是很多的，只是後來地越來越少，人越來越多，政府發現不能留太多畢業生在街上逛來晃去滋生事端，就鼓勵大家上大學。還發明了各種大學，這樣不僅安全，還可以創收。不要小看這個緩衝期，學以致用，讓學子們了解社會，社會才是最大的一個實習單位，混社會只要不混到天地會，就是最好的實習期。

看到美國學生在金融危機到來時找不到工作，只好去郊外畫畫寫生、去教堂唱詩、去工廠學改裝自行車、去阿拉斯加調取古生物進化的實證……這些雞毛鴨毛的事情，可真是太悲慘了。真想游過去解放水深火熱之中的他們。還有一條必須反擊的是來自於「現在中國沒有教育家」的惡毒說法，我們人人都是教育家，君不見：領導是下級的教育家，老闆是雇員的教育家，有錢人是窮人的教育家，含淚是災民的教育家，官員是老百姓的教育家——你究竟是替黨說話還是替老百姓說話？

為了深入批判「缺乏學術自由和獨立思想的中國大學，損害了大學生以文明人的好奇心對知識的探索和對真理的追求」這一段，我剛剛做了一個調查。可清華的學生問我，「請問，什麼叫學術」，北大的學生問我，「請問什麼叫思想」，復旦的學生問我，「什麼是真理」，最後，人民大學的學生楚楚可憐地問我，「請問，什麼是人」……

咳，這只是個小失誤，因為我們一直不是按人來教育而是按人頭來計算利潤的。總之，我們的大學教育非常成功，我們擴大規模追求速度深挖潛力，按照生產溫州的皮鞋、東莞的襯衫、義烏的打火機、四川的生豬一樣生產出很多很多大學生，它們之間唯一的區別是：前者是一次型獲利的，後者可反覆賺錢。一個大學生的一生是這樣的：二十歲看體力，三十歲看學歷，四十歲看經歷，五十歲看智力，六十歲看病歷，七十歲看日曆，八十歲看黃曆，九十歲……看舍利。
多麼純純欲動的一生，可持續折騰。

（二〇〇九年九月二十九日）

65 復旦之下，豈有完卵

如果我登黃山被困，一個殺人犯為救我而摔下山谷，死了。我也會盡我所能悼念他，補償他的家人。這跟他是否殺人犯沒關係，他首先是人。一個人為救另一個人交出了生命，總讓人難過。這是人的通感，動物的通感。

一個沒有信仰的國家，人們首先失去的並非信仰，而是邏輯。所以那幫八〇後大學生不必說為救援他們而犧牲的張寧海是員警，只請把他當成一個人，一個挺精神的小伙兒忽地一下就沒有了，你該感到難過。我覺得拿大學生說「為納稅人服務」也令人失望。就算納稅人，也只該要求員警履行公職，而不是要求他死有餘辜。納稅人納的是一種權利，如果納的是別人的生命，就透著一分歹毒，這就不是納稅人而是納粹人。

我看到一個視頻，那個戴斯文眼鏡的男生在敘述張寧海掉下去過程時，語氣輕淡得像看到一個手電筒掉下去。我很難接受視生命掉下去為手電筒掉下去，可是關於復旦十八學生冷漠對待張寧海之死，不流淚、BBS上密謀怎樣借這個事件來篡奪登山協會老人的權……我不認為這些責任要算在學生的頭上。這是中國教育的必然作品。

復旦不可能這麼牛逼地齊聚了十八個沒人性的學生，黃山也沒這麼神奇地一夜間聚齊十八路妖孽。不單單是復旦，還有連捅下班女工很多刀的藥加鑫，最大的錯不在學生。我也不同意眾人狂批的菁英教育，因為哈佛、劍橋都是菁英教育。請注意我一直說的是中國教育，而不是中國大學教育。因為冷漠的不僅是大學，還有街道，不僅冷漠還有栽贓，比如，彭宇救的那老太太。

我認為世風不古、道德淪喪的說法，也不太站得住腳，倒退幾十年，紅衛兵不僅冷漠地看人死，還親自上陣用鋼釺把人打死。只不過把武鬥和上山下鄉置換成黃山旅遊。中國人最愛說：你們這一代，簡直不如上一代，五〇後對六〇後說，六〇後對七〇後說，七〇後對八〇後說……現在又有反過來的跡象，八〇後覺得七〇後土鱉，七〇後覺得六〇後傻逼，六〇後覺得五〇後可以拉去回爐……全世界只有中國愛這種拿個某生代來說事。歐美只會分戰後嬰兒潮、垮掉一代、迷惘一代……這是因為我們要逃避文革、大饑荒、六四這樣不方便言說的真實歷史，又不敢承認階級的存在，在消費主義和虛無主義合謀下，就沒完沒了地「某零後」了，假裝洋氣。其實只要還是一黨獨裁，我們都該統稱「四九後」或者「淪陷後」。

這些年來，沒信仰的中國已讓人民失去愛同類的能力。前幾天，深圳福田村一個老幹部在小區溜達著就俯身倒地，可沒人敢去救他，因為剛想伸手就會想起彭宇。最後老幹部在不足十公分的水窪中窒息而死……其他的例子，大家自己舉。這裡不鼓勵愛同類的能力，還要懲罰這能力。我們的歷史是戕害同類史：

我們先搞大義滅親，要兒子檢舉自己老爸；再搞階級鬥爭，同宗同族的地主哪怕親叔也抓起來斃掉；又搞文化大革命，曾經出生入死的戰友，也踏上一隻腳讓其永不翻身。再後來在GDP鼓舞下，人人見同類都是對手。在政治和經濟的雙重鼓舞下，我們只有對手，沒有同類。相信你看到這篇文章時，在辦公室環顧前後左右的同事，隱隱會覺得他們其貌可憎，其心可誅。即使開車，也恨不得變身成一輛大鏟車，把街上擁堵著的其他車統統地剷滅。

別國在不同種族之間搞屠殺，我國卻擅長在同族之間搞屠殺。我們打內戰最在行，發動群眾鬥群眾最有經驗。這個曾維繫於宗法思想、標榜龍的傳人的族群，對同類下手最狠。所以，最可悲不是我們失去愛同類和救同類的能力，而是，漸漸地連被同類愛的能力也失去。偶爾被愛也忘記了感恩，感恩也要求先感謝國家和政府，而不是感謝人。這樣重視階級而忽視同類的教育是可怕的，所以中國文學史上不會有雨果，不會有代表階級和解的冉阿讓和沙威警長。什麼樣的社會有什麼樣的文學，有什麼樣的文學有什麼樣的學生。最終都變成狼。對不起，汙辱狼了，狼不殺同類的。

不是學生問題，是教育問題。網上看到很多紅包稿，很跑題地在說登山乃自由風氣，校方無責任。復旦利用新聞搖籃的優勢讓復旦幫到處撲火，這失去教育的本宗。學生從校方成功的撲火中很快就忘了傻逼的同類，只記得牛逼的校方。以後踏上社會，就只記得更牛逼的權貴，忘了更傻逼的民眾。這樣的虛情假意培養出來的他們，出來後就不是菁英，而是妖精。剛看到一個消息，鄧亞萍在一次講座中說，《人民日報》六十二年來沒有假新聞。在我看來，《人民日報》沒有假新聞，才是最大的假新聞。我們的學子，就這樣被騙子悉心培養，好意思讓他們信人間有真情？

那天去北大一個辯論賽當評委，去食堂吃飯時見一個奇觀，門口本擺放了數百輛自行車，學生們為方便出入竟把擺在正中那一百多輛自行車推倒，從而在車陣中趟出一條通道。我扶起來一輛，旁邊學生又推倒更多輛，傲然踏過……世上本沒有路，推倒的人多了，便有了路。而旁邊的老師竟不置一詞。就是這樣潛移默化的教育，擋我者死。我本想批評，可聯想到大學時我也幹過拔人氣門芯的事，我也很沒道德，於是閉嘴。現在，我很討厭有些中國人總拿下面這句話說事：「你們中有誰沒同樣的罪，就拿石頭砸那女人。」《聖經》本意是說要寬容，不要道德綁架，別形成多數人對少數人的暴力。可這個橋段已被人熟練地運用出一種邪惡。這邪惡的意思是：大家都幹過壞事，大家就都沒資格去批評公權力。於是，少數人的暴政被免責，如此，這社會最終變成一個強盜的社會。

張寧海是個好員警。中國原有不少好員警的，慢慢地就不那麼好，慢慢就變得邪惡，正如記者、法官、醫生、你、我一樣……慢慢就這個操性。

有個腦子裡長果凍的問，上次山西那員警死了，你為什麼還風言風語，這次為什麼又站在員警立場上。對一件事情的評判，不要看這人的職業，而要看這人表現出的人性。山西那億萬身家的員警不是死在保衛人民的戰場，而死在一根不知是大俠還是仇家的狗鏈下。張寧海盡職了，我尊重所有盡職的員警。

看復旦十八個學生面對救命恩人時那一張張冷漠的臉，跟當年如拎長的鴨脖一樣圍看恩人被行刑的群眾的臉，又有多少不一樣呢。

就是覆蛋之下，豈有完卵。

（二〇一〇年十二月十七日）

66 藥

一個鋼琴青年半夜開車撞倒一個串串店下班女工，沒死。想了想，取下一把三十多公分的刀連捅八刀，這個過程，女工一直央求別殺了，家裡還有兩歲半的兒子需要照顧……他沒聽，頎長的手指激情彈奏中。一會兒，女工果真死了。

大家知道，這個女工叫張妙。這個鋼琴青年叫藥家鑫。我把他簡稱，藥。

案子大家已很清楚了。該怎麼判決也清楚，不清楚的拿把刀在自己身上舉例，便清楚。我之所以把這簡稱為，藥，是因為發生在長安的另一些事情。這天，長安的法庭格外開恩，允許四百名群眾入場圍觀，後來我們才知道，這是為了方便整編制的長安樂府，也就是藥的同學們接受調查問卷：藥，到底該不該判死刑？此時民意前所未有的統一，藥渣子藥引子藥罐子都答：該名同窗品學兼優、一貫溫良，給他一個機會，給未來一片藍天……場面感人，連天花板都為之動容。

這個圍觀的場景很可怕，比那晚上藥連捅八刀還可怕。藥只殺一人，這時卻殺四百人。這樣的教育公然訓練對人性說假話，這樣的圍觀讓人瞬間就變成了狼。經此一戰，孩子們陡然明白：只有下手堅決，才能前途遠大。這時你就知道，藥，為什麼會在並無威脅的情況下用彈鋼琴的手連捅八刀。

這就是藥。中國的教育。一百年前圍觀做掉一條好漢命，表情被動而麻木，為了一個叫人血饅頭的藥。一百年後圍觀一個女工命，表情主動而邪惡，為了一個叫藥的人血饅頭。可見進步了，中國沒有教育，只有藥。中國沒有老師，只有藥劑師。

這是藥的語境。我不知道為什麼法官允許這個與案情毫無關係的環節出現在法庭上，多壞的教育。也不明白為什麼律師拿出藥的道德信物即十三份獎狀，獎狀又怎樣，如果好孩子殺人能減刑，要法院幹什麼？就該由學校榮譽室直接接管法庭。再後來就開始闡述激情殺人的原理了，從藥的出生講述到其性格溫和、樂於助人，再到解構激情，一直激情到那天晚上。以至於大量圍觀學生潸然落淚，藥也及時當場下跪……

其實我也同意寬恕，一些人舉例：韓裔青年趙承熙在維吉尼亞理工打死三十二人，卻被遇難者家屬當成第三十三個受害者點上燭光獻上玫瑰升上安魂氣球。可這例子拿到中國就開始失真。寬恕需要前提，前提是公平，在一個不公平的環境裡寬恕，寬恕的就是豺狼虎豹，鎮壓的全是阿貓阿狗。

我也不喜歡死刑，一個文明的國家最終應廢除死刑。可是我看到現在一些人鸚鵡學舌地「暴力不可解決暴力」，真很奇怪他們是否全然不懂：在現行法律沒有廢除死刑時，必須依典判決。這麼簡單的法理，那些號稱理性的人們在本該依循法律的時候，卻不相干地談起了人性、寬恕。可是，能不能問一句：為什麼在馬加爵時全國喊殺，輪到藥家鑫時忽然就要刀下留人？

我可不可以懷疑這些人們並非真的關心人性、寬恕，只是此時的心理忽然需要一下哈里路亞的矯情。而這，貌似藥的教育留下的自我催眠。

我不關心藥的一家是高官還是普通幹部，我只關心法律是否公平。我不去干涉法院最後的判決，但我知道法律唯一的前提是公平，如果矯罪而後法，這不是法律而是紅頭文件。我還不明白李剛案、錢雲會案、藥家鑫案，每逢惡性交通事故時一個叫CCTV的單位，就要給殺人者以大把時段講述心路歷程，最後把一檔新聞節目辦成了心靈雞湯諮詢節目。專家不分析怎樣治罪，卻聲情並茂講述「人性弱點」、「性格生成原因」。那一個叫李玫瑾的公安大學專家，一直剝啊剝，從性格深處剝到新新人類的社會屬性，她其實應當直接說藥家鑫有精神病的，而精神病是可以不判死刑的。這時，大家一定要想得起——就是這個專家當年高度贊成北大精神病教授孫東東「上訪戶都是精神病」，他們一直這樣的，妙手做著司法春聯，上聯：上訪戶均為精神病，冤情不可信；下聯：藥家鑫實為精神病，不必判死刑。橫批：老娘說不刑就不刑。

這是怎樣一個藥的語境，用大家都熟悉的句式套在CCTV就是：你跟它講法律，它給你講人性，你跟它講人性，它給你講心理，你跟它講心理，它給你講聖人當初是寬恕的……否則就是偏激。我至今很難明白CCTV的邏輯。就像它至今都不知道到底是主權高，還是人權高，現在也不知道在刑事案件裡法律重要還是人性重要。當國際上的老朋友快輸了，就是主權高；老朋友快被絞就是人權高。有權的殺人了，就得分析人性，沒權的被跨省（遭抓捕），也是符合相關法律。

這不是藥一個人的激情，這是一個社會的藥引，別怪藥加鑫，藥不過是藥罐子的犧牲品。他正是在這個國家無以復加的利己主義教育下殺了人，也殺掉了年輕的自己。多可惜。

我們沒有想像中正義和仁慈，我們是神奇的圍觀人群。平時在微博上正義無比，大街上見個小偷都不敢喝斥；天天吶喊民主和自由，選個小組長都可能暗箱操作……這次，平時對「有法不依」惡象深惡痛絕的人們，忽然開始呼籲「酷刑改變不了犯罪」。這教育真是發了神經。如果你覺得這麼說傷了自尊心，那我宣布，我說的是我自己。我還要說，不是什麼樣的人民有什麼樣的政府，而是什麼樣的政府決定什麼樣的人民，幾千年如此。

我並不關心藥家鑫到底判不判死刑，社會新聞層出不窮，層出著你就淡漠了，淡漠了，就發現關注藥加鑫不如關心「要加薪」了。我不求結果，只希望程序正義，我不能活得有尊嚴，但要死得有尊嚴。不能死得有尊嚴，也得圍觀得有尊嚴，謹以此句獻給發明了「圍觀改變中國」剛剛因故離開《南方週末》的笑蜀，共為此句節哀順變。

回望長安，不見威嚴的法庭，只見有家藥鋪充滿激情。舉國是一家很大的藥鋪，人人都是這個國的藥引。該吃藥了。都。

（二〇一一年三月三十一日）

67 病句

和往常一樣，才過了幾天，人們對那件悲傷的事就有些淡了。那條溝渠還沒結冰，孩子們傾覆的故事卻已冰封。我本也無話可說，可昨天茌李莊的一個村民不知從哪裡找到我的電話，告訴我一些事，才想起今天是小孩們的頭七。我才知道，按蘇北當地風俗凡冤死或幼夭必須在頭七前火化入葬。我又知道，這個村遇難的十一個孩子只火化了十個。這，卻不知是為何。

他告訴我，校車出事之前，小鎮正大搞「創文」行動，為顯示文明風尚，官家要求所有攤販、三輪車包括接送學生的自用車都不准上街，小鎮忽然變得乾淨，人們衝上街道打掃衛生、散發傳單，大街小巷掛滿了醒目的文明標語……不一會兒就發生校車傾覆河溝這麼不文明的事情。

還有些不文明的事情：幹部守在村口嚴防生人出入，記者被打，不知從哪調來一幫城管，對情緒不穩定人群推搡及打。

他還告訴我：從抗戰時期時，茌李莊就有個很不錯的小學，村裡一些老人就在這裡啟的蒙，出了家門，進得學門，是這個村幾十年種下的慧根。可前些年裁併，這學校就劃歸一個盈利單位，孩子們也被迫搬去十二公里外的鎮小念書，天高路遠，家長們只得讓編外校車接送……就終於出事了。

那些家長哭啊哭，最後沒有了力氣，他們只是低低地問：「孩子是送去上學受教育的，怎麼人忽地就沒有了。」

我就看到一份令人悲傷的資料：自這個國家實行鄉村學校裁併後，從二〇〇〇年至二〇〇九年，我國農村普通小學數從五二一四六八所縮減到二六三八二一所，減少了百分之四十九・四；十年間，平均每天有近四十名中小學生要死於道路交通事故，不知這裡面含有多少校車事故……這個國家這麼古怪，裁併本為強化教育，卻做成了一個死結。之前我們只是抱怨到了學校能學到什麼，現在還沒到學校，半路上，你就掛了。

事情還是出現一些變化。出事以後，學校門口終於出現一個從未出現過的人，員警。過去無論多擁堵，員警叔叔從不會出面維護交通的。現在滿大街都站著員警和城管前來維穩。還有的變化是，當地教育部門過去並不在意自己開著奧迪而學生們卻擠著超載中巴。現在當記者拍攝他們的豪車時，他們已知道擋住車牌，人也敏捷地避開鏡頭。

我注意到一些觀點：別把任何事情扯到政府和體制，責任在違規的司機、鄉村泥濘的路況、國人交通意識差，對超載一直知情的家長……這些觀點很有新意，因為這解釋得了校車出事，解釋不了為什麼官車總不出事。解釋得了校車司機素質差，解釋不了為何不按官車司機的素質配置校車。解釋得了鄉村路況導致事故，解釋不了擁有全世界最長收費高速路的國家，卻修不好一條上學之路。至於國人交通意識差，那個騎三輪車的老太太干擾了校車司機視線，所以要取締三輪車……的說法。在我看來，一個老太太就把校車晃點傾覆，這國家的交通可太脆弱了。也像易天說的，開始要取締三輪車，下一步是不是要取締行人，這樣下去計畫生育也順帶搞了。

還有人說到家長的責任，我很奇怪，為什麼不問收了保護費的政府，卻質問村落和學校被拆散得七零八落的原住村民……所以我明確地表示要扯到政府。高科技的高鐵出事了，低科技的中巴出事了，不需要科技的邵陽渡船也出事了，不讓我罵政府，難道讓我去罵科技。年過半百的老村長馬路上出事了，才兩歲的小悅悅在馬路被輾壓了，一個個村莊的學生在馬路傾覆了，不讓我批評政府，難道讓我批評馬路？

我也將扯到制度，安全校車不是指四個結實的轂轆，安全校車是一個制度。大家都在說美國校車力敵悍馬，可你得知道，連什麼時候才可掛空檔、什麼情況才可更改路線，聯邦安全局都要介入，這不是校車堅固，而是一個國家的信念堅固。

公共安全理應由政府也只有政府才有能力負責，多基本的邏輯。所以我在微博發飆：你一輛校車都買不起，還談什麼做大做強教育。你三公消費動輒千億，一輛校車卻扯了六十年的皮。你從不為孩子派出一坨警力，卻要求我們密切注意南海外敵。你座駕降個配置很委屈，我們擠成人肉叉燒就別在意。你家孩子美國學習，我家孩子奪命奔襲。你連祖國的未來都不考慮，還談抓住當前大好機遇？吹牛皮！

我又偏激了。可我只是希望這個已宣布跨入中等以上收入，十年內援助他國一千多億、免（除債）款三百億的國家，能有一輛安全的校車。可誰真正理解那些父母的慟痛。在我寫這篇紀念頭七文章的時候，小鎮正在發生兩件事。一件是政府為表示關注校車安全，一刀切規定所有機動車不准運營校車。於是每當上學放學，為了接送幾千名孩子，板車、三輪車、自行車統統上陣，擁堵在所有從鄉村到鎮上狹窄的路上，像打仗也像逃荒，藏下了下一次危險。

再就是，所有遇難孩子的家長們聚在鎮上，他們哀求政府發放一個東西：准生證。你該理解，在一個計畫生育的國度，他們已斷腸，不能再斷根。

所以，這篇紀念頭七的文章，我一直說的並不是校車，而是教育。我只是試圖弄明白，為什麼祖國的花朵在春晚舞台上跳得那麼幸福那麼陽光，生活中卻總出現毒牛奶、豆腐渣、交不起學費這些九年貽誤制教育的事情。教育本是一種普及，後來就變成購買，教育本應是權利，這裡變成商品，最後不小心卻變成祭品。

插播一下，就在前天，祖國很重要的一個部門昨天發布了一條很人性的命令：所有校車有權占用公車專用道。朋友們都很欣慰。可我覺得這是一個病句，因為校車幾乎都在農村出事的，而農村並沒有公車專用道。這只是祖國無數病句中的一個，我們從小就在一個個病句的教育下出人意表地成長，命大的此時可能正看著這篇文章，命差的，名字可能已在名單上虛擬了。

這個正在鐵路和馬路上飛奔的國家，正在變成那輛煞不住的校車的圖騰。我們的童年，這樣從一個個村鎮浮掠而過，一種大難不死的世故，讓我油然浮出這樣的語境：世上本沒有路，求學的孩子多了後，便有了路；世上本沒有孝車，中國校車多了後，便有了孝車。

紀念頭七的雜文其實就是說：中國式教育，此去經年，一直是個病句。

（二〇一一年十二月十九日）

68 清華大食堂

我正在貴陽，以為房間裡的遙控器又中病毒了，各個頻道統一靜止在一個隆重的畫面，不動。後來我以為兩會又在趕拍續集了。再後來才知，滿朝文武都去朝賀清華大學百年。清華大學，確實百年了。

為表明這代表民意，本次慶典放在人民大會堂。為顯示萬源歸宗，五萬學子齊齊回家，包括那些為了更好的愛國才移民美國進行臥底的愛國菁英也不怕暴露，回家且特別聲明了：這次堂會的大部分花資由他們捐助……這一齣君君臣臣的豪華喜宴搞了很久，遙控器才自動修復。此時，貴州地方新聞愉悅地說，西南貧窮山區的孩子們，終於吃上免費午餐。

我還看到一個清華製作的紀念百年特刊，上面當然有很多亮點的。比如它並不按國際慣例以進校先後順序或學術成就排列校友頭像，而是以官階從上至下，光圈依次遞減。居頂的領袖當然很清晰，中間的名流漸漸模糊，最下面的學者基本成啞光背景板了。在李毅吧網友指點下可才發現……創辦人梅貽琦置於一處陰影中，陳寅恪也顯得很渺小，費孝通應該在吧，至於聞一多麻煩大家指點一下在哪兒，我拿著放大鏡一時也沒發現。好在有梁啟超。總之，這不是一張校友圖，是人事幹部組織圖。

「嘟嘟美女」說它是黨校清華分部，我覺得也是文淵閣豪華會所。仔細研究了一下近年來清華大學的人才成果，發現它以倒金字塔形狀培養了好多好多的部省以上級官員，次多的兩彈一星元勳，次次多的建築師。不必問梁思成了，他的思想其實本就是違章建築，隨北平古城一起浮雲了，有了新中國，不必梁思成。更不要問朱自清、王國維、趙元任、曹禺這些文科巨匠了，打我高考報志願那會兒，一直以為清華是出品核武器和紀念堂而不是文彩鐫秀的地方。估計抱我這個想法的人不在少數。這是因為，在我國建築比文學更安全，比歷史更安全，看吳晗，腦子一發蒙就寫出了忤逆紅寶書的歷史劇，然後無顏以對，含羞自絕於人民了。

這晚盛宴，清華校長興奮得腎上腺素都要爆表了。看著那張泛著油光的迫切的臉，我知道他很想建世界一流大學。不必迫切，在朝廷看來，清華早就是世界一流了。雖然耶魯培養出了三位諾貝爾物理學獎、五位諾貝爾化學獎、八位諾貝爾文學獎、八十位普立茲新聞獎以及無數葛萊美獎。但那些獎是沒含金量的，它們畢竟沒獲過「魯班獎」、「五個一進步獎」、「雙擁建設獎」，連「精神文明獎」這麼基本面的獎也未獲過。不僅耶魯而且哈佛、史丹佛都未得過，整個世界學術界都自絕於中國，是其人生一大汙點。想通此節，龍顏和蟲顏都大悅，讓我們蕩起雙槳，聽高曉松和李健放聲高唱，今夜清華，韶華似水，百年輝煌。

水木清華，春意濃處踏花去，好一片君臣融融的景象。這時清華就不是清華而是左國子監，估計見此盛景，右國子監北大也很著急，此恨綿綿無絕期。許多年來，清華和北大就是左國子監和右國子監，也很像傳說中的少林與武當，兩派一直在爭誰才是武林正宗。清華勢大力沉，北大輕靈飄逸，一言不合，拔刀相見。不過最近改了打法，兩派忽然意識到崆峒、華山、衡山等小派覬覦在側，打打殺殺並不是很重要。跟中環琛哥說的一樣，重要的是小弟要多，地盤要多。要把大學變房地產托拉斯，把院長頭銜後統統加上CEO、CFO，本部之外還有分舵、分分舵，才好有面子。也才印證了導師說的「你要是不賺四千萬，哪好意思來見為師」。到最後，易筋經就煉成了洗腦經。你以為是清華大學堂，其實是清華大食堂。用食堂的思路辦學，不見學者三千，只見食客如雲。

眾云云，食客如雲。就是這樣，全國都這樣，不見學術之獨立，舔菊之風盛行，用食欲代替求知欲，把學堂轉型成食堂。只不過少林、武當是通吃江湖的大飯票，崆峒、華山、五虎斷門刀是蹭吃蹭喝的小飯票，但條條大路通羅馬，票票學歷都騰達，每一個飯局就是文憑大聚會。看下面富含深意的圖象，清一色的深色西裝，浩瀚如雲的禿頭中年人，金光灑滿一臉，不，灑滿一背的食色性也。

清華有六十年沒給我們貢獻過大師了，只剩一群上書房行走和官場熟練工。自腰斬「獨立精神，自由思想」那八字後，清華就被結紮了。好玩的是，今晨閃出一票清華食客四處發帖，急證校訓只有「自強不息，厚德載物」前八字，沒有「獨立精神，自由思想」後八字，語言之下流，出手之陰毒。好吧，沒有後八字，可本應是往臉上貼金的後八字，你卻雞賊地要與之撇清關係，你的人生哪裡還有八字。那可是陳寅恪為王國維所題碑銘哪，金光閃閃不亞校訓。你究竟想說什麼，你究竟怕什麼……難道要請皇阿瑪欽賜「護駕精神，公公思想」這八字才爽？

清華也不要來罵了，我說的不是清華，是整個的中國教育。我也卑賤地屬於五虎斷門派的小食客，多少年，我們一邊被包著飯，一邊被餵著藥，窮經皓首一本本偽著，寒窗苦練一嘴正確的廢話，到頭來，還不過是藥渣子和飯桶子。在藥勁與飯量的催逼下，拔足前行，與世界漸行漸遠，到最後，世界只有大學，和中國的大學……如果這樣誇你還不明白，那我只好誇你百年，百年了。

那個碑石般的人物封面，就是清華已死。最後說，等會兒我將前往樂山一所更五虎的大學講座，想了一想，我要講那裡有個叫沙灣的地方有個姓郭的老鄉，怎麼從一個引吭高歌的詩神，變成一個半月板軟掉的文人。

或者不講，直接開飯吧。鞠一躬，向用無敵胃酸消化了我們青蔥年華的大食堂。

（二〇一一年四月二十五日）

69 說話——北大演講錄

今天受邀來到北大，站在胡適、陳獨秀、傅斯年、徐志摩、俞平伯這些熠熠生輝的名字下，免不了要談談「思想自由，相容並包」。可這個話題太大，我只能談一個小話題。在我看來，「相容並包」，無非各種觀點，「思想自由」最直接體現，正是言論自由。所以今天我談的話題是：說話。

中國人正在失卻說話的能力。

說話，差不多是動物的本能。雨停了，鳥兒開心地叫了。花開了，蜜蜂就嗡嗡飛來了。春天來了，公狼聞到五華里外母狼的味道，興奮地仰脖嗷嗷著。人類作為高級動物最簡單的說話是：我餓了。嬰兒餓了會哭，那是嬰兒的語言。連嬰兒餓了都會表達，可是在五十年前也就是一九五九—一九六二，這個星球有整整六億人不能說自己餓了。本能告訴你餓了，你卻不能說自己餓了……因為那是給社會主義國家丟臉。我們畝產兩萬斤，紅太陽永遠正確，我們得勒緊褲腰帶把糧食支援給兄弟們，就不能說自己餓了。在大饑荒，整個民族失語，不僅在政治鬥爭中欺騙親戚朋友父母，連自己的胃也要欺騙。

當時的報紙為了表現大豐收，照片上茂密的莊稼上面還躺著幾個大胖小子。後來才知道，那是把十幾畝地裡的莊稼移植到一畝地裡。由於密不透風，那些莊稼很快也死掉。可這個官方話語體系裡不會有真相，大家彼此都假裝相信大豐收是真的，餓了卻是假的。可是你們那個著名的圖書管理員是農村出身，卻不明白？彭德懷也是農民出身，有一次就說了真話，這個畝產量不太可能吧……後來，他的遭遇大家想必是知道的。

不僅餓了不能說，連「我愛你」也不能公開地說。因為那是封資修。大家都讀過「關關雎鳩，在河之洲」，鳥兒也會歌唱自己的愛情，可那時候，人卻不許這麼說。我小時候在新疆，最喜歡看抓破鞋……那時特別愛抓破鞋，那時對破鞋的定義不僅是姦夫淫婦，野地裡搞對象也算搞破鞋。可是我覺得相比其他各種類型的壞人，破鞋的貌似長得好看些，也更有才藝。那時哈密有個露天的「小河溝電影院」，河水清涼，從天山蜿蜒而下，兩岸長著些胡楊，破鞋們沿河岸邊走邊交代怎麼搞上的破鞋、如何接頭、如何親嘴……雖然剩下的就不許講了，但僅僅這樣已讓我覺得很有趣。因為他們說的全是電影院、課本裡看不到的，是真話，是人性。

有個姓安的小伙總被抓，他不僅喜歡在野外搞破鞋，還要吹著薩克斯風搞。這就是他的話語方式，他喜歡這樣，但這樣是不被允許的。我看過他被抓後被要求吹一段薩克斯風，他面帶微笑，悠悠揚揚很好聽。這讓我從小就覺得薩克斯風就等於搞破鞋，而搞破鞋其實是件挺美好的事情。可是，再美好，它還是搞破鞋，是那個時代不允許的，說「我愛你」幾乎和不道德是同義詞。

直到後來有一部電影叫《廬山戀》，裡面男女主人公對著大山可勁喊：我愛你、我愛你……全國人民都在影院裡被震住了。那是個大爛片，可它公開地說「我愛你」，所以被記入史冊。

不能說「我餓了」，不能說「我愛你」，更不能說真話。比如你們的校友，林昭。這個長相秀麗的女孩子不過發現事實跟報紙上的不一樣，就說了真話，又為同學打抱不平，然後就被抓了……放出來，說真話，再被抓，再說真話，再被抓，多次以後，得了精神病，終於死掉。

那個時代，整個國家失去了說話的能力，你不可以說出你的本能——我餓了；你不可以說出你的情感——我愛你；你也不可以批評領袖的話——屠殺同類是不對的；你不可以說出科學的話，得承認畝產確實兩萬斤；

你甚至不可以描述大自然——比如太陽很毒，那是影射領袖。說話，作為上天給動物的一個本能，一種思考方式，一種權利……統統被切去了。像在放映一部漫長而哀傷的默片。我們比司馬遷還要慘，人家切去了後，寫出偉大的《史記》，我們卻出現很多垃圾作品。

這個國家在「自由地說話」方面出了一些問題。它牽連到各個領域，李叔同的〈送別〉歌詞多美啊：長亭外，古道邊，芳草碧連天……後來我們的送別只有：送戰友，踏征程。默默無語兩眼淚，革命生涯常分手……這還算文筆不錯的，到了「爹親娘親，比不過黨的恩情深」，話說到這個分上，連倫理常識都不要了。

是什麼讓我們違背了人類的本能……

失去說真話的能力，便會產生很多謊話。可怕的是謊話之外還誕生了一種話，鬼話。謊話還不過騙騙人而已：我們村畝產兩萬斤。鬼話卻是要害人、吃人的：全國的村必須畝產兩萬斤。不同意兩萬斤，連元帥都會被弄死。當說真話的代價是付出生命，也就沒有什麼人說真話了，當說假話的收穫是升官發財，這個國就成了假話的GDP王國。這樣的情形直到現在也沒完全修正。比如，我們的高鐵是世界上最快的，然後追尾了；中華民族復興已完成了百分之六十二，然後發現貪官比例達到了百分之九十九……還比如，每當你想說點真話，就會有一群人跳出來，他會問：你憑什麼說大饑荒餓死很多人，難道你家裡有親人餓死嗎？你親眼看到林昭被折磨嗎？難道當時你就在現場，不在現場就不要造謠。他們彷彿不明白這個世界上還有資料、紀錄片、人證這些東西，按這種邏輯，猶太人當時也沒有被納粹關在毒氣室裡，因為當時你沒親眼看到過。甚至他也無法自證自己是父母親生的，因為造他的時候，他並沒有親眼看到。

這個國家在謊話、鬼話之外，又饒有興趣地出現不少屁話：臨時姓強姦、休假式治療、保護性拆遷、合約式宰客、政策性調控、禮節性受賄、政策性提價、釣魚式執法、確認性選舉……最後大家就說了：習慣性裝逼。

比如于丹。每當她擺出丁字步、翹起蘭花指，面對台下芸芸眾生侃侃而談時，我真好奇她怎樣說服自己發明這樣一種雞湯洗地體。她說來說去的意思就是：當你遇到挫折，請不要埋怨社會，你要詢問自己的內心，退一步海闊天空……可是但凡說到內心就很玄遠了，你永遠找不到答案。拆遷隊來拆你家房子時，你不應該問自己的內心，而應該去找公安局、法院；公安局、法院不管你，就得自行找菜刀。作為屌絲（體制外青年）的你，退一步肯定不會海闊天空，那就掉溝裡了。

這個國家已失去生動的語言了：新聞聯播、環球時報……高舉、深入、持續深入、堅挺、高潮，更大的高潮……這種語言很差，我對這居然沒引起掃黃打非辦的注意，而感到驚訝。

毫無疑問，這個國家取得了某些進步。可直到現在我們仍沒有恢復說話的能力。出版審查依然嚴格，章詒和先生寫了本關於梨園往事的書，到現在還是不能公開發行。你連伶人的真人真事都怕，你到底是懦弱還是強大？每當我看到有關部門對外宣稱「我們是世界上圖書種類報紙數量最大的國家」時，我就想，其實這也可以看作手紙產量最大的國家。這個瓷器大國，最盛產的就是敏感瓷，你知道它的存在，但看不見它到底在哪，且它的種類在不斷發展，一會兒是政治局那幾個常委名字是敏感瓷，一會兒民主、自由是敏感瓷，一會兒南湖、船、天安門、民眾，甚至一度連中國共產黨，也是要改成我們黨，才可以發送上去……大家只好唱：「我愛北京敏感瓷，敏感瓷上太陽升，偉大領袖敏感詞，指引我們敏感瓷」？中國人聰明，就發明了河蟹、臘肉、斯巴達、明珠……太多的敏感詞讓我們不能正常表達，以至於只有改用數字、拼音、符號、字母……多年以後，考古學家還以為這就是中國出現了片假名和平假名，漢字的改革終於實現了。我們出現了很多俏皮話、段子、手機簡訊，可是沒有好的文字，深刻的文學，我也常使用俏皮話、段子，可從某種角度我覺得這不是文字的創新，而是言論的退步。

這個國家的話語體系越來越有神龍教的風骨，他們希望只有一種語言：仙福永享，壽與天齊。

我一直在思考，為什麼神龍教主有如此大的魔力讓教眾都不說人話呢？一是因為大家被洗腦了，覺得洪安通可以帶他們走向美麗新世界。更重要的是因為教主洪安通有一種約束教眾的工具──豹胎易經丸。這個丸可不是普通的增肥劑減肥藥，吃了就得聽他的指揮，不聽就會受到極殘酷的人間痛苦。這個藥丸流傳至紅朝，就易名為「因言獲罪」，輕則勞教，重則死刑。

最近看了一些安東尼・路易士、胡平先生、傑弗遜關於言論自由的作品：一個國家有無言論自由，不在於當權者是不是願意傾聽和容忍批評意見，而在於他們沒有權力懲罰那些持反對意見的人。言論自由既是民主的第一個要求，又是它的最後一道防線。

什邡、啟東、寧波……這些都不是含有政治目的的事件，只是民眾聲音的表達，但最後鬧到幾乎不可收拾。有人認為這是官方工作作風粗線條。我卻認為，根子在於這個權力體系本身出了設計問題。它設計之初就有大bug，為了補上bug就用殺毒軟體，可是這軟體本身自帶bug，為了堵住bug，用了新的bug，再出現bug，又用上更新的bug……它一直覺得民眾沒有言論的權利，而它自己擁有懲罰言論的權力。它傲慢、敏感、自閉，就是自閉的巨人。

侯寶林先生說過，說話是一門藝術，在我看來，說話也是一個權利。

忽然想起，今天我還在禁言期，一個長期習慣性週期性的被禁言者在這裡高談言論自由，好比一個老光棍渴望上一回非誠勿擾……這裡很多人都是言論的老光棍，就像魯迅先生說過的「先是不敢，後便不能」，慢慢地，我們連這個功能都沒有了。

美國也曾出現過不能自由地說話的歷史：比如，批評總統是犯罪，有一部《反煽動叛亂法案》，授權可以把說總統、國會壞話的人抓起來。一九一七年美國已參加了一戰，鷹派政策占把主流，所有反戰言論得不到容忍。德裔人改名換姓甚至德國空心菜也改名為「自由捲心菜」（這跟我們這把日本斯巴魯車標弄成中國國徽是異曲同工的）……幾百人因反戰言論被抓了起來。甚至，一個五十多歲宣導和平主義的老太太也因拒絕向國旗宣誓承諾支持參戰，被起訴。

可是，美國政府後來發現，這樣限制言論自由表面上政府占了便宜，其實整個國家吃了很多虧。因為這破壞了國民的創造力，也損毀了對政府的監督，沒有創造力的和失去監督的國家，一定要敗的。他們這兩百年來一直在改進。傑弗遜曾深有感觸地說過：「我們寧願要沒有政府有報紙的美國，也不要有政府卻沒有報紙的美國。」

其實中國古代還是不缺言論自由。比如唐朝，調侃皇室也是被某種程度允許的。你看白居易的〈長恨歌〉：漢皇重色思傾國，御宇多年求不得（這不是暗諷皇上好色嗎，還勞民傷財，誰看不出你這是大搞五個一工程啊）。春寒賜浴華清池，溫泉水滑洗凝脂。侍兒扶起嬌無力，始是新承恩澤時（這明目張膽性描寫，簡直是天上人間）。春宵苦短日高起，從此君王不早朝（這簡直是赤裸裸地批判政府最高首長為了美色不作為）。姊妹弟兄皆列土，可憐光彩生門戶（大搞裙帶關係）。

體制內的白居易這樣寫了，居然沒出事，且這首詩成為了當時最流行的一款歌，換現在作協文聯的人去調侃一下國母試試，就是找死。白居易去世的時候，唐宣宗居然還寫詩悼念他，真是匪夷所思。唐、宋在言論自由方面其實還算可以的，這兩朝誕生了燦爛的中華文明，到了明、清文字獄開始，也是中國慢慢被世界拋棄、圍攻的時候。

我不是一個有政治追求的人，我只是追求自己應得的權利，說話和寫作的權利。可是這個國家的民眾正在失去說話的能力，彼此代以各種假話謊話鬼話。正如我在香港書展裡說：我們知道他們在撒謊，他們也知道我們知道他們在撒謊，我們也知道其實他們知道我們知道他們在撒謊，他們也知道我們是假裝他們沒在撒謊……這是現狀。大家彼此靠謊言，而且互相都確知這是謊言來度日。就是索忍尼辛說過的：謊言成為這個國家的支杜產業。

不能說真話，不能說生動的話，不能說出浪漫的話，不能說出有前瞻的話，就像世界上最大的一群啞巴部落在默默前行。一個國家最可怕的不是貧窮、飢餓，不是沒拿到諾貝爾獎，不是GDP不夠高，不是沒有發行量廣大的黨報，而是民眾失去說話的權利和能力。在我看來，民眾能否自由地說話，是這個國家是否步入文明的最重要標誌，讓民眾說話，國家才有生命力。

一個曾創造出世界上最美麗語言、擁有各種生動文本，甚至保存了長期言官制度的民族，現在「說話」成為大的問題，大家在貧乏、無趣和塑膠味兒的話語環境中度日，重複著彼此皆知的謊話、鬼話、屁話。在英語系有莎士比亞，西語系有賈西亞・馬奎斯，法語系有巴爾札克、莒哈絲時，這個曾經出現李白、周邦彥、徐志摩、沈從文、李頡人的國家，不應該只靠趙本山、郭德綱豐富話語。

我希望這個民族只是暫時的失語，因為，雖然話語一直是最容易被強權控制的舞台，但它一定是最後淪陷的堡壘。因為人類的本能不容抹去。

最後，我對這個國家會一直批評，我對這個民族一直充滿希望。

（二〇一二年十一月十六日）

70 你刪得了世界，刪不了尊嚴

我在北大說過了：說話是一種本能。花開了，鳥兒高興地叫了；雨停了，蜜蜂嗡嗡地來了；肚子餓了，嬰兒哇哇地哭了。可是在一個奇怪的時代，這種本能被刪除了。整整六億人餓了卻不能說，說了，就是對國家的背叛。

我在青年政治學院也說過了：說話是一種尊嚴。是記憶的尊嚴，敢把歷史的真相載於竹簡。是情感的尊嚴，能大聲念出死去者長長的名單。是智力的尊嚴，畝產不會兩萬斤，馬腦袋上不會長角，梅花鹿身上有斑點。

可不知何時，我們竟被刪掉這分尊嚴！面對真實的世界我們要隨時修改大腦的資料庫：好吧，馬是長角的，長角的……這匹怪馬一直奔跑到現在：因為《南方週末》新年祝詞裡有「憲政」字眼，有一坨宣傳部長認為未經「黨政」批准就擅自刊登「憲政」，就是大逆不道。於是下令竄改，可不小心把大禹治水改成了兩千年前……兩千年前，那可是漢朝，還夾著一個篡權的王莽。

這個國的報紙就被這樣的蠢蛋掌控，他們不僅不學無術且發自內心覺得，黨史一定是戰勝歷史的，黨章也必須替代著憲章。

我一直奇怪，宣傳部長這個職位在戈培爾死掉一甲子之後還存在於東方某國，且這個國家的憲法上還好意思寫著「言論自由」。在我看來，宣傳部與謊言部唯一的區別是：聽前者撒謊是由稅務人員統一收費的。有犬儒說，言論自由是相對的，畢竟現在牆上開出的洞尺度比過去大出很多，像你這樣批評政府的人在過去是要進監獄的，知足吧。可是，作為天賦權利的言論自由，卻只能視當權者心情好壞才決定牆上開多大一個洞，我只好說：再大尺度的洞，仍是狗洞。

不過是「憲政」，很長一段時間了，這麼文明的詞竟讓一些人產生了生理反應，只要看到這詞，第一時間便聯想到暴亂、煽顛、亡國。他們渾身發抖、兩眼焦慮、四處彈壓……可是，這個詞正是毛澤東、周恩來這些貴領袖當年的承諾。你究竟怕什麼，這麼光榮的詞，真會讓國將不國？

不過是說些話，當說話不再是一種不言而喻的權利，卻要等待權力的授予……這些猥瑣的事正讓這個泱泱大國慢慢成為世界的孤兒。我們可以不要高樓，但要一份說真話的報紙。我們可以不要GDP世界第二，但要一份說真話的報紙。我們可以不要航母編隊，但要一份說真話的報紙。道理很簡單：世界上所有令人尊重的大國，都有一份被允許說真話的報紙。你得知，大英帝國之崛起不是依靠那支艦隊，而依靠那條艦隊街——那條街是新聞的喉嚨，更是宗教的信仰。

歷史上，從未有一個政權的尊嚴來自於它有權禁止什麼，所有強國的豐碑卻奠基於它有信心允許了一切。試想，當你站在那個叫緬甸的彈丸小國面前牛哄哄地說：「我有亞洲第一高樓，你有嗎？」它搖搖頭；你說：「我有航母，你有嗎？」它搖搖頭；你正想還說些什麼時，它反問：「我有自由說話的報紙，你有嗎？」……那時，你該多麼沒尊嚴。

據說我們並沒有新聞審查，有的只是瞞報、瞞報、瞞報。所以就在新年獻詞被修改之時，山西鐵路隧道死傷者眾，一條河被重度汙染五天，不僅公眾不知道，連長官也發誓說自己不知道——這簡直是一個悲傷的玩笑。為了鎖住所有人，他們設計了一個很大很大的籠子，可最終發現，他們把自己反鎖在一個狹小籠子裡，與世隔絕了六十四年。籠子越強大，他們越可笑。

中國，你可以更文明一些嗎？文明是：即使我們信仰不同，仍可以公平分享任何資訊，遇到分歧，仍可以坐在桌邊商談，用一個叫「妥協」的東西讓事情不會變到最壞。世界就在那裡，你總是不選擇面對而是選擇刪除。問題是，你刪除得了世界，卻刪除不了尊嚴。

此時廣州大道中二八九號，《南方週末》的門口聚集了很多不想失去尊嚴的人們，他們手捧鮮花、發表見解。他們並非逆民，也不想煽顛，他們是保證這個國家還有未來的最珍貴的人力資源。你得知道，他們愛這裡，才批評這裡；他們批評得起，你也要受得起。你還得知道，言論自由、司法獨立、憲政，這些從來都不是對一個政權的咒語，而是對一個國家的祝福語。

但前來祝福的人們被粗暴驅散了，動用了祕密員警，甚至調動了一批「毛左」，你不知道嗎，他們反憲政反文明的口號是瓦解你政權的咒語啊。你就這樣用詛咒替代了祝福。

你怎能粗暴地拒絕這些祝福語？當緬甸也解除報禁時，你已無退路，上帝造世界，並非讓人類苟活，而是讓尊嚴有個居所。你總不至於學習東北亞那個大金朝，全國所有的報紙每一個版面均可濃縮為一句：金將軍萬歲、萬萬歲。

你不是第一次修改新年獻詞了，你為何總喜歡修改新年獻詞。所以最後一句就是：我信你能修改別人給新年寫的獻詞，我不信你能修改得了別人給你寫的悼詞。

（二〇一三年一月七日）

71 媽媽的四合院

春去春來，燕子飛去來兮，在紅牆巷那被煙火熏得發黃的屋簷下，銜草築窩，哺育兒女。每到入夜，黃桷蘭飄香，香得人覺都睡不著……

——二〇〇六年母親節舊文

我還清晰地記得媽媽年輕時的樣子，眼睛大大的，是一種清麗的漂亮，一頭黑黑的長髮像那個保守時代每一個文藝女兵一樣低調地捲上去，短短的，以免閒言碎語。記憶中媽媽很愛拿梳子慢慢梳自己的頭髮，有時候也梳我的頭髮，邊梳邊說：「兒子，以後要當法官，要像拉茲那樣當法官，保護媽媽」……這是《流浪者》裡的台詞，說到這裡，她通常會哭。

後來知道，她的父親一夜間被打成右派、現行反革命、歷史反革命、特嫌。直至死在一間陰冷潮濕的瓦房裡，死的時候腿浮腫得發亮，手指一戳就是一個坑。他差不多和毛主席同一天過世，「革委會」不准舉行追悼會，一個反革命分子不可以和偉大領袖同時進行追悼會。

我媽在團裡本是演全本《玉堂春》和《貴妃醉酒》的，後來只能演台灣來的女特務、偷公社糧食的地主小姐。這算幸運的，很多成分不好的女演員被剃了陰陽頭，站在高板凳上坐「噴氣式」（雙手反剪站在凳子上，被人從後面一腳踢翻凳子向前摔出去）……和那個時代大部分女人一樣，媽媽的生活一直充滿巨大的不安。記憶中，她和爸爸一直沒完沒了地吵，沒完沒了地哭，終於離婚。

隨著革命形勢日益高漲，像她這樣的黑五類不可以留在文藝團體，要麼被打倒，要麼去藏區。後來有機會去了一家街辦工廠。工作是往電瓶裡注硫酸、鹽酸、切割整根的鋼筋。自幼聞水粉長大的她受不了鹽酸嗆人的味道，能把水袖舞得行雲流水的她，抱不起粗大的鋼筋。她做工時還戴著絲巾，下工後還要用香皂洗手，再仔細抹上友誼牌雪花膏。大姐們就說，這是資產階級小姐作風，要改造。

我媽想了一想，覺得自己確實應該得到改造。她開始穿上了硌人的工裝，混跡於一幫孔武有力、大聲說話的女工中說笑，她學習蹲在馬路邊上吃飯，為了配合大家，也不時發出爽朗的笑聲。於是，一個很好的青衣就這樣被無產階級姐妹改造了。

可是我媽還是很孤獨，她知道自己無論怎麼爽朗地笑還是跟其他姐妹不一樣。她常說自己有三個夢想，一是重新回到舞台；二是兒子能出人頭地；再就是能住上小時候住過的那種四合院，成都紅牆巷三十九號。我媽的父親是晚清公派留日學生，後因中日邦交惡化憤而回國，曾在北師大任教，抗戰時期在闞麟徵盛邀之下兼任過黃埔文職教官，生活還算富足，居住得相當不錯。

我媽回憶：那時候我們家啊，前庭種著兩棵桂樹，後園種著一棵黃桷蘭，從夏到秋，香得人睡都睡不著……我媽小時候很調皮，常求著勤務兵帶她去後花園捉麻雀，先撒把米，用木棍兒支著筐蓋，有麻雀跑來吃食，就果斷把細繩子一拉。她還喜歡穿紅色的跳舞鞋，學上海來的太太那樣踮起腳跳交誼舞……總之，成都紅牆巷三十九號是我媽關於美好生活的標誌，那是一個典型的成都風情的小巷，春天來時，燕子在發黃的房檐下飛來飛去，銜食結窩，哺養兒女，等到深秋，燕子走了，銀杏樹會把葉子灑落一地，碎金般奪目。

我媽已經七十多歲了，伴有嚴重的老年骨質增生，所以她重回舞台的夢想已無法實現。她另一個夢想即兒子出人頭地，看上去也十分渺茫。我時常想，如果這輩子就這樣不著四六了，也一定要讓她實現自己第三個夢想：住到屬於自己的四合院去。

過去的半個多世紀，這個國家的命運影響到中國所有婦女的命運，命運一方面試圖摧毀她們，一方面又讓她們像竹子般堅韌。一次事故讓媽媽毀掉了她美麗的嗓子，那天，她為了給一個急於趕路的司機給電瓶充電，手忙腳亂忘記了戴上口罩，不小心吸進大量揮發的鹽酸，當即啞掉了。她是半個月後才能說話的，但已全無當年的「嘎唄兒脆」，當年在團裡只有媽媽才能唱兩個全本的《玉堂春》的，她師傅花湘蓉說過：這丫頭能把井水唱成溪水。我還記得，那天媽媽嗓子勉強恢復聲音後，抱著我流了好久的淚，半天才啞啞地對我說出一句：兒子，媽媽愛你……

後來就是改革開放，舊有的秩序被無情打破，新的秩序還未建立，街頭出現各種各樣新式商品，生活也出現從未有過的壓力。為讓兒子能跟別的同學一樣吃到抹了果醬的早餐麵包，穿著白色運動鞋參加校運動會，我媽辭去月工資二十多塊的街辦工廠，辦起了私人幼稚園。這樣一個新的工作讓我家每月能掙到近五百塊錢，後來因搞了「全托」激增到兩千塊錢。我家有錢了。我媽掙到第一個兩千塊時，帶我去水碾河邊上的成都飯店吃了一頓很好的西餐，她還在旁邊的小杜裁縫店裡做了一件漂亮的旗袍，還問年齡尚小的我，邊衩是不是開得太高了。

那是一段艱苦歲月，媽媽每夜都睡不安穩，生怕哪個孩子感冒發燒出了大事。所以很長一段時間，媽媽患有嚴重的失眠症。無數個夜晚裡，我看見她蜷伏在靠近孩子們的一張小床上疲憊入睡，曾在舞台上翻弄過大小雲手的漂亮手指，也因清洗孩子們的衣物而關節變大、皮膚粗糙。我發誓讓媽媽過上好日子，要讓她住上好房子，讓她能在秋天嗅到桂花香，夏天嗅到黃桷蘭香，看房檐下燕子們飛去飛來，帶著孩子們去後花園捉麻雀……但我不是一個很能掙錢的人，這樣的目標太過奢侈，我只有竭力寫字，竭力讓我和我媽能夠向這樣的目標靠近。

後來，我帶領我媽用一筆不多的錢從四樓換到一樓，樓前有一小處空地，她種了桂樹、梨樹、玉蘭花……一個冬天過去，花兒們依次開放，我媽的眼神變得年輕。再後來，我借錢買了一處離城市很遠但很便宜的頂層複式樓，在樓頂上種了很多花花草草。等花開的時候才發現自己太粗心，我媽的身體大不如前，高血壓、骨刺也經常折磨著她，每次爬樓都要花很長的時間。但媽媽說：沒事兒，我應該加強鍛鍊，住得高好啊，空氣清新。但她臉上痛苦的表情告訴我，她不過是在安慰她的兒子。

這樣的事情給我懲罰。有一天我媽正在洗澡，無聲無息就倒下了。蛛網膜破裂導致的腦溢血，醫生說只有百分之三十的生存可能。那晚我徘徊在省醫院門口，決定無論如何給我媽買一處不用爬樓的房子。很是奇蹟，我媽竟然活過來了，醒來後第一句話就是，夢到院子裡種了很多的花，那個花香真是濃啊，人竟能飄起來了……二〇〇〇年我跳槽的一家報社用一筆二十四萬的轉會費讓我支付了一處電梯公寓的首付，從此我媽不用與骨刺做鬥爭，她可以輕鬆地上下樓去菜市場買菜。遺憾的是，我沒有足夠的錢為她買到一樓，而一樓有近兩百平方米的花園。

那一年，致力於給自己營造中產階級夢幻的我，對新房進行了一場所謂「新殖民地混搭風格」裝修。可隱隱感到我媽很失落。她再也不能在家裡做豆瓣了，全封閉落地窗的陽台，也不可以種花養草。她搞不懂我為何要在客廳裡裝一個假壁爐卻不能取暖，中央空調讓她悶得喘不過氣來。我媽最不爽的是，為了追憶一下曾經的青衣時光，她剛在陽台上吊一吊嗓子，保安就迅雷不及掩耳跑上樓提醒：有人提意見了……

媽媽還是想念紅牆巷，想念燕子飛來飛去的樣子，晚上黃桷蘭香得讓人睡不著覺……她多次提出能不能搬到一樓住，想種花兒，再種點黃瓜、香蔥，絕不打農藥，比菜市場還新鮮。我哂然「真是老土」。這時，媽媽就不說話了，默默地聽我闡述「後殖民地風格」的裝修理念和文化氣息。後來，她還會主動向來訪的客人闡述這殖民地風格：這個啊，跟殖民地其實不是一回事，其實是很先進的。

我媽越老越還小了，神情和行為顯示出不可逆轉的幼稚。除了纏著我要禮物，還纏著我打撲克牌，偶爾還會偷牌，趁我不注意就偷走好牌，得手後一臉詭異的微笑。可是老眼昏花，全然沒發覺她兒子其實偷走了更多的好牌……很多時候我看不下去，悄悄把好牌塞到該她摸的輪次上。她大獲全勝，就很開心，就開始回憶小時候坐在四合院的葡萄架下打撲克的光景，除了花香，餓了還可以從窗戶向後街挑擔子的小販買兩碗枸杞湯圓，邊吃湯圓，邊聽留聲機裡的黑膠唱片……如我不想聽，她就生悶氣，又要去看已經滾瓜爛熟的《大宅門》，一個人念叨好幾個人的台詞，感歎今不如昔……

事實上，我媽並不是苦大仇深的勞動婦女，也不是課本教的那種慈祥而厚重的朱德式母親，一生默默而堅韌支持著革命。我媽只是一個沒落人家的女子，她不喜歡工廠，不喜歡土改，骨子裡甚至反感那場轟轟烈烈的革命，認為那場革命拿走了原本屬於她的一切，包括四合院。她認為她更應該屬於紅牆巷的生活，在春熙大舞台上舞動長長的水袖。她的經歷讓她複雜、敏感，一個舊式官宦家庭的女子因中國革命的變幻從而命運多舛，執著著類似張愛玲小說中的某種老式的浪漫。

她甚至將她的兒子當成她對這個世界關於男人的全部希望。至少，兒子能夠讓她重回紅牆巷居住的時光，對於她而言，這無比重要，而且神聖。

我只能不停地寫下去，一個字、一個字的累積，像一塊磚、一塊磚的累砌，讓她真地能重回紅牆巷三十九號，看春去春來，燕子飛去來兮，在被煙火熏得發黃的屋簷下銜草築窩，哺育兒女，晚上黃桷蘭飄香，香得連覺都睡不著……

那是一個曾經漂亮、被中國式革命和中國式生活弄得無比神傷的女人，一輩子的夢想。

（二〇〇六年五月十五日）

72 父親是世上最不堪的一個鬥士

去年，《獨唱團》的「所有人問所有人」欄目約我回答一些問題。問題如下：

1.你已是一個父親，請問你對父親最早的印象是什麼？2.你還認識其他一些父親嗎，他們是怎麼擔任父親的，有沒有什麼細節？3.你當父親最主要的體會是什麼？4.你兒子是打網球的，為什麼這樣選擇？5.未來你想成為怎樣一個父親？有人問，什麼時候離開中國都是明智的，大眼會幫孩子做些什麼？

我的回答：

小時候我看過一部日本電影，《砂之器》。講戰後日本東北部一對失去土地的父子，他們到處流浪，在大雨滂沱中趕路，在大雪天裡乞討，在崎嶇山路跋涉。有一次，兒子被富家子弟毆打，瘦小的父親拚命用身體擋住拳頭和棍棒，滾落到水溝裡。還有一次下大雪，父親討來一碗粥，用砂鍋煮熱了讓兒子喝，兒子讓他先喝，兩人推來推去燙到了嘴，痛得原地大跳，卻又相擁哈哈大笑……這個溫暖的鏡頭，讓我哭了。現在也不知為何。

那個父親後來得了痲瘋病，被強制帶到醫院，兒子則被一戶好心人家收留。後來兒子逃到了東京，機緣巧合學習鋼琴，成為一名嶄露頭角的藝術家，還認識了一名大金融家的女兒。正當談婚論嫁時，原先的養父發現了他，讓他去見親生父親。當時日本很重視門第，為了掩蓋出身他在車站把養父殺死了。後來偵破的過程很複雜，我不太記得，只記得最後的情景是：警視廳探員把鋼琴家的照片遞到痲瘋病院的生父面前，為保全兒子，生父拒絕承認這是他兒子。只是默默地看著照片，默默地，老淚縱橫……

這個鏡頭被評為日本人性系列電影裡最經典的鏡頭之一，電影院的人哭得稀里嘩啦。可我並沒有哭，我不明白那個父親為何這樣做。等我明白，已為人父。

父親是世上最不堪的那個鬥士。如果你要問我當了父親最主要的體會，就是這個回答。我們的父親絕沒有天安門城樓那掛像一樣英明神武，也不是政治劇《至高無上》男主角那種不怒自威，甚至連油畫〈父親〉那古銅色中透出的勤勞堅韌，也不大看得出來。他們中的大多數為生活所困，面色無光，有些不大不小的疾病。其中一些連感情也並不如意，很年輕就顯出一些猥瑣來。可是他們愛著自己的孩子，像愚蠢而勇敢的工蟻，不落下任何一次工作。

我家小區有個撿垃圾的大爺，到現在也不知他叫什麼。他並非那種邋遢的垃圾大爺，衣著乾淨，見人很禮貌地打招呼。那輛板車總是很精心地把紙板盒、廢舊電器、報紙歸類，不掉下來任何垃圾。他兒子也在這城裡打工。曾經覺得他兒子很不孝，後來才知他兒子也極力反對他這麼幹，可他總偷偷跑出來撿垃圾，騙兒子在家政公司找了差事。

他說，每回出來撿垃圾都要穿上好的衣服，保安就不會趕他，也不會給兒子丟臉。他偶爾會到我家來收一些紙盒，我媽會留他吃飯，每回他都虔誠地向我家供的觀音作揖。我跟他交談過一次，他說：兒子要在城裡買房，再半年，差不多首付就有了，我也可以回老家了。

中國的父親跟全世界的父親有些不同，由於眾所周知以及不周知的原因，他們犧牲尊嚴來養活家庭。日復一日撿著垃圾的大爺還算幸運。另外的就比如違規小販夏俊峰，這個父親只是想讓兒子學畫，才上街擺攤，可巨大的城市竟容不下一個燒烤攤，最終竟逼至殺人。想像瘦小的夏俊峰揮刀而向身形巨大的城管時，蚍蜉撼樹，內心該多悲涼。

你問我父親是怎樣的。他是個三流的音樂家，形象和性格都有些像《虎口脫險》裡的那個指揮，暴躁而神經質。我很小的時候他便逼我練琴，我若不從或彈錯，便要打。我從小身形敏捷，閃躲靈活，有次鑽到床下面去（新疆兵團那種床，下面可藏半個班），他跟著鑽進來，我在裡面用掃帚對抗，引發了床板的坍塌，他鼻梁都砸出血了……還有次，學校發大肉（新疆管豬肉叫大肉），因為天冷把肉凍得太硬，菜刀切不開，我倆就在院子裡用斧頭砍，我砍時大叫「砍死爸爸」。那天哈密大雪紛飛，他鼻尖上全是雪花，問我說什麼，我又大聲說「砍死爸爸」，他聽了，就默默哭了。這是他唯一一次在我面前哭。

我現在也沒問過他為什麼哭，不必問。

後來他跟我母親離異，我隨母親回四川，從此聚少離多。後來知道他過得落魄，再婚也不幸福，女兒不想理他竟至離家出走……幾年前我倆有過一次很隆重的見面，我給他買了很多衣服，他很開心地試穿了所有衣服，又鄭重地在鏡子前走來走去。他把西服的扣子一口氣扣到了最下襬，渾然不覺。

我爸是如此不堪的一個鬥士，他想把我培養成一個音樂大師，我卻成了碼字師傅。他想把我兒子培養成一個音樂大師，可我兒子卻成為網球運動員。那次他回河南時在車站認真拿起珂仔的手看了又看，說：手指這麼長，韌帶這麼開，這麼小都能叉一個八度，可惜了……頭也不回，黯然離去。

你問我和我的父親有什麼不同。曾經覺得有很多不同，現在覺得其實一樣，我們都努力讓自己在兒子面前裝得從容不迫，卻內心恐慌。兒子出生那天，我正在談一件重要工作，聽說要生了，急急開車向幾百里外那座江邊小城奔襲而去。

等我趕到，他已然出生。他神色安靜，不著喜怒，正躺在襁褓裡昏昏沉睡。他那樣眼熟，卻又無比陌生，像遠方發來一封不知來歷的郵件，我卻不敢貿然打開，怕一打開，就接下一個高深莫測的任務。中途他曾經醒來過，眼睛尚未完全睜開，只淡淡地瞄了我一眼，那麼驕傲甚至暗藏某種不屑……然後又睡去。我盯著他，深覺責任重大又無法逃避。

我不知道其他的父親是否跟我有同樣的感受，見到孩子第一眼時，一個突如其來的生命讓自己感到迷茫。我曾對他半夜哭鬧深感煩躁，對他風捲殘雲般地把家裡弄亂，怒火中燒。可漸漸的，不知何時、不知何事，他已成為我最好的朋友，我無須承諾，就知此生必須保護他，幫助他，哪怕犧牲生命也在所不惜。

我覺得拿一身灑滿北美陽光的父親來要求中國式父親並不公平，北美式父親是公民，勢必有公民的尊嚴。可你看春運期間那些父親，以迅雷不及掩耳的速度從車窗翻進去，動作粗俗、表情難看。倘搶到一個位置必大聲招呼，怕被別人再搶了去。剛坐定，就忙著找開水泡麵，或用粗礪的手擦拭著蘋果讓孩子吃。他們愛孩子，還要在孩子面前裝得若無其事。我們都知道，倘孩子們發現我們的不堪，才是我們最大的不堪。因為官方介入我人大參選的事情，讓珂仔哭了，說再也不要練網球了，又因為我為供他練球天天寫作，太辛苦。我大笑著騙他，告訴他：你不知道，老爸我其實是有很多的錢，我暗地裡其實是一個有錢人，你看，這是銀行卡、這是存摺……他很相信，深以我而驕傲。

所以你問：「在任何時候離開中國都是明智的，李大眼要為自己的孩子做些什麼？」我的回答是：我小心翼翼隱藏住自己不堪的奮鬥，給他創造一個不必回答此類問題的條件。

就是，我得努力工作，每天把鬍鬚刮得乾乾淨淨，穿著整潔的衣服，讓他覺得父親其實瀟灑和浪漫，不甘人後，不輸於人，成竹在胸。

我不要珂仔看出我的不堪。

我已是父親。

（二〇一一年四月二十二日）

73 只有青春期，沒有青春

《新浪》編輯一直催促交一篇關於青春回憶的文章以紀念五四青年節，要求青蔥向上。我想，這樣的文章是要說實話的，人什麼都可以撒謊，就是不能對青春撒謊。我的十八歲一點都沒有青蔥的感受，一點也不向上，而是從生理和心理都混亂迷茫。就寫一些人和事吧，都是好男好女……

我是和敏君相處三個月後才知道她爸是判了十年的重刑犯。這讓我有些害怕。我問過自己多次，要是三個月前知道她爸的事，還會不會追她。我站在大街上觀察了很多女孩子，決定還是要追。因為敏君長得實在好看。

人人都說敏君長得好看，就像彭麗媛。那時人們對美女的評判大多是根據上電視的次數來定的。比如覺得奚秀蘭長得很漂亮，趙忠祥長得也很帥……多年以後，我才發現敏君長得其實很像袁立，有一股突如其來的勁兒，就是大熱天誰給你嘴裡塞了一根橘子味的冰棍。對於橘子味兒冰棍這個形容敏君一直很不同意，有點生氣。可是十幾年後我倆在一家餐吧相遇，她已蒼老了很多，有了魚尾紋，她呵呵回憶起當年我狂追她的情景，說現在想通了橘子味冰棍其實是表揚她……我假裝深情地述說我們之間純潔的友誼，可我知道，我一點都不純潔，當時我在烈日下追她，其實只是想把她騙上床。

我發現《新浪》名博們的青春回憶都很純潔，可我一點都不純潔。不僅我不純潔，我的同伴們也不純潔。我們整天滿腦子想的就是怎樣人生第一次把某個女孩騙上床，從而真正成為一個男人。這件事情非常重大，也非常隱祕，我們常趁老師不注意就大肆談論關於女人的種種常識，把從更大的孩子那兒聽來的傳聞添油加醋，以獲取談話中較為受重視的地位。容斌常給我們傳看一些手抄本，告訴我們怎樣識別一個女孩已不是處女，走路兩腿岔開，屁股很翹。我們很尊重他，後來見到古巴女排打比賽時，大家就認為古巴是個性解放的國家，人人都不是處女。

那時我離十八歲還有五個月，我們天天總結中心思想、分析段落大意、做著高深莫測的數學題。女老師進入了更年期，常常發火，用粉筆擲我們，勢如閃電，準如許海峰射擊。關於備戰高考的情景我不用多說了，總之我們像一群少年犯天天被關在教室裡做功課，互相聞著汗味、屁味和其他一些奇怪的味道。有同學病了，又爬起來繼續備戰，老師說這才是好學生，才能成為跨世紀的人才。而我們唯一念想，就是在高考結束之後搞上一個女孩，上床。容斌有天發狂，在上自習課時大叫一聲：我要日女娃兒。他被罰請家長來學校，快哭了。我其實很佩服他，因為大家心裡也是這麼想的。

有點跑題，我只是想說明當初我們是多麼的不純潔，追女孩子的目的不是為了愛情而是為了上床，能和女孩子上床是很有面子的一件事。

入學之前體檢。女醫生讓我們脫光了褲子往前蹲跳以檢查有無脫肛，我們一字排開劈哩啪啦往前跳，有人驚呼，脫肛了……大家扭頭去看，一個同學胯下長吊吊地翹著一根。女醫生紅著臉說小小年紀，思想太複雜了，遞給一張手紙讓他擦乾淨。這一幕讓我胸口猶如重錘，痛不欲生，發誓要完成人生最重要的一件事。

關於我和敏君的很多記憶都很模糊了，可下面的事我記得很清楚。

我是在成都一個叫猛追灣的地方約敏君的，那地方其實是一個很大的游泳場。那天出奇的熱，我穿了件自以為最好看的長袖襯衫，因為很厚，汗流浹背。我還騎一輛借來的自行車，為了顯得瀟灑，瘦小的我甚至採用了以單腳跨台階這個較為冒險的姿勢，幾次差點摔下來。天白晃晃的，我眨著眼，終於見她施施然走來。我說，給你介紹一個男朋友怎麼樣……她無邪地看著我，問哪一個男生……我鼻尖出汗，為了讓形象更雅觀，我使勁指了一下鼻尖，說你到底想不想交男朋友……她看著我，大聲問我怎麼啦。我並不察覺，還一個勁催問，直到嘴裡鹹鹹的，才知道我其實是流了鼻血。

她趕緊讓我仰頭看天，我仰頭看天。她說舉起手可以阻止鼻血，我舉起手。她問是哪一個男生。我一指自己，說就是我噻！我偷偷瞄了一眼，她雙手捂住自己的臉，羞了。我有些不耐煩，說你到底幹不幹。

你到底幹不幹，幹不幹……這句話其實問得很差，很沒風度。可以想像當時情景，正值下班高峰，車水馬龍，一個鼻血男一邊仰頭看天，一邊大聲問女生「到底幹不幹」。而女生低頭捂著臉，並不做答。現在想來很危險，要是特別有正義感的老頭誤以為這是一個流氓在引誘女生，我流血的地方就不止鼻子了。

她一直不答。我一不做、二不休，乾脆耍流氓一個勁問下去……這樣做雖無結果，但可取得一些心理優勢，回去也好給同伴們一些交代。沒想到她捂了很久之後，點頭說好嘛，我幹。等確認我不會再流鼻血後，我倆就慢慢往她家走。需要交代的是，那輛破自行車連後架都沒有，不能搭著她走。她又穿了她姊的一條紅褲子，她姊是省歌舞團演員，比她高出半頭。所以她一直用雙手拎著褲腿慢慢走，以免不小心踩到褲腿……總之那天我倆走得很慢，我心中焦躁，深覺貽誤了戰機。

到她家，她媽已經下班，警惕看著我。又才知道她之所以穿著她姊的紅長褲，是因為來例假。終於沒機會了。

時光匆匆過去三個多月，一直沒機會。現在我也不確定是真沒機會，還是我沒膽子幹那件事情。那三個月，我倆常去成都一個叫「廣場冰室」的地方喝冷飲，喝一種叫「泗瓜泗」的飲料，兩塊一杯，是當時成都最時尚的飲料，其實就是橘子汁加幾片水果切片。廣場冰室有很多男男女女，放著西城秀樹的歌。西城秀樹是當時日本最火的歌手，類似現在的周杰倫——反正一句歌詞都聽不清，但必須聽，否則就落伍了。

到深秋，我才知道她爸關在監獄裡，因為投機倒把罪。現在沒有這個罪名了，你從一個廠家買來一批貨物再加個一兩百元出售，屬於市場行為，但當時這就是犯罪。我看過她爸的資料，投機倒把獲利五千元人民幣，判十年。

她媽讓我負責寫一份申訴狀希望減刑，這是因為我是中文系的，有文化；另外一層意思，我表哥在省政府當小公務員，或許可以幫上忙。對此我很用心，經常和敏君趴在猛追灣的橋墩上研究申訴狀。可中文系的修辭手法都派不上用場，我表哥也不願意幫忙，並祕密通知我媽這樣一件嚴重的事情發生了，她兒子跟一個重刑犯的女兒好了。我媽自小參軍成為一名文藝兵，由於她爸是反革命的原因，弄得命運很不好。她堅決反對我和敏君交往。

我陽奉陰違，堅持和敏君約會，她也堅持。她媽也反對我和她交往，我長得不帥，沒錢也沒前途。我們堅持了好長時間，還約了一長兩短的口哨作為暗號，聽到這個口哨，她就會從樓上跑下來，一前一後到樓下灌木林裡約會。有一次，我倆剛剛迂迴到灌木林附近，就見聯防隊員擋獲一對正在裡面亂搞的男女。她很是擔心。

有一天她突然問我，愛情重要，還是金錢重要。當時全中國還沒幾套商品房，深滬兩市都沒開，所以這句話是很震撼的。我不知如何回答，自以為浪漫說了一句：你最重要。當時我並不知道，這其實是我倆結束的信號。

到了冬天，有天晚上她媽突然驚醒，看到有個男人貓著身體從窗台下經過，一會兒又有幾個男人貓著身體經過，不一會兒，都走了……後來才知道，前頭一個男人是偷偷逃出來的她爸，後面的幾個男人是追捕隊的。她爸在樓下灌木林裡被抓捕的，就是我倆常約會的地方。

我和敏君又堅持了一段時間，終於斷了。什麼理由斷的，已記不得，只記得當時她怒氣沖沖離去，我還想了一會兒到底要不要跑到陽台上大聲挽留她，終於沒有挽留。很快，她找了一個男朋友，我也找了一個女朋友。再後來，聽說她爸落實政策從監獄裡出來了，出來第一件事情，就是上街給全家每人買了一套最貴的衣服。他爸是一個帥氣的中年人，聰明、有派頭，很快成為成都有名的大亨。那是上世紀九〇年代初，記憶好點的人，會想起有人花十二萬現金拍下一個車牌號，那是一件極轟動的事，當時十二萬可以買一套房。這個買家，正是她爸。

我飛快度過了自己的十八歲，像坐著充足了氣的皮筏子衝過布滿石頭的寶瓶口峽谷。激流打在身上，時而疼痛，時而興奮。可是一切尚不知覺就衝過峽口，洄流變明鏡，才覺得並沒那麼激越，不過午後醒來，玻璃窗反照的一抹紋光，清晰可鑒卻未可琢磨。

十幾年後我在《成都商報》上班。有天來了一群穿著整齊的稅務局人員來報社例行檢查，為首一個被稱作「科長」的大沿帽，居然是她。我倆試圖約會一下，就是開頭提到的餐吧，我說出橘子味冰棍的比喻，她呵呵笑的時候，儀態萬方，寶石耳墜熠熠發光……我試圖回憶當初為什麼分手。她反問我又是為什麼。我說，可能因為我沒錢吧，你呢。她忽然就說起老公在證券公司做事，很有錢也很愛她。我倆心照不宣，暢談了一些國際時事、西城秀樹，就地解散了……

有天，一個叫嚴小文高中同學給我打來電話，讓我去看一下。我去了。去時她正在拘留室裡，因為聚賭打麻將，她已是第二次被我這個當員警的同學抓了。這同學問我幫不幫她，我說當然要幫。我帶她出來到了門口的空地，陽光下她對我嫣然一笑，儀態萬方，說哪天要請老同學吃個飯，打車逕自走了。這時我才聽說，因為得罪政府，她家已破產，正在投資萬豪酒店的她爸欠了很多的錢，已跑到雅安的一個小縣裡改做榨菜了。

後來她又進去過一回，我又撈過她一回。員警同學警惕地盯著我，說這女人沾不得。我大聲地說，老子當然曉得她沾不得，所以當年才果斷把她甩了的。那同學狐疑地嘀咕，當年是你甩她的麼……我堅定地點點頭。有段時間她特別愛給我打電話，聊一些足球的事情。她還說，當初離開我不是因為我沒錢，而是我不能把她爸從監獄裡撈出來，讓她很沒安全感，現在不同了，我幾次能把她從拘留室裡撈出來。這種說法，讓我很悵然，覺得她真該去找那個當員警的嚴小文。

我倆最後一次見面是非典。那天太陽白晃晃的，空氣中全是消毒水的味道，我們在紫荊路口一處露天咖啡吧見面，她捂著臉，就像那天在猛追灣害羞的樣子，說有件事想對我說。我怦然心動……好久，她才說要向我借一萬塊錢，還一個勁兒地問我，借不借，借不借嘛。我有些恍惚，似乎鼻血又流下來了。

後來再也沒見過面，偶爾她會給我電話借錢，從一萬到五千最後連四百塊，有天她急急地在電話裡說，就借一百、一百……我才知道她迷上賭球，正被莊家追殺。後來再也聯繫不上她了。後來又聽說她從單位辭職了。再後來，竟聽說她去了美國。

也有人說她其實在附近一個叫遂寧的小城，做著小生意。但不確定。

我一直沒有和她做過任何事，不確定自己是否真喜歡過她，她是否真喜歡過我。但我始終覺得，我人生的一切始於十八歲那年的猛追灣門口，一個鼻血男，手臂上舉，仰面朝天……一切被這個鏡頭注定，包括因天天帶她出去玩而補考兩門，後來因此雖本科畢業卻沒拿到學士證，包括現在寫文章為生，以及所有小說主人公都是沒錢而瘋狂泡妞的青年，以及愛流鼻血。

那時我和我的同伴們瘋狂的要找女朋友，覺得這事實在重要。沒有人告訴我們該怎麼做，大人們諱莫如深，老師們深惡痛絕，社會又很詭異，搞得我們個個都像精神病。

才想起，我十八歲的記憶其實很多發生在十八歲之後的。十八歲有條長長的尾巴，長長地把我們帶到極老邁的時候，那時我們形容槁木、行動不便，門牙都沒了，上廁所也顫顫微微，看到廁所牆上一些很拉風的照片就會莫名激動想起十八歲某件小事……驀然發現，尿到了鞋面。

最後一個故事。嚴小文有一個在北大讀書的親姊姊，長得白白淨淨，愛梳一個齊瀏海，穿白衣黑裙，很像五四時候的青年。她冰雪聰明，琴棋書畫樣樣精通，大二就修完大四的課程，來年要去美國留學。我們很崇拜她，崇拜到凡遇到爭論就要以「看姊怎麼說」來定奪，泡妞的事情也向她請教。姊總是慢條斯理地幫我們分析，思路清晰、不容置疑……那年暑假，她按例回家，還帶回來一個女同學，樣子記不清了，斯斯文文的。總之兩人關係很要好，說說笑笑地好像要一起去旅行。

那天中午特別熱，熱得蟬都不想叫了。姊的房裡發出兩聲悶響，人們衝進去一看，蚊帳上濺開好大一攤鮮血，像盛開的蓮花。她和女同學裸體相擁倒在床上，面色安詳，是兩個初生的嬰兒，只是剛出生，便沒了呼吸。

旁邊是她父親的六四式警用手槍。

那個情景揮之不去。可是我從未想過要揭開謎底，無須揭開，姊在我們心中永遠是最美好的形象。

這樣的青春實在讓人憂傷，當初以為對的事情，現在看來是錯的；當時以為很謬誤，現在其實很正確，就是這樣，這幾十年來的青春教育，我們是被騙了……這樣的事情還會發生，青春如吐著舌頭的柴狗飛快地跑過，所以六〇後、七〇後、八〇後是沒什麼區別的，我們有的是青春期，但沒有青春。

就是，蓮花綻放，青春無處綻放。

（二〇〇九年五月二日）

〔附錄〕
文章語錄精選

1. 無論高樓還是航母，所有大國的榮耀都不及一條生命的珍貴。如果國家的重要性壓過個體生存權，我們必成為不義的犧牲品，如大饑荒；如果意識形態的整齊性壓過思想自由，我們隨時會被剝奪質疑的權利，如文革。在我看來，落後散漫的個體思想，對人類的功德遠遠超過國家思想，如果愛國的前提不是愛個人，這個國，本質就是巴士底獄。（微博）

2. 我們的報紙每天都很正確，只是不方便看合訂本。（〈群眾演員都很忙〉）

3. 這個國每到開會就要清理國內潛伏的敵人，不僅黨代、人代會，連深圳舉辦大學生運動會都要清理八萬高危人群。算了算編制，一個班八—十二人，一個排三十—四十人，一個團八百—一千人，一個軍就算二萬五千人，八萬人就是三個軍且是整編軍。你辦個三流大運會就發現城裡潛伏三個集團軍敵人。這個景象非常獨特。你不開會就沒敵人，一開會就出現這麼多敵人，你到底是為發現敵人才開的會，還是為開會才發明的敵人？（〈敵情觀〉）

4. 當一個國的安全感來源於樹立更多的敵人，而不是擁有更多的朋友，看外面全是反動蠻夷，看裡面都是高危人群，每早起床滿眼負嵎頑敵，條條街道浮現散步人群，你睡不著又醒不來，兩眼放光、內心恐懼。這種敵

情觀開始是心理的，後來竟成為生理的。這實在令人同情……是除北韓以外，世界上最孤獨的國家。（〈敵情觀〉）

5. 這裡最好玩的是：我們知道他們在撒謊，他們也知道我們知道他們在撒謊，我們也知道他們其實知道我們知道他們在撒謊，他們也知道我們只是假裝他們沒在撒謊……而大家卻彼此裝作相安無事的樣子。這真是舉世最大的謊言。（〈又裝反了〉及二〇一一年香港書展講話）

6. 把權力關進了籠子裡，卻悄悄又遞給它一把叫「中國國情」的鑰匙。世上沒有比這更方便的逃脫術了。（微博）

7. 這個國是世界上最大的一個精神病院，每個人戰鬥在各行各業精神病的第一線，而且，進去是竇娥，出來是瘋子。（〈精神不是病〉）

8. 有人木有雞雞，卻總表演站著撒尿。（〈又安反了〉）

9. 英雄莫問出處，中指莫問根數。（微博）

10. 我常聽到一些人說：不要總對這個國家說三道四，你這麼不喜歡這裡，怎麼不離開這裡。這些人把愛一個國誤會成愛一個妞了。不喜歡一個妞當然就該選擇離開，以免耽誤對方。可是，愛一個國就要說三道四，這才能讓它變得更好。一個國就像一個小區，如果你抱怨下水道總是堵，物業卻衝過來大喊大叫：你這麼不喜歡這裡，幹麼不滾到其他小區。這就不好玩了。（〈偈語〉）

11. 我們當然要用血肉築起新的長城，可另一方面，長城也應該要保護我們的血肉。愛國主義應該是雙向的，單向收費的不是愛國主義，是向君主效忠。（〈寫在五一二的愛國帖〉）

12. 不能狹隘理解愛國主義就是敢於抵禦外敵，愛國主義更是敢於抗爭內賊。如同你愛你們村，不僅表現於敢同別村搶水源時打架，更表現在勤懇耕種、愛護資源、不對本村婦女耍流氓。如果一方面欺負本村人民，一方

面為了財主利益勇敢跟別村打架，這不叫愛國主義，這叫勇當家丁。（〈寫在五一二的愛國帖〉）

13. 我國常憤怒批判境外反動勢力企圖顛覆中國。我也覺得這些境外勢力很可惡。他們喝著上等法國紅酒，擁有瑞士銀行帳號，子女住在美國富人區。他們偷走中國人民數不清的錢，每到中國召開重要政治會議，這些外國人的爹媽就齊刷刷坐在北京的人民大會堂裡，粗暴干涉中國內政，並通過把控的CCTV、《人民日報》把這些搶劫行為合法化。最可恨的是，倘有中國人呼籲民主、自由、憲政，他們就把這些良心犯關到監獄去……（微博及〈一個賣國賊的自白〉）

14. 我批評中國空氣汙染，你就說倫敦曾經也汙染。我批評國產毒牛奶，你就說日本曾經也有毒牛奶。我批評中國官員貪汙腐敗，你馬上鏈結出美國某某市長也貪汙過幾萬元。兄弟，咱能不比爛嗎？何況外國的爛事與我何關。我批評這個國家是因為這裡住著我的家人，我不想讓他們受到傷害。我天天去批評與我既無血緣關係又無財務關係的美國，我神經病嗎？哦，這才明白，怪不得每當美國發生校園槍擊、颶風肆虐、人肉炸彈事件，你們CCAV就心急火燎二十四小時開足馬力批評……這，也是關心家人心切啊。（〈聖奴隸〉）

15. 中國有這麼一群歡樂的人：任何事情的爭論，最後都會莫名其妙繞到宣布他愛國，就像一枚熱敏導彈。每次官民之爭，他都會站在公權力那一邊，活像中華田園犬很勵志地想升格為二郎神的哮天犬。（〈聖奴隸〉）

16. 他的日子過得不濟，可從不反省是什麼掠走了他的財產和女友，他天天被爆菊還高潮迭起，倘有路人說句公道話，他一定從地上爬起，不及擦一擦屁股上的鮮血，一臉的洞若觀火：你必是敵國派來策反的……在我已知的人類歷史中，見過奴隸，卻沒見過這麼具有聖鬥士情結的奴隸。他的神聖使命就是受傷害和受凌辱，他拿著上峰一根雞毛也像接到了聖火令，對人類大喊：「傻逼、傻逼」。這麼斯德哥爾摩、這麼神聖的受虐欲，我想了很久，覺得他們該叫：聖奴隸。（〈聖奴隸〉）

17. 「滾到外國去」，已成了愛國者魔法學校統一下發的咒語，彷彿批評這個國家的人一滾到外國去，這個國就不會有貪官、毒牛奶和種種不公平，他們失去的工作和女友也被神奇咒語喚醒，倏地回到身邊……拜託下次改個咒語好不？怪丟人的。你不會不知道國外被誰占據了吧。洛杉磯灣區好一點的小區，每條大街都可以成立一個中共黨支部了。（〈聖奴隸〉）

18. 每當拉黑否認大饑荒的一些人，他就說「民主派不是要言論自由嗎，為什麼不允許我發言」。得多不要臉才這麼狡辯！「言論自由」的前提是確定這是言論。如果納粹餘孽說「猶太人就該送毒氣室」，這不是言論而是邪說。拉黑你算仁慈的，在德國就該判刑。言論自由是向公權力索要，而非對個體攻擊。你可對政府罵娘，但走大街對路人甲罵娘，不抽你對不起自己的娘。（微博）

19. 我很討厭有些中國人總拿下面這句話說事：「你們中有誰沒同樣的罪惡，就拿石頭砸那女人。」《聖經》本意是說要寬容，不要道德綁架，不要形成多數人對少數人的暴力。可這個橋段已被某些中國人熟練地運用出一種邪惡。這個邪惡的意思是：大家都幹過壞事，大家就都沒資格去批評公權力。於是，少數人的暴政被免責，如此，這社會最終變成一個強盜的社會。（〈復旦之下，豈有完卵〉及球評）

20. 常識就像夜明珠，白晝時平淡無奇，不過是一塊石頭，可是當黑暗降臨，它就熠熠生輝。（〈村〉）

21. 在中國，人人都是老鼠會。這個國家幾千年從來就不是多數人選出少數人的股份制，而是少數人控制多數人的傳銷制，皇上帶著四輔臣的下線，四輔臣帶著十六總督的下線，帶著一〇八個巡府道台的下線，帶著三千二百個知縣亭長的下線……總之是世界上最大、最勤奮的一個老鼠會，人人都在發展下線，人人都爭取成為上線。然後清倉，走人。（〈人人都是老鼠會〉）

22. 每當我看到《新聞聯播》就想發笑，這如同別人院天天飄出肉香，而我們卻被告訴那其實是屎味。可我即使沒嘗過肉香的好，也知道屎味的壞，你老是把肉香說成是屎味，長期這樣，我就有央求給我一次品嘗隔壁屎味的衝動。（〈無名〉）

23. 所謂愛國，就是會為這個國家發生的一些操蛋的事而感到羞愧。所謂賣國，每當這個國家做出丟人的事，你卻滿臉紅光地宣告這是「中國特色」。（〈寫在五一二的愛國帖〉）

24. 米蘭昆德拉《笑忘錄》裡有句話：人與強權的鬥爭，就是記憶與遺忘的鬥爭。我們與強權的鬥爭就是回憶：反右、大饑荒、文革。告訴身邊的青年，有知識分子深夜跳進太平湖，上千萬人餓死……你連記憶都不敢，不配有明天。（微博及〈尊嚴〉）

25. 美國就像一個住著很多蠻橫業主的小區，政府是業主選出來的物業公司，總統就是物業公司聘來的總經理。那些業主一會兒嚷嚷物業費太高，一會抱怨下水道堵了，一會兒命令物業經理帶著保安打外面的流氓，忽然又改主意，大肆批評經理天天打流氓花的錢太多……這挺娛樂的，美國總統在小區外跟英雄一樣，在小區內跟龜孫子一樣。（〈有個小區〉）

26. 常看到一些官員動不動就對群眾說：我代表國家來看望你們了。下面就歡呼感謝國家。沒見過這麼吹牛皮的，一小區聘來的物業經理還敢代表小區？也沒見過業主這麼謙虛的，你自己就是小區，要謝，得先謝謝自己。中國人就有這個毛病，謝天謝地謝國家，卻總不習慣先感謝自己，不知道是自己養活了這幫懶惰而霸道的僕人。（〈有個小區〉）

27. 一個小區如果有權利過大的物業公司就要犯錯。早年有家叫秦的物業公司修了一道很長的圍牆，犯錯了。後來，有家叫隋的物業公司挖了一條很長的河，也犯錯了。再後來，有家叫清的物業公司女主管執意要修一個大園子，就灰飛了。現在，我們正目睹史上最擅權的叫「共」的物業公司在犯上述錯誤的總和。（〈有個小區〉）

28. 在貴國，條條大路不一定通到羅馬，條條大路一定通向收費站。（〈兩件兵器〉）

29. 中國文人有一種賤性。因為元首以示新政某次出行沒有封掉馬路，就歡呼雀躍，那馬路本是納稅人出錢修的，難道你還活在大秦的官道？又因為聖上只點了所謂「四菜一湯」，就感恩戴德，全然忘了即使四菜一湯也是民脂民膏。就算真要新政，文人也不必一副感與維新的樣了。文人還是得保持一分倨傲，隨時用一張臭臉對著政府。某些愚民也別指責仍有良知的文人對政府雞蛋裡挑骨頭了。你想一想，政府權力如此強大，你的財產和公平隨時被掠奪，你到底需要一群天天給政府做瑪灑基（馬殺雞）讓它全身舒坦的文人，還是一個雞蛋裡挑骨頭的文人。（微博）

30. 多年前的一天，二八四名孩子被燒死在克拉瑪依劇院，他們本可以不死，但一聲「讓領導先走」阻止了他們逃生。「讓領導先走」已成中國官員最卑鄙也最當然的通行證。嚴禁「讓領導先走」，中國才不會倒退。（微博）

31. 我經常聽到有人愛說以下兩句話：1.對政府也別凡事就批評，就像對成績差的孩子有點進步也要表揚。2.政府是咱爹媽，就算做錯了也為咱好啊。你看，這些人把政府一會兒當孩子、一會兒當爹媽，可就是不把政府當政府。古今中外，也只有中國人發明了「再造父母」這個有違人倫的詞。在這個歷朝歷代大力提倡「孝」的帝國，這真是道德上最滑稽的地方。（〈尊嚴〉）

32. 人民跟政府只是與自動販賣機的契約關係，你交了錢，它必須提供服務。人民跟政府永遠不可能是親人關係，如果你看見一個人對著自動販賣機大喊「親爹親媽」，那一定是精神病院忘關門了。（〈尊嚴〉及〈一件襯衣的感動〉）

33. 所謂大義滅親，是很惡毒的成語，四個字就剪滅三千年的親情尊嚴。（〈尊嚴〉）

34. 在我看來，愛國主義並不是讓國家混得有面子的主義，而是讓國民活得有尊嚴的主義。如果犧牲國民的尊嚴去照顧這個國的面子，這主義，真不是個好主意。（〈兄弟〉）

35. 很多愛國者紛紛斥責我為漢奸。可我認為這是個病句，在中國官不至廳局級，財產不過一個億，每年不去國外考察幾趟哪好意思誇自己是漢奸。又說我是帶路黨，可是不拿幾張綠卡兒女不開法拉利去名校上學不在美國置幾處房產，哪有資格帶路。（〈寫在五一二的愛國帖〉）

36. 我知道人人有顆移民的心，可是你既貧又賤根本沒條件移，重要的是，你看每回開會下面黑壓壓一片全坐著外國人他爸和他媽，你移出去還是受氣。所以不管過得再苦逼也別移，這裡面的道理我們的先聖早就打過一個偈語，此所謂：貧賤不能移……（〈偈語〉）

37. 我們自稱中國人。可你憑什麼證明自己是中國人。身分證證明不了你是中國人，只能證明某把菜刀屬於你這個人。房產證證明不了你是中國人，只證明你是花了世界上最貴的錢租了房的那個人。出生證證明不了你是中國人，你一出生便被世界上最大的人事機構拋棄，接下來你交著高額醫療費、油費和學費，直到死去……死亡證，對不起，只可以在地下住二十年的你也不是這個國家的魂。只有選票才能證明你是真正的中國人，人生第一次可以自己對自己的國做一次選擇。（〈十三億分之一股東〉）

38. 生在我的祖國，時時活出一種非法移民的感覺。我越愛這個國家，越發覺得自己像一個漢奸。（〈敵情觀〉）

39. 《水滸》：想造反的被鎮壓了，想招安的也被鎮壓了。《紅樓夢》：玩真愛的出家了，玩亂倫的出事了。《三國演義》：坐天下的掛了，爭天下的也掛了。《西遊記》：當妖精的被菩薩收去當門徒了，連孫悟空最後也在雷音寺當保安了……想一想，中國四大名著其實已告訴你最殘酷的真相，無論江湖、家庭、社稷還是神界，統治階級已零封了你全部理想，四大名著只不過是告訴你：有理想，死得早。（微博）

40. 走在大街上，你要是對誰說：你素質真低。他很可能上來抽你；你勸他搞民主，他卻要承認：算了，我們素質還低。你在網上寫條微博：要大亂了。一會兒就有員警找你。可是你說一選舉就天下大亂。連居委會大媽都會表揚你成熟了。（〈民主就是有權出演眼前戲〉）

41. 《環球時報》認為一人一票會天下大亂，柳傳志認為一人一票會天下大亂，韓寒也這麼認為……可是「一人

一票」只是權利，又不是「一人一槍」，你怕什麼。（微博）

42. 當今中國，不存在走著前進還是跑著前進的問題，只存在要不要前進的問題。當今中國，不是用補藥還是下猛藥的問題，只存在一個病人諱疾忌醫甚至病急亂投醫的問題。當今中國，不存在革命還是改良的問題，只存在想不想跟世界同行的問題。（〈民主就是有權不高興〉）

43. 每當中國需要變革就會有遺老遺少跳出來，腦子裡不長思想，只長菊。還沒見到選票，就說要賄選，還沒開始民主，就說血流成河。你連試都沒試，怎能說不行。這好像你站在橋上疾呼「別下河啊，會淹死人的！」自己卻從橋上過河了。這畫面多喜劇。（〈民主就是有權不高興〉）

44. 在歷朝皇帝和御用文人的成功催眠下，人民真的相信：在用選票決定自己命運這件事上，人民是個傻逼。（〈民主就是出演眼前戲〉）

45. 仔細想來，孔子就是自古以來排名第一的信訪老頭，他一臉苦瓜、滿腹心事，坐著牛車尋訪東周列國的領導，可處處碰壁，處處被攆，有時甚至引來殺身之禍。他只不過要訴說自己內心的苦處，到得晚年竟一事無成，只得回歸故里……把一生的上訪信集成冊子，就叫《春秋》。（〈大意了〉）

46. 前幾天中國國家博物館前忽然塑起很大一坨青銅的孔子像，那分深邃悠遠和低眉順眼高度統一，從理論和實踐上打造了一個從上古而來的信訪老頭。為了匹配，該在西廣場再弄一子，孫子。因為孔子仁愛的教育就是讓我們最後成為孫子。在南池子再弄一莊子，因為莊子講究虛無縹緲，實是有利於治安。最好在大前門附近弄一老子，老子好啊，無為，就是不折騰。諸子混搭使用緊密簇擁孔子，簡明扼要說明：孔子，就是老莊孫子。（〈大意了〉）

47. 在中國當官並不需要技術含量，因為有兩件兵器：一件叫中國特色，另一件叫和國際接軌。每當不想和別人一樣時，就舉起「中國特色」，每當不想和人民一樣時，就舉起「國際接軌」。就像韋小寶的削鐵寶刀和護

體神冑，屢試不爽。（〈兩件兵器〉）

48. 在中國，每抓一個貪官，富比士那些富豪就得汗顏一次，財富排行榜暗地裡就得重新排名一次。（〈大俠〉）

49. 在中國，官當久了，平生所見文體只分兩種：一、紅頭文件。二、街頭謠言。中國的宣傳官員警惕性之高、嗅覺之靈敏，要是派他們夜夜趴在國境線上，國防部連警犬都省了。（〈別撒嬌，撒嬌必挨刀〉）

50. 有個官員批判我寫的書煽動性大、破壞力強，有原子彈的顛覆能量。早知道我有這麼大當量，我申請派我去禍害美國，我就坐南海礁石上，撕一書頁就滅掉一艘驅逐艦，燒一本書，美軍第五艦隊就灰飛了。那時，反華同盟和C形軍事包圍圈對我國有毛用。（〈別撒嬌，撒嬌必挨刀〉）

51. 向商家少收點稅？公款吃喝費哪裡來。少上馬一些形象工程？回扣紅包哪裡來。辦事機構精簡一點？辦證費哪裡來。對上訪戶好一點？維穩費哪裡來。房價低一點？地方政府賣地的利潤哪裡來。開放壟斷行業？子女住的美國大House從哪裡來。非民選官員的理想從不是服務，而是收費。你看，呼吸空氣都要收費了。每一個中國官員體內都藏著一個POS機。（微博）

52. 別看那些蠢貨在人民大會堂裝得跟人似的，要是脫了那張皮到社會上招聘，尼瑪連個工作都找不到。（微博）

53. 每當看到一個新工程上馬，就知道又有幾個億萬富翁即將誕生了。每到工程出事，就知道又一批臨時工要出名了。可是哈爾濱大橋塌掉之後，有關部門連臨時工都懶得找，直接聲稱找不到施工單位。過去我以為只有女文工團員懷孕後很難找到施工單位，想不到現在，橋，也是這樣……（〈文安反了〉）

54. 這個國家的設計原理出了根本問題，這個體系本身就是一個木馬，一邊生產木馬，一邊打著補丁，補丁是更大的木馬，需要更大的補丁……最後它必然死於崩盤。（〈自閉的巨人〉）

55. 我嘗試給中國紅十字會一個準確定位：它是不幹事的，卻要壟斷經營，全靠別人幹活，還要提取固定回扣。

它對下面態度惡劣，對豪客阿諛奉承，迎來送往，背景神祕。倘你敢說不字，它便告訴你別惹老娘，老娘上面有人……大家知道，這其實就是媽咪，這會其實就是夜總會。（〈奇女子〉）

56. 中國政府總愛拿「公共利益」來拆掉一個人的房子。這個邏輯陷阱，如果一個人的利益不是公共利益，一百人的利益是公共利益，如此，他們連續以九十九個人的名義對一個人進行剝奪，做一百回算術題，這一百人都沒了利益。（〈車輪滾滾，幾多頭顱凋零〉）

57. 一個沒有信仰的國家，人們首先失去的並非信仰，而是邏輯。（〈復旦之下，豈有完卵〉）

58. 老吾老以及人之老，幼吾幼以及人之幼，但千萬不要妻吾妻以及人之妻。（〈成龍為什麼不憤怒〉）

59. 自司馬遷被那一刀割下去後，中國就沒有歷史了，各個皇帝異常默契的認為歷史只算個ＪＢ。（〈只有歷史課，沒有歷史〉）

60. 清華有六十年沒給我們貢獻過大師了，只剩一群上書房行走和官場熟練工。用食堂的思路辦學，不見學者三千，只見食客如雲。到最後，你以為是清華大學堂，其實是清華大食堂。多少年，我們一邊被包著飯，一邊被餵著藥，窮經皓首一本本偽著，寒窗苦練一嘴正確的廢話，到頭來，還不過是藥渣子和飯桶子。在藥勁與飯量的催逼下，拔足前行，與世界漸行漸遠，到最後，世界只有大學，和中國的大學……（〈清華大食堂〉）

61. 北大剛剛宣布消息：現在北大、清華每年都可以創收十億左右，帶動周邊相關產業九十億，也就是一百億了。相信不久的將來，他們將打造出一個集餐飲、娛樂、地產、桑拿、卡拉ＯＫ為主的鏈式產業基地。以後不叫北大了，叫「北大托拉斯管理集團」。也不叫清華了，叫「清華辛迪加股份有限公司」。二者將不再設校長，而只有董事長、ＣＥＯ、ＣＦＯ……這才是我們的教育真相。（〈反擊耶魯假新聞〉）

62. 這是一個互相投毒的國家。製造三聚奶的那人，昨天剛剛吃了蘇丹紅，製造了蘇丹紅的那人，前天剛剛吃了地溝油，製造地溝油那人每天早餐在吃染色饅頭，饅頭工廠車間主任天天在吃瘦肉精，製造瘦肉精的那人剛剛去醫院看他兒子，兒子又被查出喝了三聚奶……奶業廠其實是化工廠，饅頭鋪其實是染料鋪，重慶火鍋其實是石蠟加工廠。這樣也好，不久之後人人都是歐陽鋒，哪天走在荒郊野嶺，不小心碰到一條五步蛇，牠咬你一口，你沒事，牠卻氣絕身亡了。（〈牛逼，就是牛給逼的〉）

63. 在我看來，說話，是動物的本能。雨停了，鳥兒就開心地叫。花開了，蜜峰就嗡嗡地飛。春到了，公狼嗅著母狼的味道仰著脖子嗷嗷。可在這個國家某一個時段，整整六億人不能說自己餓了。你說餓，就是給國家丟臉。在我看來，說話也是一種權利。有權批評獨裁者，發動文革屠殺同類是反人類的罪行。在我看來，說話也是智力的尊嚴，畝產兩萬斤是不科學的；說話是情感的表達：我愛你。可是，整個國家失去了說話的能力，說話，作為上天賦予動物的一個本能、一種權利、一種尊嚴……統統被切去了，像在放映一部漫長哀傷的默片。（〈說話——北大演講錄〉）

64. 這個國家的話語體系越來越有神龍教的風骨，他們希望只有一種語言：仙福永享，壽與天齊。我琢磨，教主洪安通之所以有如此大的魔力，一是因為信徒被洗腦了，覺得教主可以帶他們走向美麗新世界；更重要的是因為教主有一種約束教眾的工具——豹胎易經丸。這個丸不是普通的增肥劑減肥藥，吃了就得聽他的指揮，不聽就會受到極殘酷的人間痛苦。這個藥丸流傳到紅朝，就易名為「因言獲罪」，輕則勞教，重則死刑。（〈說話——北大演講錄〉）

65. 因為太多的敏感詞，我們已不能正常寫字表達，只有改用數字、拼音、符號、字母，慢慢地普及和習以為常……多年以後，考古學家還以為這就是中國曾出現過的片假名和平假名，漢字的改革終於實現了。（〈說話〉）

66. 雖然話語一直是最容易被強權控制的舞台，但它一定是最後淪陷的堡壘。（〈說話〉）

67. 在中國，以人為本＝本人以為＝以人為笨＝笨人以為。（〈兩件兵器〉）

68. 我不是意見領袖，只是提意見給領袖；我也不真知道什麼是公民，只是努力地不去當家丁。（南都年度公民獲獎詞）

69. 獨裁者總想通過修砌萬丈高牆，來擋住鳥兒的自由飛翔，可是他忘了，聲音才是作家最好的翅膀。（德國之聲世界博文大賽獲獎詞）

70. 你找了塊空地，喊一聲「反腐敗」。每個人都崇敬地看著你。你又大喊「抓貪官」。人們恨不得立馬找磚頭行動。你繼續說「首先找出貪腐的根源」。大家眼神開始迷離。你再說「用民主來監督權力」。下面就有人罵「傻逼公知」。你說「這是先進國家的經驗」。原本伺候貪官的磚頭砸來，罵「狗日的肯定拿了美分」。（微博）

71. 幼稚園，得小紅花的不是最童真的，而是嘴巴最甜的；中學，班幹部不是最聰明的，而是愛打小報告的；大學，學生會主席不是有力組織遊行的，而是最能配合校方進行愛國宣傳的；單位，升職的不是最有才華的，而是最會溜鬚拍馬的；做生意，發大財的一定不是最有創意的，而是膽子最大最敢行賄的；連死後，住進八寶山VIP墓地的也不是對祖國最有貢獻的，而是犯下滔天罪行的……本朝從小到死都實行逆淘汰，縱獅子也修成獅子狗，愛國變成賣國，談何做大做強。（微博）

72. 紀委的同志表示：我國有世界上最嚴格的反貪機制。計生的同志表示：我國有世界上最人性的人口政策。稅務的同志表示：我國有世界上最陽光的收稅制度。教育部的同志表示：我國有世界上最誠實的教育。法院的同志表示：我國有世界上最公正的司法。群眾們紛紛表示：我國有世界上產量最大的童話……（微博）

73. 愛國主義從不是熱愛國家專政機器，而是熱愛一種共同的價值觀；愛國主義從不是以國家的名義侵犯個人，而是給個人以權利來反對國家的不義，從而保護每一個渺小的自己。（微博及〈寫在五一二的愛國帖〉）

74. 愛國主義是給孩子修校舍時少一份回扣，多幾根鋼筋；愛國主義是少修點豪華辦公樓，多建些讓災民過冬的房屋；是少喝點天價茅台，多吐槽些醒世真言，是少宣傳些感動中國的虛假英雄，多公布些溘然逝去的平民名字。讓平民在這個國能自由遷徙、念書，而不是五證齊全才能在京城讀書，記得在每一個紀念日，長歌當哭，每一朵平凡的生命綻開如蓮花。（〈寫在五一二的愛國帖〉）

75. 中國的人大代表，從不提意見，他們要做的只是舉手同意，舉手、持續舉手，像一群假肢矗立會場，蒼茫遒勁，好多年。（〈老中青三個代表〉）

76. 我們是世界上最大的群眾演員團隊，自備乾糧，連盒飯都不需要發，我們無權決定劇本，劇本卻寫著我們的命運，導演無視我們的存在，我們卻要討導演歡心，我們唯一能做的，就是目睹台上劇情風雲變幻，製片人換角，臨時修改大綱，主角反目，用最大的熱忱和體力配合一次又一次開機，或者卡……這是我們的一生。（〈群眾演員都很忙〉）

77. 當科學遇到政治，就是楊志遇到牛二。（〈一只安反了的馬桶〉）

78. 在祖國，你嚼的是饅頭，吸收的是染料，涮的是火鍋，吞的是工業石蠟，沏的是綠茶，喝的是顏料，炒的是粉條，吸收的是塑膠，喝的是牛奶，附送了黃麴黴素和三聚氰胺，得謹記，這一生一世，我們都是神農的後裔。（〈後裔〉）

79. 為了紀念愛國者屈原，我們吃粽子。為了紀念后羿和嫦娥，我們吃月餅。為了紀念釋迦牟尼成佛日，我們喝臘八粥。為了紀念耶穌聖誕，我們吃火雞。為了紀念我自己，我吃……一塹長一智。（微博）

80. 我要喝健康奶，你在那兒談道德；我想降價加薪，你在那兒談道德；我說取消特供，你還談道德；我說把公車讓給孩子，你繼續談道德；我說要官員公示財產，你說其實最急迫是先給公民建道德檔案。這世上有一款叫道德的防彈衣，有一枚叫道德的秒殺器。（微博）

81. 別人宣傳「人人為我，我為人人」公平觀，我們宣傳「毫不利己，專門利人」的聖人觀；別人通過平常小事閃現內心一點善念，我們轟轟烈烈打造蠟炬成灰淚始乾的烈士團；別人於無聲處透露文明社會的價值觀；我們卻在播放大無畏、全無敵、輕傷不下火線、重傷不進醫院，死了都要拉家人墊背的戰爭獻身觀。為什麼中國的道德榜樣總是犧牲的、犧牲的……這難免讓人聯想，只有犧牲生命才能叫道德榜樣。我覺得，總鼓勵人們去犧牲的道德教育，是最不道德的。（〈榜樣的力量〉）

82. 中國的公平狀況越來越糟了。過去天天吃飽飯是特權，現在天天能吃上安全飯才是特權。過去生二胎是特權，現在能把二胎生成外國孩子才是特權。所以大家就去拚爹。可拚爹也OUT了，你還在琢磨怎麼拚爹，人家都在拚乾爹了……（〈鈴鐺下的狗〉）

83. 小時候看《四世同堂》：日本鬼子要打來了，祈老爺子既不逃跑也不組織義軍，而是搶購了一大缸醬菜藏在後院。我一直好奇，老爺子為什麼要買醬菜而不是買幾桿槍在後院藏著呢。後來非典，人人去超市搶購板藍根、白醋。再後來看到日本大地震導致核洩漏，中國人卻跑大街上搶購鹽。才漸漸明白，我們對付敵人的思路一向不是兵器譜，而是食譜或者藥譜。（〈假想敵〉）

84. 你太純了，純得來在胎盤時期泡的都不是羊水，而是純淨水。（〈別撒嬌，撒嬌必挨刀〉）

85. 中國式權力太傲慢了，越傲慢，也就越孤獨。它像一個患了嚴重自閉症的巨人，不懂怎麼跟社會交流，甚至拒絕社會的幫助。它那麼強大，民眾對它充滿恐懼，因為害怕它再做下些什麼。更好玩的是，它比民眾更充滿恐懼，因為它根本不知道人民要做些什麼。（〈自閉的巨人〉）

86. 「公平即平均」的邏輯一直支撐這個民族，平均的福利是公平，平均的罰款是公平，平均的行賄是公平，平均的災難也是公平。這，其實是暴力輪迴的起源。（〈人民和人民火併起來了〉）

87. 王蒙在法蘭克福書展說「中國文學處於歷史最好時期」，這不奇怪。這心態即是破鞋升級為二奶、丫鬟收為如夫人之後的感激涕零。他原本匍匐，後改為跪著，就認為這是仁慈，再後改為躬身站起，就覺得彌足珍貴，如果哪天可以讓他平起平坐，他簡直會帶領弟子們大喊教主仙福永享，壽與天齊……（〈老而不死是為蒙〉）

88. 自摸不可恥，互相自摸才可恥，互相自摸也不是很可恥，互相自摸都能達到高潮才可恥，互相自摸達到高潮也不是最可恥，唯有互相自摸，才能達到高潮才是最可恥。（〈老而不死是為蒙〉）

89. 中國民主之障礙：追求民主的一些人們，因為人微言輕、屢受打擊，為壯大自己開始尋求志同道合者，遙通聲息，拔刀相助…慢慢地，形成一個又一個圈子，一個又一個飯局…後來，這個景象變成了拉幫結派，互戴道義安全套，宏觀民主概念正確，具體事情卻雙重甚至多重標準……最後遠離民主本質，走向自己的反面。（微博）

90. 六九年生人和七一年生人有什麼不同？八九年和九〇年有什麼不同？全世界只有中國愛拿六〇後、七〇後、八〇後來說事。連美國也只分戰後嬰兒潮、垮掉一代、迷惘一代……這是因為我們要逃避文革、大饑荒、六四這樣不方便言說的真實歷史，也不敢承認階級的存在，在消費主義和虛無主義合謀下，就假裝洋氣「某零後」了。其實只要還是一黨獨裁，我們都該統稱「四九後」或者「淪陷後」。（〈復旦之下，豈有完卵〉）

91. 中國人對同類下手最狠。別國在不同種族之間搞屠殺，我國卻擅長在同族之間搞屠殺。搞大義滅親，要兒子檢舉自己老爸；搞階級鬥爭，同宗同族的地主哪怕親叔也抓起來斃掉；搞文化大革命，曾經出生入死的戰友，也踏上一隻腳讓其永不翻身。我們打內戰最在行，發動群眾鬥群眾最有經驗。這個曾維繫於宗法思想、標榜龍的傳人的族群，卻對同類有更多的防備和仇恨，這些年，沒信仰的中國人已失去愛同類的能力，只有對手，沒有同類。（微博及〈復旦之下，豈有完卵〉）

92. 一個叫「中國人民」的群體太奇怪了。他說：要反右……知識分子就內訌了；他說：深挖洞、廣積糧……大饑荒讓農民們反目了；他說：炮打司令部……文化大革命讓青年互鬥了。搞垮這個國家人民之間的互信，只需要領袖三句指令。中國人民是世界上最忠誠準確的語音軟體。（微博）

93. 什麼是憲法？就是一個國家最大的一單合同。什麼是多黨制？就是公平追姑娘，無論高帥富還是矮窮矬，都有機會追姑娘。最終選擇權在姑娘。什麼是一黨專政？就是其中一剽悍男，把其他男人的雞雞果斷地給切了。什麼是社憲？那男人也不太好意思生切雞雞了，但宣布其他男人都是陽痿，只有自己才能體現男人的優越性、持續性和不可替代性，才能讓姑娘過上幸福美好的生活。（〈基本問答〉）

94. 什麼是民主？就是「大家說了算」。什麼是共和？「大家說了算」有可能出現一群男人決定把一個男人切了的暴行，所以要照顧少數人利益，畢竟少數人的雞雞也是合法雞雞。（〈基本問答〉）

95. 中國沒有教育，只有馬戲團訓練。我們的學生被迫學會裝乖，卻成為野外生存的棄兒。（微博）

96. 電影《刺激一九九五》裡黑人瑞德，每回上廁所都必須向獄官報告，出獄之後不報告就尿不出尿。那句台詞真是屌爆了，「獄裡的高牆實在是很有趣。剛入獄的時候，你痛恨周圍的高牆，慢慢地，你習慣了生活在其中，最終你會發現自己不得不依靠它而生存。這就是體制化。」可見美國也有體制化。不同的是，中國整個國家都是體制化，每天都要「報告長官」，是一個最大的監獄。（〈鈴鐺下的狗〉）

97. 巴甫洛夫搖鈴鐺就餵狗吃肉，搖鈴鐺就餵肉……久而久之，只搖鈴鐺狗也流口水。這就是「經典性條件反射」。有人說中國人不是痛恨特權而是痛恨自己得不到特權，不是痛恨貪腐而是痛恨自己沒有機會貪腐，這低素質不適合搞民主。可是你得知道，中國是世界上最大一個巴甫洛夫實驗室，當正義總受懲罰，不義招搖過市，為了生存，我們已訓練有素，每個人心裡都有一個虛擬的鈴鐺。不是狗決定實驗室，而是實驗室決定了狗。所以當務之急並非要狗自我檢討，而要打爛這個實驗室。（〈鈴鐺下的狗〉）

98. 雨果說：「多建一所學校，就少建一座監獄。」馬克•吐溫說：「你每關閉一所學校，就必須開設一座監獄。」可在中國可能是另一種情形，讀書讓人知道真相，真相讓人憤怒不已，最後就變成「多讀一本書，可能多一個犯人」，「多開一所學校，就要多修一所監獄」。看看越來越多的知識分子成為良心犯就知道了。（微博）

99. 當權者作了自己謊言的俘虜。它假裝一切，甚至假裝我們都相信它。（微博）

100. 一中國女子前往德國工作，有天與一群德國寵物醫生吃飯。那群醫生熱愛小動物，席間大談熱愛小動物。中國女孩有些歉疚地說：在中國，是有狗餐館的……那群德國醫生神情激動，使勁抓住她的手，說：太感人了，中國居然專門為狗準備餐館，德國就做不到這麼好的動物服務。這是我聽過關於狗的悲傷笑話。（微博）

101. 有個文工團，平時你看不到它來服務，每四年它才上台演出一次，每次要從納稅人包裡收取幾百億演出費。倘表演成功，各路官員就會跑上台去慰問，再用你的錢去嘉獎這些演員。特別成功的演員也會成為官員。如果你知道存在這樣一個神祕的文工團，肯定很不開心。我要告訴你，這個文工團叫「奧運代表團」……它只負責拿幾十個天價金牌，不負責普及十三億民眾的體質鍛鍊。它集中收費、集中演出、集中宣傳，是獻給國家的菁英團隊，與普通人無關。（〈有個文工團〉）

102. 我去過四十多個國家，英國、柬埔寨、美國、埃及、荷蘭、南非……一個有趣的現象，你很難第一時間總結這些不同體制、不同觀念、不同膚色的國家與中國的區別，但你一眼能看出最大的中外區別就是孩子：我們的孩子背書包的多，外國孩子帶滑板的多；我們的孩子戴眼鏡的多，外國孩子戴球帽的多；我們的孩子坐著的多，外國孩子跑著的多。總之，我們的孩子就是許三多。（〈有個文工團〉）

103. 這個國家，只有價格觀，沒價值觀。（《李可樂尋人記》）

104. 每到19：00～19：30，中國便開始播出世界上最大的一檔娛樂節目。那是一檔看的人沒當真、念的人沒當真、寫的人沒當真、下命令的人更不當真，可大家集體假裝很當真的樣子且一當真就是幾十年……的王牌娛樂節目，《新聞聯播》。（〈一隻叫薩克斯風的破鞋〉）

105. 有人批評小販擺攤影響城市秩序。奇怪，為什麼香港、台灣的小販不影響城市秩序。有人說小販影響交通，奇怪，最影響交通的好像是軍車和特權車。有人說小販破壞市容市貌，我認為，最影響城市容貌的是豪華辦公樓和滿大街政治標語。至於報紙上揭發的小販模式管理透明度小，品質得不到保證，給國民經濟帶不了多大效益。這是在說中石油中石化吧；在追究小販偷稅漏稅時，最好順便追查一下把納稅人的錢都轉移到美國銀行的貪官。（〈每一條城管掩殺的大街〉）

106. 他們想鎖住所有人，所以設計了一個很大很大的籠子，密不透風。可最終發現，他們把自己反鎖在一個狹小籠子裡，與世隔絕了六十四年。（〈你刪得了世界，刪不了尊嚴〉）

107. 我寫作不是為了追求真理，真理離我太遠，我寫作是為了尊嚴。在我看來，尊嚴首先是智力上的尊嚴：馬腦袋上不會長角，梅花鹿身上有斑點。是記憶的尊嚴：能大聲念出地震遇難者長長的名單，敢給他們立一塊紀念碑。是親情的尊嚴：別讓「大義滅親」四個字剪滅三千年的臍帶。是生育的尊嚴：別把母親強行流產，別讓父親披髮跣足逃亡大山……尊嚴並不值錢，卻是我們僅有。（〈尊嚴〉）

108. 你很難想像，一群連自己的尊嚴都不顧的人，會去顧國家的尊嚴。一群沒有尊嚴的國民，卻建成了一個強大的國家。一群豬從來不會保護豬圈，就這麼簡單。（〈尊嚴〉）

109. 這裡之所以有那麼多賣國賊，並不因為你真賣了國，而是他們需要你賣國，只有你賣國，他們所做的一切才顯得正確……（〈逃亡的父親〉）

110. 食品安全問題不能全咎於政府，政府也不想食品有毒。校車事故不能全咎於政府，政府也不想學生死去。空氣汙染不能全咎於政府，政府也想有片藍藍的天。官員貪腐也不能全怪政府，政府也希望勵精圖治。物價飛漲、社保空缺……所有問題都不能全咎於政府，所有的問題應全咎於人民，誰讓他們在一九四九年自作多情地相信：自己從此當家做主了。愚蠢的人民，總是把客氣話當真咧。（微博）

111. 什麼是貪官？抓貪官的人。什麼是清官？被抓走之前的貪官。什麼是人民？語氣詞。你需要時永遠找不到它在哪裡，你不需要時天天出現在新聞聯播裡。什麼是真理？至今為止沒找到的東西。什麼是宇宙真理？全宇宙只有北韓和中國大陸相信的道理，即：強姦和做愛其實是一碼事。（〈基本問答〉）

112. 起飛前是英明副統帥，墜機後他是陰險叛國者。聖崩前是最親密夥伴，聖崩後她是反黨集團頭子。春夏前是改革踐行人，春夏後他是全盤西化錯誤路線縱容者。夜奔前是紅色理想光復人，夜奔後他是野心家、色情狂和下毒者……中國語文最神奇是形容詞和名詞竟有時態，為緊跟政局，我不惜無數次在語法上給自己洗腦。（〈群眾演員都很忙〉）

113. 唐僧西天去取經，梁啟超避禍東交民巷，魯迅蝸居日本租界，金陵十三釵藏身教堂，林彪飛往溫都爾汗，王立軍夜入美領館……這說明在中國，無論和尚、公知、作家、小姐、權臣還是捕頭，無論世界觀多麼迥異，肉身有難時，方向感卻高度統一。（〈一些娛評〉）

114. 「輿論綁架司法」，是這個國家有文字以來最大一個病句。主謂賓都錯了。這個國家哪有輿論，在作家出本書都像出挺進報寫條微博都被封號的時代，輿論只是《人民日報》和《環球時報》。這個國家也沒有綁架，軟禁毒打監聽活埋，那是專政機器對反革命分子的鎮壓。這個國家也沒有司法，當一水兒黨員擔當法官時，那叫家法不叫司法。（微博）

115. 著名經濟學家厲以寧曾經主張：「中國所有人都是改革受益者，中國的窮人不應叫窮人而應該稱為待富者。」厲以寧說的很對，所以，我們並沒有很多的貪官，只有很多的待廉者。沒有很多的冤案，只有很多的待昭雪。沒有很多的特權，只有很多的待平等，也沒有獨裁專制，只有待民主憲政……瞧，為了讓這個政權看上去沒那麼丟人，經濟學家也變成了語言學家。（微博）

116. 有人問，你為什麼參選人大代表。我知道一個村莊，自古以來有一道高聳入雲的牆，曾有一些人試圖繞過去看牆那邊是什麼，但再也沒回來……大家一致認為那牆戰無不勝，再也不許提這愚不可及的事。可是我想，如果再撐一會兒，興許就會發現這牆的祕密：這牆被修成了一個很大的圈形，所以才走不出去。對此我並不確定，但還是想親自趟一遍這牆，讓自己明白為何牆戰無不勝，要麼從此心甘，要麼琢磨怎麼在牆上開一扇窗……不管牆那邊是青青草原，還是垃圾場。（〈十三億分之一股東〉）

117. 「沉默的大多數」這說法並不公平，沉默的大多數，因為你沒俯下身去傾聽。（〈十三億分之一股東〉）

118. 一個國家修不好下水道，民意就會天天內澇。（〈圖騰〉）

119. 我自以為菁英時也愛說一句話：跪久了，就不知站著的好處。深覺說這句話時樣子很帥很深刻。現在才明白，他們跪著，因為天花板太低，只得跪。其實我們一直也跪著，只不過跪姿裝得高端些。實際是，你沒讓他嘗到蘋果的味道，他怎知蘋果的美好。你只要給他一個蘋果的希望，他就敢憧憬蘋果園的芬芳。（〈十三億分之一股東〉）

120. 所有的權利不容侵犯，最不容侵犯的權利，是追求權利的權利。

121. 他們說：現在不是爭取民主的正確時機。這正是我苦惱的地方。權利就是權利，沒有好的權利，或壞的權利，也沒有正確的時機，或錯誤的時機。（〈民主就是有權不高興〉）

122. 奴才，你簡直把「受寵若驚」，修煉到了「寵若受精」。（微博及《李可樂尋人記》）

123. 中共最愛表揚自己「撥亂反正」。一九五七年，一九七二年，一九七九年，一九八九年，二〇一二年……那麼多「撥亂反正」，證明你犯了多少錯啊。中共也怕別人罵自己是獨裁黨，所以又很愛誇自己糾錯能力強。他不知道嗎？糾錯能力最強的是國產山寨＋盜版ＤＶＤ！當然，這句還真說對了。它就是馬克思主義的山寨盜版黨。而且更邪惡。（微博）

124. 小時候，我爸打我，一般打幾下就行了；如有外人勸阻，我爸臉上掛不住更要使勁打；倘外人批評我爸暴力還誇我是個好孩子，我爸大怒之餘定把我拖回屋裡海扁且罵「有外人撐腰了不起啊」……這個挨揍的體驗相信很多中國孩子都是有的。那時我就覺得，我爸其實是不自信的。長大以後，我知道我的村也是不自信的。這道理，也可以解釋為什麼中國政府總愛往死裡整獲得外國人聲援的本國異見分子。（〈村〉）

125. 我一直不明白為何有那麼多的「管」，城管、交管、宿管、網管、協管，你為什麼總想著要管，而不是服務，你從城管變態到管城，你把人民當敵人，人民果真就會變成敵人。（〈殺人者，父親〉）

126. 我們這裡有太多的最高利益，強行人流符合最高利益、收取房產稅符合最高利益、油價上漲符合最高利益，建高汙染化工廠符合最高利益。經驗告訴我們，一但被「最高利益」，這事兒就對人民沒一點利益。你看，現在他們開始說：不搞「憲政」符合中國人民的最高利益。（微博及〈關閉網，吧〉）

127. 在祖國，你要是沒錢，人人都是外地人；就算有錢，沒住進中南海，一生都是外地人。（〈人人都是外地人〉）

128. 從義和團到紅衛兵，假想敵教育不會讓人更勇敢，只會讓人更脆弱，假想敵教育就是懦夫教育。我們愚蠢地憤怒，懦弱地多疑，自虐地復仇，我們幻想出一分哀榮，恨每一篇課文上面都緊繃一匹叫愛國主義的闊背肌。可有趣的是，歷史上等侵略者真來到時，整村整村的好多人卻成了漢奸，京郊農民則直接幫八國聯軍在城頭上搭長梯。（〈假想敵〉）

129. 中日必有一戰，中韓必有一戰，中美必有一戰，中俄必有一戰，中菲必有一戰，中越必有一戰，中印必有一戰……中國和火星必有一戰。這就是愛國主義。（微博）

130. 中國要牛逼，可有些國人總想以負牛逼的方式來獲得牛逼。因為有同胞開了輛中日合資車，愛國者就砸碎其頭骨。若代步工具代表政治立場，關雲長騎了呂布的赤兔馬豈不暗藏貳心？別說那是繳獲的戰利品，做生意是和平時期的戰爭，賺錢即戰利品。還有人說扔枚原子彈去釣魚島，滿臉核輻射表情打出「寧肯大陸長滿草，也要收回釣魚島」……這願景不是不可能實現，就是《物種再次起源》。最好的抵制日本，就是我們真強大，而不是黏副雄獅牌胸毛。（〈一個賣國賊的自白〉）

131. 這裡好多的邏輯，都是豬邏輯，這裡就是豬邏輯公園。（〈聖奴隸〉及球評）

132. 別用日本人發明的卡拉OK、LED、速食麵、WIFI模組、晶片、摺扇，別用TOTO牌馬桶、紙尿褲和含日本顯屏的蘋果手機，紅旗轎車禁用日本零件、中國潛艇禁用三菱空調，日本料理全部改名為「料理日本」……這才夠愛國。（〈一個賣國賊的自白〉）

133. 縱觀中華歷史，每當國家把精力用在吸引西域的馬、技術、詩歌的時候，就是它輝煌的年代。每當引進一列洋人的火車、修了條鐵路都覺得動了龍脈，國民買了輛日系車就成了漢奸，就是非潰即頹的時候……（〈一個賣國賊的自白〉）

134. 從道理上國家就是小區，政府就是物業公司，官員就是物業經理，軍警就是小區門衛保安。可是，我們這裡不是小區聘了物業公司，而是物業公司侵占了小區，物業經理亂收了物業費，還被拿去供其子女住到別的小區。但凡外賊來襲，便大門緊閉。但凡業主對物業公司提些意見，保安門衛立刻上門抓人，還說你跟整個小區為敵。（〈有個小區〉）

135. 可以雞蛋裡挑骨頭，不可以骨頭裡挑雞蛋。（微博）

136. 古時：「達則兼濟天下，窮則獨善其身」；現時：「達則獨善其身，窮才兼濟天下」——偶感。（微博）

137. 見過這樣的暴民嗎：城管打你叫合理執法，你打城管叫暴力抗法。你擺攤叫破壞市容；他們砸攤叫整頓市容。你買把菜刀得實名，選舉之時你卻永遠沒實名。你買房時被告知擁有房屋所有權，買完後又被告知不包括土地所有權。你開會叫聚眾滋事，他開會叫兩會代表。你炸他家叫報復社會，他炸你家叫合法拆遷……最後，你向他們下跪了，他們卻稱你為暴民。（微博）

138. 中共第一次開會躲在船上，第二次開會躲到租界，第三、四次在白區，有次還改到國外……這個我理解，白色恐怖下確實要防備敵人和叛徒。可奪取政權多年，導彈和航母在手，普天之下莫非王土，開個會也動用百萬雄師誓死保衛、實名購買遙控飛機、菜刀下架、禁止氣球、滿大街紅袖章，出租司機要填調控表。想不到解放多年，還改不了地下黨的優良傳統。（微博）

139. 「支持國家建設」正以崇高面目侵犯我們對生活的自由裁定權。你不能因為名字叫崇高，就保證自己不猥瑣，打著國家名義，就可以偷走我們的錢包。釐清什麼「國家建設」，我認為最好的支援國家建設就是保護好下一代的健康。或乾脆，當你有建的想法而我們有不建的權利時，就是最好的國家建設。（〈自閉的巨人〉）

140. 這個獨裁黨沒有合法性，所以必須用ＧＤＰ證明其優越性。所謂大力發展ＧＤＰ，就是一個男人為了證明自己是男人，就不斷吃春藥，還跑大街上強姦民女。（〈自閉的巨人〉）

141. 于丹、《新聞聯播》、《環球時報》，三大治療抑鬱神藥。（微博）

142. 因為有「憲政」字眼，宣傳部長又修改報社的新年賀詞了。我信你能修改別人給新年寫的獻詞，我不信你能修改得了別人給你寫的悼詞。（〈你刪得了世界，刪不了尊嚴〉）

143. 中國哪兒有中產階級啊？他有車有房，卻在按揭路上苦苦彷徨，他子女讀書，天天擔心小升初。他有些存款，遠遠沒掙夠養老錢，他偶爾也攜家出遊，最多不過麗江五日遊。每逢災難他衝到前，屌絲受氣他聲援。可他被山頂的富人當窮人，被山腳的窮人當富人。每逢運動，利益集團屹立不動，卻要割到他肉痛。中國哪有中產階級，不過高配版屌絲階級。（微博）

144. 計畫油價、計畫電價、計畫水價、計畫思想，連生育也計畫了很多年，並成功超越鐵道部成為盈利工具……就是把控制人口變成殺人盈利。官員們從不計畫自己的性欲，卻要計畫人民的生育。（〈逃亡的父親〉）

145. 有人說美國大選花六十億美金競選總統，是金錢決定政治。這讓我又鄙視他們了。我們這裡是政治決定金錢，每年光三公消費就過萬億人民幣，得選多少回美國總統……以後把美國總統選舉承包了吧。（微博）

146. 每當我看到美國大選出現「搖擺州」這詞，就深深不齒。一個大國怎可在如此重大的問題上不保持高度統一？我們從各省、市、自治區直到基層居委會都「堅決支持、永遠緊跟、絕對忠誠」。昨天在CCTV又看到那些代表，他們的表情告訴我，他們不僅不會搖擺，眼睛都不眨就將全票通過。為了表演精誠團結，他們已彩排過六十三年……（微博）

147. 在一個盛產愛國者的國度，作家最大的痛苦不是如何讓文章更有才華，表達新的思想，而是必須小心翼翼避免讓愛國者誤會，自己這一筆下去就把三分之一國土賣給了敵國。而比作家還痛苦的則是愛國者，他們竟真地認為作家敲敲鍵盤就有這個賣國能力。為此，愛國者們殫精竭慮、目光炯炯，通宵趴在國境線上。（〈一個賣國賊的自白〉）

148. 自己活好就是最好的愛國，所以，從明天起我要直接愛護我自己，關心空氣、水質、稅收和物價，不讓貪官占我的便宜，不讓私人財產輕易流失，不准愛國憤青來砸我的車子。我要活得好好的，氣死ㄚ日本人。（微博）

149. 每當政客們要轉移國內矛盾，就會號召熱血青年上街抗日、反美遊行。可是把家屬移民美國把資源賤賣日本的恰恰是這些政客。還有什麼比這更可悲的青春呢，一群不知思考的小木偶，幫一些外國人抵制另一些外國人，外國人毫髮無損，自己卻因參與街頭暴力而被抓。這比大清的義和團還可悲，那些貝勒、格格、親王們，畢竟沒有偷偷改變國籍。（微博）

150. 這年頭，樓市綁架了股市，股市綁架了菜市，菜市綁架了房事，房事綁架了車市，官員綁架了人民，人民反綁架人民……一個互相綁架的國度。就是這樣。（〈朕還是不朕〉）

151. 水質汙染是國家機密，空氣指標是國家機密，土壤汙染是國家機密，三公消費是國家機密，官員財產是國家機密，連裸官妻兒資訊也是國家機密……毫無疑問，祕密才是這個國家的支柱產業，只有當公權力沒有那麼

多祕密時，國家才會美好。（微博）

152. 孩子小升初分不夠，你不交錢行嗎？升職提幹，不送禮行嗎？辦個小企業不送紅包，心裡踏實嗎？就算只當個小職員，過年領導讓你陪吃陪喝，你能怒斥「我不吃民脂民膏」嗎？不行！這裡全民被迫腐敗，和道德無關，被脅迫腐敗已成生活基本規則，我們被迫比誰能贏不義的比賽。唯有政改，政改就是修改社會比賽規則。（微博）

153. 雜文是最容易寫的文體。但要寫好或者說寫出個人風格極難。個人風格包括文字風格、視覺習慣、邏輯方式、寫作技巧，但個人經歷是最重要的。上述一切不取決於你要怎麼寫，而是經歷讓你怎麼寫。你得內心世界強大，不輕易動搖觀點，你得固守尊嚴，如果一個人連尊嚴都沒有，只能去寫說明文，別寫雜文。（微博）

154. 看著那些水軍，我歡樂之餘有些可惜：一年上千億啊，哪個主管部門培訓出來的單細胞物種，還不如豬下水。（微博及〈聖奴隸〉）

155. 一品夫人B谷開來死緩，中國銀行海南分行覃志新死緩，深圳龍崗區長鍾新明死緩，中移動張春江死緩，天津檢察長死緩，郴州市委書記死緩，北京法院院長死緩。現在劉志軍死緩，果然。我們會心地笑了，大明免死金牌算個屁，不如一句「重大立功表現」。人們常爭論是否廢死刑，其實廢除死刑，還不如廢除死緩。（〈看著歷史書，卻不相信愛情了〉）

156. 《秦律》說：「通一錢者，黥為城旦。」受賄一枚銅錢也臉上刺字發配修城。《唐律》說：官員收賄牛羊瓜果，也以貪汙論處。《大明律》對貪官凌遲、挑筋、剝皮實草，先後處死十五萬名貪官。大太監劉瑾被凌遲三三五七刀共剮了三天三夜。反腐手段之狠力度之大！可是因為制度設計天生就帶bug，最後，它們還是沒了。（微博）

157. 朱元璋只相信兩樣東西：酷刑和道德。可從邏輯上，如果道德有用，還發明剝皮揎草幹麼？如果酷刑有用，科舉為什麼不考〈論削去耳鼻手足製成人棍對吏治的可持續發展〉。多年以後，紅朝擁有八榮八恥、三個代表這些道德武器，還擁有八十一萬紀檢幹部，平均一個錦衣衛監視八個官員，官員每聽駕到，前列腺都嚇掉褲襠了。可每年大量貪官被檢舉，因為沒人直面「渴馬守水，餓犬護食」這個道理……中國的官場史，一部按了循環播放鍵的濫劇。（〈看著歷史書，卻不相信愛情了〉）

158. 中國通史：貪腐——反貪腐——貪腐——反貪腐——貪腐——反貪腐——貪腐——反貪腐——貪腐——反貪腐——貪腐……（微博）

159. 中國政壇和中國足壇，其實是一個壇。都是：無論場上多麼激烈，觀眾都昏昏欲睡。無論看上去多麼公平，都是暗箱操作的。無論定下多少規則，都有漏洞可鑽。無論看上去多懸念，比分都是商量好的。它們最像的是：如果成績出了問題，就去講道德；如果道德出了問題，就去講人種；如果有人提醒日韓人種並不優秀但成績不錯，它就去講愛國——再怎麼濫，也是中國的，有本事你滾到外國去。然後你只好深刻地閉嘴了。（微博）

160. 有些暴行，是人性惡，有些暴行，制度惡，且後者讓暴行顯得天經地義。比如文革。（微博）

161. 黨史必定戰勝歷史，黨章必須替代憲章。這就是戈培爾們終身追求的目標。（微博及〈你刪得了世界，刪不了尊嚴〉）

162. 我對去年中央八十餘部門花了九千二百多億元並不吃驚，我對他們超支了二千二百億元也不吃驚。我有些吃驚的是，超支最多的部門居然是教育部，超支七二九．一六億元。看來，為了培養更多腦殘，他們還真是下了血本的。（微博）

163. 最可怕的根本不是吵吵鬧鬧反對你的聲音，而是所有人都不說話，只是沉默地看著你、看著你。這場面，多

恐怖。它意味著，人民已無需爭吵，他們達成了共識。（微博）

164. 總有這樣的聖奴隸，一臉抓得出二斤上等板油的幸福：喜迎油價上漲，喜迎水價上漲，喜迎氣價上漲，喜迎學費藥費上漲。可惜，再等千年也等不到你……喜迎智商上漲。（〈聖奴隸〉）

165. 為什麼中國拍不出好的悲劇？或者拍出好的悲劇也賣不出好票房？因為這樣拍出來，最不滿意的還不是有關部門，反而是人民。因為這太像他們的生活了，他們花了錢，是來看電影而不是來看自己。看自己，對著自家鏡子瞧一瞧就行。（〈朕還是不朕〉）

166. 中國導演差不多是古裝導演的代稱，《無極》是古代，《黃金甲》是古代，《三槍》是古代，《趙氏孤兒》還是古代，以及《三國》、《水滸》、《紅樓》……因為大家都在裝，可裝現在很危險，裝古代裝相對安全，所以古裝。下一步要拍元謀人河姆渡起源的電影了。（〈朕還是不朕〉）

167. 拍過《活著》的張藝謀，他曾活著，現在已死了，連轉彎燈都不打迅速掉頭成為世上第二好的團體操導演（第一好在北韓）。（〈朕還是不朕〉）

168. 整個中國都把希望寄託在兩部熱播電視劇上，一部叫《康熙微服私訪記》，一部叫《甄嬛傳》。前者代表民間對青天大老爺的盼望，後者代表官場對主子的念想。它倆成為史上最高收視率是有道理的，它倆不是電視劇，而是政治寓言劇。（微博）

169. 中國沒有大師，活著的沒有，死了的也很可疑。中國需要的不是大師而是知識分子，普及常識，澄清價值，讓記憶如明燈般顛撲不滅。知識分子多了，足夠有尊嚴，才會產生大師；而姿勢分子多了，趨炎附勢，就只會產生師太，比如余秋雨。（〈誰在惡搞季羨林〉）

170. 你我都是戲子，可戲子還是有高下之分的：知道自己演戲的，和忘了自己在演戲的。倪萍正屬於那種入戲太深的，假裝了多年老百姓的貼心小棉襖，她相信煽情的眼淚可以清滌生活屈辱，顫抖的尾音就共鳴出幸福大家庭同一個心聲。她晶瑩的眼淚已凝化成一副美瞳眼鏡，見什麼都幸福、安康、闔家歡樂、舉國歡慶……這就是好人現象：這個國家總有一群好人，他（她）從不投反對票，唯一的反對票就是，反對別人投反對票。（〈牆裡扔出來的一根骨頭〉）

171. 這個國家盛產「感動」，彷彿只有「感動」，才有說服自己活下去的勇氣。感動點之低，看個春晚就流淚，敢動點之高，除非拆掉自家房子才敢拿菜刀。全然違背了靈長類動物的情緒線。為官員加夜班吃了碗速食麵感動，為官車等了一次紅燈而感動，為官兵救一次災而感動，甚至為官方沒出動裝甲車鎮壓自己而彌足感動……得活得多麼孫子腦子裡得裝多少孫子兵法才發生這種化學反應。你為什麼不為自己而感動——世事艱難，你居然倖存下來了。（〈一件襯衣的感動〉）

172. 無論你擁有如何偉大的主義、前提都必須是尊重生命，你不能把國民當耗材。（微博）

173. 由中共組織部任命北大校長，我認為這是個病句。又不是任命中共中央黨校校長，政黨跑去摻和什麼。你見過美國民主黨任命哈佛校長嗎？又說這是為了避免教育陣地淪陷於境外反動勢力手裡。這我就更不理解了。你們一邊怕民眾子女被境外反動勢力禍害，一邊把自己的子女送到哈佛。你對自己的子女太不負責了。（微博）

174. 我經常看到這些觀點：禽流感死不了幾個人，動車追尾死不幾個人，毒牛奶喝不死幾個人。比起中國的人口基數，比例其實很小。可北野武說過：悲慟是一種非常私人的經驗，你並不能籠統地概括為「死了二萬人」一件事，而是「死了一個人」的事情發生了兩萬件。兩萬例死亡，每一個死者都有人為之撕心裂肺，並且將這悲慟背負至今。（微博）

175. 五毛有一種經典邏輯：你親眼看見大饑荒吃觀音土餓死人了？沒看見就是造謠。你親眼看到文革迫害林昭了？沒看到就是造謠。「親眼看到」，成為五毛否認歷史的遮羞眼罩。你親眼看到納粹把猶太人送進毒氣室

了？你親眼看到日寇進行的南京大屠殺了？你親眼看到你爸和你媽造你了？沒看到，你丫就不是人……（微博）

176. 幾千年來，中國的官場從不缺肅貪，正如妓院最愛假裝打掃內部衛生了。中國官員也最愛講道德，就像婊子很愛述說自己清純的愛情。很多時候，我們被迫在那麼多肅貪和那麼多道德的邏輯矛盾裡，相信，麗春院發生過梁山伯與祝英台的愛情故事……對不起，才想起妓女比中國官員高尚多了，她們賣自己，而官員賣國家。（〈看著歷史書，卻不相信愛情了〉）

177. 當年豹子頭林沖要入夥梁山，要是不下山殺人取個投名狀回來，怎麼向兄弟們表明自己值得信賴。現在混官場，你不行賄受賄，怎麼向同僚證明已綁上一條船。要爛大家一起爛，擦爛汙成了入行的敲門磚、發達的通行證、生存的保險卡。中國三千多年文明史，就是三千多年的投名狀史。（〈投名狀〉）

178. 你很難想像，一群連自己的尊嚴都不顧的人，會去顧國家的尊嚴，一群沒有尊嚴的國民，卻建成了一個強大的國家。一群豬從來不會保護豬圈，就這麼簡單。（〈尊嚴〉）

179. 我們可以不要高樓，但要一份說真話的報紙。我們可以不要ＧＤＰ世界第二，但要一份說真話的報紙。道理很簡單：世界上所有令人尊重的大國，都有一份被允許說真話的報紙。試想，當你站在那個叫緬甸的彈丸小國面前牛哄哄地說：「我有亞洲第一高樓，你有嗎？」它搖搖頭；你說：「我有航母，你有嗎？」它搖搖頭；你還想說些什麼時，它反問：「我有自由說話的報紙，你有嗎？」……那時，你該多麼沒尊嚴。（〈你刪得了世界，刪不了尊嚴〉）

180. 一個國家是否強大在於敢不敢於去記憶。對於國家，記憶是一種實力，對於個人，記憶是一種權利。這個強大的國家，沒有紀念碑，沒有名字，只有電影《ＭＩＢ星際戰警》刪除記憶的那支閃光筆。忽然覺得，我們死去，像從未降生。中國人能否活著，得靠運氣。（〈觸不到的記憶〉）

181. 邪惡從不單獨行動，它們成群結隊。（〈邪惡從不單獨行動，它們成群結隊〉）

182. 每一個獨裁者，在給被奴役者修建監獄的同時，也給自己打造了最大的一座精神病院。他已不能自拔。

183. 這些年，沒信仰的中國人已失去愛同類的能力，這裡不鼓勵愛同類的能力，還要懲罰這能力。見老人仆地不敢去扶，一扶就得扶一輩子。所以最可悲的不是我們失去愛同類的能力，而是漸漸地連被同類愛的能力也失去。偶爾被愛也忘記了感恩。哪天拎包走大街上，忽然來一輛車對你說一句世界通行的Can I help you。興許你以為遇上劫匪了。眼神裡那絲驚恐懷疑，充滿對世界的愛無能。（微博及〈復旦之下，豈有完卵〉）

184. 信仰太貴了。所以真正流行起來的是《西遊記》。（微博）

文學叢書 355

全世界人民都知道

作　　者　李承鵬
總 編 輯　初安民
責任編輯　施淑清
美術編輯　黃昶憲　林麗華　陳淑美
校　　對　吳美滿　李承鵬

發 行 人　張書銘
出　　版　INK 印刻文學生活雜誌出版有限公司
新北市中和區中正路800號13樓之3
電話：02-22281626
傳真：02-22281598
e-mail:ink.book@msa.hinet.net
網　　址　舒讀網 http://www.sudu.cc

法律顧問　漢廷法律事務所
劉大正律師
總 代 理　成陽出版股份有限公司
電話：03-3589000（代表號）
傳真：03-3556521
郵政劃撥　19000691 成陽出版股份有限公司
印　　刷　海王印刷事業股份有限公司

港澳總經銷　泛華發行代理有限公司
地　　址　香港筲箕灣東旺道3號星島新聞集團大廈3樓
電　　話　852-2798-2220
傳　　真　852-2796-5471
網　　址　www.gccd.com.hk

出版日期　2013年 11月 初版
ISBN　978-986-5823-05-4

定　　價　350元

國家圖書館出版品預行編目(CIP)資料

全世界人民都知道／李承鵬著.
－－初版.－－新北市：INK印刻文學, 2013. 11
面；17×23公分.－－（文學叢書；355）
ISBN 978-986-5823-05-4（平裝）

855　102006807